吴刚 著

摆渡

作家出版社
全国百佳出版社

图书在版编目（CIP）数据

摆渡 / 吴刚著. -- 北京：作家出版社，2025. 6. --
ISBN 978-7-5212-3437-4

Ⅰ. I247.5

中国国家版本馆CIP数据核字第2025U2U173号

摆　渡

作　　者：吴　刚
责任编辑：朱莲莲　丁文梅
封面设计：李　超
出版发行：作家出版社有限公司
社　　址：北京农展馆南里10号　　　邮　　编：100125
电话传真：86-10-65067186（发行中心）
　　　　　86-10-65004079（总编室）
E-mail:zuojia@zuojia.net.cn
http://www.zuojiachubanshe.com
印　　刷：河北星强印刷有限公司
成品尺寸：155×220
字　　数：302千
印　　张：22
版　　次：2025年6月第1版
印　　次：2025年6月第1次印刷
ISBN　978-7-5212-3437-4
定　　价：79. 80元

目录

第一章　张先生的梦

“谈谈那个梦吧。”安心换了个话题。

“伸手不见五指，我好像飘浮在无尽的黑暗中。”张先生茫然地缩进沙发里，眼神空洞。

“为什么是好像?”安心将身子微微探出，目光柔和地看向对方。谈话已经持续了一段时间，她觉得该进入正题了。

“我不知道，也许黑暗里面藏着什么，但我看不见。”张先生低着头，很明显在回避着什么。

安心浅浅一笑，她知道不能急：“闭上眼睛，试着想想。”

“不过是个梦而已，你为什么非要纠缠?!”对方有些不耐烦，这更加让安心确信自己的判断没错，对面的男人一定有所隐瞒。她收起了笑容：“张先生，不是我纠缠，是这个梦在纠缠。如果您肯多透露一些，我想我能够帮到您。”

张先生抬起头，安心从他的眼中看到了一抹亮光，如同夜行人看到的萤火虫的光芒，一闪而逝。安心不想让它熄灭：“试试看。”她的语气透出不易察觉的激动和渴求，希望能给予对方鼓励。

张先生坐直身子，果真闭上了眼睛，像是在喃喃自语：“那是很奇怪的黑暗，我似乎能看到，哦，不，能感受到周围的环境。有时是家，有时是陌生的地方，有时是……”他停顿了好一会儿，艰难地吐出两个字，“医院。”

“医院?”安心不动声色地在笔记本上写下了“医院”两个字，然后小心地试探，“既然是医院，我想您看到的不只是病床和仪器吧?”

“我不能确定，应该还有人吧。”张先生睁开眼睛，安心捕捉到了一丝惶恐。

“女人还是男人? 是医生吗?”她不断启发着。

“女人。”

“是您爱人吗?”

对方思考片刻，默默点了点头。

“喝点儿水吧，”安心有意让节奏慢下来，她起身为对面的男人添满水，然后坐回椅子上问，“她在干什么?”

“已经说过了，我看不见!”

“那她有没有说什么?”安心转变角度。

张先生舔了舔发干的嘴唇，咕咚咕咚喝掉半杯水，说：“对不起。”

“嗯?”安心有点儿发蒙。

“噢，我是说她不停地对我说‘对不起’。”

安心笑了，张先生也因为这个小小的误会笑了，这是他走进这个房间第一次笑。

“她还说了什么?”安心决定乘胜追击，但对方只是摇摇头。

“那您知道她为什么要说对不起吗?”

“不知道，”对方的回答异常干脆，“这正是让我困惑的地方。我俩感情很好，即便是我被宣判为植物人后，她依然对我不离不弃。”

“上次见到您和夫人，我能看出你们很恩爱，真心为你们高兴。”安心有意停顿了一下，紧紧盯着对方的眼睛说，“所以我冒昧地推测，您一定还看到或者听到了什么。”

张先生回避着射来的目光，将脸扭向窗户的方向，顾左右而言他：“可以把窗帘拉开吗?”

“当然。”安心轻盈地走到窗边，拉开厚厚的暗红色窗帘，暖暖的夕阳流淌进来，照向她白皙美丽的面颊，进而充满整个房间。

男人深深吸了口气，好像要将浓浓的暖意纳入身体，然后开口说道：“好像还有一个影子。”

“什么样的影子？”安心也深深吸气，仿佛与对方同呼吸共命运一般。

“一个男人。”张先生自嘲地笑笑，但言语中多了几分肯定。

安心没有接话，只是静静地看着对方，静静地等待听张先生的话。

张先生一口气喝光了杯中的水，语气急促地说：“我知道你在想什么，可是我要告诉你……”他与安心对视，坚定地吐出五个字，“没有第三者。”

安心没有反驳，虽然相信自己的直觉，但显然还没到点破的时候。她微笑着摊开双手，意思是我相信您的话，但请告诉我为什么。

“你应该知道，我和她之所以婚姻出现问题——确切地说，夫妻生活出现问题，绝不是因为第三者。”张先生推了推精致的金丝边眼镜，竭力让自己显得从容自信，“我俩从恋爱到结婚，一直相互信任，相亲相爱，婚后的生活也很美满。即便我重伤不醒时，她也一直尽心守护。我能够重获新生，全仗她的不离不弃。可是我怎么也没想到，重新开始的我们却遇到了问题。”

“不妨说说你们的恋爱吧，咱们上次聊得不多。”安心决定把战线放长一点儿。

“我们的故事很普通，是通过我弟弟然然认识的，他把她介绍到我的公司。随着接触的增多，我俩互相有了好感，然后就是恋爱、结婚。”

“您是她的初恋？”

听到这句话，张先生原本松弛的身体再次紧绷起来，他警惕地看向安心：“为什么要问这个？”

安心捋了一下额前的发丝，双手叠放在桌上，诚恳地解释道：“请不要误会，我们并不是在聊八卦的话题，我的工作是帮您解开心结。说得更准确些，我是想帮您找到那个‘影子’，也许他真的存在，也许仅仅是个影子。”

张先生无奈地耸耸肩膀说：“好吧，如果这是开锁的钥匙，我想还是实话实说吧。”

“我应该不是她的第一个男人，她也不是我的第一个女人。这难道不是很正常吗？”张先生想用反问来增加自己的底气，但看到安心只是在凝神倾听，就放心地接着往下说，“我们都答应对方，不会追问彼此的过去。”他再次望向安心，希望自己这番话能得到她的认可。安心适时地点点头。

“可是……”张先生终归还是底气不足，“可是我隐约觉得她和我弟弟曾经相恋过。”

安心迅速写下“弟弟”二字，然后问道：“您为什么会这样认为？”

张先生苦笑着摇摇头：“只是直觉吧。我问过她，也问过我弟弟，他们对此都予以否认。但我能感觉出来，他们在回避。实事求是地讲，自从我俩相恋，她应该是一心一意的，然然也没有什么反常的举动，我没有理由让自己陷在里面。”

“可以理解，除此以外呢？”安心还不打算收兵。

“绝对没有其他男人了！”张先生梗起脖子，仿佛受到了冒犯。

安心迅速转变话题：“能不能告诉我，那个影子做了什么？”

张先生再次闭上眼睛，神情紧张地说：“我听到他在大声说话，又听到我爱人在哭，接着他们互诉衷肠、拥抱亲吻，他们……”男人痛苦地将双手插入原本梳理得一丝不苟的头发中。安心从对方突然睁开的双眼中看到了恐惧和绝望，她流露出同情和惋惜，仿佛感同身受。

等对方稍稍冷静下来，安心柔声问道：“您是否认为这就是现在你们夫妻之间问题的根源？”

张先生点头，一脸的失落与迷茫：“每当我想和她亲热时，眼前就出现了这可怕的梦。我无法进行正常的夫妻生活，可又没有理由怀疑自己的妻子。这个梦我从没对她说过，因为实在说不出口。我试着安慰自己，这也许只是大脑受伤的后遗症。但最终还是说服不了自己，毕竟它是那么真切。我甚至在想……”稍作迟疑，张先生说出了让他自己都害怕的话，“那到底是不是一个梦！”

安心眉头轻皱，写下“植物人、做梦”几个字，并打上了问号，抬眼看看墙上的挂钟，咨询时间已到：“今天就到这里如何？如果可以，我想下次单独和您妻子谈谈。”

“当然可以。”张先生稍显吃力地站起身，冲安心挤出一丝苦笑，“谢谢你，虽然还没有找到答案，但能和你聊聊，我感觉好些了。”他步履蹒跚地朝房门走去，显然重伤后的身体还未完全恢复。

“要我帮您叫辆车吗？”安心小心地陪在一旁，生怕他跌倒。

“不必，我妻子会来接我，她不放心我自己出行。”

“您夫人真好。”安心送上温暖的微笑，貌似无意地问了一句，“您弟弟还在帮您打理公司吗？”

张先生停下脚步，并没有回头：“他三个月前出国进修了，很突然。有什么事儿吗？”

安心摇摇头：“没有，我只是随便问问。”

临出门前，张先生问：“我要和妻子说些什么吗？”

安心摇摇头：“像往常一样就好，毕竟我们还没有找到那个影子。”

张先生若有所思地走出心理咨询所的大门。一辆黑色奔驰S400停在门外，张太太打开车门，轻轻将丈夫扶上车。她冲安心点头致意，露出礼貌的微笑，安心从她的表情里捕捉到了一丝忐忑。

返回办公室，安心迅速梳理了一下思路，将刚才的谈话内容输入电脑。很多心理咨询师喜欢用语音做记录，但安心更喜欢实实在在的文字。在她看来，那些文字仿佛是一幅迷宫的路线图，直观地展现在眼前，能够引导自己找到最终的答案。这是今天最后一个咨询，看看时间还早，她给自己沏了一杯咖啡，然后斜靠在沙发中，让夕阳最后的余温舒缓自己紧绷的神经，她回忆起与张先生和妻子初次谈话的情景。

一周前，安心收到助理递上的咨询预约单，咨询者一栏写着张先生和张太太，他们是一对夫妻，男方四十二岁，女方三十八岁。夫妇二人提前五分钟到达，衣着考究，举止得体，只是男人的行动有些不便，被女人体贴地搀扶着。

“二位请坐。”安心礼貌地起身致意，“我是安心，有什么可以帮您?”

“安医生好，”女人先服侍男人坐下，然后优雅地落座，“哦，是不是不应该叫医生?”她笑着问。

“这里不是医院，叫我安心就好。”安心以微笑回应。

“安心，好名字。”男人第一次开口，“希望你可以让我们安心。”

“我一定尽力。想喝点什么?”

“谢谢，我们出门前喝过了。”张太太看了丈夫一眼，对方轻轻点头。张太太便开始娓娓道来：“我们结婚十年了，感情一直很好，三年前的一次车祸让我先生陷入昏迷，去年他才幸运醒来。”

“昏迷了两年?”安心眉头轻皱。

“其实已经成了植物人。”张先生仿佛并不在意自己的遭遇，只是语调充满阴郁。

“不幸中的万幸，”张太太接着说，“他苏醒得很突然，可以说是毫无征兆。”

“多亏有你陪着，虽然我一直昏迷，但我能感觉到。”闻听此言，张太太脸色微微一变，旋即恢复如初。张先生将手轻搭在爱人的手背，张太太报以含情脉脉。

“假象”两个字在安心脑海中一闪而过，但她不动声色。

“可是……” 张太太低下头，像是在自说自话，“原本以为我们能够重新开始，可他突然……”女人欲言又止，安心也没有追问。

“我无法进行正常的夫妻生活。”张先生接过了话头，语气绝望而冰冷，“我昏迷了两年，应该一直睡下去，可老天爷突然让我醒了。”

最难以启齿的话被男人说了，张太太便接着说：“医生说我先生在生理上没有问题，也许是重伤后的应激反应，也许是心理问题，所以我们来找你。”

“你结婚了吗？”张先生突然问安心，也许是意识到自己的唐突，他迅速做出了解释，“很抱歉我这么问，因为你看起来很年轻。直言不讳地说，我们俩的问题需要一个有经验的咨询师。”

安心挺直身子，用平和但坚定的语气说：“张先生，您不必顾忌我的年龄和婚姻状况，我受过正规的训练，也提供过很多类似的咨询。”单身的安心今年三十三岁，看上去要比实际年龄小些，但她并不想与来访者分享这些与咨询毫不相干的个人隐私。

“你别误会，我先生说话一向很直。”张太太帮忙打圆场。安心能看出来，夫妇二人竭尽全力想要展现出默契。

安心恢复了暖人的微笑：“没关系，我们继续好吗？”

整个过程几乎是张太太一个人在说，安心负责倾听。从对方的讲述中，她大致了解了事情的来龙去脉。

二人结婚十年，生活美满。张先生经营着一家颇具规模的公司，张太太原是在这家公司任职，结婚后就当起了全职太太。两人生活甜蜜，如果说稍有遗憾，就是婚后一直没有孩子。医生的诊断是张先生的精子活力不足，经过很长时间的调理，三年前张太太终于怀孕。不幸的是张先生驾车发生意外，重伤后一直昏迷不醒，张太太悲痛过度而流产。此后的两年，她全心全意照料丈夫。一年前张先生突然苏醒，夫妻二人沉浸在劫后余生的庆幸中。随着张先生身体的逐渐康复，他们开始憧憬新生命的诞生。可是自从张先生醒来康复，他竟无法与妻子行房事。多方问诊的结论不是生理原因，因此二人寻求心理咨询。

张太太的讲述平和从容，也许这些话她已经对医生讲过很多遍。张先生几乎是一言不发，但少有的几次开口却让安心印象深刻。当妻子说到不是生理问题时，他插话道：“我知道什么叫丧失性功能。作为一个已婚男人，我确认自己不是。如果你结了婚，应该知道我为什么会如此肯定。”安心自信地回应：“张先生，我相信您的判断，这来自专业知识，而与我个人的婚姻状况无关。”

谈到张先生从昏迷到醒来的日子，张太太几度哽咽，张先生体贴地递上纸巾，轻轻揽住妻子的肩膀。张太太说：“照顾他是天经地义的事，感谢老天让他回到我身边。那段时间，很多人都伸出了援助之手，公司也全仗他弟弟打理。没有这些，我真不知道自己能不能挺过来。”

闻听此言，张先生立刻将手臂收回，冷冷地说：“他的心里只有音乐，就知道摆弄那把破琴。如果早些过来帮忙，我也不至于忙得天昏地暗，也许就不会……”看到妻子和安心错愕的表情，他及时调整了措辞，“不过确实应该感谢他，他的确很能干。”

咨询结束时，安心说：“感谢二位的信任，我一定会竭尽所能提供帮助。当然，这需要你们的配合，以便获得更多信息，从而帮助你们解决问题。后续我想分别和二位沟通，可以吗？”

张太太犹豫了一下，张先生却脱口答道：“当然可以，先从谁开始？”

“您？”

对方点点头。

“咚咚”的敲门声打断了安心的思绪，她看看窗外，天已经黑了。

“请进。”

“真用功啊。”王安逸踱进门来。

这个富家子弟英俊潇洒，比安心小三岁，据说父母都在美国做生意，他是家中独子。凭借绝顶的聪明，王安逸十六岁就考上了北京大学心理学系，研究生毕业后，出国深造，获得博士学位，并在国外工作了一段时间。至于为什么会放弃加盟家族产业而选择回国，王安逸笑言是因为欣赏中华文化特有的魅力，更喜欢中国女孩温婉含蓄的气质。安心当然知道这不过是个借口，但她并不在意所谓的真相。两年前在一次学术会议上，王安逸与安心不期而遇，他立刻对这个美丽聪慧、气质独特的女人一见倾心，毫不犹豫地成了摆渡人心理咨询所的合伙人。他的加盟让“摆渡人”如虎添翼，作为咨询所的创始人，安心很庆幸能有这样出色的伙伴。

“有你这样的大神存在，不用功不行啊。”安心自嘲地笑笑，起身相迎。

“凭直觉你刚接了个有趣的案子。”王安逸随意地坐到沙发上，跷起了二郎腿。

安心扬起下巴，略带挑衅地问：“为什么你会这样认为？”

“你的眼睛，”王安逸煞有介事地说，“每次遇到挑战，你的眼睛里总是闪烁着迷人的火焰。”

“哈哈……”安心笑得很开心，“你不像个咨询师。”

“那像什么？”

“巫师。”安心调皮地皱皱鼻子，这是她的习惯动作。

“嗯，这个比喻好。”王安逸收起玩世不恭的样子说，“难道你不认为我们的工作很像巫师吗？探寻隐秘的世界，与灵魂沟通，只为寻找光明的出路。”

安心附和道：“你的观点总是别出心裁，如此说来，我要争取做个出色的巫婆。”王安逸的爱慕之情早被安心看透，但她依然喜欢和对方聊天，有时还会开开玩笑甚至打情骂俏。她心里清楚，自己原来绝不是这个样子。

王安逸一脸坏笑地接话：“巫师巫婆，多般配的一对儿。”

“去你的。”

“嘀！嘀嘀！嘀嘀嘀！”一阵急促的汽车喇叭声钻进房间。

“哦，今天是周二。每次你限行，大家总要忍受这刺耳的喇叭声。”王安逸抬腕看看表，起身告辞。

“没办法，她曾经可是个火暴的巫婆。”安心无奈地摊开双手。

望着安心的背影，王安逸不紧不慢地走向前台：“糖果，交给你的任务有进展吗?”他一边说，一边从怀里掏出一个精致的锦盒，里边是高档法国香水。

“糖果”是前台兼咨询助理唐甜甜的昵称，此刻她正聚精会神地整理第二天的预约资料。看着面前的礼物和优雅的王安逸，糖果嬉皮笑脸地说：“我知道的都已经交代啦，安心姐一直单身，外边那个楠姐叫贾一楠，是她闺蜜，曾经在这里干了两年，现在好像是一家外企的CHO。求求你别再送我礼物啦，再送我也打探不出什么来啦。”她朝王安逸扮了个鬼脸。

“再探再报。”王安逸将礼物抛给糖果，吹着口哨潇洒地转身离开。

安心打开车门，呼扇了一下扑面而来的烟雾，抱怨道：“窗户关得这么严实，你就不能少抽点儿?”

烈焰红唇的贾一楠送上热辣的飞吻：“姑奶奶，我刚下飞机就赶过来接你，你就跟我说这个?”

安心钻进车里关好车门，张开双臂，眼波荡漾：“这样总可以了吧?”

贾一楠顾不上掐灭香烟，紧紧搂住安心：“一个礼拜不见，可想死宝宝啦。”

“好啦好啦，先去吃饭，我快饿死了。”安心挣脱对方，顺手夺过香烟一把掐灭，“差点烫着我!”说完抬手整理了一番自己精致的短发，烫着“大波浪”的贾一楠纵情大笑。

晚饭后，二人回到安心的租住处。她所在的小区位于紫竹院公园湖畔，离咨询所不远，环境优雅。当初开办“摆渡人”时，安心将地点选在了中关村，她说这里精英聚集、工作生活压力大，一定会有不少咨询者。事实证明，她的决定相当明智。经历了最初短暂的培育期，现在来“摆渡人”的求助者络绎不绝。

梳洗完毕，贾一楠斟了两杯红酒，二人慵懒地坐在沙发上。

“出差还顺利？”安心抿了一口酒，斜眼看着对方。

“没意思，这样的人才北京遍地都是，老板偏偏看上个广州的，那哥们儿架子挺大，弄得我们还得飞过去见他。”

“见个面用得了一星期？你们查人家祖宗三代呀。再说了，以前没发现Peter这么重视人才呀，招个人你去就行了呗，他犯得着亲自跟着吗？”安心露出狡黠的笑。

贾一楠神色有些慌张，她马上转守为攻：“哎哟，这就吃醋哇！别老说我，你咋样？那匹叫安逸的白马还献殷勤吗？”

招数果然奏效，安心娇羞地将头靠向贾一楠肩头，用一句“你讨厌”带过。

贾一楠一口将酒喝掉，顺势紧紧抱住安心。女人间的友谊如同清澈透明的山泉水，入口时看似平淡，细品后方知甘甜。悄悄话似乎总也说不完，安心突然冒出一句：“楠楠，我们在一起多久了？”

贾一楠将一头瀑布般的鬈发在脑后绾起，点点安心的额头：“如果从大学认识算起，有十五年了吧。怎么了？”

安心闭上眼睛，仿佛在回忆过往的一幕一幕，她喃喃自语：“没想到都这么久了。”贾一楠的表情僵住了，她仔细盯着安心，可对方双目紧闭，面如止水。安心自顾自地说：“楠楠，咱俩都是学心理的，但毫不客气地讲，我更适合干这行，你身上细微的变化我能感觉到。”

“我……”贾一楠开口欲辩。

“你不用解释什么，还记得当初的约定吗？”安心打断了她，一字一顿地说，“顺、其、自、然。”

贾一楠的眼神飘移了一下，旋即定在安心脸上。她轻轻拍拍安心的脸颊说：“宝贝儿，你想多了。”

安心默默起身将杯中酒喝完，在进卧室前留下一句：“出差很累人的，早点儿休息吧。记着，顺其自然就好。”

“摆渡人”按惯例召开月度交流会。就像医院中的会诊，咨询师们也需要聚在一起分享心得，对相关案例展开讨论。这种集思广益的交流无论是对咨询本身，还是对咨询师们的情绪释放都是有益的。在这次会议中，安心分享了张先生夫妇的案例，并将“医院”“弟弟”“植物人”“做梦”等要点提了出来。由于很多内情有待进一步确认，她并没有表明自己的观点。“摆渡人”共有五位专职合伙人，另外还有若干客座咨询师。大家经过热烈讨论，一致认为咨询尚处于起步阶段，安心虽然抓住了重点，但要得出结论还需要获得更多信息。

会后，王安逸在安心耳边小声嘀咕了一句：“要不去找找神经科的专家?”安心原本也有此打算，但她还是很佩服他的敏锐。

“您能给我介绍一下植物人究竟是一种什么样的生存状态吗?”向医生表明来意后，安心开门见山地问。

“临床上对植物人的定义是由于神经中枢的高级部位大脑皮质功能丧失，使病人呈现意识障碍或昏迷状态，而神经中枢的中心部位仍能控制诸如呼吸、心跳、体温调节、消化吸收、分泌排泄、新陈代谢的一种病理状态。一般有三种情形——持续性植物人，此类患者的病情有改善的机会。持续性植物人经过一段时间后，经医学认定已无恢复可能，被称为永久性植物人。还有一种情况比较特殊，患者曾有一段时间为植物人，之后突然恢复，我们称之为假性植物人。目前临床上关于上述三种情况的判定没有明确标准，一般认为大部分的病人在半年内能看到改善，半年至一年之间有复原的可能性。而当植物人状态持续一年以上，才予以判定为永久性植物人。当然，也有少数患者在一年后恢复，甚至个别极端病例在昏迷十几年后突然苏醒。”医生的解答几乎涵盖了各种可能性。

“他们有感知吗?”安心追问。

“对植物人的普遍认定是大脑神经系统出现了重大问题，除保留了一些本能性的神经反射和进行物质及能量的代谢能力外，认知能力，包括对自己存在的认知力已完全丧失。当然也有观点认为植物人大脑中某些负责意识的部位还可以工作，有时候会出现能够看见、听见、感觉到却无法表达、无法回应的情况。这也是治疗阶段对患者进行适当声音刺激的意义所在，比如亲人在耳边不停地说话或者播放他喜欢的音乐。”

“也就是说他们有听到甚至感知到外界信息的可能。”安心的眼中闪过一丝光芒。

“可以这样说吧，只是概率非常非常小而已。”

“他们会做梦吗？清醒后会记得那些梦吗？”

“这个确实很难讲。就像上面说的，植物人处于深度昏迷状态，但既然他们对外界有微弱的感知能力，做梦也是有可能的。不过我个人认为，他们醒来后记得梦境的可能性几乎没有。”

告别医生后，安心精神振奋，她似乎在迷宫中找到了一丝光亮。

第二章　黑暗的尽头

张太太的到来比约定时间晚了将近一个月，理由是家中有事。因为从医生那里获得了信心，安心的心情格外好，她特意换上了一身色彩明快的套装以迎接即将到来的水落石出。当张太太走进房间时，安心大吃一惊，眼前的女人一袭黑衣黑裤，样貌憔悴，神情悲戚。

安心赶忙请她落座，倒上一杯温水，关切地询问："您的状态不太好，发生什么事了吗？"

"我先生的弟弟去世了。"

安心很是吃惊，好在多年的职业素养没有让她惊呼出来。"这真是不幸，请您节哀。"一句安慰的话语过后，她才勉强定住了心神。迷宫中的光亮瞬间熄灭，但比起这份懊恼，她更为这家人的遭遇而痛心，甚至后悔今天穿了一身不合时宜的衣服。

"如果您愿意，我们可以改个时间。"

"不必，都过去了。"张太太语调哀伤，但目光中流露出对这份体贴的感激，"我先生单独见你后的第三天突然接到电话，然然在法国自杀了。"

又是一记重拳打来，安心深吸一口气，缓缓吐出，好让自己的心跳慢下来："太突然了，我记得听张先生说，然然出国才三个月……"

"我们不知道他为什么走这条路，他只留下了一张唱片。"张太太忍不住抽泣起来。安心立刻递上纸巾，等她平静下来。

张太太缓了缓说：“我先生现在情况很糟，他们兄弟感情很好。”

“您知道然然为什么突然出国吗？”这句话差点说出口，安心此时要帮助这对夫妇的愿望很强烈，但她不能急于求成，她能做的就是倾听，或许他们会在讲述中发现问题所在，并找到解决办法。

“您现在肯定很难过，想哭就哭出来，想说的话就说出来。我没有办法代替您悲伤，但是我可以陪着您。”安心温柔地说，“或者您可以讲讲您跟然然的故事……”迷宫中的火光已灭，但余烬仍在，虽然自觉有些残忍，但安心只能继续摸索前行。她告诉自己，其中隐藏的答案已不重要，重要的是帮助他们找到出口。

张太太警惕地抬起头，接着是长时间的沉默。她好像下定了决心似的，鼓足勇气，跟安心讲起来：

“我们是在一次音乐沙龙上认识的。那时的然然年纪轻轻、才华横溢、风流倜傥，是众多女孩子心中的偶像。小提琴在他掌中简直就是一件艺术品，流淌出的旋律则是天籁。”张太太闭目神往，思绪仿佛回到从前。突然，她睁开双眼，神态仿佛一只站在悬崖边的山羊，她的眼中没有怨恨，只有悲伤。迟疑片刻，这只悬崖边的“山羊”终于决定前进：“之所以愿意陪丈夫来见你，是因为我想在保守秘密的前提下，让你帮他解开心结。但我渐渐发现这几乎不可能，直到然然的死，我才意识到这个死结只有我能解开，但我根本没有这份勇气。”

“您背负着这个秘密得多辛苦呀。您能说出这番话，已经让我感受到了超出常人十倍的勇气。”安心目光中流露出同情和钦佩。

“我可以吸烟吗？”

“当然。”安心从茶水柜中取出烟灰缸。她几乎不吸烟，但考虑到来访者在某些特定时刻的需求，没有定下禁烟的规定，而是花重金购置了除烟除味设备。

一缕青烟冉冉升起，久久盘旋在张太太的头顶，直到她用力吐出更大一口烟雾，它们才纠结缠绕着渐渐散去。“初次相见后，我就不可自拔地喜欢上了他。而他，虽然身边美女无数，但还是和我一起坠入了爱河。那时我二十六岁，然然刚满二十。很快我便发现，音乐才是然然的全部，而我只是他众多灵感中的一朵激情火花。尤其是在我怀孕后，他的态度让人心寒。我并不怪他，我知道他是音乐的精灵，不会顾及人间的烟火。但我不能将自己烧成灰烬，独自将孩子打掉后，平静地和他分手了。”说完这些，张太太长出一口气，将香烟掐灭，一口气喝完了杯中水。

安心没有开口，只是默默起身，给张太太添水，落座，倾听。

“然然可能觉得心有亏欠，便把我介绍进他哥哥的公司，一家很有实力、待遇很好的公司。”张太太抬眼看看安心，神态稍显轻松，“想必我先生已经把这一段向你讲述过了。说实话，面对我先生的追求，我一度退缩了。但他的确是个优秀的男人，而且与然然不同，是个可以让我托付终身的人。犹豫再三后，我接受了他的爱。”自从落座，张太太就紧绷着身子坐得笔直，此刻才将上半身靠在椅背，好像长途跋涉的旅人筋疲力尽之后终于找到了一根可供倚靠的枯树桩。

安心也换了个姿势倾听，不时地用眼神鼓励张太太继续讲下去。

“然然对于我跟他哥哥的交往很纠结，既觉得我找到了一个可靠的男人，又对哥哥怀有深深的歉意。”

“您在两者之间也很不好受吧？尤其是担心先生的怀疑。”安心明知故问。

“他的确问过我，但我没有勇气承认。好在他是个宽容的男人，我们都答应对方，不纠结彼此的过往。”

“嗯，你们这样约定挺好的，会让你们不惧过往，一起期待未来。”安心赞赏地说。

“所以我们是幸福的，起码我这么认为，如果不是那次车祸……”张太太苦笑了一下，好像在嘲讽自己的命运。

“您对丈夫不离不弃，很辛苦吧？”安心刻意停顿了一下，“但接下来发生的事情也许才是问题的关键，您愿意告诉我吗？”

张太太又点燃了一支烟，沉默也足足持续了一支烟的工夫。“你早就猜到了，对吗？”她吐出最后一口烟，望向安心。

“我们有专业的判断方法，请相信我，绝不仅仅是猜测。更重要的是，”安心坦诚地说，“我想帮助你们。”

“丈夫成了植物人，期盼已久的孩子没了，我的天塌了。那种感受你能理解吗？”

“绝望又崩溃吧？”

“我唯一能做的就是尽心照料他，一年也好，一辈子也罢，我认了。”张太太的神色由悲戚转为坚毅。

“自从我和丈夫结婚，然然就淡出了我们的视线，全身心地投入到他视为生命的音乐当中。万万没想到在我最难的时候，出现在眼前的他变得知寒懂暖，成熟稳重。他一边帮我照顾先生，一边打理公司的生意。也许是搞艺术的人自带天赋，他竟然将公司打理得井井有条。我虽然把全部心思都放在了先生身上，但然然的一举一动全在我的眼里……”张太太有些激动，苍白的面庞泛起红晕。也许她也意识到了，迅速平复了一下心绪，继续说道：“我盼望着会有奇迹，但奇迹迟迟没有出现。医生说，超过一年的植物人恢复的概率几乎为零……”安心最能设身处地站在来访者的角度思考问题，她感同身受地看着张太太。

对方显然感受到了这份真挚，继续说：“两年的煎熬，我无力回天。结婚纪念日那天，我决定留在医院陪他，跟他说说话，说说我俩甜蜜的日子，说说我有多想他，盼他回来。这些话我说了无数遍，他都没有回应，我知道他也许永远都无法回应了。”张太太掩面而泣。安心的眼圈儿也红了，她使劲咽了口唾沫，喉头有些发咸。

“那天晚上，然然手捧一束红玫瑰走了进来。他说，‘嫂子，祝你和我哥结婚九周年快乐。’不知为什么，我竟一把搂住了他，痛哭失声。我意识到不妥，想推开他时，却被他紧紧抱住了。他一个劲儿地说是他不好。我只是哭，好像要把所有的委屈都哭出来。我并不担心吵到丈夫，我知道他什么都不知道。我们就那么抱在一起，不停地说话，然后亲吻着对方，在我昏睡的丈夫病床旁……”张太太泣不成声。

“后面的事情我不想说了。”张太太接过安心递过来的纸巾，擦干眼泪。

“不必，我想我已经知道了。”安心长出一口气，她想问题至少解决了一半了，“您先生是什么时候醒来的？”

“当晚我和然然回了他家，第二天一早突然接到医院的电话，说我丈夫醒了。”

“果然！”安心在心里暗叹一声，她不知该为自己的判断庆幸还是难过。接下来，她大致询问了一下张先生苏醒后的情况。她意识到，最难的时刻即将到来。

“张先生会不会已经知道了一切？”

“都说植物人会有感知，但我不能肯定，怎么会那么巧？我现在只恨自己为什么没能把持住，为什么没有多等一天！”

“他从来没有谈论过或者暗示过吗？”

张太太摇摇头。

“我们现在必须做出这样一个假设，”安心再次停顿了一下，以确认对方情绪稳定且认真在听，“这个秘密已经被他知道了。”

“那他为什么不问我？”

“可能他也在怀疑这件事的真实性，或者他只是不忍揭开这个伤疤。我需要和他再谈谈，但是在此之前我想知道您的态度。既然您已经对我和盘托出，我想确认您是否希望他从我这里得到一些暗示？”

“我不知道！”张太太痛苦地摇着头，“我曾经差点儿失去了他，现在又失去了然然，我不想再次失去他！”

“当然，”安心平静地说，“我相信。”

“那我该怎么办？然然已经不在了，现在也许除了我先生，你是唯一知道这个秘密的人，求求你帮帮我。”张太太的声调近乎哀求。

“我一定尽力而为，我想再和张先生聊聊，不知道他还愿意见我吗？”

“我想会的，他的痛苦比我还深。”

“好，那请转告您先生，下周这个时间我在这里等他。”

“你不会把我说的告诉他吧?”张太太紧张地问。

“请放心，除非得到您的许可，我不会透露任何今天咱们谈话的内容。”

“您吸烟多久了?”目送张太太出门时，安心问。

“哦，我本来不吸烟，是从我先生出事后才开始的。”

“既然这样不如戒掉吧，何况您还想要孩子。”安心的笑容很温暖。张太太若有所思，眼中突然闪过一丝希望，感激地留下一句：“安心，你是个好人。”

送走了张太太，安心的心绪久久无法平复。虽然凭直觉她已经猜出了一些端倪，但万万没想到事情的发展会如此悲情和惨烈。她打开窗户，夜风扑面而来。街道上人流穿梭，车潮汹涌，这是一个怎样令人忘情而抓狂的人世间啊。安心不由得打了个寒战。

“小心着凉。”已经换上休闲服的王安逸不知何时闪进了房间。

“巫师走路都没声音吗?”安心不想让对方看出自己心情的大起大落，她是一个很善于隐藏心绪的女人。刚才跌宕起伏的故事令她不寒而栗，一种强烈的孤独感和失落感包围着她。此刻她正希望能有人陪自己聊两句。王安逸来得正是时候。

“怎么还没走?”她歪着头问。

“本来正准备走，刚好看到你的客户离开，她的状态很不好，因此我有些担心你。”王安逸的话让安心感到被人关心的温暖。“一起吃个饭?”王安逸发出了邀请。

王安逸选的地方是一家低调而精致的西餐厅。安心很受用，她喜欢烛光摇曳的影子和那份若有若无的温暖，尤其是今夜。

“谢谢你。”

“是我要谢谢你。”王安逸圆润的男中音，磁性中包裹着儒雅和从容，甚至还有一丝丝俏皮和狡猾，这声音仿佛具有一种魔力，能迅速拉近听者的距离，让人百骸舒爽。安心很诧异为什么之前没有感觉到。

“谢我？”

“当然。”王安逸双臂环抱胸前，看着安心的眼睛说，“如果没记错的话，这是我到‘摆渡人’以来第七次请你吃饭，前六次都被你无情地拒绝了，但我知道今天你会答应。说实话，我真不知是该感谢你终于给了我这个机会，还是应该感谢你那个一脸悲伤的客户。”

“巫师！”安心一边笑，一边让自己陷在舒适的靠背里，她感觉好疲惫，“咨询者家中出了点儿意外。不过我很好奇，你凭什么认为我会受到影响？”

“我来‘摆渡人’多久了？”王安逸所答非所问。

“两年多了。”

“嗯，时间不长，但对于高明的巫师来说，了解一个人足够了。”

“你了解我？”安心的表情十分夸张。

王安逸眯起眼睛，故作神秘地说：“不能说十分了解，但多少能窥知八九。”

“说说看。”安心提起了精神，她向来喜欢有意思的对话。

“你是一个异常敏感的女人，当然，这对心理咨询师来说是把双刃剑，你可以敏锐地抓住问题的关键，但也很容易被剑锋所伤。”

“所以你觉得我今天的咨询有了进展，但同时被伤到了？”

“你说呢？”王安逸露出了狡猾的笑容。

安心无法反驳，只好追问：“还有吗？”

“你是两个人。”

安心不为所动，只是眨眨眼睛凝神倾听。她知道，自己越是表现出吃惊，对方越会因这种故弄玄虚而洋洋得意。王安逸当然能看穿安心此时的小心思。

“别人眼中的安心是一个有事业、有头脑，独立、执着而坚强的安心，不过……”他斟酌了一下措辞，“恐怕安心自己心中藏着另外一个安心。很遗憾，我还不知道哪个是真正的安心，除了外表同样美丽之外，我坚信她们是截然不同的。”

安心从靠背中直起身，仔细端详着面前的男人，心中不禁升起了一丝疑惑——他难道真是个巫师吗？自己的确有许多不足为外人道的秘密，长久以来的刻意掩饰让自己都习以为常，甚至辨不清真假了。她自以为可以从容地周旋于两个世界，以致忘了哪一个才是真正的自己。如此的天衣无缝为何被人一眼看穿、一语道破？

看到对方失神的样子，王安逸心有不忍，好在精致的菜品适时地被端上了桌。接下来的谈话轻松了很多，也没有涉及工作。

除了集体讨论案例和必要的进修与督导，心理咨询师很少私下与外人和同事谈及工作，这既是职业操守，也是一种自我保护。在大量的咨询案例中沉浮，咨询师的情绪宛如坐过山车，纵使有再大的修为也难以让自己完全置身事外。如果再时时刻刻、喋喋不休地谈论工作，想必他们会先于求助者崩溃。

贾一楠最近来找她的次数越来越少，安心坦然面对。如果亲密无间的闺蜜有什么瞒着自己，那一定是有难言之隐或时机未到。安心不会苛求，更不会点破，就像她自己说的——“顺其自然”。但是今夜，她却一个人辗转反侧，既是因为然然之死，更是因为“巫师”的预言。

张先生如约而至。

安心特意穿了一套素雅的套装，甚至没有化妆。而对方不出所料地一身黑衣，一脸悲伤。短短一个月未见，张先生的两鬓平添了许多白发。

“谢谢您来见我，对您家中的不幸我万分遗憾，请节哀保重，希望我们可以尽快解决眼前的问题。”安心说得低沉柔缓，生怕哪个字的棱角会碰伤面前这个悲痛欲绝的男人。

“我应该感谢你，我太太说你的疏导对她很有帮助，我希望自己能够同样幸运，请原谅之前言语的冒犯。”张先生神情严肃，话语却异常诚恳。

“那让我们开始吧。”

“从哪里呢？”

“如果您不介意，我想谈谈然然。”安心打算不绕弯子，她谨慎地观察对方的反应。还好，张先生没有特别的反应。

“我们兄弟感情很好，我比他大整整十岁。”张先生并没有看安心，而是将目光投向对面墙上的抽象画，“我父亲去世不久，我母亲因生然然难产而去世，我们兄弟两个自幼相依为命。那段生活的艰辛可想而知，虽然有政府和亲属的帮助，但更多时候只能靠我们自己。我拼命学习，寄希望于命运的改变，从某种程度上说，我成功了。然然生来性情古怪，但他很聪明，只是并没有用在学习上。然然对音乐有着与生俱来的热爱，但很长时间以来我无法理解他。都说长兄如父，更何况是我们两个这种情况，所以我一向对他要求很严。我极力反对他将命运系于音乐，我撕了他的琴谱，他会默默地抄写回来；我砸了他的琴，他宁可不吃不喝也要攒钱买回来。他从不会正面与我抗争，但那份隐忍的执着终于让我败下阵来……”张先生自责得无以复加。

“您觉得他会因此而记恨您吗？”

“绝对不会！”张先生说得斩钉截铁，“然然虽然有些另类，但知道我带他不容易，更知道我是为他好。除了音乐，我们兄弟再无争执，只有手足之情。”张先生的眼圈红红的，“在我创业的艰难时刻，他已经通过创作和演出有了不菲的收入。当我发不出工资、付不起货款时，他拿出了全部积蓄。知道吗？对我来说那是救命的一笔钱呀！”两行泪水顺着张先生棱角分明的脸庞滑落。

男儿有泪不轻弹，只是未到伤心处。安心不由得将脸扭向窗外，既是给对方时间平复，也是给自己缓冲。

“您的辛苦没有白费，看起来然然很懂事。然然对您的婚姻有什么看法吗？”安心决定省去一些铺垫，因为面前的男人充满睿智且足够坚强，她不想画蛇添足。

“我明白你的意思，”张先生果然沉着应对，“因为我告诉过你，是然然介绍我们认识的，我也怀疑过他俩之间有什么。上次我说自己不在乎，请原谅，我说谎了。我只是觉得没有什么能大过我对妻子和弟弟的爱，更何况那仅仅是猜测。所以我选择自欺欺人地认为它不存在，或者即便真的存在，也已经是过去的事了。”

“但是真的放下心中的芥蒂很难的。”安心体谅地说。

张先生突然定定地看了会儿安心，眼神里既有钦佩又有自嘲：“对，原本我以为自己是一个宽容大度的男人，但在这个问题上，我显然是高估了自己。”

“其实您已经做得足够好了，正是因为这份大度，才让您的婚姻美满幸福，才让你们兄弟亲密无间。如果不是那次车祸……”安心故意停下不表。

张先生点点头，他已经从安心那里获得了足够的理解和尊重，戒备与回避也就无从谈起了。“也许我本不该醒来。”他仰天长叹，“今天才是我们第三次见面，你非常聪明和敏锐，几乎从一开始就发现了什么吧。说实话，我之所以要接受心理咨询，很大程度上是想推翻自己的认知。如果不能，至少也可以得到某种安慰。如果说我心里的这把锁有钥匙，我想我自己有一把，我妻子有一把，而你似乎也找到了一把。其实这三把钥匙是一样的。”他停顿了一下，艰难地吐出两个字，“然然。”

“我昏迷了两年，从医学角度几乎被宣判成了永久性植物人。你也知道，我的妻子对我不离不弃，然然也将公司打理得风生水起。也许我一睡到底，剩下的事情就顺理成章了，更不会有什么悲剧……”安心能感到对方陷入了痛苦与纠结，但她坚信冲过这道坎儿就会柳暗花明。

“一直睡下去也许对我来说是不幸的，然而老天却偏偏让我醒了，而且醒得那么不合时宜。由于我的幸运造成了接下来的不幸，我真不知道是应该庆幸还是悲哀。”张先生痛苦地闭上了眼睛。

“您的妻子和弟弟肯定也盼着您能醒来的，虽然他们也相爱过……”安心认为必须捅破这层窗户纸，才能让张先生真正解开心结。张先生听到安心这么说，睁开双眼。安心看到了他孤注一掷的决心。

“原本我并不确定，或者说宁愿不去确定，直到然然的死，我才知道我必须面对！”张先生缓缓吐出一口气，语调透出些许释然，“没有人知道我到底是什么时候醒来的，大家都以为是结婚纪念日的第二天，其实也许要更早些。之所以说也许，是因为我自己也无法确定。你知道，一个昏睡了两年的植物人在刚刚醒来时就像一个婴儿。我似乎是被某种熟悉的声音所唤醒，后来我慢慢回忆起那是我妻子在和我说话。紧接着，我好像听到了然然的声音和我妻子的哭声。我的感官逐渐变得清晰，甚至能听到他们的对话和感觉到他们的一举一动。但我既不能说，也不能动，我以为自己并没有醒，这些不过是一个梦。”说完这些，张先生仿佛虚脱般瘫软在椅子上。

“您现在还认为那是一个梦吗？”

“不重要了。”

安心很想听听张先生为什么转变这么快。

“我们夫妻之所以会出现问题，不过是我的心魔罢了。我不能确定那是一个梦，因为它过于真切；但我又不愿相信那就是事实，因为没有人愿意面对。我妻子面对一个植物人守了两年活寡，然然让我的公司没有垮台，如果他们真的发生了什么，我也没有权利苛责，因为所有人都认为我不会醒来了，何况他们原本就相爱过。但我无法做到像什么都没发生一样，我在梦与事实之间纠结，在妻子和然然之间痛苦挣扎。然然突然出国，其实我并不感到意外，他的痛苦应该不比我少。我只是没有想到，他会用死来给我一个交代……”张先生掩面痛哭。

安心的眼中也满蓄着泪水，她这次没有刻意掩饰和控制，任由泪水滑落。咨询室里陷入安静。

“谢谢你。”张先生打破了沉默，“是你的善解人意让我终于甩掉心魔，找到了那把钥匙。”

“你们都是善良的人。您是负责的哥哥和丈夫，您的太太是贤惠的妻子，然然是善解人意的弟弟。没有人需要面对苛责。虽然有无尽的惋惜，但是你们之间可贵的真情会让一切好起来的。”安心的心情也平静下来，她可以客观理智地表达自己的观点了。

“我们会继续自己的生活，为了然然，我们必须活得更好。”张先生语气虽然低沉，但是比刚才轻松了些。

“你太太应该很爱您，所以宁愿自己承受内心的煎熬，而不把真相揭开让您再受伤。”

“嗯，其实无论她说与不说，在我心里那都只是一个梦。”张先生抖擞起精神，“对，我现在百分百确信，那就是一个梦！”

“还有什么能帮您的吗？”安心决定鸣金收兵。

“不必，梦已经醒了，不是吗？”

安心会心一笑：“衷心祝福您和爱人幸福美满。”

张先生挺直腰走出咨询所，虽然缓慢但步履坚定。张太太照例在门口等候，见到安心，她还是礼貌地点头微笑。也许是注意到了丈夫良好的状态和情绪，她的笑容不再忐忑。

仿佛一个下午，所有人都达成了默契与谅解。门前的银杏树叶开始泛黄了，先是在叶缘处镶上金边，然后逐渐向中心蔓延，半黄半绿的叶片在夕阳下闪动着优雅的光晕，似真似幻。安心伫立街头，看着自己长长的影子，倾听风儿在叶间婆娑，她有一种莫名的感动。回到房间，她好好地伸了个懒腰，好让心头淤积的情感释放出来。桌上的手机振动了一下，是贾一楠发来的信息：“到了。”安心莞尔一笑，贾一楠最近的确有了许多变化，不再肆无忌惮地按喇叭只是其中之一。

吃晚饭的时候，贾一楠心不在焉，这自然逃不过安心的眼睛。

“有事？”安心问。

“哦，也不是什么大事，”贾一楠一边擦拭着被汤汁弄花的红唇，一边说，“原本不是说好咱俩春节去三亚嘛，可总部刚刚通知我有个重要会议，我……我恐怕得去趟巴黎。”她用余光瞄向安心。

“嗨，我以为什么事呢。去就去呗，反正机票酒店都还没定，至于这么吞吞吐吐的吗？这可不是你的风格。”安心回答得云淡风轻。

“宝贝儿，我会给你带礼物的。”贾一楠如释重负地朝安心努努补好妆的红唇。安心没有像往常那样回应，而是站起身说：“送我回家吧。”

“怎么，不打算去我那儿？”

“不了，我今晚有事。”安心只是想让自己静静。

三个月后，安心意外地收到了张太太的来信。信是在她工作时留在前台的，字体娟秀，里面附有一张唱片。

安心：

你好，我是张太太。

很抱歉再次打扰你，但我想你会愿意看看这封信。

首先告诉你两个好消息：我先生的身体已经完全康复；还有，我刚刚得知自己怀孕了。征得先生的同意后，我给你写了这封信。

曾经那段黑暗的日子，我和先生包括然然都在痛苦中挣扎，是你为我们重新点燃了希望。很遗憾，然然没有等到这个希望，但我和先生依然要对你表示感谢。你优秀的职业素养、精湛的专业水平，还有那颗真挚的心令我们终生难忘。

我先生最后一次从你那里离开时，奇迹就悄悄上演了。我形容不出来那到底是什么样的变化，但我真真切切地感受到了，我想他也是。虽然我不知道你们谈了什么，但我确信他已经知道了一切，并相信他已经原谅了我。在这当中，你的存在至关重要。

我们三个人不堪回首的煎熬曾经刻骨铭心，说与不说、问与不问、信与不信，乃至生与死……现在想来依然让我不寒而栗。走出黑暗的那一刻，我们（也包括在天堂的然然）要真心对你说一声“谢谢”。无以为报，只好送你一件礼物，请务必收下。这是然然留下的那张唱片，是他在法国期间创作的最后一首曲子（你收到的这张是我先生按原样复制的）。我相信，这是然然一生的绽放，他一定是想通过它告诉我们什么。虽然我无法完全领悟，但可以肯定的一点是——他希望我们走出黑暗，好好生活。

代表我先生和然然再次对你表示感谢，祝安好！

张

读完信，安心露出会心的微笑。咨询室没有唱片机，她决定回家静静聆听。

夜幕低垂，安心给自己斟了一杯红酒，将客厅的灯光调至最暗。她小心翼翼地取出唱片，那是一张制作精美的黑胶唱片，黑色赛璐珞盘面在昏暗的光线下显得更加深邃，细密的声槽仿佛是一圈圈涟漪，将整张唱片化作深不见底的潭水。片芯也是黑色的，上面印着五个字——黑暗的尽头。字是金色的，字体很小，像水中摇曳的星光。

唱针轻触碟片，优美的小提琴曲缓缓流淌。安心将自己陷入沙发里，仿佛沉入海洋。最初的曲调轻快跳跃，充满活力又略带桀骜轻狂。安心似乎闻到了青草的芳香，听到了雏鹰的啼鸣。乐曲逐渐转入沉缓悠扬，饱含着生长的力量，好似竹节拔高，巨木擎天。一串激越的音符迸发而出，刹那间狂风漫卷、巨浪滔天，在弓与弦的撕扯中，珠残玉碎、星月无光。安心的胸膛随着乐曲剧烈起伏，仿佛挣扎在惊涛骇浪中，渐渐沉入漆黑的海底。行将崩溃的刹那，曲调陡然一转，安心仿佛看到眼前闪过一道光。她感到前所未有的释然，灵魂随着舒缓的节奏悠悠荡荡。万物已逝，只剩安详……

眼泪无声地落下，无须擦拭，任由它肆意流淌吧。这首绝唱浓缩了一个乐者的一生，也许他只是想告诉人们——黑暗的尽头总有亮光！

第三章　少女的心思

星期一的早高峰总是让人抓狂。安心开着她那辆老旧的二手丰田车好不容易从汹涌的车流中突围出来，减速准备停车，“摆渡人”已近在眼前。

“咣当！”车身一震，安心摔门下车，想要骂街。

后车司机早已小跑着站到两辆车中间，看到安心，对方先是一愣，然后就一个劲儿地道歉：“对不起，对不起，人没事吧？”这是一个中年男人，一身休闲打扮，举止谦恭，满脸憨态。

安心余怒未消，一手叉腰，一手指着“摆渡人心理咨询所”的招牌没好气地说：“我都到单位了，你还追着撞！”

“真对不起，走神儿了。”男人再次鞠躬致歉。

安心瞥了一眼对方的车，心里嘀咕了一句：“也算没白挨撞。”她认识车头上的小天使。

“砰！”摔车门的声音让安心不由打了个激灵，一个十三四岁的美少女出现在眼前。“爸，哪儿那么多对不起呀，多少钱赔她不完了？”女孩抬头看到安心，竟也是一愣。

“回车上去，”男人一改彬彬有礼，冲美少女吼道，“还不是因为你！”

女孩收起了张狂的架势，一步三回头地溜回车上。典型的后车全责，拍完照片、互相留下联系方式后，双方驾车驶离了现场。安心将车停好，气呼呼地走进了咨询所。

“呦，今天气儿不顺呀。”糖果嬉皮笑脸地起身打招呼。

“被‘天使’撞了，能顺吗？”安心没给她好脸，径直进了自己的咨询室，糖果一脸蒙圈地怔在原地。

给保险公司打过电话，安心叫来糖果，换了副笑脸说：“没什么大不了的，让人家追尾了，把今天的预约表给我吧。”

上午一共两个咨询者，一个是婚恋问题，一个经初步判断应该是抑郁症。按部就班地接待完来访者，安心刚想喘口气，手机就响了。

“是安心女士吧？”

“是我。”安心已经听出了那个彬彬有礼的声音。

“我是邵荣德，早上真是对不起，希望没有吓着你。修车的事尽管放心，我一定全力配合。”

伸手不打笑脸人，何况此时早已火气全消，“邵先生太客气了，开车剐剐蹭蹭免不了，再说有保险公司呢。只是您那好车也怪让人心疼的。”安心想用个玩笑缓和一下尴尬的气氛。

“那就好，那就好。只是……”对方欲言又止。

“还有什么问题吗？”

“你是在心理咨询所上班吗？”

“对呀。”

“那我能不能向你咨询问题，我、我……”对方显得很窘迫。

“邵先生，如果您有什么困惑，我当然愿意提供帮助。可是按照规定，咱们不能在电话里探讨问题。您可以联系我们的接待员，另约个时间好吗？”安心随后报上了前台的电话。

下午的三个咨询结束后，安心已经很累了。为了保证咨询效果，也是为了保护自己，她给自己定下规矩——每天最多接五个案子。可就在此时，糖果敲门进来了。

“安心姐，还有一位客人。”安心告诉糖果，当面或背后都不要称呼来访者为病人，糖果一直谨记在心。

“今天已经五个了，何况预约单上没有其他咨询者了。”安心疲惫地靠在椅子上打了个哈欠。

“我知道，”糖果好像很为难的样子，“他打过电话，我告诉他您这两天的安排都满了，能不能换其他咨询师，可他说就找您。我说那只能安排在周末，可他好像等不了，还是来了。”

安心无奈地摇摇头问：“什么样的客人？”

糖果吐了一下舌头，坏笑着说：“是早上撞了您的那个‘天使’。”

“邵先生请坐，什么事情这么急？”早上匆匆一瞥，来不及端详，此刻安心仔细打量着对方。男人五十多岁，个子不高，体态微胖，稍稍有些谢顶，一张略显黝黑但保养得很好的圆脸笑容可掬。虽然换上了名贵的正装，但丝毫看不出尊贵的派头。

“其实不是我，是我女儿。哦，你早上见过的。”

安心迅速回想，突然觉得那个美少女身上的确有几分邪劲儿。“她有什么问题？”安心问道。

“这孩子，唉……”邵先生叹了口气，原本笑眯眯的脸上愁云密布，“也许是青春期的叛逆吧。哦，这可不是我说的，见过她的心理医生都这么说。”

“您是说带她去过医院？”

“哦，不不，也是心理咨询室，跟你这儿差不多。我要是带她去医院，她敢死给我看。其实我也分不清医院和这里有什么不一样。”邵先生的额头渗出了细密的汗珠。

看着面前这个焦虑的父亲，安心没有从专业角度阐述医院和咨询所的不同，只是有些不解地问：“既然你们已经在咨询了，为什么还要找我？”

“以前都是我求着她去的，换了好几个大夫，哦，应该叫咨询师对吧，”邵先生掏出手帕擦了擦额头，“可是她对着人家要么又哭又闹、又骂又叫，要么压根儿就不说话，根本没法往下进行。”

“既然她这么抵触，我建议您还是劝劝她去医院，或者想想别的办法，比如换个环境，比如找个她信得过的人开导开导也行。”

“今天早上我正为去医院的事和她掰扯，结果一分神儿就撞上了你的车。结果你猜怎么着？”邵先生愁眉舒展，又露出了憨憨的笑容，“这丫头好像突然想通了，哭着喊着让我带她来找你。”

“青春期的孩子本来就不可捉摸，既然这样，为什么只有您自己来了？”

“有了前几次的教训，我觉得有些情况还是我先向你介绍一下为好。这丫头喜怒无常，我怕她吓着你。”

安心笑了：“您过虑了，如果那么容易被吓到，恐怕我也不会坐在这里了。不过既然您来了，我们先聊聊也好。您要喝点什么？茶水？”安心以为如此讲究的男人一定喜欢品茶。

“不用不用，矿泉水就行。”邵先生连连摆手，那是一双有力的手，粗大的骨节和隐约可见的老茧说明这双手从事过艰辛的工作。

安心让糖果送来矿泉水，临出门时糖果回头调皮地吐了吐舌头，安心白了她一眼，转头对举着瓶子狂饮的邵先生说：“我们开始吧。”

“我女儿叫邵雨婷，小名叫素素，今年十四岁。生她那天，北京下了百年不遇的一场大雨，她一出娘胎雨就停了，所以我给她取名叫雨婷。小名是她妈给起的，从小叫到大。素素是我和妻子的独生女，也是我们的心窝子。她从小活泼聪明，特别懂事，长得也好看，随她妈妈，也多亏没随我。”谈起女儿，邵先生不禁眉飞色舞，“可是四年前，她妈妈去世了。从此这孩子性情大变，简直是不可理喻。”说到这儿，对方的神情随即黯淡无光。

“她们母女感情很好？”

“岂止是好，简直好得让我嫉妒。不过话说回来，我们一家三口的关系都很好。我刚来北京时就是个穷光蛋，婉芬，哦，就是素素她妈从来没嫌弃过我。她陪我起早贪黑地去批发市场倒腾海鲜，就着凉白开啃馒头，一起挤在地下室睡觉。那年春节前我进货上了当，赔光了所有本钱，还欠了一屁股债，甭说回老家，我俩连吃饭的钱都快没有了。大冷天的，她给我买了一碗馄饨，热乎乎的馄饨，她自己愣是一口没舍得吃，就在一旁啃着凉馒头……”说到这儿，邵先生哭了，哭得很伤心，“对不起，对不起。其实何止素素，我也想她妈呀。”自觉失态的他连忙用大手抹了一把眼泪，接着说，“后来我发誓要活出个人样来，让婉芬过上好日子。我没日没夜地打拼，终于又有了一些积蓄。那时候我给一家国营大集团送货，正好赶上他们机构改革，也许是看我人实在、能吃苦，就把餐厅承包给了我。命运从此改变，我陆续承包了几家酒楼。再后来赶上房地产热，我盖起了自己的饭店和楼盘。四十岁时，我已经资产过亿，婉芬也生下了素素。别人都说素素她妈有眼光、能旺夫，这一点我深信不疑。原本以为一家人可以幸幸福福地过下去，没想到四年前婉芬得了恶性肿瘤，不到半年人就走了。”邵先生难过地低下了头。

虽然有些絮絮叨叨，但安心实在是不忍打断对方的回忆和思念，抓住这个机会，她赶快将谈话引入正题：“您认为素素的问题是缘自母亲的去世?”

“我想不出还有什么原因。”邵先生摇摇头说，“她衣食无忧，也从没缺少过爱。尤其是她母亲去世后，我对她简直是百依百顺。”

安心稍加思索，谨慎地问：“您现在还是一个人?”

“当然。”对方抬起头，瞪着发红的眼睛，好像这个问题对他来说是一种冒犯，“我忘不了婉芬。这两年陆陆续续有人给我介绍对象，我身边也有不少追求者，可我再也找不到那个能陪我啃凉馒头、睡地下室的婉芬了。何况婉芬临走前有交代。”

“她说了什么?”

“婉芬最不放心的就是素素，怕后妈进了门让孩子受委屈，所以她希望我在素素十八岁之前不要再娶。其实就算她不说，我也没打算再婚。”

“素素对您再婚的事怎么看?”

“应该是强烈反对吧。”

“为什么是应该？”

“因为到目前为止我既没有这个想法，更谈不上什么行动，她也没的反对呀。但是我能感觉出来，一旦她发现了什么苗头，那一定是天崩地裂。”

“您是怎么感觉出来的，能说具体点儿吗？”

“她对我身边出现的女人一概抱有强烈的敌意。我妻子去世后，她让我辞退了雇了多年的保姆。其实她和孙阿姨之间一直关系不错，可她就是容不得家里再有别的女人，弄得现在我只好请了个男管家。她还跑到我单位大哭大闹，愣是撵走了和我一起创业的两个女同事。只要打来电话或到家做客的是女人，她都在我身边寸步不离，甚至借机装疯卖傻直到把人家吓走。上个学期我去给她开家长会，被女班主任留下谈话。人家也是好心，说素素最近情绪不稳定，让我多留心开导。结果你猜怎么着，她非要转到一个男班主任带的班，否则就不去上学。她上的是私立学校，人家要求住宿，可素素死活不干，非要天天回家盯着我，弄得我每天还得接送她。唉……我是拿这个小祖宗一点儿办法也没有。”邵先生无奈地摇着头。

“您没有告诉她自己不打算再婚的想法吗？”

“说了多少遍，可她也得信呀。”

“除此以外，她还遇到过什么不开心的事吗？比如说在学校受了委屈，或者与好朋友闹了别扭？”

“自从她妈妈去世，身边的人都小心翼翼，对她只是更加呵护和宽容，谁还敢惹她不开心呀。可她就像换了个人似的，原本爱说爱笑、活蹦乱跳，现在一放学就躲回自己房间。一天到晚神经兮兮的，稍微有点儿不顺心就弄得家里鸡飞狗跳。过去学习挺好，现在也不用功了，老师说她上课不是睡觉就是盯着窗外发呆。同学们也都躲着她，谁知道哪句话就捅了马蜂窝啊。”邵先生又打开一瓶矿泉水咕咚咕咚喝了起来。

“关于这些变化，她自己是否意识到了？您和她谈过吗？你们父女平时交流多吗？”

“谈过，可她压根儿就不承认自己变了。”邵先生有些惭愧地说，“我和她交流确实也少。婉芬在的时候，她们娘儿俩叽叽喳喳有说不完的话，婉芬一走，这孩子嘴上就像贴了封条。也赖我平常工作忙、应酬多，很少能陪她说说话。现在我是想和她好好聊聊，她倒不爱搭理我了。”

“之前的咨询是您陪她一起参加的吗？”

“她不让。可我也不敢走，指不定什么时候她就又哭又闹地跑出来了。”

“以前见过的咨询师有什么具体建议吗？”

“几乎没有，因为她就没进行过一次完整的咨询。”

“既然她非常抵触心理咨询，为什么今天突然改了主意？”通过上面的交谈，安心大致有了自己的判断，但她认为其实这个问题才是关键。

“呃，这个……”邵先生有些支支吾吾，“她没告诉我为什么。对了，你不是也说青春期的孩子不可捉摸吗？”

安心淡淡一笑，她知道对方没有说实话。不过听了邵先生的介绍，再联系到自己的亲身经历，她决定见见素素，于是便说：“既然孩子想通了，如果您愿意，我可以试一试。”

邵先生显然非常开心，迫不及待地说：“愿意愿意，咱们明天就开始吧。”

安心翻看了一下预约表：“明天恐怕不行，我的预约满了。后天上午十一点可以吗？如果怕影响孩子学习，周末也行。”

“不影响，不影响，反正她这状态在学校也是浪费时间，就后天吧。”邵先生起身准备告辞。

“孩子还未成年，作为监护人，您希望我们单独聊还是在您的陪同下？”

“我来之前征求过她的意见，她想单独见你。”

素素准时站到安心面前。女孩身穿整洁的校服，个子高挑，肤色白皙，五官俊俏，乌黑的头发扎起马尾辫，齐刷刷的刘海儿下是一双古灵精怪的大眼睛，真是一点儿也不像她淳朴憨厚、相貌平平的父亲。安心依稀看到了二十年前的自己，一种亲切感油然而生。

“坐吧，咱们聊聊。”一般的开场白是“有什么可以帮助您”或是“您想解决什么问题呢”，此刻安心故意换了个轻松的说法。

女孩并没有马上坐下，而是走上两步，歪着头打量安心，然后自言自语：“那天早上没看清，您果然……”她思索了一下接着说，“很漂亮。”

安心报以暖人的微笑：“谢谢你，坐吧。”

女孩终于坐下，上身笔挺，两腿并拢，双手放在大腿上，很有教养，丝毫看不出哪里不对劲。

“我是叫你雨婷呢，还是素素？”

“素素吧，我爸妈一直这么叫。”声音很清脆，谈不上甜美可爱，但绝不矫揉造作，“我该叫您安心姐姐，还是安心阿姨？”

“当姐姐好像我有点儿老了，”安心将身子靠向椅背，以一种很轻松的口气说，“不过看你喜欢吧，叫什么都行。”

“那我就叫您安心阿姨吧。”素素第一次笑了，露出浅浅的酒窝。

“想和阿姨聊点儿什么？”安心身体前倾，双手交叉托住下巴，一脸认真地准备倾听。

“我爸说我叛逆，哼，大家肯定都这么认为。”素素噘起了小嘴。

“哈哈！”安心轻轻笑出声，“像你这么大时，大人们也这么说我。”

一句话立刻拉近了两人的距离，素素将双手撑在椅子上，向前探着身说：“咱俩是不是都被冤枉啦？”

“嗯，有可能。”安心煞有介事地点点头，“说说看，他们是怎么冤枉你的？”

万事开头难，但几个回合下来，安心却感到出人意料的顺利。两个人不像刚刚认识，更不像是在进行心理疏导，完全像一对久别重逢的好朋友在促膝谈心。提前准备好的套路还没来得及用，素素已经手舞足蹈地打开了话匣子："阿姨您知道吗，我之所以那么做都是故意的。"

"故意的？"安心装作吃惊的样子。

"我就是不想让别的女人靠近我爸，她们都是看上了他的钱，对我好不过是装出来的。但是我已经长大了，不会让她们得逞的。"素素把椅子往前挪了挪，趴在桌子上压低声音，好像怕有人偷听，"我处处挑孙阿姨的毛病，故意说饭菜不好吃，还把她刚刚整理过的房间弄得乱七八糟。我把老爸最心爱的君子兰用开水烫死，然后冤枉她浇水浇多了。我把家里的电器弄坏，也怪到她头上。我还故意不起床，赖她忘了叫醒我……"小阴谋的得逞让素素有些得意，但很快便流露出一丝愧疚，"其实孙阿姨挺好的，我爸也根本不信我的话，他只是迁就我罢了。"

安心捕捉到了这细节，但未露声色。她知道，青春期的孩子虽然行为不可捉摸，但是内心其实并不复杂。他们出现心理问题，并非与生俱来的叛逆基因和特异性格，往往只是被某些事物所困扰，暂时走进了死胡同。她想尽可能多地倾听，让孩子把自己的荒唐事乃至埋藏更深的纠结困惑说出来。

果不其然，素素继续炫耀"战果"："阿姨，我还用同样的办法赶走了我爸的女同事，让他给我换了男班主任……"一番滔滔不绝的讲述让女孩的脸因兴奋泛起了红晕。

安心觉得应该适当表露一下自己的态度了，她看似不经意地皱了一下眉头。素素显然是个敏感且善良的女孩，立刻接收到了这个信息。"我是不是很坏？"她仿佛知错般向后缩回了身子。

"你毕竟还是个孩子。"安心尽量让自己的话语轻柔，不想让对方感到紧张，"只是我想知道你到底为什么要这样做。我猜你应该懂得，不是所有的女人都想嫁给你爸爸，他们的接触很多时候是必须的。"

素素显然明白这一点，她沉默了好久，可怜兮兮地看着安心说："我想妈妈。"

谈话进行到此时，整个过程被安心牢牢把控，她甚至猜出了素素会这么说。但儿时的经历让她无法淡定，心不由自主地抽搐了一下。“不能感情用事！”她默默告诫自己，迅速调整了心绪，然后平静地说：“我知道。”

素素的反应却很夸张：“您知道？您怎么会知道？是我爸爸告诉您的？”她惊讶地瞪大双眼，一连串地发问。

短暂的相处已经让安心喜欢上了面前的女孩，是因为对方长得像自己小时候，还是因为拥有相似的经历，安心一时无法确定。她只是感觉很亲切、很自然，这种奇妙的感受几乎从未发生过。虽然从不把个人隐私带入工作，但她希望此刻能产生一些共鸣，甚至有一种向对方敞开心扉的冲动。

“我小时候也有同样的经历。”安心很诧异自己竟真的这么说了。

“阿姨……”素素的声调变了，大颗大颗的眼泪吧嗒吧嗒往下掉，“我真的好想妈妈，您也想妈妈吗？”

安心的内心也是翻江倒海，她默默递上纸巾。素素伸手接过，却由于激动双拳紧握把纸巾揉作一团，她用袖子胡乱抹了一把眼泪，一边哭一边说：“我妈妈可好了，对我好，对我爸爸好，对所有人都好，可是老天爷偏偏对她不好！”

安心稳住了心神：“素素，你的感受我特别能理解。但我要告诉你，失去心爱的人并不意味着失去一切。你有没有想过，妈妈多么希望你快乐？爸爸也会因为失去她而难过，你这样做既辜负了妈妈，也是对爸爸的不公平。”

素素含着眼泪点点头：“这些我都懂，我不是一个小孩子了。可是您知道吗？我们班有好几个同学都像我一样，他们的新爸爸新妈妈要不就是为了钱吵架，要不就是对他们不好，我这样做是想保护我爸爸和我自己呀。”

安心感到很无奈，单亲家庭的孩子的确比普通孩子要面对更多，也难怪他们幼小的心灵会承受不住，自己当年不也是这样吗？“素素，请相信我，很多事情并不完全是你想象的那样。首先，你爸爸告诉我他现在并没有给你找个新妈妈的打算。还有，你总会长大，爸爸总会变老，即便将来他真的那么做了，我认为也无可厚非，对吗？”

“可是，可是……”素素好像找不到反驳的理由。

“素素，你需要时间长大，也应该给爸爸留出足够的空间。所以我们能不能先把这件事放下，想办法解决眼下的一些问题？”

素素虽然有些犹豫，但还是点了点头。

“好，那你能不能答应阿姨，在下次来之前先做出一些改变？”

炯炯有神的目光告诉安心，她准备接受“任务”了。

“你能不能先试试住校？据我所知，你们学校的条件非常好，住在学校可以更好地与老师和同学交流，对你的学习也有好处，没准儿还能交到几个好朋友呢。这样你爸爸也不用每天接送你，他可以把更多精力放在工作上面。至于你所担心的问题，就像我刚才说的，咱们先放一放，我不会骗你，你爸爸更不会，对吗？”

“我听您的，但我不能保证不胡思乱想。”

“试试看，我们毕竟才刚刚开始。如果你做到了，阿姨下次会提新目标。”

谈话快结束时，安心突然问：“素素，能不能告诉阿姨为什么你今天突然想接受咨询了？”从邵先生那里没有得到答案，但安心知道这个问题很关键，只是她故意放在了最后。

素素的黑眼珠滴溜溜转了两圈儿，虽然只是一瞬间，安心已经知道自己同样无法得到真正的答案。

果然，素素答道：“爸爸因为我的事撞了车，我不想让他有危险，所以我来了。”

安心露出不置可否的微笑，告诉自己：“还算是个不错的借口，慢慢来吧。”

两人约好下周一见面，虽然安心希望间隔时间能长些，但素素显然有些迫不及待。等在门外的邵先生看到女儿开心地走出房间，原本笑眯眯的圆脸更是绽放开来，他感激得一个劲儿地冲安心鞠躬作揖，丝毫没有富豪的样子。安心并不奇怪，对方就是这样一路吃苦卖命、点头哈腰、笑脸相迎走向发家致富的。

刚刚结束的谈话非常顺利，但安心隐隐有种异样的感觉，是什么呢？闭目思考了一番，她猛地睁开双眼——绝不可能平白无故地这么顺利。一个陷入悲伤闹腾了四年的青春期的女孩怎么可能如此迅速地做出改变？经过多次失败的咨询后，他们父女为什么偏偏选择了我？这当中必有蹊跷。她坚信答案终将浮出水面，但比起那个隐藏的答案，安心更在意自己能否真正帮到这对父女。

“又愣神儿？”王安逸站在门口冲她笑，“准备吃饭了，赵姐今天中午包饺子。”

原来听到这个消息，安心会高兴得跳起来，但此刻却坐着没动。王安逸觉得不对劲儿，走进房间坐到安心对面：“小丫头给你出难题啦？”

“没有，我只是觉得……”安心怅然道，“没有妈的孩子好可怜。”

王安逸眉头一皱，旋即恢复如初：“单亲孩子我也见过不少，这确实是个社会问题，甚至许多孩子长大后依然深陷其中。我上周刚接的案子就是这样，好端端的男人，要模样有模样，要事业有事业，三十多岁的人了就是不肯结婚。他怀疑自己有社交恐惧症，我看未必，单亲家庭的影响确实不容忽视。”王安逸不想把工作聊得太深，看到安心还郁郁寡欢，便转了话题，“怎么，想妈啦？想妈就多回家看看，赶明儿嫁了人回家的机会就更少了。”

一句玩笑话反而让安心更加郁闷，但自己的身世旁人确实知之甚少。她也想调节一下气氛，于是不甘示弱地回敬道：“我回趟家倒是容易，反正就在北京，你要想妈了可就……”她朝对方挑衅地撇撇嘴。

王安逸脸上的笑容僵住了，还好他的反应足够快，掩饰了自己的心事：“饺子快出锅了，走，吃饭去。”

安心是何等敏锐，王安逸细微的表情变化自然逃不过她的眼睛。她一边懊恼自己的口无遮拦，一边悻悻地走出房间，脑子里更乱了……

第四章　我想要妈妈

“心心乖，回去找爸爸，听爸爸话。”空旷的街道上，白衣女子一边走，一边回头喊。

“不，我要找妈妈!”一个五六岁的小女孩拼命地追赶，怎奈两人的距离越拉越大。突然间阴云密布，电闪雷鸣，狂风卷起的沙石让人睁不开眼。小女孩抹了一把脸上的泪水，再睁开眼时，白衣女子已消失不见。“妈妈，妈妈!”天地间只剩下撕心裂肺的哭喊……

安心猛然惊醒。腮边凉凉的泪水和后背涔涔的冷汗告诉她自己刚做了一个梦，一个很多年都没有做过的梦。她打开灯，喝干了床头的一整杯白开水，起身走到客厅，从书柜最隐秘的角落取出一个相框，坐在沙发上仔细端详。这是一张彩色照片，摄影技术很一般，加之时间久了，看起来有些模糊。背景是颐和园佛香阁，美丽温婉的女子怀抱一个三四岁的小姑娘。女子将一头乌黑的头发自然地绾在脑后，一袭波点连衣裙勾勒出完美的身材。她没有看镜头，而是低头凝视怀中的孩子，一脸的柔情和满足。小姑娘五官精致，一双水汪汪的大眼睛古灵精怪，圆嘟嘟的小脸上有两个浅浅的酒窝。这是安心和妈妈最后的合影。一年半后，妈妈因病去世。看着年幼的自己，安心立刻想到了素素，她知道为什么又做了这个梦，也知道了自己为什么对素素情有独钟。沉寂多年的往事渐渐浮上心头……

安心的父亲叫蒋少雄，母亲叫秦雅雯，安心十八岁的时候执意将自己的姓氏抹掉了。伴随着改革开放的浪潮，众多外企入驻北京。蒋少雄算是当时备受羡慕的外企白领，在一家美国集团北京分部工作。集团的老板娶了一位中国妻子，名叫穆云。二人离婚后，美国老板将中国的业务和员工划入成立不久的美邦公司，并作为补偿转到了穆云名下。他们二人有一个儿子名叫穆浩天，自幼顽劣，早早就被送去美国念书。穆浩天成年后回到中国，曾因盗窃服刑五年，如今是昊天商贸公司的总经理。穆云是美邦公司的董事长，比蒋少雄大五岁，自从接手公司，她便对能力出众、英俊潇洒的蒋少雄另眼相看，怎奈对方已有家室，妻子秦雅雯美丽善良，且刚刚生下宝贝女儿蒋安心，穆云只能将那份爱慕之情深藏心底。

谁知天有不测风云，秦雅雯在安心四岁时罹患癌症。蒋少雄不惜一切代价挽救爱人的生命，令人遗憾的是用尽所有常规手段病情依然无法控制，救妻心切的蒋少雄将目光投向了进口特效药，即便他的收入大大超出当时的平均水平，但天价药的费用依然让他望尘莫及。就在此时，穆云伸出了援助之手，不但付清了全部药费，还出钱为秦雅雯做了移植手术。然而天不遂人愿，秦雅雯还是撒手人寰。蒋少雄知道，即便是给穆云打一辈子工也无法偿还天价的借款。于是在对方的猛烈追求下，秦雅雯去世三年后他迎娶了穆云，同时成了美邦公司的总经理。成人世界的悲欢离合尚且让人难以驾驭，何况年幼的孩子。小安心陷入了对母亲浓浓的思念和对父亲深深的埋怨之中，变得敏感、孤僻，甚至有些神经质。她会长时间对着母亲的照片落泪，一整天不言不语。夜幕降临，当思念之痛再次袭来时，她会用尽全力掐自己，手掐酸了，便拿起了针和小刀伤害自己，大概肉体的疼痛才能让她暂时忘掉内心的伤痛。她拒绝搬进新家，负疚的蒋少雄不得已陪伴在女儿身边，只能利用周末女儿回姥姥家的空隙住进穆云的高档公寓。

实事求是地讲，穆云是个不错的继母，她体谅这对父女的难处，甚至自愿放弃了和蒋少雄再要个孩子的想法。但对于陷入死胡同的小安心来说，大人们的呵护和迁就远远无法弥补她内心的创伤。蒋少雄看在眼里急在心中，直到发现孩子手臂上密密麻麻的伤口，才迫不得已提前拿出了一封信。也正是这封秦雅雯临终前写给安心的信让事情出现了转机。此刻，安心再次从相片背后取出有些发黄的信纸，眼含热泪地读了起来……

亲爱的心心：

当你看到这封信时，妈妈已经离开很久了。

妈妈首先要对你说声“对不起”，虽然我是那么爱你，那么舍不得你，但我还是要提前和你说再见了。

我多么希望能亲眼看着你长高长大，走进校门，得到满分，看着你牵手心动的男孩，和爱人幸福地走上红毯，直到成为母亲……遗憾的是我无法等到那一天，但请相信妈妈，我会在另一个世界默默地祝福你。

妈妈想对你说，离开也许是一种天意，我不曾抱怨，当然也不希望你心生怨恨。妈妈希望你开心快乐地成长，就像有我陪在你身边一样。此生能够遇见你们父女俩是我的幸运，感谢你们给了我那么多爱。尽管我们相伴的时间太短了，但我依然感到幸福和满足。

你爸爸是个了不起的男人。为了给妈妈治病，他尽了最大努力。我相信，他会把对我的爱加倍用在你身上。所以妈妈拜托你，一定要听他的话。也许他会为你找个新妈妈，相信我，那一定是他想给你一个完整的家。将来等他老了，也拜托你替妈妈好好照顾他。

心心，妈妈好想多陪陪你。可是当我们不得不说再见的时候，妈妈真的希望你坚强起来。我相信，你一定能长成一个美丽、善良、成功、幸福的姑娘。

心心，妈妈拼尽全力想给你多写点儿什么，可是我真的写不动了。那些来不及说的千言万语，你一定可以用心感受到，对吗？

妈妈离开时你还小，很多事情也许理解不了，所以我告诉你爸爸，等你十八岁成人的时候再把这封信交给你。哇，那是很久很久以后的事了，但妈妈一定能看到。

我最爱的心心宝贝，再见，妈妈永远爱你！

爱你的妈妈

读到信的第二天，十岁的小安心对爸爸说："我们搬去穆阿姨家吧。"安心清楚地记得，那一刻爸爸抱住她失声痛哭。

安心已经很多年不敢看这封信了，伤口仿佛深及骨髓，她不敢轻易触碰。这次她依然泪流满面，但让她意外的是令人不寒而栗的疼痛并未袭来，她只是感到了无尽的思念。"妈妈，放心吧，我长大了。"抚摸着被泪水打湿的相片，她喃喃自语。

素素再次来到咨询所，没等安心开口，便一屁股坐到椅子上，兴奋地说："阿姨您相信吗？我做到了。"

"感觉如何？"安心露出赞许的表情。

"开始有些难，但其实也没那么难，住校挺好的。"素素憨憨地笑了，表情像极了她爸爸。

"老爸开心吗？"

"特别开心，他奖励了我一部新手机。"

"那让我们继续努力吧。阿姨这里有张问卷，你能填一下吗？"心理咨询有很多方法，问卷是经常被采用的一种。通过一些设计好的问题和专业量表，咨询师可以迅速甄别出某些心理问题，当然这只是初步结论，后续还需要进行深入的访谈。个别来访者会在填写问卷时故意隐藏实情，所以安心更愿意在自己获得初步印象后，再采用问卷加以验证，以免陷入先入为主的误区。

素素显然已经见识过类似的问卷，有些意兴阑珊。

“阿姨希望你如实填写，这有助于我更多地了解你、帮助你。”安心的语气充满鼓励和期待。

二十分钟后，素素将问卷递到安心面前，还故意皱了皱鼻子，那模样像极了安心。她拍着胸脯说：“放心，百分百大实话。”

“阿姨百分百相信，”安心笑着接过问卷，“我稍后再看，想喝什么？”

“白开水。”素素不假思索地回答。

朴实的一对父女，跟许多有钱人不一样。安心早有预料，顺手递上提前准备好的矿泉水。

“上次你说之所以故意那么做是因为想妈妈，同时不希望别的女人伤害爸爸和你，对吗？”

“嗯。”素素一边咕咚咕咚喝水，一边点头。

“那么现在有一个问题了，”安心等她喝完水，接着说，“每个人都爱自己的妈妈，但无论你多么爱一个人，这个人都不会陪伴你一生，这是自然规律，对吗？”

素素很认真地点了点头。

“由于一些特殊原因，有的人过早地失去了亲人，这也是无法避免的，对吗？”

“嗯。”

“你和我都过早地失去了母亲，那种伤痛我完全能够理解。但我不想把自己的经历强加给你，只是想从普通人的视角帮助你看待这个问题，能明白吗？”

话比较拗口，素素思索了一下点点头。

“每个即将离开的人都是痛苦的，他们的不舍比还要活下去的人都强烈……”

素素的眼圈儿红了：“妈妈走前就紧紧拉住我的手，我知道她舍不得我，也不放心我。”

“妈妈肯定是希望你忘掉悲伤，好好生活。”安心有意要把“不放心”的含义讲得更明白些。

“嗯。”

“既然无法留住妈妈，你是不是应该如她所愿、让她安心?”

泪水无声地从素素眼中落下。

“所以无论多么爱妈妈，多么舍不得她离开，你都要接受这个现实。陷在痛苦中无法自拔，既不能让妈妈回来，也辜负了她的爱；既伤害了身边的人，也伤害了你自己……”

素素哇的一声哭出来：“可是我也不想那样呀!”

安心等她宣泄完：“既然不想，就想办法让这一切过去，心中保留着对妈妈的爱，开开心心过好每一天。我知道这不容易，也需要一些时间……”

素素嘟着嘴含泪点了点头。看着她楚楚可怜的样子，安心的心刺痛了一下，但她还是决定继续：“那我们谈谈另一个问题，关于你爸爸。你觉得他爱你吗?”

“当然。”素素脱口而出。

“据我所知，你爸爸同样爱着你妈妈。他们白手起家，吃了很多很多苦才有了今天的日子，这种相濡以沫、同甘共苦的感情是任何人无法替代的。”

“我知道，妈妈给我讲过他俩曾经的苦日子。她生病后，爸爸把什么生意都放下了，就是陪在她身边。我爸原来的头发又黑又多，就是那段时间变成了秃顶。妈妈走后，他对我百依百顺，说已经失去了我妈妈，一定不能再失去我。我也知道自己这么任性挺对不起他的……”素素低下了头。

“素素，你以前也不是任性的孩子，最近是心里难过，失去了妈妈缺乏安全感，才会对着爸爸取闹。其实想得到爸爸关注的方法有很多，比如理解和支持他。你已经十四岁了，不妨替妈妈帮爸爸撑起一片天。”安心深知青春期的孩子不再仅仅需要父母的呵护，更需要用担当来证明自己已经长大。很遗憾，很多家长没有给孩子这样的机会。

果然，素素挺着胸脯说："我愿意帮他。"

"那好，爸爸现在最不放心的就是你，如果你不再让他担心，他可以把更多精力放在工作上。我猜他一定有许多生意需要打理哦。"

"嗯，确实有点儿让他焦头烂额了。"素素不好意思地笑了，"每天接我送我不说，就是在家里接电话，哪怕是工作上的事，他也偷偷摸摸像做贼似的，生怕我在旁边捣乱。"

"哈哈！"安心用夸张的笑声给予对方奖励，"你真是个让人头疼的捣蛋鬼。阿姨要给你布置第二个任务了，你愿意接受吗？"

"当然愿意。"

"那好，我希望你不要打扰爸爸的工作。"

"我试试看。"素素显然比上次多了不少信心。

"还有一个问题，也许是你最担心的事。"安心认真地注视着有了改变的小姑娘。

"别的女人吗？"素素扬起下巴，安心觉得她那股倔强劲儿和自己小时候一模一样。

"既然这么聪明，那我说得直接些。大人虽然有自己的小心思，但很多事情未必像你想的那么不堪。小伙伴的经历并不代表全部，小说和电视剧里的情节也不一定就是真实的生活。你爸爸有自己的生活和工作，难免要与各种各样的人打交道，这里面当然会有女人。你不可能把每个女人都拿来和你妈妈比较，她们之所以出现也许仅仅是因为工作和社交的需要，而不是你想象中的要取代你妈妈的位置。那些让你处处提防的女人也许是个能干的企业家，在她孩子眼中是最好的妈妈。即便是平凡的女人，她也会拥有可贵的善良和爱心。你应该相信爸爸的判断力。也许等你长大了，这些问题都不再是问题，但在成长的过程中，这不应该成为你焦虑和不快乐的理由。阿姨还是那句话，不妨让时间慢慢给出答案。"

素素陷入了沉默，过了好久她低声说道："其实我也不是反对老爸接触别的女人，我只是……觉得她们没有妈妈好。"

“不是每个女人都要像妈妈一样，对吗？”

“也许吧，但……”素素盯着安心说，“或许有人可以。”

“移情！”安心脑海中突然冒出这两个字。这是每一位心理咨询师都有可能面对的问题，自己也曾经多次碰到过。之前的疑惑再次浮上心头，她觉得应该尽快把这个问题搞清楚，因为这关系到心理辅导的成败。但她还是决定先好好分析一下素素刚刚完成的问卷，再看看对方后续的表现，于是说道：“好吧，今天先到这里，还记得阿姨交给你的任务吗？”

“当然，我会尽量不打扰老爸的工作。”

两人约定一周后见面。走出咨询室时，安心看到了前台摆放的几大束百合花和垂手立在花前、笑容可掬的邵先生。

“之前我是一步也不敢离开，现在终于不用盯着这丫头了。撞了你的车我很过意不去，刚刚抽空儿去买了些花，算是表达一点儿歉意。”

“您太客气了，车早就修好了，您这样做反而让我不好意思了。”

“阿姨您就收下吧。”素素亲密地拉起安心的手撒娇道。

“好好，但是下不为例啊。”安心无奈地笑笑。

糖果躲在花束后面坏笑，安心注意到王安逸正倚靠在他自己咨询室的门框上朝这边张望。

素素的问卷与大多数青春期的孩子基本相同，只是一些指标反映出情绪波动和自控能力较差。安心并没有发现什么刻意隐瞒和回避的迹象，与自己的初步印象基本吻合——对母亲的极度依恋导致丧母后的应激反应，这种情况与青春期的因素叠加，导致情绪失控。当然，也可能与自幼家庭条件优渥，被父母过度宠爱，导致心理承受能力不足有关。邵先生是个好父亲，但对女儿显然束手无策，一味地迁就反而造成素素的变本加厉。至于父亲与女性交往的问题，安心认为素素毕竟还小，不过是接受了一些负面信息，产生了本能的抵触进而借题发挥罢了。父女之间无疑都深爱着对方，但交流不够，素素显然不会对父亲敞开心扉。想到这儿，安心忍不住笑了。凭自己的观察和判断，即便俩人偶尔能聊上几句，邵先生多半也会词不达意，几个回合就不欢而散了。对于疏导方向和预期效果，安心充满信心。她认为根据目前的情况，通过适当的心理疏导，尤其是让素素接受母亲离去的现实，进而帮助她接纳新生活和父亲将来的选择应该是可行的。虽然素素为何转变如此突然的谜团还困扰着安心，但她此时并不愿意多想。在一切浮出水面之前，她不想庸人自扰。

“看来进展不错，仨人弄得跟一家子似的。”快下班时，王安逸突然出现。他坐到沙发上，习惯性地跷起了二郎腿。

安心愣了一下随即反应过来，无奈地耸耸肩膀：“你是说那爷儿俩吗？什么事都逃不过巫师的眼睛。”

“你很出色，这种效果是水到渠成的。”王安逸的语气认真起来，“我可就没这么幸运了。”

“怎么了？”

“手头有个失恋的案子，”王安逸放下二郎腿正色道，“女孩非常痴情，自认为没有什么地方做得不好，接受不了和男朋友分手的现实，甚至都准备出家了。”

这种案子对心理咨询师来说太司空见惯了，安心很奇怪见多识广、老谋深算的巫师王安逸怎么会如临大敌，她迫不及待地问：“后来呢？”

“其实女孩就是太自我了，认为天底下只有她最配得上对方，甚至把男朋友当成了私人财产。这都什么年代了，哪个男孩受得了这个？本来挺简单的事，前几次沟通也挺顺畅，谁知道今天突然出了岔子。”王安逸显得很懊恼，他是个敬业的心理咨询师，能力也非常出色，遇到莫名其妙的挫折难免情绪低落。

“我能做些什么？”对于同事间的讨论，安心从来不用“帮忙”这类词，她知道每个咨询师的敏感点。

“这就是我来找你的原因。”王安逸犹豫了一下接着说，“我明显感觉到咨询者产生了强烈的移情倾向。”

安心扑哧一声笑出声来："我还以为什么大不了的事呢。这对于身经百战的大巫师来说，也太寻常了吧。"

"就知道你会笑我。"王安逸显得很不服气，"没错，这种情况我没少遇到，大多数情况都能从容应对并获得对方更多的信任和配合。但这次不同，女孩有些太入戏了。我申请更换咨询师，所以就来找你了，毕竟你是这里的负责人。"

"没问题，这种调整很正常。既是对咨询者负责，也是为了保护你，犯不着这么垂头丧气的。明天我问问段姐，她目前手头案子不多，也很有这方面的经验。"安心将双臂环抱胸前，半开玩笑地说，"没记错的话，这是你来摆渡人第一次提出更换咨询师，是不是有点儿不甘心呀？别想那么多，我都换好几次了。"

王安逸听出了她话语中不着痕迹的安慰，他起身告辞："多谢理解。我没说错，你的确很出色。"

安心再次见到素素，看到她的脸上少了郁郁寡欢和桀骜不驯，恢复了少女应有的活力与纯真。

"阿姨好，这是我的月考成绩单。"落座后，素素笑着递给安心一张纸。

安心接过成绩单，认认真真地从头看到尾："成绩不错呀！"她知道一次普通的月考并不代表什么，但在素素心里却很重要。素素开始了新的生活并迫切需要得到认可。

"阿姨也告诉你一个好消息，从问卷结果来看你很正常，非常正常。"

"我就说嘛，他们冤枉我了。"素素摆出一副可怜相。

"任务完成得怎么样？"

"圆满完成！"素素骄傲地回答，"我没再去老爸的公司捣乱，周末家里来客人，是个女的。"她故意压低声音说，"我也没在旁边监视，专心在自己房间里看书了。"

安心竖起了大拇指："你一定准备好接受新任务了。"

"嗯。"

"咱们上次聊过，你总有长大的一天，爸爸也总会变老的，在这个过程中，也许他需要有个人做伴儿。"

"阿姨我懂。"素素把双手压在腿下，安心发现她一紧张就会这样，"可是我怎么才能帮老爸找到一个好女人呢？"

安心笑了："傻孩子，这不是你该考虑的事。既然你爸爸曾经找到了你妈妈，我相信他一定能辨别出好女人和坏女人，而你只需要用一颗平常心去接纳。我举个真实的例子吧，有一个女孩在母亲去世后也像你一样无法接受父亲的选择，她整天闷闷不乐，不惜用伤害自己来逃避现实。她拒绝搬进新家，父亲为了不伤害她，只能在女儿和新妻子之间两头奔波。新妈妈是个好女人，没有任何怨言，只是默默地付出和等待。最终女孩明白很多事情并不是自己想象的那样，她接纳了一切，开始了新生活。"

素素一直在认真倾听，她思考片刻后问道："那个女孩是您吗？因为您也是从小就没了妈妈。"

安心没有正面回答，只是说："她是谁并不重要，但这的确是一个真实的故事。"

素素若有所思地点点头。

"所以……"安心故意拉长声调，"没有人能代替你妈妈，正因为这样，你也不能要求有谁可以完全像你妈妈一样。如果将来你爸爸有了新的选择，只要新妈妈真心对他好、对你好，那便是最好的选择。"

"阿姨，我懂了。其实这些天我一直在想这个问题，我甚至已经可以接受爸爸为我找个新妈妈了。只是……"素素显得很犹豫，但还是小声地说，"只是我不知道自己能不能像您说的那个女孩一样有好运气。"

"那不是运气。当然，如果你坚持认为是运气的话，我只想告诉你，在运气来临前我们只有做好自己，然后静静等待。"安心耐心地做着解释。

“阿姨……”素素低下头，不敢看安心的眼睛，“您……是不是……单身?”

安心不由得一激灵，一时竟不知如何回答。困扰自己的问题也许就要浮出水面，其实她隐隐约约意识到了，只是刻意回避着。

没有等来回答，素素抬起头说：“第一次聊天时我就注意到您的戒指了，您还是单身，对吗?”

看看左手食指上戴着的翡翠戒指，安心明知故问：“这有什么问题吗?”

素素沉默了好久，显然在进行激烈的思想斗争。终于她鼓起勇气说：“阿姨，我知道这么说可能太自私了，但我还是想说——我真的好喜欢您。您像我妈妈一样会静静听我说话，明白我的心思，您的每个动作和表情都让我觉得特别安全和舒服。”

“果然!”安心默念一句，盘算着如何应对。但对方显然是有备而来，根本没给她思考的时间：“我爸爸有钱，但确实老了点儿，人长得也不帅，可是他人很好，真的很好!”

安心知道不能再回避了：“素素，你能喜欢我，我很高兴；你能主动为爸爸着想也很好，但很多事情不能一厢情愿地去处理。我是成年人，你爸爸也是，我们都有各自的生活。真正的生活不会像小说和电影中描写的那样，更不是一拍脑袋凭空想象出来的……”

素素不好意思地低下了头，怯怯地说：“我知道这不可能。”她再次抬头望向安心时，脸上挂着晶莹的泪珠，“阿姨，正因为您像我妈妈，我才从一开始就特别配合。但我渐渐发现，自己真的已经把您当成了妈妈。这段时间我改变了很多，我甚至想象不到自己能做得那么好，这些都是因为您的帮助。我担心一旦从这里离开，再也见不到您，我会回到原来的样子。我好害怕……”泪珠成串地落下。

安心起身走到素素身边，俯身拍拍她的肩膀柔声说：“好孩子，相信阿姨，只要心里想通了，你就会越变越好。如果今后遇到什么想不通的事、不开心的事，你随时可以来找阿姨。”

“阿姨……”素素起身一把将安心抱住号啕大哭。安心轻抚着素素黑亮顺滑的发丝，眼圈不由自主地红了。

情绪平复下来，两个人又开心地聊了一会儿。素素保证做一个快乐、懂事的孩子，听爸爸的话，好好学习。看看时间还早，安心笑着问：“还有什么问题吗？”

素素摇摇头。

“那好，我能单独和你爸爸聊一会儿吗？时间不会太长。”

“没问题，我去叫他。”素素起身向外走，马尾辫儿欢快地在脑后左右摇摆。

“安女士，哦不，安大菩萨，我太谢谢你了。”邵先生一进门就连连作揖。

安心忍不住被逗笑了：“您太客气了，我可不是什么菩萨，快请坐吧。”

邵先生一本正经地说：“怎么不是菩萨，你简直太神了。说实话，有了之前的咨询经历，我原本没抱什么希望。可没想到这孩子自打见了你，整个人都变了。我俩也经常聊天，聊到你。她妈走后，我们爷俩这些年也没说过这么多话呀。”

“您过奖了，我真没有那么神。很高兴孩子有了转变，这主要源于她自身的努力，我只是进行了适当的引导。如果她拒绝帮助，恐怕我也无能为力。”接下来，安心将整个咨询过程以及通过专业方法得出的结论和建议向邵先生做了详细说明。她最后总结道：“就目前情况看，我们的咨询可以告一段落。后续如果情况出现反复，您可以带她再来找我或联系其他咨询师。当然，我也答应了素素，如果只是一些不开心的小问题，她可以随时来找我聊聊。对了，单纯的聊天是免费的。”安心轻松地开起了玩笑。

邵先生盯着安心有点儿发呆，但他很快察觉出自己的失态，连忙说：“太好了，哦，不是免费太好了，我是说她以后还能见到你太好了。说实话咨询效果这么好，我本想加倍付费，可刚刚问了前台的小姑娘，她告诉我收费都是固定的，你说多少钱能换来孩子的开心呀。素素她妈也能放心了，我真不知该说什么好。”邵先生起身深深鞠了一躬。

安心赶忙起身回礼，然后试探着问：“素素的转变这么快、这么好是一种幸运。也许这当中有什么偶然因素，就像她突然决定来找我一样，您不感觉奇怪吗？”

闻听此言，邵先生缓缓坐下：“安心，哦，我能这么称呼你吗？”

“当然可以。”

“安心，我要向你道歉。”对方又起身鞠躬，这次安心坐着没动。其实她一度打消了寻找这个问题的答案的念头，但也许是心理咨询师特有的好奇心和敏锐度让她还是禁不住要再探询一次。

邵先生从怀里掏出一张照片，双手递给安心：“其实就算你不问，我这次也打算如实相告。你对我和孩子这么好，素素甚至把你当成了妈妈，我不应该再隐瞒什么，何况这也不是什么了不得的秘密。当初我之所以没说，只是觉得有点儿尴尬，希望你不要介意。”他指指照片说，“素素的妈妈。”

接过照片，安心呆住了。她其实已经隐约猜出可能是自己和素素的妈妈长得有点儿像，不然素素的眉眼怎么会和自己有些神似呢。让她惊讶的是，照片上的女人不止和自己有几分相似，也像极了自己的母亲。白皙的面庞、美丽的容颜、高高绾起的发髻，就连那眼中的温情和暖人的笑意都几乎如出一辙。

安心想哭，但硬生生忍住了泪水，淡淡地说：“这就说得通了。”她忍不住又多看了两眼才把照片还给对方。

等候区已经没有来访者，素素正和糖果聊得不亦乐乎。她开心地跑到二人身边说：“糖果姐姐真好，我俩都加微信啦。安心阿姨，我能加您的微信吗？”

“没问题，不过阿姨工作时不能看手机，你如果有什么急事可以先找糖果姐姐。阿姨希望你好好学习，不能老摆弄手机。你可答应我了，期末要考个好成绩。”

“我保证！”素素煞有介事地敬了个礼。

“对对，不能老打扰阿姨。”邵先生在一旁笑呵呵地叮嘱。

回到家中，安心很疲惫，但心里异常轻松。不但顺利完成了素素的心理疏导，更从这场奇遇中获得了一丝慰藉。造物主啊，你是如此神奇，冥冥之中塑造了两个如此相像的女人。虽然上天让她们都过早地离开，但自己和素素的相遇难道不是一种缘分吗？

妈妈，您在天堂还好吗？我想您了……

不知怎的，安心突然想到了自己的爸爸，她决定打个电话。

六十三岁的蒋少雄和六十八岁的穆云已经不再打拼，他们过着半年北京、半年海南的迁徙生活，偶尔也会去世界各地走走。原本夫妻二人想把公司交给安心，可她根本没有接手的意思。安心虽然早已经接受了父亲的选择，但内心的阴影并未完全消散。加之后来发生的事情让安心痛彻心扉，所以她强烈排斥穆家的一切。美邦既然是穆家的产业，安心当然不会触及。高中毕业后她就毅然决定远赴他乡读书，并选择了心理学专业。返回北京后，即便父亲和穆云多次做工作，安心还是不为所动。最终，六十岁的穆云不得不继续出任董事长，高薪聘请了总经理。转眼八年过去了，老两口早已适应了无忧无虑的半退休生活。

电话只响了一声便被立刻接起：“心心，你怎么来电话啦？”蒋少雄的语气中透着惊喜。

“爸，你们都好吗？”

“好好，我和你云姨都好。”父亲已再婚二十五年，但安心始终不肯叫穆云一声妈，他们体谅孩子，也从未勉强过她。

“北京快入冬了，海南暖和吧？”

“暖和，你云姨还穿着裙子呢。北京冷，多穿点儿别着凉。”他们每次谈话总是离不开天气，也似乎只有天气。曾经的芥蒂加之长时间的分离让父女关系变得有些疏离，每个人似乎都顾忌着什么，回避着什么，不是不想改变，然而总有什么隔在中间。

“我给云姨买了条丝巾，她戴着拍照应该很好看。” 打这个电话是临时起意，其实安心并没有买丝巾，但她还是想做出打破隔阂的尝试。

电话那边小声嘀咕了几句，蒋少雄正把这个消息告诉穆云。穆云立刻抢过电话说：“谢谢心心，阿姨一定披上丝巾多拍几张照片。工作不忙时就过来吧，我又发现了不少好吃的馆子和好玩儿的地方。”

“谢谢云姨，有时间我一定过去看你们。”还是那么客气，但电话两端的人都不约而同露出了会心的微笑。

“心心，你从小身子就弱，工作一定要悠着点儿，照顾好自己。”蒋少雄凑到话筒边嘱咐着。

“放心吧，我会注意的。”

挂上电话，穆云笑着揶揄蒋少雄：“瞧把你乐的，闺女一来电话就开心成那样儿。小天也很少来电话，可他要是突然打过来，我得哆嗦一下子。”

蒋少雄的脸色阴了一下，并没有搭话，穆云也没再说什么。

每次和家人沟通，安心都会有莫名的拘束感，这让她很懊恼。白天还在苦口婆心地开导素素，可自己心里的阴影何时才能真正消散呢？少女的心思阴晴不定，尤其是遭遇变故的少女往往更加让人难以捉摸。可自己明明已经长大了呀？煞费苦心地选择了心理咨询师的职业，不就为了更好地面对一切吗？安心苦笑着摇摇头。

就在此时，手机收到一条信息：“阿姨晚安。”是素素发来的，安心马上回复：“晚安，宝贝。”然后她在手机的备忘录中写下：“买丝巾，漂亮的丝巾！”

第五章　一对老夫妻

圣诞临近，京城笼罩在浪漫的气氛中。每年这个时候，咨询所的来访者都不多。因为寻求心理帮助的多是青少年和中年人，这个时候他们要么自己忙着过节，要么准备陪孩子过节，总之节日的欢闹或多或少缓解、掩盖了内心的阴郁狂乱。摆渡人心理咨询所就是在圣诞节前一天成立的，安心并不热衷于过洋节，她只是喜欢“平安”二字。

既然业务不忙，安心和同事们会精心操办摆渡人的生日。为了照顾大家“平安夜”的私人安排，咨询所的庆祝活动一般会提前一两天举行。

圣诞树又高又大，与众不同的是上面除了挂满彩灯，竟还有谜语。这个中西合璧的想法是合伙人老闵提出来的，他是传统文化的狂热爱好者。安心非常民主，只要是合理的建议通通采纳。圣诞树下堆满了礼物，这是安心用咨询所的公共基金外加她个人的钱购置的。新款手机、笔记本电脑、家用小电器、高级保健品、进口化妆品……几乎涵盖了每个人的需求。要送礼物就送上档次的，安心在这方面从不吝啬。至于环境布置和餐点准备，她从不操心，因为有能干的糖果。一切准备就绪，大家只要熬过无聊的白天就将迎来欢乐的庆典。

正如安心所料，整个上午来访者寥寥，手头没有工作的咨询师们聚在会议室谈天说地，甚至有客座咨询师提前到来。大家平时各忙各的，自然都非常珍惜这种难得的清闲和聚会。

安心下午也没有预约，陪大家聊了几句便返回自己的咨询室。每年这个时候，她都会独处一会儿，回忆摆渡人的历程，想想将来的发展。

安心研究生毕业后返回北京，她认为自己不太适合在医院里与患者打交道，因此放弃了进入医疗单位的机会。与此同时，她婉拒了父亲和穆云邀请她掌管美邦公司的好意，而是选择了北京一家颇具规模和影响力的心理咨询机构。经过三年锻炼，安心想开办自己的心理咨询所。当然，仅靠个人能力显然无法实现这个目标。蒋少雄得知女儿的打算后，准备拿出自己的全部积蓄支持，但被穆云阻止了。她说："虽然孩子是你的，但既然咱俩结了婚，我们就是一家人，何况穆家对不起她。公司的事还是我做主，我让美邦投资。心心如果知道，绝不会接受这笔钱，你就说是你的私房钱好了。"

收到不菲的启动资金，安心执意给父亲打下借条，她说等将来发展好了一定连本带息返还。蒋少雄拗不过，只好将借条交给穆云，穆云则当着他的面把借条撕了。这一切都是事后在安心的再三追问下，蒋少雄才告诉她的。安心当然十分感动，但依然觉得不自在。马上还钱做不到，所以她执意和美邦签订了一份协议，十年之内免费向美邦公司员工提供心理咨询服务。转眼五年过去了，穆云从没执行过这份协议，大概美邦公司的员工都不知道有这么一份协议。每当回想起这些，安心的心里都不是滋味，所以她赶紧将思绪转移。

和大多数创业者不同，安心从一开始就得到了支持，她只有把事情做得更好。虽然中关村寸土寸金，但考虑到未来的发展，安心还是把咨询所开在这里。最初的合伙人是从大学、研究生到咨询机构一路陪伴她的贾一楠，二人的关系早已远非一般的闺蜜，安心想要创业，贾一楠自然选择共进退。

充裕的启动资金使安心有能力租下大大的店面，宽大的前厅设有前台和带有隔断的等候区，以更好地保护来访者的隐私。除了为来访者提供良好的环境，安心为同事们考虑得也非常周到，她设置了工作人员专用的休息室。为了让大家把饭吃好，她还专门打造了小餐厅，聘请小时工做午餐。至于工作环境的营造，安心更是没有含糊，五间咨询室宽大舒适，进行案例分享的会议室功能齐全。这些功夫没有白费，几位经验丰富、水平一流的合伙人和客座咨询师相继加入。五年来，咨询师的队伍非常稳定，大家喜欢这里融洽的氛围和志同道合的伙伴。贾一楠三年前离开，空出的位置很快便被出色的王安逸顶替。

咨询所的名字是安心和贾一楠共同确定的。贾一楠给出的建议是“彼岸”，安心很喜欢英国作家克莱尔·麦克福尔的小说《摆渡人》，所以倾向于取名“摆渡人”。为此两个人有过争论，贾一楠认为来访者肯定是生活得不如意，既然现实世界给他们带来了困惑与痛苦，就应该在咨询师的帮助下摆脱阴霾到达幸福的彼岸。安心说：“你太看重结果了，何况心理咨询的结果并不一定都是圆满的。咱们更应该在意过程，在这个过程中来访者才是真正的主人，如果说他们向往彼岸的美好，是否真的要去和能否到达取决于他们的一念之间，而我们只要做那个摆渡人就好。”最终贾一楠做出了让步，自从相识她基本上都是处于保护和迁就的一方，这一点安心感念在心。

创立初期不必为生计困扰，大家安下心来做事，咨询所的运营很快走上正轨，慕名者纷至沓来。总体来说，摆渡人保持着不错的咨询成功率，在业内逐渐有了些名气。安心觉得自己是幸运的，她感谢父亲和穆云的鼎力相助，感谢贾一楠的相伴相随，感谢同事们的尽心尽力，感谢来访者给了自己莫大的信任和感悟的机会。为了这些，她默默立下志向，一定要将摆渡人办成北京乃至全国的知名心理咨询所，为更多来访者排忧解难。

想到这儿，安心会心一笑。

“回顾过往，畅想未来？”王安逸不知何时探进头来，怪声怪调地说。

被人看穿心事，安心并不气恼。相反，她很佩服王安逸的敏锐和直觉。

“大巫师有何见教？”

“见教可不敢，只是想问问究竟有什么好事能让你这么开心。”

“你不是都猜到了吗，还问我干吗？”

王安逸假装若有所思，喃喃自语：“看来前景确实不错。”

“那还不是全靠大家努力。”

“嗯，有道理。”王安逸慢条斯理地走到安心面前，“知道吗？自从一脚踏进摆渡人的大门，我就知道自己选对地儿了，感谢安老板收留。”他装模作样地拱拱手。

安心早已习惯了他的故弄玄虚，便也用调侃的语调说：“非也非也，大巫师屈尊于此，我等倍感荣幸。”

“知道为什么我毫不犹豫地就跟你跑来了吗？”

安心知道他要说正题了，只是猜不出葫芦里卖的什么药，便摆出洗耳恭听的样子说：“愿闻其详。”

王安逸指着安心的鼻子，干脆利落地说：“你。”

安心当然知道他一直在追求自己，但还是假装受宠若惊：“我？小女子何德何能，竟能让大巫师垂青。”

王安逸终于不再嬉皮笑脸，一本正经地说：“第一次见面我就对你刮目相看，不知道那算不算一见钟情，反正当时我就作出了决定——跟你走。你也许不知道自己有多么与众不同，但在我眼里你就是女神。”

这是两年多来王安逸第一次正式表露爱意，安心有些措手不及，连连摆手说：“别别，安逸，你并不了解我，我没你想的那么好。”

心迹已然袒露，王安逸不再遮遮掩掩：“安心，我真的喜欢你。我不管你怎么想，反正我要从今天开始正式追求你。”

安心彻底慌了神儿，不知道该怎么向他解释，更无法说出自己的秘密，只好一个劲儿地摇头说："安逸，我真的不值得你这样。"

"我认为值得，除非你给我一个理由，一个绝对充分的理由。"王安逸态度坚决。

"我……"安心情急之下说了一句，"我也许一辈子都不会嫁人。"

王安逸不想让自己猛烈的攻势吓到安心，所以只是轻描淡写地说："这个理由不充分。反正只要你不出家、没嫁人，我就是有机会的。"

安心也觉得自己刚才的反应太过强烈，赶忙打起了圆场："呸，你才出家呢！就凭你这么六根不净，想出家估计都没有庙收你。"

目的已经达到，王安逸哈哈大笑着往门外走去，一边走一边说："巫师不会出家，巫师现在要去给糖果帮忙了。"

安心怔在原地。自己明明也喜欢王安逸，怎奈心灵的大门早已关闭，美满的爱情对她来说也许永远是一种奢望。

"我就说你有病！好，我不跟你吵，咱们让人家评评理！"

"我有病？过了几十年了你嫌弃我有病？评理就评理，我怕你不成！"

门外激烈的争吵声将安心拉回现实，她赶忙出门查看，原来是一对老夫妇正在前台吵得面红耳赤。她朝慌慌张张跑过来的糖果挥挥手，示意自己来处理。

"叔叔阿姨好，怎么发这么大火呀？"

"你们负责调解矛盾吗？"问话的老先生年届七旬，身着褐色中式衣衫，头发花白，长髯飘飘，仙风道骨的。因为着急上火，他的面色有些发红，额头渗出细密的汗珠，只是因为两手拎着刚买的菜无暇擦拭。

"你不是要给我看病吗？"没等安心回答，老妇人抢先发难。她看上去比老先生年轻一些，头发一丝不苟地盘在脑后，衣服从上到下没有一丝褶皱。她的话语虽然咄咄逼人，但肢体动作并不夸张，甚至有些僵硬，就连脸上的表情也是严肃刻板的。

“叔叔，您先把菜放下吧，看着挺沉的。”安心伸手接过布袋，轻轻放到桌子上。老先生连连道谢，赶紧用腾出来的手擦汗。

“跟你说过多少次了，手脏！”老妇人连忙掏出手绢帮忙擦拭。

安心被眼前这对又打又爱的老夫妻逗笑了：“叔叔阿姨，我们这里是心理咨询所，不负责调解矛盾，也不给人看身体上的病。看您二位这么恩爱，吵架也许就是心里有点儿小疙瘩，这方面也许我可以帮忙。”安心递上项目手册和预约表格，老妇人一把接过去，一个字一个字认真阅读起来。老先生倒很爽快：“不就是心理咨询嘛，我知道。”他从老妇人手里拿过表格开始填写，字迹非常漂亮。

“哎呀，你倒是好好看看再填呀。”

“这有什么好看的，也就你老疑神疑鬼的。”

安心瞄了一眼表格，老先生姓周，老妇人姓范。范阿姨审阅完毕，放心地说：“嗯，他是需要疏导疏导。”

周叔叔无奈地摇摇头：“好吧好吧，我需要疏导。”

“那咱们进屋聊吧。”安心前头带路。

请二人在沙发上坐定，安心也搬了把椅子坐在一旁。她觉得面对这对老夫妻，还是轻松自然些好。糖果端上了两杯茶，也许是争吵得口渴了，二人都端起杯子喝起来。

“龙井茶。”范阿姨喝了一口放下杯子对安心说，“天气凉了，喝红茶要好些，蛮养胃的。你们年轻人呀，总是不懂得爱惜身体，等老了就后悔喽。”

周叔叔倒是喝得津津有味：“你呀，在家唠叨我还不够，到哪儿都教育别人，当了一辈子老师你还没当够吗？”

安心看他们俩又要戗戗起来，赶紧插话：“叔叔阿姨，能告诉我刚才为什么吵嘴吗？”

“他说我有病！”

“你就是有病！”

“我有什么病？”

“强迫症！”

“周叔叔，强迫症需要专业的判定，咱们先别急着下结论，您给我举个例子好吗？”

“就说刚才买菜吧……”终于找到了说理的地方，周叔叔正襟危坐开始举例子，“我想买点儿小西红柿，我就爱吃这口儿，可她偏偏不让。她说那是转基因的东西，吃了对身体不好。我刚争辩几句，她就在菜摊上跟我吵开了，说我不相信科学，说我不听好人言，反正什么帽子都给我扣，这不就一路吵到这儿了。除了对我管这管那，她自己也整天神经兮兮的。就说洗手吧，甭管在哪儿看见水龙头，她是非洗不可，咱不说费水吧，你瞧她那手都快洗秃噜皮了。每次出门，她要不跑回去三趟看锁没锁门，我们都出不了小区；有时候街坊邻居一句玩笑话，她能翻来覆去琢磨一个月，怀疑自己是不是哪儿得罪人家了……”周叔叔越说越激动，像崩裂的阀门滔滔不绝，“拖鞋放得不是地儿，衣服叠得不整齐，钥匙没往墙上挂……反正没有她不挑眼的。再说个不怕你笑话的事，你看过蔡明和郭达演的那个小品吧，叫啥名我忘了，就记得蔡明要求郭达墩地一定要前后墩。她比蔡明简直过分一百倍！前些日子也不知从哪儿看了篇文章，说解完手要从前往后擦，既卫生又防止得痔疮。这下可了不得了，现在只要我从厕所出来，她就追着问怎么擦的。唉，你说……”

“你也不嫌害臊，什么都说！”范阿姨红着脸打断了老伴儿。

安心差点儿控制不住笑出声来，她心里已有了初步判断——范阿姨是个精致严谨的人，某种程度上确实有强迫症倾向。看得出来她很爱老伴儿，因为除了对自己偏执，很多事情都是关心对方的体现。这种情况大多与个人的生活经历或职业有关，也可能是小时候家教过于严苛造成的。总之对于这个年龄段的女同志，只要没有往更严重的方向发展，进行适当的疏导即可。在这个过程中，本人的配合与家人的理解同样重要。

“阿姨是老师吗?”安心打算听听另一方怎么说。

范阿姨回答问题前先坐正了身子，右手习惯性地捋了一下并不凌乱的头发，才字正腔圆地说：“我是老师，不过已经退休了。”

的确有职业因素，安心一边盘算一边问：“刚才叔叔说的情况属实吗?”

范阿姨不好意思地低下头说：“基本属实，应该有百分之八十……”她抬起头凝神思索，“或者百分之八十五吧。”

安心笑了：“阿姨，不用那么精确。我想知道，您在当时或事后有没有意识到这些情况不太寻常?”安心有意没有使用“不正常”的字眼。

“一般情况下我自己意识不到，有时候他指出来我才发现。可我也不想完全承认，毕竟我说得有道理呀，要不俩人怎么老拌嘴呢。”范阿姨扭头看了一眼老伴儿，多少有些愧疚，“其实冷静下来我也挺过意不去的，我甚至有点儿害怕，怕我这毛病越来越厉害，那他可就惨了，可我真是控制不住自己呀。”她焦躁地搓着双手。

“阿姨，您不必太紧张。出现这种情况的原因很多，可以慢慢调整。您回忆一下是从什么时候开始有这些举动的呢?”

没等范阿姨回答，周叔叔抢着开口：“自打她一退休就开始了。我原以为是更年期的反应，可越来越觉得不对劲儿，按说都快七十的人了，怎么还更不完了呢？也怪我平常陪她的时间少，写起字来就没时没晌。”

“也不能全怪他。”范阿姨紧绷的双肩稍稍松弛下来，“其实我很早就有这个毛病，只是自己能控制住，也不想说出来让他担心。”

这一点很重要，安心决定深挖：“能说具体点儿吗?”

范阿姨好像有些犹豫，周叔叔用胳膊肘拱拱她：“说呗，反正也来了。”

“其实应该挺早的。”范阿姨回忆道，“上小学时我总比别人写作业慢，不是因为不会，就是反复地擦擦改改。我的橡皮总比铅笔用得快，一边写一边擦，再用嘴吹橡皮屑，为这没少挨老师和家长说。一考试我就觉得时间不够用，写着后边想着前边，老觉得刚才答得有问题。我记得上初中时，有一次给表姐寄信，把信扔进信筒了，突然觉得好像忘了贴邮票。大冬天的，我就站在原地等了俩小时，直到邮递员打开邮筒才发现邮票贴得好好的。参加工作后，我还是会为一些看似不起眼的小事苦恼，总想着把事情做到完美。哪怕是有一点点纰漏都会让我几天几夜睡不好觉。我最近还添了个新毛病，干什么都数数，饺子包了多少个，刷牙刷了多少下，遛弯儿走了多少步……反正就是不停地数，遇上不喜欢的数字，非得想办法避开。哎呀，这种事简直太多了。”范阿姨说得口渴了，端起茶杯将茶水一口气喝光，也不在乎什么养不养胃了。

安心起身为两位老人添水，周叔叔在一旁忍不住偷笑：“我说怎么你一写字就吹气，还以为是有什么诀窍呢，嘿嘿，原来是打小落下的毛病。”

“去你的，论写字我当然比不了你。”范阿姨白了老伴儿一眼，目光中已没有了刚进门时的紧张局促。

“您对学生要求严吗？”

“家长把孩子交到咱手上，咱得当自己孩子一样。”说起工作，范阿姨两眼放光，仿佛回到了三尺讲台，“我是小学老师，教语文。我要求学生写字必须横平竖直，作文的标点符号都不能有毛病。后来当了教导主任，对孩子们的穿衣打扮、言谈举止更是严格要求，不少孩子背地里都叫我‘狼外婆’。”说到这儿，范阿姨不好意思地笑了，然后立刻正色道，“没有规矩，不成方圆，我也是为他们好，很多学生后来都回学校看我这个狼外婆呢。”

“结婚后情况有改变吗？”

范阿姨看了一眼老伴儿说：“结婚以后，我知道自己有较真儿的毛病，所以处处小心。老周是个大大咧咧的人，我不想因为这个闹矛盾。虽然我俩也因为拖鞋怎么放、衣服怎么叠这些小事争论过，但总体来说还过得去。老周对我也一直挺迁就的，可不知为什么，退休以后我就越来越控制不住自己。”

“您能不能再回想一下，这些困扰是一直都在，还是只在某些特定时候出现？比如说当您专注一件事情时，会有这些问题吗？”

范阿姨凝神思索，似有所悟地说：“你这么一问我倒想起来了，我喜欢看书，在专心阅读的时候就没有这些问题，即便因为看书看得入神忘了关火，把饭煮煳了我也不会太在意。可是当我一闲下来，尤其是老周闷在房间里写字，没人陪我时，我就忍不住胡思乱想。”

学生时代就有苗头，后来被职业因素放大，再经过更年期和退休生活不适感的强化，范阿姨的强迫症逐渐变得严重。安心有了进一步判断，但她想探寻原因。她相信一旦这个原因浮出水面，范阿姨便能正视自己的问题，周叔叔也会充分理解老伴儿。

“小时候家里对您要求严吗？”安心开始试探。

原本打开了话匣子的范阿姨突然陷入沉默，坐在一旁的周叔叔紧张地看着老伴儿。

“我……我一直不太愿意谈这些事，甚至都不敢去想。”范阿姨的身子不由自主地缩成一团，好像很冷的样子，“我父母在我很小的时候就离婚了，母亲带着我。她始终认为只有女人变得强大了，才能不让男人变心。所以从小到大，她对我的要求都非常严。字写得不好看要擦掉重写，数学题没有用最优解法也要重算。我曾经满心欢喜地把一幅画送给她，没想到不但没有获得赞扬，反而遭到母亲一顿呵斥——‘你就不能画得好看一点吗？你难道不知道红旗飘扬的方向应该和柳条摆动的方向一致吗？’我回到自己房间，哭着把画撕得粉碎。我万万没想到自己精心画出的一幅画——一幅纪念自己得奖的画竟然如此不堪。”范阿姨的眼圈儿红了，周叔叔下意识地拉住老伴儿的手。很显然，这段往事他也是第一次听到。

“阿姨，您要想哭就哭吧。”

“这些事情我憋在心里太久了……”范阿姨掩面而泣，“小时候家里条件不好，洗澡不太方便，尤其是冬天。洗完身上，我总是舍不得那半盆还算热乎的水，就端起来从头浇到脚。可有一次被母亲看到了，她说水已经不干净了，只能冲脚。于是她又烧了一壶水，让我重新洗。房间里很冷，我哆哆嗦嗦地洗完，不知怎么又习惯性地用水冲了身子。母亲没打我也没骂我，她默默地又烧了一壶水让我重洗。我就那么瑟瑟发抖地等着她把水烧开，调成温水，再端到我面前。你知道吗……”范阿姨绝望地看着老伴儿，“那每一滴水都是冰冷的，一直冷到骨子里……”

看着再也说不下去的范阿姨，安心觉得已经足够了，没等她递上纸巾，周叔叔已经从兜里掏出了自己的手绢替老伴儿擦眼泪。

“你怎么不早告诉我这些呀？我就知道你这么闹肯定是有原因的。这么难过的事情，你怎么一直憋在心里呀？”老先生潸然泪下，习惯性地用手去抹泪，然而马上就意识到不对，连声说，“忘了忘了，手脏手脏。”

范阿姨扑哧一声笑了，周叔叔笑了，安心也笑了。

谈话结束前，安心从专业角度进行了分析，并给出了建议，这是咨询工作的必要环节。很显然，对于受过良好教育并深爱对方的两位老人，理解和接受这些并不难。与之相比，更加珍贵的是借助这次偶然的机会，他们解开了彼此的心结。

走出咨询室，庆典已经布置妥当。看到喜气洋洋的场景，范阿姨脱口问道：“后天不才是圣诞节吗？你们怎么今天就……”看到老伴儿欲言又止，她马上意识到了什么，赶紧说，“哪天都一样，哪天都一样，你们开心就好。”

安心解释道：“阿姨，我们是在庆祝开业五周年。”

“哦，那祝你们生意兴隆！”范阿姨用手捅了捅老伴儿，“老头子，赶紧交咨询费。”

“叔叔阿姨，今天是我们摆渡人的好日子，您二老能来见证也是一种缘分，我做主，今天的咨询免费啦。”

一番推让后，两位老人再三道谢，周叔叔嘴里一直念叨着：“嗯，摆渡人，摆渡人，好名字！”

范阿姨主动拎起一袋菜，周叔叔紧紧握住了老伴儿的手。望着两位老人渐渐远去的背影，安心默默送上祝福，身后响起了同事们热烈的掌声。

庆典在温馨而欢快的气氛中接近尾声，最后猜谜的结果出乎所有人意料——多年在国外学习工作的王安逸竟猜对了大部分谜语，老闵忍不住赞叹：“安逸呀，想不到你对中国文化这么熟悉。”王安逸得意地说：“咱本来就是中国人呀。”

“老规矩，大家许个愿吧。”安心捧出了蛋糕。

“我希望早点儿拿到资质，成为一名咨询师。”糖果一脸的向往。

“我希望摆渡人越来越好。”段姐说。

“我希望摆渡人能渡更多的人。”嘉欣说。

“你俩这愿望也太官方了。”老闵半开玩笑地说，“我希望明年收入翻番。”

大家连声叫好，段姐满脸嫌弃地说：“财迷。”

每个人都说出了自己的愿望，轮到王安逸了，他不紧不慢地说：“愿有情人终成眷属。”

大家都是明白人，一边起哄，一边不约而同地看向了安心。

“愿我们都能做自己的摆渡人。”安心双手十指交叉，闭上眼睛许下了让所有人都不明所以的愿望。

咨询所的大门被再次推开，周叔叔手里拿着一卷纸站在众人面前，安心隐约闻到了淡淡墨香。

“姑娘，感谢你的一番开导，感谢你们这些摆渡人。老朽无以为报，这幅字请收下。”说完便将手中的宣纸展开，“雾锁迷津，云开摆渡”，八个苍劲有力的大字映入众人眼帘。安心代表同事们表达了谢意，本想请老先生坐坐，周叔叔却说：“我得赶紧回家陪老伴儿。”

他凑到安心耳边小声说，“老婆子正给我洗小西红柿呢。”

安心习惯性地皱皱鼻子说：“一定特别甜。”

送走周叔叔，大家纷纷凑上前仔细观瞧书法。

“周老先生的字果然不同凡响，我早有耳闻，没想到今天见到真人了。”首先发表评论的是老闵，他对书画颇有研究，其他人跟着啧啧称赞。一直在用手机查询什么的糖果突然发出惊呼：“哇，这老爷子的字很值钱呀！你们猜猜多少？十多万一平尺呀！”坐在安心身旁的王安逸仿佛是在自言自语：“字好，意境更妙。云开雾散，我们是摆渡人。”

第六章　此情成追忆

安心推开家门，性感妩媚的贾一楠早已在等候。

“怎么今天就来了，不是说好明天吗?”安心一边脱外衣一边问。

“想你不行吗?”贾一楠送上热情的拥抱，贴心地帮安心挂好外衣。

“哎呀，怎么整得跟日本小媳妇似的?”安心蹬掉高跟鞋，话里有话地调侃，“是不是还得帮我拿拖鞋呀?”

贾一楠脸一红，从鞋架上拿起拖鞋扔到安心脚边：“给你，姑奶奶。”

安心调皮地皱皱鼻子：“你这服务也太不到位啦，说吧，为什么今天就跑来了?”

贾一楠言辞闪烁地回答：“平安夜公司有聚会，我怕脱不开身。”

自从相识，两人的平安夜总是一起度过。但安心并未显出不快，大度地说：“本来就是个洋节，外企自然讲究，你忙你的。”她快步走到桌边拿起水杯咕咚咕咚一通猛灌。

“瞧你渴的，就不能在单位多喝点儿水?”

“你又不是不知道，我不愿意在外边上厕所。”安心扭头冲进了浴室。

“咨询所不是有员工卫生间吗?”贾一楠冲着浴室喊。

“那我也不愿意用。”

“洁癖!”贾一楠撇撇嘴。

安心确实有洁癖，从小就有，但她从不承认。只要有可能，她上完厕所都要冲洗一番，回到家的第一件事也是洗澡。在咨询所单独设置工作人员卫生间，且特意安装了带冲洗功能的马桶也有这个原因。但她还是尽可能少喝水，能回家解决就回家解决。

等她裹着浴袍走出卫生间，贾一楠还是忍不住劝道："差不多得了，老这样对肾不好。"

安心一边擦拭头发，一边坏笑着说："咱俩又不是两口子，我就算肾虚也碍不着你的事。"这对闺蜜已经相互陪伴了很久，彼此视对方为难解难分的知己。虽然安心已经预感到这种关系即将结束，但还是难以自拔地沉浸其中。

"人家是关心你嘛，听不听随你，反正以后谁得病谁遭罪。"贾一楠的话发自肺腑，安心很感动，"好好好，听你的。"就在这时，她的手机振动了一下，是素素发来的信息："阿姨，明天是平安夜，如果您没有安排能不能陪我一起过?"

"大晚上的，谁呀?"贾一楠一脸狡黠地问。

"一个朋友。"安心看出了对方的心思，眨眨眼睛说，"很小很小的朋友。"

"嘁!"贾一楠撇撇嘴，"很大很大的朋友又怎么啦?"

安心不再斗嘴，用微信和素素聊起天来。

"先告诉阿姨，最近表现怎么样?"

"难以想象地好!"素素发过来一个大大的笑脸，"老师和同学都觉得我变了个人，我爸就更甭提了。最近我学习劲头特别足。阿姨，我一定能给您一个好成绩。"

"好成绩不是给我的，不过听你这么说，阿姨真的好开心。"安心发送了一个加油的表情。

"阿姨，您明天到底能不能陪我呀?"

安心扭头瞄了一眼身边的贾一楠，回复了两个字："可以。"

素素发过来一连串夸张的表情，想必异常兴奋。

贾一楠不耐烦地催促道："聊完了没有呀，我可要饿死了。"

"完了完了，想吃什么，今天我请你。"安心收起手机。

"吃点儿简单的吧，反正明天还有大餐。我这腰是眼瞅着见粗，再不控制你就搂不过来了。"贾一楠妩媚地转了一个圈儿。

"你一直就五大三粗的。"安心揶揄道。

"是呀，哪儿像你娇小玲珑的，吃什么都不长肉，没良心！"贾一楠不甘示弱。

"别闹了，再晚点儿估计我该边吃边睡了。最近老觉得特别累，赶紧吃完回来睡觉。"安心一边说一边换衣服。

贾一楠立刻来了兴致："都好久没搂着你胳膊睡觉了，我换了好几个抱枕，哪个也没抱着你舒服。"

安心忍不住说了一句："你呀，真该找个男人了。"

"我……"原本兴奋的贾一楠突然变得言辞闪烁起来，"我这不是舍不得你吗？"

"这有什么舍不得的？"安心拉起贾一楠的手诚恳地说，"咱俩在一起这么久了，我非常非常知足。楠楠，你和我可能不一样，你应该有更好的选择。"

"我……"

"好了好了，咱吃饭去。"安心不想纠结这个话题，拿起车钥匙率先出了门。

王安逸想看看表白的效果，下班前他找到安心问："今晚有什么打算？是不是要和那个火辣的巫婆一起过平安夜？"

"人家有名字好吗？"安心一边穿大衣一边说，"贾一楠公司有活动。"

王安逸立刻两眼放光："我也是一个人，要不咱俩凑个对儿吧！"

安心抱歉地耸耸肩膀："恐怕不行，我已经答应一个小朋友了。"

王安逸没有死缠烂打，晃着脑袋边走边说："好吧，女朋友、小朋友，什么时候能轮到我这个男朋友呀？”

望着王安逸郁郁寡欢的背影，安心心里挺不是滋味。从工作角度，两年多来王安逸对咨询所的贡献非常大，除了自身能力超群，他还经常利用在国外深造期间积累的资源为咨询所提供业务支持，安心自然对他非常器重和感激。除此以外，他暗地里对安心的追求从未停止，刚刚又做了正式表白，这让安心倍感纠结。人非草木，更何况是安心这样敏感细腻的女人，但她不敢接受这份爱。贾一楠只是其中一个因素，但并不是绝对障碍，因为两个人早就约定顺其自然。安心只是觉得自己配不上年轻有为、才华出众、充满阳光的王安逸。外人眼中坚毅果敢、自强自立的她，在男女关系上却异常自卑和恐惧。至于原因，安心不敢去想。

换上华丽的圣诞晚装，安心准时赴约，却在停车场无意中发现了一辆熟悉的汽车。也许只是巧合吧，虽然这么想，但她还是有意将车子停在了不远处，角度刚好能看到贾一楠的车。

豪华的俱乐部被圣诞彩灯装点得更加光彩炫目，巴洛克风格的外墙上雕刻着古希腊传说中的神像，繁复的房檐和山花层层叠叠，粗大的花岗岩立柱旁矗立着两头威风凛凛的汉白玉石狮。素素父女不顾寒冷早已迎候在门前，安心紧走两步跨上台阶，素素飞奔过来一把将她抱住。

“邵先生，感谢您和素素的邀请，平安夜快乐。”

邵荣德容光焕发，满脸堆笑：“安女士能够赏光，我们爷儿俩甭提多高兴了。咱们也算老熟人了，先生先生地叫太客套了，以后就叫我荣德吧，叫邵哥也行。”

“那我就不客气了。”安心觉得对方没有架子，让自己感觉很舒服，“邵大哥，您以后叫我安心就好。”

“哎哎，这听起来多舒服。”

“咱们能不能先进去呀？外面好冷。”素素抗议了。

“好好，快请快请。”邵荣德躬身前引，像个尽职的服务生。

前台的接待人员立刻起身鞠躬相迎："邵总好，素素好。"然后礼貌地对安心说："欢迎光临，平安夜快乐。"安心猜想俱乐部一定是邵荣德的产业，但并未开口询问，因为这原本就与自己不相干。她与素素携手而行，像极了一对亲密的母女。身后的工作人员要么窃窃私语，要么投来艳羡的目光。

包间不大却异常精致奢华，进口实木家具，意大利软皮沙发，银质烛台上的烛火翩翩起舞，"爱马仕"陶瓷餐具在欧式水晶吊灯的照射下熠熠生辉。

"本来想安排个大点儿的房间，可丫头说你一定不喜欢那样的排场，所以咱们就将就将就吧。"邵荣德请安心落座，素素当仁不让地坐到了安心身边，邵荣德没有去主座，而是坐在了素素旁边。

安心摸着素素的头说："还是你懂我，其实这已经够奢侈了。"

"这算什么，赶明儿请您去我爸开的酒店，比这里更气派。"

"这孩子净胡说，你阿姨啥没见识过。"邵荣德冲服务员招招手吩咐上菜。

"我先去洗洗手。"安心脱去棕色的羊绒大衣，起身走向包房内的卫生间，身后传来素素的惊叹："阿姨今天好漂亮！"

镀金落地梳妆镜前的安心，白皙的面庞上五官精致，鼻梁高挺，薄薄的双唇唇线完美，长长的睫毛遮掩不住深邃迷人的目光，齐肩短发细细软软，为了迎接新年，她刚刚烫了些碎花，显得更加妩媚。一袭黑色长裙勾勒出完美的曲线，低胸领口掩映着性感的锁骨，一枚绿宝石吊坠恰到好处地闪着光。胸前怒放的百合花刺绣令整个人摇曳生姿，暗香涌动。蓝色丝带束出曼妙的腰肢，一米六五的身高在高跟鞋的加持下愈加亭亭玉立。安心很爱美，但她并不想取悦他人，只是觉得妆容打扮起码要对得起自己的天生丽质。

晚餐非常考究，安心知道邵荣德一定是下足了功夫。三个人边吃边聊，气氛相当融洽。素素滔滔不绝地讲着学校里的见闻，安心静静聆听偶尔插上两句，邵荣德满足的笑意一刻也未曾停歇。吃完饭，素素吵着要玩密室逃脱，邵荣德为难地看着安心，安心爽快地点点头："孩子开心就好，正好我也想赶赶时髦。"

俱乐部中的密室逃脱显然比街边小店更加讲究，逼真的道具和场景，声光电恰到好处的运用将气氛烘托到极致。脚本显然也是由高手操刀制作的，情节跌宕起伏，步步惊心。游戏的角色是两男一女，他们身陷险地，需要通力合作才能逃出生天。素素客串了男青年，她说一定要和老爸保护好美女。

三个人配合得相当默契，素素古灵精怪，许多看似刁钻的问题在她面前迎刃而解；安心细致缜密，巧妙地躲开了一个个陷阱；邵荣德负责所有动手卖力气的环节，他那双大手不但有力，而且异常灵巧。遇到上下楼梯和沟沟坎坎，他会贴心地轻轻扶住安心。最终的考验到来，剧情需要一个人进入狭窄的甬道打开机关，而这个人将失去转瞬即逝的逃生机会。三个人先是面面相觑，进而都要主动牺牲自己拯救队友。争执不下中，游戏的时间就要到了。素素冲一脸焦急的老爸说："您那么胖，能进得去吗？拜托保护好美女。"说完就一头钻进了甬道，安心和邵荣德想伸手去拦，哪里还来得及。

游戏结束后，邵荣德看着如英雄般归来的女儿，竟还有些愤愤不平："这破游戏设计的，怎么也不把洞口开大点儿？"他一边抱怨，一边仔细打量着宝贝闺女，生怕她真的伤到哪里。

安心一把搂住素素夸赞道："阿姨就知道你是个有勇气有担当的孩子。"然后不无遗憾地说，"只是我穿着高跟鞋没你跑得快，要不然这个英雄还指不定是谁呢。"

素素皱皱鼻子一脸坏笑："成全你俩，这个英雄必须我当。"

无论孩子的话是有意还是无意，都让邵荣德和安心有些尴尬。他们不约而同地看向对方，又迅速移开了目光。安心告辞时，父女俩依依不舍地送到大门外。邵荣德原本要派车送，安心说不必，自己开车了。

带着轻松愉悦的心情，安心发动了汽车，但一种冲动让她又熄了火。贾一楠的车还在，安心想验证自己的判断。虽然自己刻意保持着云淡风轻，虽然知道接下来的一幕也许会让自己很受伤，但她还是决定亲眼见证。不远处的灯火依然璀璨，停车场的光线刚刚好。不时有情侣牵手而过，气氛浪漫而温馨。安心点燃一支烟，眼前的世界氤氲开来。

午夜时分，高跟鞋敲打地面的声音由远而近、清晰刺耳，安心的心随之收紧。一袭红裙的贾一楠像团火焰般摇曳而来，身旁的男士西装革履、高大英武，从身材和发型上判断是Peter——贾一楠的法国老板。两个人有说有笑，搂搂抱抱。一番缠绵热烈的拥吻后，两人钻进贾一楠的汽车扬长而去。

安心目不转睛地注视着眼前的一切，直到贾一楠汽车的尾灯消失在茫茫夜色中。她泪流满面，却没有伸手去擦，任凭泪水奔涌……

当一切猜想和预判成为现实，安心没有感到水落石出后的释然，反而觉得心被掏空了。一段延续了十五年的姐妹情可能要随风而逝，只剩惋惜与不舍……

高考填报志愿时，安心不顾父亲和云姨的挽留，毅然选择了远在杭州的浙江大学，专业是心理学。作为土生土长的北京孩子，她深爱着这座城市，但曾经的伤害令她无法释怀，刚刚出狱的穆浩天更是让她避之不及。也许离开一段时间会好些，抱着这个目的，在家人不舍的目光中，安心背起行囊踏上了南下的列车。

高考前夕，年满十八岁的安心将自己的姓氏去掉了。她并不是不爱父亲，但心中总像有什么东西堵着，安心想要做出改变。也许换个名字能让自己忘掉过去重新开始，她当初就是这么天真地期盼的。蒋少雄对此无疑非常难过，但丝毫没有在安心面前表现出来。他觉得对不起女儿，也许如果自己没有再婚，孩子就不会受到伤害，所以故作爽快地将户口本交给安心，笑着说："安心，挺好听的名字。"

浙大心理学学科所在的西溪校区位于美丽的西湖之滨、西溪河畔，流水潺潺，青草茵茵，鸟鸣啾啾，校园内有许多青砖黑瓦的老式建筑，安心一来就被柔柔软软、湿湿潮潮、甜甜腻腻的江南韵味融化了。

四人宿舍中只有安心不是本地人，但她并没有陌生窘迫的感觉，因为遇到了贾一楠。比安心大三个月的贾一楠人如其名，高高大大、风风火火，像个假小子。她说父母希望要个男孩未能如愿，便给自己取名"一楠"。她从小到大就豪爽豁达，敢爱敢恨，丝毫没有江南女子的温婉恬静。贾一楠将这种另类视为骄傲，觉得自己投错胎了，并对此深感遗憾。随着年龄增长，俊俏的长相和傲人的身材让她不得不面对现实，用她自己的话："我就不应该姓贾，要不怎么装来装去还是个假的。"

安心柔软却不失棱角的性格，清丽脱俗的容貌，外加自身独有的气质让贾一楠一见就爱惜得不得了。作为宿舍"大姐大"，她让安心优先选择铺位，在生活上也是颇多照顾。作为东道主，她带安心游遍了杭州的湖光山色、大街小巷。无论是在教室、图书馆、食堂，还是校园的林荫小道上，二人总是如影随形。安心觉得遇到贾一楠是自己的幸运，她非常珍惜这份缘，将对方视为知己。

如果不是一个男生对安心突然发起的追求，她们也许永远也无法走得像今天这样近。大三下学期的消夏歌会上，同班同学汪浩然用一曲吉他弹唱向安心表达了爱意。台下的同学沸腾了，他们用欢呼鼓励安心上台回应。安心张着嘴怔在当场，她没有料到会有人这么直白公开地追求自己，即便料到了，她也早已对男人失去了信任和兴趣。眼见安心手足无措，贾一楠挺身而出，对着舞台上深情款款的汪浩然吼道："拜托下次能不能先铺垫铺垫，瞧把我家宝贝儿吓得！"说完拉起安心冲出会场，全然不顾身后传来的起哄声和口哨声。

两人来到绿树茵茵的竺园，找了张长椅坐下。

"怎么了亲爱的，吓着啦？"贾一楠关切地问。

脸色煞白的安心拼命地摇头，身子竟有些微微发抖。

“好个汪浩然，蔫不出溜地还整了这出，我现在就去找他算账！”贾一楠决定为姐们儿出头。

“一楠，不赖人家。”安心可怜巴巴地看着贾一楠，用几乎听不见的声音说，“是我的问题，我……我不喜欢男人。”

原本已经起身的贾一楠闻听此言默默坐了回来：“能告诉我为什么吗？”

“一楠，求你别问为什么，我……我恐怕会一辈子都是一个人。”

贾一楠第一次看到安心落泪：“安心，我们是无话不说的好姐妹，但在我心里你一直是个谜。咱们都是学心理的，但说实话我猜不透你。不过放心，既然你不想说我就不问，永远不问。可是我倒有个小秘密要告诉你，你能保密吗？”

安心点点头。

“我也不喜欢男人，但是我可以告诉你原因，真正的原因。”贾一楠凑到安心耳边小声说，“几乎所有人都认为我是个假小子，可是他们不知道为什么会这样。”

“你不是说叔叔阿姨喜欢男孩，从小就拿你当男孩子养吗？”

贾一楠狡黠一笑：“这只是原因之一，真正让我讨厌男人的不是这个。”

“那是什么？”

“上初中的时候，我家隔壁住着个单身老流氓。有一年暑假，家里就我一个人，我写完作业趴在阳台上看小鸟，你猜我看到了什么？”

“什么？”

“我看见那个老流氓拿着根竹竿在偷邻居家女人的内衣。”

“啊！”安心一声惊呼。

“哎呀，你激动什么呀，还没说完呢，”贾一楠越说越兴奋，“他偷了内衣躲到树林里，你猜他干了什么？”

“什么？”

“他脱了裤子，掏出了那玩意儿……”贾一楠一脸鄙视。

安心明白了什么意思，感觉有点儿反胃，脱口说道："不要脸!"

"简直是臭不要脸!"贾一楠义愤填膺，"从那时起，我就觉得男人很猥琐、很恶心。"

"男人也不都是这样吧。"安心小声嘀咕道。

"当然不是，但对我来说已经够讨厌他们的了。"贾一楠拉起安心的手，眼波流转，"你害怕男人，我讨厌男人，这么说来咱俩倒是天生一对。"

"你说什么呢!"安心被贾一楠逗笑了，捶了她一拳，身子却不由自主地向她靠了靠。

"我说的是真心话。像我俩如此出色的女性如果孤独老去，老天爷一定是瞎了眼，所以……"她停顿了一下，万分真诚迫切地说，"所以不如咱俩结拜做今生永不分开的好姐妹吧。"

安心瞪大眼睛看着贾一楠，一时不知该如何回答。

"又吓着啦?"贾一楠双手按住她的肩头，"我真的好喜欢你，从见你第一面就喜欢上了你。"

其实直到现在，安心也不知道当时为什么会答应贾一楠结拜。也许她真的已经拒绝了男人，也许她同样喜欢贾一楠这样的红颜知己。她只记得在那个月色妖娆的晚上，在静静竺园的长椅上，她眼含热泪、认认真真地点了点头。树影婆娑，两张美丽的面庞轻轻贴在一起……

以后的日子，安心和贾一楠更是形影不离。大学毕业后，她们同时考取了本校研究生。二人在校外租了房子，边学习边打工，小日子过得优哉游哉。贾一楠的父母知道二人的情况，觉得两个女孩子在一起能互相有个照应，所以并未反对，甚至在衣食住行方面给予了很多支持。安心则一直对家人守口如瓶，她不知道该怎么向父亲和穆云解释这件事。她和贾一楠约定，这种陪伴无须强求，只为彼此能够互相关爱。如果有一方找到了心上人，她们依然是好朋友、好姐妹，总之一切顺其自然。

研究生毕业后，安心打算回北京发展，贾一楠说服家人，跟随安心远赴京城。安心发自内心地感激她，贾一楠却付之一笑，她说宿命鸳鸯本该不离不弃。

她们一同在咨询机构锻炼，一起创办摆渡人。三年前，为了拓展业务，贾一楠与一家法国公司洽谈心理咨询服务，逐渐喜欢上了外企的工作氛围，同时也觉得自己大大咧咧的性格不太适合做心理咨询，因此提出离职。虽然刚刚起步的摆渡人非常需要贾一楠，但是安心感动于她对自己的迁就与支持，便没有强行挽留。虽然她隐约觉察出贾一楠离开的理由并非完全如其所说的不适合做心理咨询，但还是送上了真挚的祝福。最终贾一楠离开摆渡人去追寻自己的梦想，安心知道，也许分别的种子在那时已经种下。

三年来，贾一楠的变化悄然发生，安心知道她已经有了心上人，却从未点破。贾一楠似乎也对安心多有不舍，因此总是犹犹豫豫，说话闪闪烁烁。无论如何，在这个微寒的平安夜，一切重回原点。

安心终于想起擦眼泪，却发现泪水已干。

圣诞节当日，咨询所像往年一样放假一天。安心格外需要这样一天假期来舒缓情绪，几乎一夜未眠的她望着镜子里颓废疏懒的自己不禁哑然失笑。

不能这样，每个人都有选择的权利。自己和贾一楠的关系本就属于随缘而生随缘而灭，虽有遗憾和不舍，但绝不能深陷其中无法自拔。贾一楠之所以隐瞒，恰恰因为她也为此感到内疚和矛盾。如果自己再摆出一副惨兮兮的样子，会令对方更加纠结痛苦。经过一番自我心理疏导，安心开始精心梳妆打扮。

看着焕然一新的自己，安心又犯愁了。拾掇得如此漂漂亮亮，这是要干吗？出门逛街？跟谁呢？她一边吃早饭，一边嘀咕。在喝完最后一口橙汁时，手机适时地响了——是王安逸。

安心一把抓起电话，还没开口，听筒里就传来他动人的嗓音：

“早啊，还以为你狂欢一夜正睡懒觉呢。”

安心自嘲地说：“是折腾了一夜，但一点儿也不欢。”

“隔着电话都能听出来。”王安逸的语气略带调侃，“谁招惹你了？”

“如果我说了会不会影响你圣诞节的心情？”

“当然不会，我可以免费帮你疏导。”

“如果我想出去走走，你愿意陪我吗？”安心感觉脸有点儿发烫——从来没有主动邀请过王安逸，更何况自己昨天刚刚拒绝了人家。不过安心此时似乎顾不了那么多，她急需出门散散心。

王安逸倒是非常大度：“说吧，去哪儿？”

“无所谓，高处吧。”

“地址发来，一会儿我去接你。”

一个小时后，王安逸驾驶着“福特野马”跑车等候在路边。安心已经做好登山的准备，换上了休闲装和运动鞋。

“平时看你都是骑车，没想到把好车藏家里了。”为了掩饰自己的内疚，安心主动开起了玩笑。

“在美国我就骑车，习惯了，再说也锻炼身体呀。”穿着牛仔裤皮夹克的王安逸展现出了野性和阳刚的一面。

“带我去哪儿爬山？”

“爬山？”

“对呀，不是说好了去高处吗？你不会带我去电视塔吧？”

王安逸笑容灿烂：“那我先考考你，北京哪座山最高？”

这可难住了安心，她犹犹豫豫地答道：“香山？”

王安逸忍不住调侃道：“难道你的地理是跟体育老师学的吗？告诉你，是灵山，两千三百多米呢。”

安心不好意思地低下了头：“人家地理本来就学得不好嘛，再说你也太贬低体育老师了。”

看着面前娇羞美丽的女人，王安逸不禁有点儿心猿意马，他赶紧收敛心神说：“一会儿你就知道了。”

三环路上一路畅通，汽车很快驶上了京承高速。

“谢谢你能陪我。”

“求之不得呢，再说‘己所不欲，勿施于人’嘛。”王安逸咧嘴坏笑。

安心知道他指的是什么：“昨天真对不起啊。”她很少示弱，尤其是对男人，但不知为什么在王安逸面前，总是棱角尽失。

“开个玩笑，别往心里去呀。”王安逸不想让心仪的女人难堪，赶紧转移话题，“说说吧，陪小朋友过节怎么还把自己弄得不开心了？”

安心不想隐瞒什么，隐隐觉得对方能懂自己。

“其实我说的小朋友就是前些天来咨询的素素，我们玩儿得很开心。”

“那就是和火辣的巫婆闹别扭啦？”

安心轻轻叹了口气说：“也不是闹别扭，就是……”她欲言又止。

“闺蜜之间难免，只不过……嘿嘿，你俩可不是简单的闺蜜。”王安逸用余光瞄向安心。

安心身子一震，苦笑着摇摇头：“说你是巫师一点儿也不夸张。”面对一个经验丰富、天赋异禀的同行，一个追求自己的男人，安心不想再徒劳地掩饰什么，面色坦然地说：“对，我们俩确实非常非常要好，也许你觉得自己能猜出那是什么，不过说实话，跟你想象的并不一样。但不管那是什么，如果一楠有了心上人，我应该为她高兴，对吗？”

“你高兴吗？”王安逸反问。

“恐怕暂时做不到，所以……”安心不知道该怎么说。

“所以你应该给自己点儿时间，慢慢接受，慢慢放下。当然也是给对方点儿时间，好决定什么时候告诉你。如果没猜错的话，她的好消息恐怕还没敢告诉你吧？”王安逸确实猜到了安心和贾一楠不同寻常的关系，想借机开导。

“你是打算开始计时收费了吗？”安心扬起下巴盯着王安逸。骨子里的倔强让她再次整装上阵，她不允许自己被笼罩在他人的气场中，被别人看穿，被别人说教，哪怕这个人自己很喜欢，哪怕这个人说的是对的，也不行。

“不敢不敢，在安大师面前我岂敢班门弄斧。”王安逸用自嘲示弱。他知道无论安心遭遇了什么，此时都是异常脆弱的，何况又是一个敏感的咨询师。虽然倾慕已久，虽然想伸手相助，但他克制了那份冲动。

汽车驶出高速不久，安心眼前豁然开朗。“雁栖湖航空俱乐部”的牌子让她发出了惊呼：“不是去爬山吗？”

“有什么山能比天更高？”

“你会开飞机吗？”

王安逸没有回答，一边得意地吹着口哨，一边潇洒地戴上了墨镜。

双座小型直升机外形酷似水滴，玻璃包裹的驾驶舱在阳光下玲珑剔透。机师已经提前做好了升空准备，他笑着和王安逸打招呼：“王先生今天带女朋友来啦？”

王安逸随口答道：“同事同事。”

马达的轰鸣声震耳欲聋，即便并排而坐，安心也要凑近王安逸的耳边喊：“你真的会开飞机？”

王安逸一边检查仪表一边说：“在美国就有驾照了，回国后参加了一些培训和考试就能换照。怎么，担心我技术不行？”

“没有啦，我相信你。”安心舒适地靠入座椅，眯起眼睛享受日光的抚摸。

王安逸侧身检查了一下安心的安全带，然后启动了主螺旋桨。机身抖动了一下，王安逸双手熟练地操纵总距操纵杆和周期变距操纵杆，左右脚交替踩着踏板，直升机在安心兴奋的尖叫声中腾空而起，飞向湛蓝的天空。

燕山山脉连绵起伏，雁栖湖如一颗璀璨的明珠镶嵌在广袤的大地上。直升机飞行得很平稳，安心逐渐平静下来。她侧过头端详着王安逸，坚毅沉着的神情充满了成熟男人的味道，俊朗帅气的外表散发着阳光的气息，有型的发式、细心修剪的指甲透露出他的品位和精致，高大挺拔的身躯带给人十足的安全感……这种多才多艺、内外兼修的男人应该就是众多女性心目中的白马王子吧。

“驾驶员被美女这么盯着会分心的。”王安逸露出了狡黠的笑容，这种表情如果出现在别的男人脸上，安心可能会觉得反感，但此时自己却分明很受用。她不好意思地将头扭向窗外，尽情欣赏天地间的美景，但还是不忘回捧一句：“自作多情。”以前和男人相处，安心总是小心翼翼地保持着安全距离，她很诧异自己竟不知从什么时候开始和王安逸打情骂俏起来，就像和贾一楠在一起时一样毫无顾忌。

“美吗？”

“嗯！”安心几乎把脸贴到了玻璃上，“和以前坐飞机不一样，它们飞得太高太快，根本谈不上享受。现在的感觉才像是在飞翔，真正的飞翔，就像鸟儿一样。”

“天真的想法。知道吗？人永远不会像鸟儿一样。”王安逸意味深长地说，“人的目标太功利、心思太复杂、奔波得也太辛苦，根本无暇享受沿途的风景和飞行的快乐。裹挟在纷乱匆忙的现实中，我们很难找到机会让自己慢下来，甚至停下来。”

安心眉头微蹙：“没错，人活得太累了。”

“如果我们肯放下身段，多学学大自然，这种累也许是可以避免的。”

“学什么？”安心知道王安逸在开导自己，此时她已不再抵触，准备洗耳恭听。

“和解。”

“和解？”

王安逸坚定地望向远方：“高山不想让河流远去，它竭力阻挡；而河流也不愿意被困在山间，所以拼命突围。就是在这千万年的冲撞和撕扯下，壮观的瀑布、幽深的峡谷、美丽的湖泊诞生了。正是因为它们达成了和解，高山才会对远去的流水送上深深的祝福，河流才会不舍地在山间百转千回。”

好美的比喻，安心被深深地打动了。她想到了自己的过往，想到了贾一楠，想到了父亲和云姨，甚至想到了那些曾经的咨询者。但想得更多的还是身边这个男人——这个看上去潇洒飘逸，甚至略带玩世不恭的男人内心竟是如此深邃睿智，眼界竟是如此精微高远。安心不由得自叹不如。一种亲近感油然而生，但很快被湮没在无尽的阴霾中。

她追问了一句：“人非山水，要怎么和解？”

“接受和放下。除此以外，我不知道还有什么好方法。”王安逸转头看向安心，目光意味深长。

安心回避了他的目光，因为她害怕其中的魔力。但无论如何，她感觉心情好多了。

临分别时，安心发自内心地向王安逸致谢。她觉得自己很幸运，在最需要慰藉的时候有他陪在身边。王安逸笑着摸摸她的头说：“谢谢你给了我这个机会，以后我还要带你去最深的海底。”

一个“摸头杀”，仿佛一道电流穿身而过，安心感到心脏麻酥酥的，险些瘫软在地。她清晰地记得上次出现这种感觉还是在竺园的长椅上，当贾一楠温热的脸颊贴向自己冰冷的脸颊时……

第七章　风景旧曾谙

新年过后，安心总是感到头晕乏力、腰酸背痛，还无缘无故地发了两次烧。贾一楠让她去医院好好检查一下，安心觉得可能是工作太累、精神过度紧张所致，决定先观察观察再说。她将每天的接待人数从五位减到了四位，而且周末两天不再安排自己值班。经过一段时间的调整，症状果然减轻了许多。

空闲时间多了，她有时会接受邵荣德的邀请和父女二人小聚。素素果然没有食言，她的期末成绩一举冲进了班级前五名。邵荣德看在眼中喜在心头，竭尽所能将聚会安排得体贴周到，并多次表示要略表心意，都被安心婉拒了。在邵荣德眼中，安心美丽聪慧，气质独特，对孩子充满爱心，是除了婉芬外天底下最好的女人。但他不敢再有进一步的奢求，除了对亡妻的承诺，最重要的是觉得自己配不上对方。他始终认为万贯家财在冰清玉洁、清心寡欲的安心面前黯然失色。

自从被王安逸带上蓝天，安心对这个温暖洒脱、睿智沉稳的男人放下了戒备之心。业余时间两人经常一起喝喝茶、逛逛街，顺便探讨一些专业问题。她并不觉得这是在谈恋爱，只是感到和他在一起很开心放松。尽管在内心深处并未完全接纳男人，但通过与邵荣德和王安逸的交往，她心中的坚冰已经悄然开始融化。

春节即将来临，每年春节咨询所都会提前四天放假并延后四天上班，安心希望这多出的八天假期可以让同事们尽情放松，缓解一年来紧绷的神经。邵荣德父女再三邀请她共赴海外旅行，虽然和贾一楠的三亚之行已经泡汤，但权衡再三她决定把这段时间留给自己。原本计划去趟云南，却收到了大学室友刘方子发来的婚礼请柬。当年的室友中贾一楠最大，老二方晓彤已经嫁到了南京，安心排第三，刘方子最小，姐妹四人相处得很好，毕业后一直保持着联系。三年前方晓彤结婚，安心和贾一楠一起前往南京祝贺，这次安心决定自己赴约，何况她也想重温一下往日时光。

放假前的最后一天只有一名来访者。咨询结束后，安心开始挨屋给同事们提前拜年。

“假期打算怎么过？”王安逸问。

“去趟杭州。”

“看断桥残雪吗？”

“那可需要好运气，而我的运气总是很一般。”安心习惯性地皱皱鼻子说，“这次是去参加婚礼。你呢，想去哪儿？”

“这么说来，我的运气似乎比你还差。”王安逸所答非所问。

“为什么？”

“本来想邀请你去海南潜水，我答应过你的。”王安逸显得很遗憾，“现在看来只好自己去摸鱼了。”他心有不甘地补充了一句，“要不我陪你去杭州吧？”

“别别别。”安心连忙摆手，“你还是去海南好好摸鱼吧，祝你摸到条大鱼。”看到王安逸失落的样子，她有些于心不忍，补充道，“也许我会去找你。”

王安逸两眼放光：“一言为定！你不去我就不回来了。”

“我尽量吧。”安心笑着挥手道别。

回到房间，安心开始整理办公桌准备下班，糖果急匆匆地闯进门来：“安心姐，有位来访者非要见你，我解释了半天说没有预约不行，可他就是不走。”

没有天大的事，谁会在过节前非要见心理咨询师呢？安心不忍拒绝那些焦急的来访者，无奈地摇摇头说：“让他填好表进来吧。”

五分钟后，一位愁容满面的男士坐到安心面前。对方身穿老式黑色呢子大衣，里边是板正的夹克衫，黑边眼镜后面是刻板局促、闪烁不定的眼神。安心迅速浏览了一下登记表，咨询者姓武，三十五岁，咨询事项只有简单的两个字——困惑。

“武先生好，能告诉我为什么困惑吗？”安心送上招牌式的微笑。

“您就是安心？”

“是我。”

“汪浩然是您的同学？”

安心愣了一下答道：“对，我们是大学同学。”

“浩然是我老乡，他让我来找您。”

安心脑海中浮现出那个抱着吉他对自己唱情歌的男生，内心波动了一下：“有什么可以帮您？”她赶紧让精力重回工作。

“我不想回家！”

安心又是一愣，问：“家里有什么让您不开心的事吗？”

“噢，我可能没说清楚。”武先生不停地在椅子上扭动身体，显得异常焦躁，“快过年了，但我不想去岳父岳母家。”

他的窘迫和词不达意让安心一时搞不清状况，她只好继续引导：“能告诉我为什么吗？”

武先生的思路和话语逐渐有了条理：“实在抱歉，我刚才说得可能有些乱，”武先生用拇指和食指托了托眼镜，帮助自己稳定心神，“我叫武文斌，在税务局工作，和浩然是从小一起长大的好朋友。我大学考到北京，毕业后进了税务局。我爱人比我小两岁，是土生土长的北京人，我们结婚已经五年了。她父母都在税务系统工作，算是老干部了吧。结婚后，我逐渐从一名办事员干到了所长，这都是我努力工作的结果，不过……”他努力克制着自己的情绪，但显然效果不佳，“我也不否认，岳父岳母对我的进步有帮助。可是难道我就要因此低声下气、矮人一头吗?”

“您肯定很委屈。”看到武先生有些激动，安心适时地给予响应。

“自打结婚后，岳父岳母就摆出一副有恩于我的架势，好像宝贝闺女嫁给我是吃了大亏，处处对我挑三拣四、呼来唤去。说实话，我工作勤勤恳恳，对爱人百依百顺，我根本不欠他们什么。可在岳父岳母眼里，如果没有他们的关照，我根本狗屁不是!”

入赘到一个有一定身份地位的北京家庭，武先生的处境安心能够理解。以往的经验告诉她面对这种家庭矛盾，配偶的态度很关键，于是问道:“您爱人怎么看待这件事?”

“她很爱我，也是明事理的人，但作为独生女也不能和父母对着干。她经常劝我，让我忍着点儿。可是忍一天两天行，总不能忍一辈子吧!”

“您之前都是在岳父岳母家过春节吗?”

“结婚后一直是，我不是不想回老家，我也有父母，可是对于倒插门的女婿，我没的选呀。现在可倒好，这件事好像成了天经地义。不瞒您说，每次回她家过年我都郁闷得要死。岳父对我的工作指指点点，岳母更是趾高气扬。人家姑爷都是丈母娘家的贵客，我只能察言观色夹着尾巴做人。去年春节赶上我父亲六十大寿，我本想带着爱人回家祝寿，可岳父岳母不乐意，我只好把父母接到北京，两家人一起过了个年……”说到这儿，武文斌紧紧攥起了双拳，“那顿年夜饭吃得别提多憋屈了。我岳父比我父亲小两岁，可他完全像个老领导，弄得我父亲唯唯诺诺了一个晚上，要知道在老家我爸也是有头有脸的人呀。我岳母也对我母亲评头论足，说什么衣服显老气呀，怎么也不染染发呀。说实话，我妈长得比她耐看多了。最让我父母难堪的是，岳父岳母不时流露出他们的关照对我是多么重要，而我离他们的要求还差很远的意思。您知道吗?能在北京机关里当个小干部，我一直是父母甚至家族的骄傲啊!我父母一天也不愿意多待，第二天就回了老家。看着二老失落的背影，我真恨不得找个地缝钻进去。这一年我很少去岳父岳母家，我倒要让他们看看，我不上门又能怎么的？我也做好了春节后辞职的打算，怎么着，没有他们我在北京就混不下去了吗？”武文斌一股脑儿地宣泄，梗着脖子仿佛在与空气对峙。

安心觉得有必要给他的情绪降降温了：“听起来你生活得不容易呀。不过您这样回避和赌气好像也没让自己轻松起来。”

武文斌脖颈的肌肉松弛下来：“我也知道不能这样下去，眼看又快过年了，可是我……”他好像泄了气的皮球。

“这就是您来找我的原因？”

武文斌默默点头。

“俗话说，家家有本难念的经，作为不了解全部情况而且置身事外的旁观者，我只能给您一些建议。”安心静静地望着对方。

“我想听听。”武文斌重新坐直了身子。

“首先，我认为冷战不是好选择。它没法疏解您的憋屈，但日子还得继续过下去。如果您认为凭自己的努力无法改变老人的态度，我建议不妨让理解你的妻子，做做她父母的工作。您认为这样可行吗？”

武文斌思索片刻说：“之前没有试过。说实话，我对岳父岳母的不满很少在她面前表露出来，我不想让她夹在中间为难，所以一直是自己憋在心里。但我相信，她一定知道我的处境。”

“夫妻间应该相互支持的，所以我建议您试试。老人都是疼孩子的，他们之所以高高在上，也许并非瞧不起您，可能只是想为宝贝闺女站脚助威，怕她受了欺负。”

“这一点我倒真没想过。”武文斌若有所思。

“另外我觉得您也要调整心态，不要让自己有寄人篱下的感觉，凭本事打拼没必要一味委曲求全。至于辞职，我强烈希望您慎重考虑。已经取得的成绩来之不易，如果仅仅是因为赌气就放弃，非常不值得，也不是一个成熟男人应有的举动。”每句话仿佛都说到武文斌的心坎儿上。

“浩然让我找您是对的，很多事情我只是一直刻意回避罢了。也许我应该换种心态，但从哪里开始呢?”他向安心投去期望的目光。

“这个春节如何?”

“这个春节?”

“对，您不是很久没回老家过年了吗？何况去年春节您父母在北京过得很不开心，也许此时回家看看能让两边的老人都有不同的感悟。”

“我……”武文斌显得很为难。

安心没想到自己这个看似平常的建议却让对方陷入纠结。“有什么问题吗?”她问。

武文斌苦笑着说：“我刚才是说过想回老家，可是……说句心里话，我还挺害怕回去的。”

安心被弄得彻底凌乱了，但还是耐下心来问：“这又是为什么呢?”

武文斌长叹一口气说：“虽然我在北京只是个不起眼的芝麻官，可老乡们并不这么认为。自从我扎根北京，只要回老家，亲戚朋友就踏破了门槛。他们以为我有了不得的能力，什么上学、找工作、看病，甚至打官司都来找我。我脸皮薄、好面子，往往就会答应下来。可真到办事时，我也是求爷爷告奶奶，往里边不知搭了多少钱和脸面啊。事情办成了还好，要是没办成，我就跟欠了人家债似的。前几年北京搞疏解，一个在昌平做小生意的远房亲戚的铺面要被拆迁，他找我帮忙疏通关系。这可是政府工作的重中之重，每个区每个街道都有任务指标，根本不是托人帮忙就能解决的。我反复讲政策也没用，眼见找我不行，他就让家里老人找我父母。我父母碍于情面，给我打电话让我想想办法，能帮一把就帮一把。可是我能找谁呀？这节骨眼儿上求人办这种事，那不是明摆着想跟人家绝交嘛！结果弄得两家人现在话也不说，唉……”又是一声长叹，武文斌用两个拇指使劲揉搓着太阳穴。

来访者对心理咨询师的信任，会让他们愿意将困惑苦恼，甚至难以启齿的问题倾诉出来。安心认为，很多来访者并不是真的患上了心理疾病，他们只是缺少一个倾听并理解自己的人。咨询师当然会给出建议，但很多时候一旦心结解开，来访者往往自己就有了答案。安心觉得眼前的情况就是这样，所以她并没有急于表态，而是用温柔深邃的目光看着对方。

果然，一番无所顾忌的倾诉后，武文斌似乎悟到了什么，原本失神的眼睛有了一丝灵动。

“以前这些事我都憋在心里，就算想说也不知道找谁说。我给浩然打电话，碍于同乡关系，不可能跟他说得那么清楚。我觉得他也想到了这点，所以建议我来找您，他说一个具有专业能力的陌生人是最理想的倾诉对象。”

“看来汪浩然很懂您，既然这样，您还有什么想说的吗？”

武文斌凝神思索了一番，开口说道：“问题也许出在我身上。为了能在北京站住脚，我处处小心谨慎，甚至有些患得患失。我太在意他人的眼光和评价，骨子里多多少少确实有些自卑。正因为这样，我对岳父岳母甚至所有人的言行都异常敏感。我想表达真实的自我，又缺乏信心。时间长了，委屈、怨气自然就多了。”

安心点头以示赞许。

“可是我该怎么办呢？”

“试着接纳和和解。”安心突然想到了王安逸说过的话。

“接纳自己的自卑我理解。与谁和解呢？”

“自己。”

“与自己和解？”武文斌迷惑地重复着。

“您的岳父岳母也好，老家的亲戚朋友也好，他们的所作所为无论动机如何、正确与否，想必都不是您能左右的。既然生活在这个世界上，谁都免不了要和他人打交道。既然您无法改变别人，也无法拒绝交往，我想最好的办法还是调整自己的心态。您在北京打拼很不易，想要保住这份来之不易的稳定和稍纵即逝的机会无可厚非，也非常值得尊敬。但您想过吗？一味谨小慎微、委曲求全并不会让事情变得更好。您应该以更积极、更自信的心态去面对一切。比如这个春节，您可以先和妻子达成一致暂时不回娘家，至于是否回老家我们一会儿再讨论。您应该用自己的态度向岳父岳母表明您是一个独立自强的人，理应获得他们更多的尊重。其实我个人认为，没有哪一个岳父岳母不疼爱自己的女儿，因此他们对女婿自然也不会过分苛求。之前产生的不快，也许仅仅是因为大家都陷入了一种习惯和误区。要想改变这种习惯，恐怕需要您做出更多的尝试，在这当中您妻子的理解和您所采取的方式方法同样重要。具体到细节，恐怕我难以给出更多建议，但我相信您有这样的智慧。”安心停顿了一下，接着说，“另一方面，当面对家乡的亲朋时，您也应该表现得更豁达和务实一些。没有人是无所不能的，您大可不必为此背负那些原本不属于自己的责任。我们首先要过好自己的生活，才能顾及其他。很多时候，面子是最不必要的负担。因此我觉得您无须惧怕回乡，为了父母和乡情也应该常回家看看。”

武文斌没有立刻表态。“您说得没错。”武文斌原本并不高大的身材自从进门就一直蜷缩着，此时仿佛突然长高了一大截，“我想好了，回家！”

安心投来好奇和期冀的目光。

“回老家！我先和爱人商量好，然后一起去做岳父岳母的工作。”

“还有什么问题吗？”

“没有了。”

“我倒还有一个问题。”安心笑着起身准备送客。

“您说……”

“汪浩然现在过得怎么样？”

“浩然一毕业就回老家做紫砂壶生意去了，他家祖传做这个，他父亲还是国家级大师呢。对了，我本想让他提前跟您打声招呼，可他扭扭捏捏地说好久不联系了，最后费了番周折才帮我搞到了这里的地址。”

“我说怎么在班级群里好久没有他的消息了。”安心若有所思，然后朝武先生拱拱手，“提前给您拜年啦，代我向汪浩然问好。”

“一定一定。” 武文斌已是一身轻松。

首都国际机场，安心准备前往杭州，顺便送别贾一楠。

当初洽谈心理咨询项目时，安心见过Peter两次，所以她很自然地上前打招呼：“Peter，拜托照顾好我家Nancy。”

“放心吧，包在我身上。” Peter用蹩脚的中文回应。安心从他的眼神里捕捉到了一丝尴尬，她的心里也有异样的波动，但还是报以淡淡的微笑。

目送自己的好闺蜜和一个男人登上飞机，安心平复了一下心绪，转身前往自己的登机口。

回到阔别已久的杭州，安心有种说不出的感慨。她走出机场时惊喜地发现下雪了，雪虽然不大，但足以令人庆幸。在酒店安顿妥当，她直奔西湖岸边。古人曾说“晴西湖不如雨西湖，雨西湖不如月西湖，月西湖不如雪西湖”，雪中的西湖宁静清冷，淡淡的雾气弥漫在湖面上，仿佛仙境一般。鹅绒般的雪花纷纷扬扬，悄无声息地落在枝头，拂上面颊，落入水中。路面的雪转瞬即化，断桥上已经挤满了人。安心放弃了去宝石山上欣赏断桥残雪的念头，她知道雪太小了，即便落在桥上也早已消融在纷乱的步履下。她只是默默地伫立在湖畔，遥望雪中若隐若现的断桥，猜想着那些或穿梭或驻足的桥上人究竟哪一对才是许仙和白娘子……

雪停了，天色渐暗，安心伸手拦下一辆出租车前往母校。校园的变化不大，走在熟悉的校园小路上，大学时光的一幕一幕浮现在眼前。她突然停下脚步，原来不知不觉中已经来到了竺园。繁茂的大树还在，绿草依然茵茵，那条刷了新漆的长椅在路灯下泛着幽光。安心慢慢坐下，手指轻轻拂过椅面，湿湿的、凉凉的。那个有月光的夏夜，两颗年轻的心碰撞在一起。如今自己和贾一楠都已过了而立之年，想到那些再也回不去的过往，安心鼻子一酸落下泪来……

内心敏感的她总是刻意将自己包裹在精心编制的外衣里，就像蝴蝶的幼虫，在破茧而出前宁可忍受重重桎梏也不愿将真面目示人。其实看似豁达坚强的她很爱哭，从小就是，只是旁人很难见到罢了。

第二天上午，安心先去探望了贾一楠的父母。两位老人早已把安心当成闺女，一个劲地嘘寒问暖。贾母拉着安心的手嘱咐她千万要注意身体。安心说："也许是前段时间有点儿累，现在已经好多了。"贾父则埋怨贾一楠大过年的还往国外跑，一点儿也不知道顾家。安心笑着哄他说："我这不是替她看您来啦。"三个人亲密无间，享受着难得的团聚时光。二老想让她过了年再走，安心说还要去海南看望自己的父母。贾父连声夸她孝顺，说父母年岁大了，儿女理应多陪陪。

傍晚时分，安心和刘方子如约见面，让她惊喜的是方晓彤也特意从南京赶来，三个当年的室友紧紧相拥。西湖边有一家小菜馆，门面不大，装修也土里土气，但杭帮菜做得绝对地道，她们上学时就常来这里打牙祭。多年之后再次光顾，老板娘竟一眼认出了美丽依旧但已充满成熟韵味的安心。

西湖醋鱼、龙井虾仁、干炸响铃、宋嫂鱼羹，一道道经典菜肴配上一坛陈年花雕，三年未见的她们聊得热火朝天。刘方子毕业后进入医院，她说："我现在晚上不吃安眠药根本睡不着，都怀疑自己神经衰弱了。可是每天见到那些病人，真的觉得他们好可怜，那种痛苦也许咱们根本无法想象，所以我总是加倍努力地工作。如果说后悔当初选错了行当，确实有那么一点点。但既然进了这个门，我也只能硬着头皮走下去。不要说完全康复，哪怕是病人有一丝好转对我来说都是莫大的奖赏。"说起工作她忍不住有几分抱怨。也难怪，精神病科原本工作压力就大，对于一个女医生来说就更具有挑战性了。

"敬咱们的白衣天使一杯。"方晓彤举杯提议，三人一饮而尽，温热绵纯的黄酒下肚，安心觉得暖融融的。

"还是你有先见之明，一毕业就改了行。"刘方子指着已经成为保险公司高管的方晓彤说。

“哎呀，那叫什么先见之明呀。现在这社会哪个行当也不轻松，就拿我们保险公司来说吧，每天一睁眼就得为任务指标奔命。虽说挣得是多点儿，但压力也大呀。成天追着客户屁股后头磨嘴皮子，我觉得自己都快成话痨了。我觉得还是贾老大会混，外企钱多还不那么累。”

“她累不累你哪儿知道。”刘方子对方晓彤的观点不太认同，“起码咱还能好好过个年，外企可不讲究什么春节，要不怎么这节骨眼儿还安排她去法国出差，弄得连我的婚礼都参加不了。”大姐大的缺席显然让刘方子很郁闷。

“也是。”方晓彤似乎也有同感，只有安心微微一笑，她知道贾一楠为什么去巴黎。

“要这么说还是咱安心会选，既没进医院遭罪，也能干着本行，关键人家还是自己的买卖。”刘方子有些羡慕地说。

“瞧你说的，我怎么还成开买卖的了？”安心笑着用手指点了点刘方子的脑门，“心理亚健康对付起来更麻烦，咨询所可没有医院里那么多专业手段，能用的差不多就是眼睛、耳朵和嘴，还有这儿。”她指指自己的脑袋接着说，“你是治病，我是治心。很多情况下说深了不是，说浅了也不是。遇到的问题也是千奇百怪，我觉得都能编一本小说了。”

“真是干什么也不容易，咱不聊这个了。”方晓彤把大家的酒斟满，换了个话题，“安心，眼瞅着我和方子都把自己嫁出去了，你和贾老大就还打算这么单着？”

“我反正没有结婚的想法，至于一楠怎么想我就不知道了。”安心说得很轻松。

“谁信呀！”刘方子撇撇嘴说，“你俩好得跟一个人似的，她想什么你会不知道？不瞒你说，我和晓彤一直怀疑你俩是不是要共度余生了呢！”

“没错没错。”方晓彤立刻附和，然后就和刘方子抱在一起哈哈大笑。

“你俩是越来越没谱儿了，要是一楠在，看不撕烂你们的嘴。”安心自以为和贾一楠的关系不会被人发现，如今被别人当面点出，难免有点儿心虚。

哪知道刘方子不依不饶：“既然不是你脸红什么？当初汪浩然追你，瞧把你吓得小脸儿煞白，还是贾一楠当的护花使者呢。”

安心正要反驳，她的电话响了：“哪位？”

电话那端自报家门后，她瞪大眼睛惊呼道：“啊，这么巧？”

“谁呀谁呀？”方晓彤和刘方子齐声问道。

安心用手捂住听筒，小声说：“说曹操曹操到，汪浩然。”然后连忙向电话那端的人解释，“我来参加刘方子的婚礼，昨天刚到杭州，今天就接到你的电话，好巧。”

一番寒暄后，安心得知汪浩然在杭州有个工作室，他原本只是想为武文斌的事道谢，但既然俩人都在杭州，想借此机会一块儿坐坐。

虽然大学的那段求爱插曲让人有点儿尴尬，但这么多年过去了，安心已经能够坦然面对，她发现自己变得越来越会与男人相处了。两人约定明天下午见面，地点就在汪浩然的工作室。

这通电话及时岔开了话题，三个女人又海阔天空地聊了很久，眼看时间不早了，安心举杯提议：“祝方子小姐成功脱单，咱们干了杯中酒，让新娘子回去早点儿休息，要是弄成熊猫眼，估计新郎该退货了。”

方晓彤酒劲儿十足地调侃道：“退货？关键也得有人接呀。”三姐妹在笑声中依依惜别。

第二天的婚礼隆重喜庆，望着台上一对幸福的新人，安心默默送上祝福。有那么一瞬间，她甚至想象了自己披上婚纱的样子，但很快便摇了摇头，自嘲地笑了。婚礼结束后，安心如约来到汪浩然的工作室。

站在闹中取静、清雅古朴的小屋前，安心想象着那个怀抱吉他的男生究竟变成了什么模样。

“你好。”当一袭中式衣衫、从容平和的汪浩然出现在面前时，安心愣住了，赶忙机械地回应：“你好。”

一缕檀香冉冉升起，汪浩然手法娴熟地沏茶。洗茶、温杯、冲泡、闻香，凤凰三点头，杯中七分满。淡雅的茶香伴随着优雅的仪式感弥漫开来，小小的茶室宛如世外桃源。

“你过得好悠闲。”安心品了一口茶，身心自然地松弛下来。

“平常不是做壶就是四处奔波，快过年了，也是难得的清闲，这年月悠闲对谁都是一种奢侈品。”汪浩然顺手将茶添满，“毕业后我很少和同学们联系，这边的工作室也是去年才开起来的。刘方子的婚礼热闹吧？”

“嗯，能见到几个老同学，这趟杭州之旅物超所值。”

“你怎么样？结婚了？”

安心伸出左手晃了晃，俏皮地说：“单身万岁。你呢？”

“上大学时你就与众不同，看来一点儿没变。”汪浩然淡淡一笑，“我可是个大俗人，孩子都快上幼儿园了。”

“家人都在杭州？”

“媳妇带着孩子在宜兴，我两头跑，明天也该回家过年了。听说咱们同学中只有你和贾一楠去了北京？”

“嗯，我俩还当了好几年同事呢。”

“我有一个奇怪的感觉，如果贾一楠真是个男人，你俩会非常般配。”汪浩然端起茶杯，眼睛却瞟向安心。

安心已经越来越感觉自己和贾一楠的关系在外人眼里实属另类，但她自认为这不过是误解罢了，所以见怪不怪地答道：“很多人都这么说，可惜她是个女的。”

汪浩然显然不想纠缠这个问题，笑笑说：“听说贾一楠已经不干心理咨询了，说真的，我也觉得她不适合做这个。所以当武文斌给我打电话诉苦时，我第一个就想到了你。”

“其实你完全可以应付。”安心抿了一口茶，“怎么就突然转行了？”

汪浩然皱了一下眉，不似刚才的平和淡然：“做这个决定时我也很纠结。当初之所以选择心理学专业完全是为了较劲——父亲希望我子承父业，但我认为一个大男人整天抱着一团泥巴太没出息。为此我们父子没少发生冲突，心里也都有了芥蒂。当我拖着行李离开家时，父亲没有送出门，但我知道他一定躲在窗户后面看着我。每次我上学离开家时，在案头忙碌的他都是这样，只是那次我能感觉到窗户后面的眼睛里失落取代了期盼。”他叹了口气，接着说，“大学四年，我慢慢爱上了这个专业，庆幸自己的选择是对的。直到大四快毕业时，母亲来电话说父亲病了，我问什么病，母亲说是中风，虽已经基本恢复了，但还是让我抽空儿回趟家。由于忙着写毕业论文，我拖了半个月才回到宜兴。快到家门口时，我又听到了捶打泥片的声音。这声音曾经让我非常反感，但那一刻不知怎么竟觉得很亲切。我悄悄走到窗前，看到父亲正在灯下打泥条。”

安心发现汪浩然的眼圈儿红了，他显然也意识到自己情绪的波动，停了下来，将两人杯中的凉茶倒掉，重新添上热茶才接着说：“我看到父亲苍老了许多，鬓角新生的白发和眼角深深的皱纹说明这些年他过得不容易，也不快活。由于中风而略显歪斜的嘴角时不时抖动一下，他不得不停下来用手绢擦去流出的口水。早春的宜兴潮湿阴冷，可父亲只穿着短袖汗衫，即便这样胸前还是被汗水洇湿了一大片。以前驾轻就熟的动作变得非常滞涩，右手明显有些力不从心，他放下搭子，用左手使劲揉搓不听使唤的右手，然后再次拿起搭子重复那千篇一律的动作。望着凹凸不平的泥片，他懊恼地将搭子扔到地上，双手攥拳使劲地敲打桌子。满脸是泪的我不顾一切地冲进屋子，从地上捡起搭子，将一脸惊诧的父亲扶到旁边的椅子上坐下，顾不上脱去外衣就开始打泥条。一下、两下、三下……每一下都仿佛打在自己心上。也不知过了多久，父亲颤抖着握住了我的手，我听到他含混不清地说，肩膀放平，腕子放松，不着急。我一把抱住老泪纵横的父亲失声痛哭，也就是那一刻，我下定决心接班。”

这段话汪浩然讲得很平静，也许当年的心潮澎湃此刻早已风平浪静。但安心的眼泪却忍不住落了下来，她赶忙端起杯子掩饰自己的伤感，谁知这一口茶却仿佛让她尝到了人世间的悲喜甘苦。

“送你一件礼物。”汪浩然不想让气氛过于压抑，起身从多宝槅上取下一只紫砂壶。

“真漂亮！它有名字吗？”

“冰心。”汪浩然手托茶壶娓娓道来，“这是方器，沉稳端庄、刚劲豪放。与圆器不同，方器的壶面由泥片拼接而成，无形中增大了制作难度，对工匠的技艺要求更高，因此才有‘一方顶十圆’的说法。这把壶大体保留了传统方器的挺括，但在棱角处又加以圆润。你看——”汪浩然用另一只手指着茶壶仔细讲解，“直立的壶身在壶流和壶把处迅速收拢，恰恰应和了天圆地方。这种结合让它既有方器之骨，也有圆器之肉，骨肉均匀、刚中带柔。方与圆自古就是万象之本，冰心以一壶兼收，是我这些年的心血所在。”

安心听得目瞪口呆。她万万想不到一把小小的紫砂壶中竟蕴含天地之妙和人生智慧。

“知道为什么会送你这把壶吗？”汪浩然将壶递给安心。

“说说看。”安心将壶捧在手中轻轻把玩。

“它很像你——外表清冷坚强，内心柔软敏感。我当时做这把壶时很自然地就想到了你，它应该属于你。”

“我敢打赌，你一定是做壶的工匠中最懂心理学的。”安心俏皮地皱了皱鼻子，接着说，“你用一个华丽的转身完成了与父亲的和解，自己也乐在其中，真是让人佩服和羡慕。”

“可惜我父亲没有亲眼看到这一天。”汪浩然的目光暗淡下来，“三年前他再次脑出血，去世了。”

安心用手捂住了嘴，明明想说些什么，却只能呆愣着。

汪浩然反而释然地说：“都过去了，我相信他在天堂里一定能看到。”也许是不想陷入悲伤，他突然转移了话题，“还记得大学时的那场消夏歌会吗？”

“当然，你吉他弹得不错，歌唱得也好听。”安心避重就轻。

“对不起，吓到你了。”

“当时确实被你惊到了，可是现在想想，反而应该感谢你把那么好听的歌送给了我，《大城小爱》，对吗？”

“亏你记得。”汪浩然微笑着点点头说，“从父亲这件事上，我意识到自己怎么想和别人怎么想完全是两个概念。心有灵犀当然好，如果做不到，起码也应该将心比心。我当初只顾着自己一时痛快，没有考虑到你的感受，对不起。”

在安心眼中，当年那个青涩纯情的大男孩已经变成了沉稳豁达的男人。“你要真想道歉的话……”她故意停下。

“如何？”汪浩然摊开双手。

“这里有吉他吗？”安心四处张望。

“从不离身。”

“那就再为我唱一次，好吗？”

……
脑袋都是你，
心里都是你，
小小的爱在大城里好甜蜜。
念的都是你，
全部都是你，
小小的爱在大城里只为你倾心。
……

婉转的木吉他声伴着略带沙哑的嗓音从小小的茶室中缓缓流淌而出。

第八章　魔鬼与天使

安心原打算去看望读研究生时的导师，这是她和贾一楠每年必做的事情。但今年形单影只的她有些意兴阑珊，便决定等心情好时再来探望恩师。抵达三亚时已是除夕的傍晚，安心没有告诉父亲和穆云自己要来，打算给他们一个惊喜。

房门打开，穆云发出了一声惊呼，一把搂住安心，扭头冲厨房喊道："少雄，心心来啦！"穿着围裙的蒋少雄举着炒菜铲冲出厨房，开心地跟她们抱在一起。

蒋少雄返回厨房准备多炒两个菜，穆云也紧随其后要准备安心爱吃的。安心脱掉外套想要帮忙，却被穆云堵在厨房外："哎呀不用你，路上累了赶紧歇着，茶几上有水果。"安心抓了把车厘子，边吃边站在一旁看老两口忙活。

"也不提前打声招呼，早知道你来，我就炖排骨了。饿了吧？饭马上就好。"蒋少雄熟练地翻着炒勺。

"不急，您慢点儿，别闪了腰。"安心抿着嘴笑。

穆云忙活完手头的活儿，扯了张纸巾帮老伴儿擦汗。"丫头还不是想给咱个惊喜，"她扭头对安心说，"你爸昨天还跟我念叨呢，说闺女不在身边过年没意思，闹着要回北京。"

"可别价，您的哮喘病回北京准犯，以后春节我都过来陪您还不成。"

“那你爸得乐疯喽，”穆云拉起安心的手说，“让他忙活，咱俩聊天儿去。三四个月没见，可把云姨想坏了。” 这几年蒋少雄夫妇有半年时间在海南生活，一家人团聚的日子寥寥可数。其实即便是在北京，在外租房住的安心也只是周末偶尔回家看看。也许武文斌和汪浩然的故事带来了某些触动，安心此刻非常享受家的温暖。

穆云特意披上了安心送的真丝围巾，说：“心心，工作累吧，瞧这小脸儿锈了吧唧的。”

“不累，就是整天面对稀奇古怪的事，晚上睡不好觉。”

“那可不行，睡觉养颜又养生，可不能缺觉。再说啦，别人家的事你操心也操不过来呀，要不然咱换换工作吧。我和你爸老想着让你……”

安心知道穆云又要劝说她来美邦公司了，连忙打岔道：“云姨，这条丝巾真配您。”

穆云知道安心的意思，索性不再提工作的事了：“那还不是你选得好，前两天特意让你爸给我拍了好多照片，他发给你了吗?”

“发了发了，您一下子年轻了好几岁。”

穆云一手拨弄着丝巾，一手捋了捋花白的头发，不好意思地说：“哪儿啊，都老太婆了。”

“开饭喽!”蒋少雄端着热气腾腾的清蒸石斑鱼走出厨房。

安心贪婪地闻着香味，竖起大拇哥说：“老爸的手艺超级棒!”

年夜饭可口而温馨，三个人开心地聊着家常，安心破例陪蒋少雄喝了不少白酒，原本白皙的面颊染上了绯红。

“爸，您和云姨要多保重身体，这杯酒我敬你们。”

蒋少雄和穆云也发现了安心的变化，虽然不知道原因，但依然十分欣喜。尤其是穆云，她一直把安心当成亲闺女，但造化弄人，两人总是无法真正亲近。她知道对不起安心，因此完全接受安心的疏离，理解安心的心结，从无怨言地体谅她，等她跟自己的心走近。她最怕的就是和安心渐行渐远，再也没有机会弥补自己的愧疚。此时此刻，她情难自禁，声音竟有些颤抖："心心，云姨对不住你。也许我说什么、做什么都无法弥补你心里的伤，但我真的希望你开心、幸福……"话未说完，穆云已是眼含热泪。

安心没有料到穆云突如其来的真情流露，怔了一下，连忙说："云姨，过去的事就别提了。这些年您对我和我爸都那么好，我还要谢谢您呢。"

蒋少雄赶紧打圆场，一边冲穆云使眼色一边说："老婆子，这点儿酒就喝多啦？心心来看咱，多开心的事呀！"然后转头对安心说："闺女，快把这鱼眼睛吃了，你们老看电脑，吃这玩意儿有好处。"

恰在此时，春节联欢晚会的歌声响起：

……

妈我回来啦

哪怕路再远，哪怕雪再大

妈我回来啦

哪怕车再挤，哪怕人再乏

妈我回来啦

一条打拼路，一路牵和挂

妈我回来啦

一个回家梦，一年冬和夏

脚步匆匆向你靠近

有你的地方才是温暖的家

临睡前安心分别收到了贾一楠、素素和王安逸的短信。贾一楠正陶醉于塞纳河玫瑰色的晚霞中，照片里的她朝安心噘起红红的嘴唇；素素和邵荣德在非洲大草原上观赏狮子捕猎羚羊，她说给干妈买了一件小礼物；王安逸的短信则是简单的四个字——不见不散。

窗外的焰火渐渐散去，这一晚安心睡得格外香甜……

一大早，蒋少雄和穆云穿起了唐装，安心也精心打扮了自己。热气腾腾的饺子刚出锅，一家人喜气洋洋地迎接新春的到来。门铃响了，穆云一边起身去开门，一边嘀咕：“肯定是老柳，一大早就来拜年。”

“你怎么来了？”穆云的一声惊呼让蒋少雄和安心不约而同放下了筷子。

“妈、蒋叔，我和小晴给您拜年来啦。”春风满面的穆浩天和妻子闫晴站在门外。

“你俩怎么也不打声招呼？说来就来呀！”穆云的反应多少让气氛有点儿尴尬。

“妈，过年好。”儿媳妇闫晴笑着捧出了一束鲜花，穆浩天则大摇大摆地进了房间。

“嚯，吃饺子哪，什么馅儿的？蒋叔过年好。这是……”穆浩天愣了一下，结结巴巴地说，“这……是心心？变样了变样了，快有二十年不见了吧。”

蒋少雄一把拉住安心的手，还好她那只冰凉的手只是微微地发抖。她没有拂袖而去，更没有掀桌子。

闫晴没有料到会出现这样的场景，赶紧走上前说：“老听浩天念叨你，今天总算见到了。”

“他念叨我什么？”安心的声音冷得让人脊梁骨发凉，弄得闫晴一时不知如何作答。

“哎呀哎呀，好不容易凑齐了，快坐下吃饺子吧。”穆云不得不亲自出马稳定局面。

这恐怕是在座的所有人吃的最心惊胆战、最难以下咽的一顿饺子，蒋少雄和安心一言不发地吃了几口便各自回了房间，穆云留在客厅有一搭无一搭地陪儿子儿媳说话。

“妈，都是我俩不好，没打招呼就来了，他非说要给您个惊喜。”闫晴以为是他们不请自来导致这顿饭的尴尬，一脸愧疚地说。

“咱看妈还用打招呼吗？”穆浩天白了妻子一眼，闫晴立刻不说话了。

穆云拉下脸来：“小天，你也四十多岁的人了，能不能懂点儿事？妈不是不愿意让你们来，可是你总得打声招呼呀，这倒好，哪儿是惊喜呀，成惊吓了。咱穆家对不起心心，你就不觉得有愧？”

“那……”穆浩天还想辩解，可看到母亲冷若冰霜的脸，话终于没说出口。

“能来看我，说明你还有孝心，妈心领了。可既然心心也在这里，你别怪妈不留你。”

“为什么心心在就成惊吓了？我一直想和她好好聊聊呢。”闫晴忍不住插嘴。

“少废话！”穆浩天没好气地喝道，然后对穆云连连点头：“知道知道，我和闫晴马上就走。”

“等等，妈还有话要问你。”

穆浩天只好不情愿地又坐了下来。

“小天，你现在的摊子越铺越大，妈挺高兴，听说你在怀柔弄了个项目？”

“是。”穆浩天点头哈腰地说，“公司业务越做越大，外地的客户也越来越多，我琢磨着接待他们要弄点儿特色，所以就在怀柔包了块地，建了个度假村。现在京郊游挺时髦，平常可以接待游客，遇上重要客户，也省得让宾馆酒店把钱挣了。”

“这想法没错，可是妈得提醒你，违法乱纪的事可不能干。”

“不会不会，您放心。”穆浩天拍着胸脯保证。

“从账面上看，你的投入可不小哇。”

“那必须的。您想啊，现在大家什么没见识过，咱要是随随便便弄一个，能吸引人吗？”

“话虽然这么说，但也得量力而行。去年昊天公司的业绩突然下来了，你得重视起来。妈不是在乎那点儿投资，只是不希望你头脑发热，把好不容易挣来的钱打水漂儿。”

“那是那是，我回去让他们好好捋捋账。”

“还有，我听说前几个月你们公司有个小姑娘自杀了？”

穆浩天脸色微变，但马上摆出一副无辜的表情说：“您说我多倒霉！小丫头跟男朋友闹别扭，想不开寻了短见，弄得我还赔了不少钱。”他扭头看向闫晴，阴阳怪气地说，“妈这消息可够灵通的呀。”

闫晴不由自主地哆嗦了一下，迅速避开了他的逼视。

穆云看在眼里，拉起闫晴的手说：“出了这么大的事我能不知道？你少跟小晴吹胡子瞪眼，小晴自打跟了你，没少为公司出力，对你更是没的说。妈只问你，这件事跟你有没有关系？”

“妈，您也太不相信我了。”穆浩天一脸冤枉，“我对天发誓，这件事真的跟我一毛钱关系也没有。”

闫晴鄙视地看了丈夫一眼，将脸扭向窗外。

大过年的孩子来探望，穆云也不想为道听途说的事情较真儿，她缓和了一下面色，说：“没有就好。小天，妈可是为你操碎了心。我眼看就七十岁的人了，你可别再给我惹事了。”

“哎哎。”穆浩天已经如坐针毡。

穆云转向闫晴：“小晴，你岁数也不小了，是不是该考虑要个孩子了？”

闫晴努力挤出一丝笑说：“妈，我是想让您早点儿抱上大孙子，可他……”

“我又没说不要！”穆浩天鼓着眼睛说，“还不是你自己不争气生不出来？”

闫晴的眼泪直打转儿，她硬生生地忍住了。

穆云拍拍她的手背安慰道：“这也不是着急的事，你好好保养身子，实在不行就找大夫给调理调理。”

“嗯。”闫晴咬着嘴唇答应。

“好啦，谢谢你俩大老远地来看我，我就不留你们啦。”望着二人离去的背影，穆云无奈地摇了摇头。

安心站在窗前眺望大海，海面风平浪静，而她心中早已掀起了惊涛骇浪。虽然事情已经过去了二十年，但当那个曾经深深伤害自己的魔鬼毫无征兆地出现在面前，安心仍浑身颤抖，一阵阵恶心。

穆云和美国前夫离婚时，穆浩天已经八岁，同年蒋少雄夫妇有了安心。穆浩天自幼非常聪明，但并没有用在学习上。穆云无奈之下只好将乖张顽劣的儿子送到美国读书，寄希望环境的改变和前夫的照应能让孩子迷途知返。可惜事与愿违，无人管教的穆浩天在美国更加无法无天，已经十八岁的他不但频频闯祸，还染上了毒瘾。穆云不得已将其接回自己身边，希望通过严加看管让他重回正道。那一年安心和父亲刚刚搬进穆云家，深知儿子品行不端，穆云和蒋少雄商量后在外面给穆浩天租了房，报了补习班，还特意安排了一个保姆日夜看管照顾，只允许他周末回家团聚。穆浩天长得高大魁梧，具有混血儿英俊的外貌，还会说一口流利的英语，这让他从外表上看很具有欺骗性。加之穆云夫妇隐瞒了他的劣迹，所以年仅十岁的安心对身边的危险毫无防备，甚至对这个偶尔回家的大哥哥有些崇拜。

三年过去了，穆浩天劣根难改，继续在社会上游手好闲，并结识了一群狐朋狗友，毒瘾也没有戒掉。有一天，无钱购买毒品的穆浩天趁保姆外出买菜的机会溜回穆云的住处，想偷些钱解燃眉之急。

那个阴郁的午后是安心一生的噩梦，她每每念及便不寒而栗，频频作呕。没有翻到多少钱的穆浩天百无聊赖，正巧在家休病假的安心落入了他邪恶的眼中。亭亭玉立的少女散发着花蕊初开的气息，穆浩天如同鲨鱼嗅到了血腥，开始对这个平日里称之为妹妹的女孩动手动脚。安心被吓得连连躲避，但终究没有逃出魔鬼的手掌。穆浩天在厨房里抓住了安心，将其一把推倒在地，疯狂地撕扯她的睡衣。美丽娇嫩的胴体和激烈的反抗让他兽性大发，可怜的安心无论怎样踢打挣扎，都不是人高马大的穆浩天的对手，她只得连声哀求："哥哥，求你别……"丧心病狂的穆浩天早已将法律和伦理抛之脑后，他粗暴地将娇小的安心压在身下。钻心的疼痛从下体传遍全身，安心像木头人一样僵住了，她停止了哭喊，张大嘴巴直勾勾地盯着天花板，任凭魔鬼肆意地凌辱。

闯下大祸的穆浩天夺门而逃，留下蜷缩在地、瑟瑟发抖的十三岁的安心无助地号啕大哭。几近虚脱的安心踉跄着冲进卫生间，拼命地冲洗自己的身体。她想把所有屈辱和肮脏洗掉，然而总有一个声音在脑海中回荡——你这辈子完了！她就这么不停地冲啊洗啊，热水器中的热水早已耗尽，冰凉的水淋在身上，她已无知无觉。也就是从那天起，安心落下了洁癖的毛病，更可怕的是她对男人永远关闭了心灵之门。

蒋少雄和穆云得知真相后怒火中烧，痛不欲生，蒋少雄要去找毁了女儿一生的魔鬼拼命，穆云跪地哀求，她说穆浩天再怎么禽兽毕竟是自己的骨肉，求蒋少雄高抬贵手，何况事情张扬出去对安心又是一重伤害。蒋少雄欲哭无泪，只能用头拼命地撞墙。穆云发誓要加倍补偿安心，只求放过穆浩天，震怒之下她断绝了穆浩天的经济来源。穆浩天自知罪孽难逃，从此不敢踏进穆家一步，但失去生活来源的他度日如年，毒瘾发作时更是生不如死。他决定铤而走险，最终因盗窃罪入狱五年。

所有人都寄希望让时间抚平一切创伤，然而噩梦般的阴霾始终笼罩在每个人的心头。

五年过后，安心改了名字远赴外地上学，穆浩天也走出了铁窗高墙。让所有人没想到的是，重新回归社会的穆浩天仿佛真的洗心革面，似乎竟连毒瘾也戒掉了。他没脸回家，开始做起了小生意。凭借胆子大、头脑灵和海外关系很快就赚取了第一桶金。四年后，三十岁的穆浩天第一次敲开了自家房门，他跪在穆云和蒋少雄面前痛哭流涕，发誓痛改前非。蒋少雄除了不希望他再见到安心外别无他话，穆云却希望给浪子回头的亲生骨肉一次机会，背着蒋少雄资助儿子成立了昊天贸易公司。

如今穆浩天已经四十一岁，五年前成了家，妻子闫晴比他小八岁，昊天公司的业务也是越做越大。但无论如何，所有人都竭力避免他和安心相见。安心回到北京后，穆云更是画下红线——如果安心在家，绝不允许儿子回来探望。穆浩天结婚时，闫晴曾有意邀请安心，但被穆云委婉地拒绝了。最近两三年，关于穆浩天的经营和生活作风问题从不同渠道传进穆云的耳朵，但毕竟没有确凿的证据，她对这些风言风语也只好睁一只眼闭一只眼，只是提醒儿子好自为之。

万万没想到这个春节，安心和穆浩天谁都没打招呼便突然现身。

敲门声打断了安心痛苦的回忆，是蒋少雄。

“心心，爸对不起你。”蒋少雄神情悲戚地说，“爸当时就应该宰了这个畜生！”

“就算您那么做了，事情有什么分别吗？”安心反而表现得很平静，尽管受伤的是自己，但她不想再让年迈的父亲负疚，“都过去那么久了，就让它过去吧。”她拉着父亲的手面朝大海坐下，将头轻轻倚靠在父亲肩头，蒋少雄轻抚着女儿的发丝，老泪纵横。

蒋少雄走后不久，穆云敲门而入。她一脸愧疚地站在安心面前，好像犯了错误的孩子。

“云姨坐吧。”安心拍拍沙发问，“他们走了？”

“走了走了。”穆云局促地坐到安心身边，“你说这孩子，也不打声招呼就跑来了。”

安心拍拍穆云的手，用尽可能轻松的语气说：“我不是也没打招呼吗？您别想太多了，我没事。”

穆云一把搂住安心：“心心，都是云姨不好，让你受委屈了。”

安心悄悄抹去了眼泪：“云姨，您和我爸年纪都大了，一定要照顾好自己。我还有点儿事要办，也该走了。”

“不多待两天吗？是不是因为他来了？”

安心摇摇头：“我有一个朋友正好也在海南，我们约好了见面的。你们二老好好过年，有时间我再来看你们。”

拥有“中国马尔代夫”之称的蜈支洲岛海水清澈透明，水下能见度最高可达二十七米，海底有保护完好的珊瑚礁和数量众多的海洋鱼类，被誉为“中国第一潜水基地”。

安心的如约到来让王安逸兴奋异常：“我还以为真要在这里度过余生了呢。”

“为了摆渡人，我也不忍心把大巫师晾在这儿呀。”安心一边说，一边将行李递给王安逸，他很自然地接了过去。

经过简单的培训后，两个人换好潜水服乘快艇前往远离海岸的潜水平台。嬉笑声中，安心暂时忘记了不快。

“我可是第一次潜水，能不能行？”将要潜入海底，她心里多少有点儿忐忑。

“放心，有教练跟着。我也会照顾好你，别忘了我是第一个带你飞的人。”王安逸信心满满。

临下水前，王安逸仔细帮安心检查了呼吸管和面镜的密封，贴心地嘱咐道：“别紧张，跟着我就好。如果耳朵疼就用刚才教的方法减压，如果还觉得不舒服就示意我。”

潜水者在教练的带领下纷纷入水，安心不会游泳，她紧紧跟着王安逸。海水漫过头顶，安心感觉脑袋嗡的一下，呼吸马上变得急促起来。她努力按照培训时讲的方法，用嘴深深吸气再慢慢吐出，但咕噜咕噜的气泡声和海水光怪陆离的波影还是让她紧张得如同一根僵木。直到手被王安逸轻轻牵住，她才渐渐放松下来放眼四处观瞧。水下能见度很好，阳光将无数条光束插入水中，随着碧绿色的海水在周围荡漾，墨绿色的海床就在身下一两米处，一簇簇海藻匍匐着随波摇摆，偶尔有几条色彩艳丽的小鱼穿梭而过。四周安静下来，安心能听到自己嘶嘶的呼吸声和有力的心跳。

越过陡坡，一处断崖近在眼前。安心鼓足勇气继续下潜，随着深度的增加光线渐暗，但就在明暗交错的光影间，一片壮观的海底世界闯入眼帘。陡峭的崖壁上长满了五光十色的珊瑚，像鹿角，像花团，像绒球，又如鲜红的火焰、金黄的桂花、碧绿的翡翠。珊瑚间的鱼儿自在畅游，噘嘴的蝴蝶鱼、悠闲的神仙鱼、俏皮的小丑鱼、带刺的狮子鱼似乎在和人们捉迷藏。黄白相间的玻璃鱼成群结队地聚在一起，明晃晃地像一面镜子。安心仿佛置身仙界，渐渐忘记了恐惧。她轻松地摆动脚蹼，想象着自己变成了一条鱼。王安逸松开手，但仍形影不离地跟随着。安心用余光看看头顶，明亮的阳光让人目眩，低头看看身下，漆黑的深渊充满未知，她一时间不知身在何处，无欲无求，任凭身心随波逐流。突然间一道黑影从眼前闪过，玻璃鱼组成的"镜面"瞬间炸裂，纷纷逃遁的小鱼像玻璃碎片四处飞溅。安心的心脏瞬间收紧，赶忙望向身边的王安逸。王安逸冲她做出"OK"的手势示意一切正常，然后指指潜水服上的仪表。安心低头一看，原来自己已经不知不觉地下潜了十米，这是初学者的极限深度。刚才只顾欣赏奇幻的水下世界，此时才感觉到四面八方袭来的压力让自己有些呼吸困难。王安逸做了个上浮的手势，她便听话地摆动双腿向上游去。回到断崖的顶端，王安逸示意停止上浮以便适应压力变化。恰在此时，一只硕大的海龟悠闲地游了过来。安心忍不住靠近它，谁知海龟丝毫没有躲避的意思，任凭不速之客轻轻抚摸自己的龟甲。

三十分钟的时间漫长如一个世纪，但安心仍感意犹未尽。返回快艇上的她迫不及待地摘下面具，上气不接下气地问："你看到那个黑影了吗？游得好快。"王安逸拨弄着她湿漉漉的发帘笑着说："那是黑鳍鲨在捕猎。"

"刚才可吓死我了。"

"它们很少攻击人类，何况有我这个超级保镖在呢。如果你愿意，我会一直保护你。”王安逸显然很会撩拨女人。

安心羞涩地低下头，娇嗔地说：“想得美。”她下意识地躲避着对方释放的爱意，打岔道，“对啦对啦，还有那只大海龟，它一点儿也不怕人，还让我摸呢。”

“窈窕淑女，君子好逑。海龟当然也不例外。”王安逸露出一脸坏笑。

“你讨厌！”粉拳立刻轻轻落在他的肩头。

夕阳的余晖洒向海面，晃得安心有些睁不开眼。朦胧中，对面的王安逸仿佛镀上了一层金色，像极了神话中的天使。

王安逸已经提前为安心订好了隔壁的客房，各自安顿妥当后，他们一起享用了丰盛的海鲜大餐。饭后，王安逸邀请安心去海边散步。安心其实也是有备而来，特意回房间换上了飘逸的长裙。

三亚的夜色浪漫撩人，大海之上漆黑如墨，只有灯塔和轮船的微光预示着远方的浩瀚。沙滩柔软绵细，海风轻柔和煦，棕榈树宽大的叶片婆娑摇摆仿佛喃喃低语。

“将来怎么打算？”王安逸故意一顿，“我是说你和贾一楠。”

王安逸几乎是从一开始就注意到了贾一楠的存在，为此还特意让糖果帮忙打探。后来安心将两人的真实关系如实相告，王安逸并不感到意外。如果贾一楠是个男人，他完全可以堂堂正正去竞争，但偏偏对方是个女的，虽然她们绝非情侣，但也让自己无从下手。王安逸为此苦恼过，但出于对安心深深的爱，从未想过放弃。

“顺其自然吧。”安心无奈地叹了口气。

“很多时候顺其自然被看作是一种豁达和洒脱，但有的时候却未必。”

安心一直将自己和贾一楠的关系定义为顺其自然的闺蜜，从没想过这样有什么不对。如今贾一楠已经有了心上人，她才发现顺其自然谈何容易，于是便很想听听王安逸的高见。她快走两步，然后转过身一边倒退，一边微微扬起下巴说：“怎么个未必？”

“首先声明，虽然你和贾一楠的关系得不到绝大多数人的认同，但我个人对此绝无成见。在美国那几年我见过的这种事太多了，LGBT运动简直成了笑话。但既然你说你俩不是那种人们想象中的关系，我选择相信你，相信你们之间完全是纯粹的姐妹之情。但是话说回来，这种事情当事人可以有自己的想法，但世俗的想法显然无法忽略，正是因为这样，当事人需要面对难以想象的压力，我相信你和贾一楠对此的感受一定比我深刻百倍。如果两个人都心无旁骛，也许能共同扛过去，但如果有一方出现动摇，对另一方绝对是巨大的伤害，这种伤害甚至比正常情况下的男女朋友分手还要大得多。在这件事上一味地顺其自然并不是豁达和洒脱，而是一种无奈和恐惧，对现实的无奈和对未来的恐惧。说得直白点儿，就是自我安慰罢了。我不想让你在将来某个时候受到伤害。”他一把将后退中的安心拉到身前，目光里充满了关爱和柔情。

安心没有挣脱这双温暖有力的手，王安逸的一番话道出了长久以来被自己压抑着的真实想法，她很感动。“谢谢你告诉我这些，我很爱一楠，她也很爱我，这种爱无关性和其他，仅仅是我们姐妹间的心意相通。但不管怎样我都没有限制她选择的权利，明知分开会是最终的结局，但目前我也只好自欺欺人地视而不见，我想她也是一样。”安心伤心地低下了头。

王安逸用手轻轻托起她的下巴，一往情深地说：“同样没有人限制你选择的权利，对吗？”

安心点点头，两行清泪顺腮而下。王安逸情不自禁地将心爱的女人拥入怀中，柔声问道：“给我一个机会好吗？”

一瞬间，曾经拒男人于千里之外的安心竟然有了一种想要点头答应的冲动。他们拥抱的样子在沙滩上投下暗影。安心似乎看到暗影在变幻，变成面目狰狞的魔鬼。身着白色衣裤的王安逸恰恰站在暗影之上，如天使般圣洁。安心耳边再次响起多年前的声音——你这辈子完了！是啊，被魔鬼糟蹋过的身子怎么配得上天使？安心感到一阵眩晕。沉默良久，她轻轻将王安逸推开，幽幽地说："安逸，求你别逼我。"其实她真正想说的是——我也喜欢你，可是我配不上你。

王安逸似乎能够料到被拒绝，细腻敏感的性格加上职业天分，他能猜出安心有难言之隐，但没有什么能阻挡自己的爱。他决定把问题留给时间，让自己的温情慢慢融化对方心头的坚冰。

"我等你改变主意。" 王安逸脱下外衣轻轻披在安心身上，二人携手而行。夜色依然妖娆，风儿却已渐凉。渐渐远去的背影后留下两串深深浅浅的脚印，而前方是一眼望不到边的迷蒙……

第九章　并非我所愿

安心没有料到春节过后咨询者会这么多，看来许多问题只是因为假期被搁置了，经过短暂的释放和逃避，人们不得不再次面对眼前的困局。每个咨询师的案子都出现了积压，她不得不将每天的咨询次数调整为六次，有时甚至还要加班。

送走第一位咨询者，安心拿起预约登记表走到窗前，窗外天寒地冻，行人裹在厚重的冬装里行色匆匆，呼出的哈气此起彼伏，宛如一列列蒸汽机车，吃力却毫不懈怠地艰难跋涉。安心伸了个懒腰，下意识地揉了揉酸痛的后腰。原定的第二位咨询者因故无法前来，正巧有一位姓王的女士急切地需要咨询孩子的教育问题，糖果就把她临时加进了预约单。

一脸焦急的王女士没有等安心开口就迫不及待地说："快帮帮我孩子吧，我觉得他快疯了。"

"您别着急，慢慢说。"安心竭力安抚着，"要不要先把外衣脱掉？屋里热外面冷，出去很容易着凉的。"

王女士这才意识到自己已经满头大汗，一边脱羽绒服一边说："谢谢谢谢，我一早就打电话，接电话的小姑娘说只有这个时间空着，我放下电话一路小跑赶过来的。"

王女士看上去五十来岁，衣着不像上班族那样正式，但举手投足间又绝没有专职主妇那般惬意，甚至有些慌慌张张。当她抱着衣服再次坐下时，脸色已经因为焦急涨得通红。

“孩子怎么了？”

“你说这都高三了，多关键的冲刺阶段呀，可是他竟然说不想上学了。哎呀，简直急死我了！”

“能说得详细些吗？到底怎么不想学了？您知道原因吗？”面对焦躁的咨询者，安心决定来主导话题。

“你也知道高三学习有多紧张，整个寒假不是去学校上课就是去校外补习，就春节歇了三天。其实哪个高考的孩子不是这样呀，放松一下就得被甩开一大截，一分之差那就是好几百号人啊。”

安心微微一笑说：“我也参加过高考，确实挺折磨人的，我想知道孩子现在是什么状态。”

“状态？哪儿还有什么状态呀，”王女士用力地拍着大腿，腿上的羽绒服掉到地上，她连忙捡起，“昨天晚上因为一套模拟题做得不理想，他就把自己关在房间里嗷嗷大叫。今天一早我让他问问老师没搞懂的地方，他就跟疯了似的把卷子撕了，哭着喊不学了，不考了。你说可怎么办呀？”

“男孩还是女孩？”安心问。

“男孩呀。这孩子小时候脾气挺温和的，怎么到了这节骨眼儿上像变了个人似的。”

“他成绩怎么样？”

“唉，那真是王小二过年，一年不如一年。”王女士惭愧地摇摇头，“小学老拿第一，现在小升初不都是派位嘛，为了让他能上个好中学，我卖了三居室，在重点中学旁边买了套一居室，我和爱人只能睡客厅。只要是对他学习有好处，我们两口子什么都豁得出去。原来的家就在他爸单位旁边，现在可倒好，他爸每天五点多就得起床。为了陪他高考，我去年把工作辞了，就为了能好好照顾他。我们家不富裕，但在学习上那是一点儿也不含糊。你知道现在的一对一辅导多少钱吗？五六百一个小时啊！为了给他增加营养，我变着花样地做饭，现在练得估计都能开饭馆了。哦，对了，刚才说到哪儿了？”

“中学。”

“对对，中学。重点中学就是不一样，竞争那叫一个激烈。从初一开始，他就再也拔不了尖儿了，把我给急的呀，只能天天督促他用功。奥数、英语、物理、化学，能报的班我都给他报了，钱没少花效果却没见着。说实话每个周末带着他上五六个课外班，我也心疼孩子。可看看周围的人，我就只能咬牙坚持。不怕你笑话，唉……”王女士长叹一声，“可谁知道忙来忙去中考还是没考好，上了一所普通高中，我都不知道自己这些年折腾了个啥。可他倒好，像个没事人似的。”

“普通高中没有那么激烈的竞争，孩子会轻松些吧？”

“没有。”王女士失望地摇摇头，“初中要是哪次考试没考好，他会自责半天，把自己关在屋里努力学习，希望下次考试能翻身。可上了高中，他好像什么都无所谓了，开始为糟糕的成绩找各种各样的借口。我要是多问两句，他能好几天不说话。高三就更邪乎了，学习不用功不说，还天天捧着手机玩游戏。我想把手机没收了，他就拿死吓唬我。前几天新闻说有个孩子就是因为被家长没收手机跳楼了，吓得我只好由着他。唉，你说现在这孩子怎么都这样啊？”

“您为陪读辞掉工作，孩子有什么反应？”

“说起这个我就伤心，他非但不感谢我，还一个劲儿嫌我在家里烦，我真没想到他会这么没良心！从小到大，我哪件事不是为他着想？去年我妈生病，我这个独生女都没怎么在床前尽孝，全部时间都用来陪儿子了。医院发病危通知那天，我正陪他上课外班，等我赶到医院，老太太已经走了，我连我妈最后一面都没见着啊……”说到伤心处，王女士掩面而泣。

安心递上纸巾，静静等对方宣泄情绪。类似的咨询她遇到得太多了，可怜天下父母心，可父母真的懂孩子吗？

“我想知道您爱人在教育孩子方面扮演着什么角色。”看到王女士渐渐平静下来，安心继续提问。

“他就是个木头人，在单位不会来事儿，混到现在还是个小科员；回到家就知道看书，孩子的事也不搭把手。唉……”王女士又是一声叹息，“你看我这白头发，其实我才四十来岁，都是这些年为孩子急的。”

“您整天和孩子相处，你们之间交流多吗？”

“除了必要的生活用语，我俩简直就像哑巴对哑巴一样。”王女士的声音突然有些颤抖，“不瞒你说，那种死一般的静让我害怕，简直能把人逼疯。我恨不得扯着脖子大喊大叫一通，哪怕和他吵一架也好哇。”

望着面前失落无助的女人，安心的心里挺不是滋味：“您对孩子确实很上心，也做出了巨大的牺牲，真是不容易。您有想过为什么孩子非但不理解您，自己还一直在走下坡路吗？”

“我要知道还找你干吗呀？你倒说说我到底哪儿做错了？”王女士的脸又红了，双手紧紧攥着腿上的羽绒服。

“为了孩子好怎么能叫错呢？”安心尽量让自己的声音和肢体语言都松弛下来，希望能缓解对方的焦躁。果然，王女士松开双手，羽绒服已经被攥出了深深的褶皱。

“我遇到过很多类似的案例，这当中每一位父母都做到了呕心沥血，也都认为自己是天底下最失败和最委屈的爹妈。”王女士深有感触地点点头。

安心话锋一转：“也许您和这些父母一样都陷入了误区。”

“什么误区？”王女士探出上身，伸手抓住了桌沿。

“您真正了解自己的孩子吗？”

“我……”王女士显然被这个问题难住了，但她并不甘心，“我是他妈，怎么能不了解他？”

“孩子想成为一个什么样的人？他的能力与您期望他达到的目标

有多大差距？他真正的苦恼是什么？为什么不愿意和您交流？又为什么对您的付出视而不见甚至抵触？”安心一连串的发问让她哑口无言。

“如果我们不能真正了解一个孩子，无论什么样的努力都是一厢情愿的、徒劳的，甚至适得其反。”

王女士若有所思，安心继续说：“很多时候家长把孩子仅仅当成孩子，而忽略了一个重要的事实——孩子其实也是独立的个体，他们有自己的思想、选择和行为习惯。他们没有机会独立思考，没有选择的权利，连行为习惯也得不到认可和尊重时，自然就会封闭自己的心灵，甚至变得抵触和逆反。我们都曾经是孩子，设身处地想想：自己当初是否也面临这样的困惑呢？时代变了，现在的孩子懂得更多，思考得更复杂，他们要求被理解和尊重的愿望更加强烈。这是摆在所有家长面前的一道难题，为人父母必须面对这样的现实，并尽最大努力将这个问题处理好。”

王女士陷入沉思，这是她进入房间后最安静的一刻。从她的眼神中，安心看出了懊恼与困惑。“我该怎么办？”声音虽然很小，但里面包含的无助和期待安心听得清清楚楚。

“您不必为此自责，天底下没有哪个父母不爱自己的孩子，也许只是方法出了问题。当然，肯定也有孩子自身的原因，尤其是面临高考的压力，他的焦虑情绪会被无限放大，其实您又何尝没有焦虑呢？”

“你说得没错，我刚才说孩子快疯了，其实我恐怕会比他先疯。”王女士自嘲地笑了，这是她第一次笑，虽然有些苦涩，安心微微点头表示理解。

“其实我们眼下亟待解决的还是孩子的问题，您的描述只是单方面的，在没有见孩子前，我无法给出具体的判断和建议。您认为他愿意见我吗？”

“应该愿意吧，因为我听他给学校的心理辅导员打过电话，扒着门缝偷听的。”王女士有点儿不好意思。

“那好，您一会儿可以和前台预约一下时间。”

“今天下午不行吗？我真的等不及了。”王女士又露出了焦急的神情。

“下午的三个预约已经满了。”安心一边看预约表，一边抱歉地摇摇头。

“求求你，能不能加一个？早上看到他那个样子，我真担心他会出事。”

安心实在不忍拒绝一位爱子心切的母亲，点点头：“好吧，下午五点半您带孩子过来吧。”

“谢谢谢谢。”王女士一个劲儿地鞠躬。

送她出门时，安心问：“我该怎么称呼他？”

“阳阳。”安心注意到王女士在说孩子的名字时，眼睛里充满了爱意，声音也变得柔缓了许多。

“请您陪阳阳一起来，但我会先和他聊聊。”

“阿姨好。”男孩局促地坐到安心面前。

“阳阳，你好，很高兴你能来见我。”安心希望自己亲切的话语能化解他心中的不安，“高三学习很紧张吧？”

阳阳低着头“嗯”了一声，便不再开口。

“我现在都忘不了自己高考时的煎熬，怎么说呢？简直是要发疯。”安心深知同理心是打破僵局的好方法。

阳阳立刻抬起头，仿佛找到了同病相怜的知音：“您高考时竞争也这么激烈吗？”

“那还用说。”安心话锋一转，“不过比起现在应该好多了，现在你们更拼了。”

男孩深有同感地说：“不是拼，简直是玩儿命。”

“听你妈妈说你上小学时学习很棒？”安心决定先从肯定对方入手。

“那有什么用？”男孩的表情陷入颓废，“再说无论我怎么努力都无法达到她的要求。”

“为什么这么说?”

“没有为什么。”谈话再次陷入僵局。

“阳阳，你到这里来是要解决问题的，对吗?”安心对这种抵触已是司空见惯，她耐心地引导，“高三的压力非常大，情绪出现波动很正常，但我们不能把问题憋在心里。”

“根本就不是高三的问题!”话语像从男孩的胸腔里直喷出来。

“所以我想听你从头说呀。”

阳阳也许是感受到了一种与母亲截然不同的谈话方式，身上的铠甲和尖刺收敛了一点：“上小学时每次考完试，我妈都会先问我考了多少分，我要得了满分，她就问有几个满分，然后会说，这么多满分，你还得加油甩开他们。后来功课越来越难，考不了满分，她就会问有多少人排在我前面，反正印象中就没有一次考试能让她满意。她比完了班级比年级，比完年级还要说，小学的排名不重要，关键是要进好中学。我就不明白，为什么嘴里说着不重要还非要拿我和别人比来比去?”

由于激动，阳阳的脸泛起了红晕，不过在安心看来这比刚才的苍白要鲜活许多。她故意调皮地皱了皱鼻子，笑着说：“这么个比法，要是我的话会疯掉!”

阳阳立刻受到了鼓舞，推了推鼻梁上厚厚的眼镜继续吐苦水：“从小学起我就没有周末和假期，先是各种兴趣班，我好像把吹拉弹唱都学了一遍，结果一样也没坚持下来。后来就是奥数、英语一大堆，还要参加各种竞赛、夏令营。不瞒您说，我现在都害怕过周末。”

安心单手托腮听得津津有味：“你是不是语文挺厉害?”

“您怎么知道?”阳阳瞪大眼睛显得很诧异。

“因为你说起话来有条理有重点，还挺幽默。”

阳阳不好意思地笑了：“您说对了，我长这么大就语文没上过辅导班。因为我爱看书，这有点儿像我爸。可是我妈非让我学理科，她说男孩子学文科没出路。”

“相信阿姨，将来这个强项一定能让你受益匪浅。”谈话开始变得轻松，安心决定更进一步，“上了这么多课外班，有什么最让你难忘的吗?”

“好的还是坏的?”

“都可以。”

“好的确实不多，但我特别喜欢航模班，可惜只上了半个学期就让我妈给停了。”

“那坏的呢?”这其实才是安心的真正用意，她想引导孩子把心中淤积的不满和委屈都说出来。

阳阳皱起了眉头：“小学有一次上奥数课，我记得讲的是追及问题，一圈一圈地追呀追把我绕糊涂了。我妈坐在我旁边，眼看别的学生都有了答案，她急得直跺脚，在桌子下面使劲掐我大腿，嫌我怎么不动动脑子，说老师刚才明明讲过了。她的声音很小，但我觉得能被所有人听到。腿被掐紫了可我竟然没有觉得疼，恐怕觉出来了也不敢叫出声，只是拼命忍住不哭，可眼泪还是吧嗒吧嗒往下掉，我讨厌数学应该就是从那堂课开始的。”

看着泪水从这个快一米八的大男孩眼中滑落，安心的心里很不是滋味。她坚定了自己的判断——问题主要出在家长身上。上午王女士隐约意识到了自己的问题，现在的关键是解开孩子的心结。阳阳已经进行了必要的宣泄，应该试着改变谈话的方式了。

“无论如何，妈妈是希望你学得更好。她为了让你进好中学买学区房，那可是需要很大决心的。”

“可这并不是我希望的呀!”阳阳突然变得激动起来，“原来宽敞的三居室住得多舒服，我们都有自己的屋子，还有一间书房，我可以在里面看喜欢的书。可是我妈说上好中学就意味着领先一步，是她不顾我和老爸的反对非要换成一居室。虽然进了重点中学，可是我并不开心。为了我一个人全家都那么憋屈，我能开心吗?”

“能为全家考虑说明你很懂事，我猜你初中应该很努力。”

阳阳赌气似的说：“对，因为我觉得自己欠了债，我必须还债。”

有多少孩子把父母的爱当作应当应分，而阳阳却因此背负了原本不属于他的包袱。负重前行的滋味不好受哇！安心不由感慨。

“这种压力是不是影响了你的学习？”

每一个问题似乎都问到了阳阳心坎儿上，他的心情渐渐平复。

“重点中学竞争本来就激烈，我知道自己拔不了尖儿。可是看到我妈着急上火的样子，我只能拼命往前挤。哪怕是一次普通月考都让我胆战心惊，因为我害怕看到我妈那张失望的脸。中考前我原本复习得不错，按照排名应该能考进本校，可偏偏在节骨眼儿上我感觉自己崩溃了。那段时间我几乎没怎么睡过好觉，一闭眼就是铺天盖地的试题，就连做梦都是时间到了题还没答完。”

“跟妈妈说过这些吗？”

“我不敢，她比我还紧张。我就这么昏昏沉沉地进了考场，结果考砸了。”

“唉，好让人心疼。妈妈埋怨你了吗？”

“没有，她什么也没说，可一切都写在她脸上。她成天唉声叹气，老爸也不敢吱声，家里像一潭死水。我知道自己对不起他们，可我真的尽力了。我宁可她大骂我一顿，我甚至想和她大吵一架，起码那样我会好受些。可是没有，都没有，我感觉自己喘不过气来。”

安心长出一口气，仿佛胸腔也被郁闷填满：“这就是你高中不再那么用功的原因吧？”

“嗯！”阳阳愤懑地说，“反正努不努力结果都一样。”

“你觉得妈妈错在哪里？”安心盯住男孩的眼睛。

“她……我……”侃侃而谈的阳阳突然无言以对。

“她很爱你，对吗？”

“是。”

“你爱她吗？”

“爱。”

“那好。妈妈爱你，所以希望你做得更好，我们暂且不说方式方法的对与错，起码她的本意是好的，对吗？”

“对。”

“你也爱妈妈，希望达到她的要求，可现实情况是你做不到，所以为此内疚，对吗？”

阳阳点点头。

“你觉得她不理解你？”

男孩的眼中再次噙满泪水：“阿姨，我想考个好大学，我不想让爸妈失望。”

“这样想很好呀。”

“可是眼看离目标越来越远，我真的想放弃了。”

“谁的目标？你的还是妈妈的？”

“当然是妈妈的，从小到大她就在我耳边不停地唠叨双一流、985、211，她说考不上好大学，毕业就是失业，这一辈子就完了。”阳阳深埋着头，双手用力揪扯着头发。

“如果我试着建议你妈妈调整一下目标，你还有勇气拼一把吗？”

阳阳抬起头，眼中闪过一丝亮光。

“你一定也有自己的目标吧？”

“我保证能考上大学，不过……”阳阳犹豫了一下说，“我还是想冲一下211。”

“妈妈知道吗？”

“我没敢说，毕竟我现在的学习不是太好。”

“咱们还有时间，我希望你能坚持这个目标。”

“嗯。”阳阳坚定地点了点头。

“既然这样，可不可以先从不玩游戏开始？”

“没问题。”阳阳不好意思地笑了。其实他也不是真的沉迷游戏，只是给自己找一个消磨时间的工具罢了。

“你希望爸爸做些什么?”

“呃，其实他一直都很支持我，只是……”

“妈妈太强势了?”

“嗯。”

“这也是个问题，希望我们一并解决它。”

阳阳突然站起身问:“阿姨，我真的还有希望吗?”

“相信我，一定有!”安心也站起身，满怀期待地看着他。

阳阳似乎被感染到了:“我知道我妈是为了我好，越是这样我越觉得对不起她。从小到大，她也没休息过一个周末。姥姥最疼我们俩了，可姥姥去世时妈妈却在陪我上辅导班，我们都没有见到姥姥最后一面……”

安心走到高出自己半头的男孩身边，轻拍他的肩膀。十七八岁正是阳光灿烂的年纪，然而总有风雨不期而至。这副看似宽大的肩膀其实还很稚嫩，生活中又有多少这样的肩膀还未曾真正挺起就被压垮了，这是何等残酷和无奈的现实啊!

“阳阳，你现在应该放下包袱把精力放到学习上，朝着自己的目标努力。”

“可是我妈……”

“你只管做好自己，剩下的我来和她谈。还有，你告诉我的一些事可以让妈妈知道吗?”

阳阳犹豫了一下，然后点点头。

再次坐到安心面前，王女士已经没有了上午的焦躁。“谈得还顺利吗?”她一边脱下羽绒服，一边小声地问。

“应该还好，阳阳是个好孩子，只是心太重，而他背负的压力也许本可以避免。”

“问题可能是出在我身上了……”王女士的话语比上午多了不少理智和沉稳，“上午和你谈过之后我琢磨了半天，越想越觉得给他的压力太大了。可我真是为他好哇！都说不让孩子输在起跑线上，再看看身边哪个家长不是想尽办法让孩子得到最好的教育。我学历不高，家里条件也一般，但我总觉得怎么也不能输给别的家长。你说这是不是虚荣心？”

“爱子心切，人之常情。眼看目标渐行渐远，甚至一切付出得不到理解，您的想法还能有这样的转变让我钦佩。”安心的话发自肺腑。

王女士不好意思地说：“其实这几年我也隐隐约约觉察出了问题，只是不愿面对，不想认输罢了。中午我给爱人打了电话，他早上走得早，不知道我和阳阳吵架，也不知道我找你咨询的事，他很意外我怎么突然想明白了。”

安心笑着说：“您说爱人在教育孩子方面是撒手掌柜，其实阳阳心里未必这样想。他挺认可父亲的做法，只是您爱人似乎不愿违背您的意愿。”

“因为孩子的事我们争论过，那时阳阳还在上小学，我爱人认为不应该给孩子报太多的课外班。当时我的反应很激烈，所以他选择了退让。我有先天性心脏病，意外怀孕后医生建议暂时不要孩子，我爱人也劝我把孩子打掉。他是家中独子，我知道他太想要这个孩子了，所以坚持冒险生下了阳阳。我爱人特别感动，所以从来都是迁就我。我这人从小就一根筋，认准了的道怎么也不肯拐弯。在教育阳阳的问题上，我知道他是看在眼里急在心中。唉，之前真应该好好听听他的意见，可惜一切都晚了。”

安心看到了一位深爱孩子的母亲受到挫折后的失落，不能让这样的事情发生。“一切都还来得及。”她语气坚定地说。

“阳阳答应去上学了？”王女士有些意外。

安心微笑着点点头：“不止答应去上学，他还想好好学，不过……”

“不过什么？”王女士双手紧紧抓住座椅扶手。

“也许您应该把目标调低些。”

“还什么目标呀，只要他尽力了，只要他能开心。”王女士由于激动，声音竟有些颤抖。

“目标还是要有的，阳阳自己想冲一冲211。”

“真的?”王女士张大了嘴巴。

“一会儿您可以问问他，我觉得他现在应该愿意和您交流。”

“真是太感谢你了!”王女士的眼中噙着泪花。

“先不忙谢。阳阳是个敏感且心重的孩子，他跟我聊了很多，我觉得您应该想听听他的真实想法。”

“我听!”

安心把刚才阳阳的话转述给王女士，当讲到奥数课上掐孩子时，王女士羞愧难当。再听到阳阳因为没有见姥姥最后一面而落泪时，王女士终于泣不成声：“都是我不好，我太不了解孩子了。”

“您也不必过分自责，都过去了，咱们应该往前看。据我所知，阳阳的学习落下了不少，他对此也很担心。后面的备考阶段压力肯定会越来越大，他的情绪也许会出现反复甚至想放弃，我希望您和孩子的父亲能给予他及时的鼓励和支持。”

“我们不会再犯同样的错误了。”

“我相信您，也相信孩子，以后有什么问题可以随时来找我。”

“我真不知道该说什么了，上午慌了神儿，跑到这里来也是抱着病急乱投医的心态。没想到你帮我们母子打开了一扇门，这扇门原来就像铜墙铁壁，而你轻轻地如同捅破层窗户纸。”王女士站起来深鞠一躬。

安心赶忙起身回礼，笑着说：“我也仅仅是旁观者清罢了，阳阳是个懂事的孩子，您更是位无私而勇敢的母亲，这才是解决问题的关键。我想你们母子现在一定有很多话要说。”

望望窗外的夜色，王女士连声说：“我们回家说，回家说。已经耽误你下班了，真不好意思。”

望着并肩远去的母子，安心露出了欣慰的笑容，然而腰间的酸痛让她不由得皱了一下眉头。

“累坏了吧？”身后传来王安逸暖心的话语。

“有点儿。”安心捶打着后腰问，“你也加班吗？”

“我可没有这么顾客盈门。今天你的车限行，我看贾一楠没来接，所以想送你回家。”自从知道了安心和贾一楠的关系，王安逸就不再用“巫婆”二字调侃了。

“你不是骑车吗？怎么，打算驮着我？”

“打车不行吗？外面下雪了。”

“真的？”安心连忙向街上张望，一场小雪不期而至，“太棒了，今年冬天北京就没怎么正经下雪，害得我都跑杭州看雪去了。”

“走吧，我现在叫车。”

“不，我要骑车。”安心歪着头坏笑。

“路滑。”

“怕什么，我小时候老骑车在街上跑，技术不一定比你差。”

“还挺牛，告诉你，我可参加过业余山地自行车赛。”

安心扬起下巴，一副挑衅的表情：“那就比试比试呗。”

“别别，要骑咱也慢慢骑，我刚才还看你揉腰呢。”

这份细致和体贴让安心很受用：“行，听你的。就是因为老坐着腰才不舒服呢，正好活动活动。”

顶着稀稀疏疏的雪花，两个人并肩骑行。

“贾一楠怎么没来接你？”

“嗨，她刚从法国回来，估计正倒时差呢。”

“你真的不打算和她好好谈谈？”

安心苦笑着说：“还没想好，不过你把我弄得都不敢说顺其自然这四个字了。”

“也好。”王安逸模仿着安心的语调说，“那就顺其自然吧。”

“你讨厌！”安心举起了拳头。

王安逸嘿嘿一笑，突然严肃地问：“你怎么看待死亡？”

安心被问蒙了，好在她已经习惯了他的不按套路出牌。“这个问题太深奥了，你有什么高见？”

“我哪儿有什么高见，古今中外多少人探寻过死亡的真谛，结果不还是没有结论。连孔圣人都说：‘未知生，焉知死？’何况我这个凡夫俗子。”

安心对此不以为然，随口甩了一句：“故弄玄虚。”

王安逸不再开玩笑：“我最近做了两次‘安宁疗护’的志愿者。”

“是临终关怀吗？我听说过。”

“算是吧。不过人家有专门的团队，我只是负责心理疏导方面的工作。怎么说呢？”王安逸的语调变得沉重，“我们眼中的死亡和临终之人眼中的死亡并不是一个概念，我不知道怎么更好地帮到他们。”

安心若有所思地说：“这的确是个烧脑的问题，但绝对有意义，如果有机会我也想去试试。”

“好的，我来帮你介绍。”

不知不觉中雪已经停了，一轮皓月悬在半空，俯瞰着清冷的大地……

第十章　点点离人泪

“阿姨!”素素突然推门而入，一头扑进安心怀里，邵荣德笑呵呵地跟在后面。春节过后，素素一直吵着要找安心，因为咨询所工作忙始终没能如愿。本来说好今天一起吃饭，结果安心又临时加班，而且忘了通知父女俩。素素给糖果打电话，得知安心还在咨询所，便和父亲一起来接她。

其实安心也很想素素，她喜欢这个既长得像自己，又可爱善良的女孩。吃晚饭时，素素的嘴就没停过，什么狮子猎杀角马，鬣狗偷袭豹子，长颈鹿和大象草原漫步，水中伺机而动的鳄鱼……她将春节非洲之行的所见所闻有声有色地讲给安心听。看着时而认真倾听，时而开怀大笑的安心，素素不无遗憾地说：“要是阿姨和我们一起去就好了。”

吃过晚饭，邵荣德说有事和安心商量，素素很懂事地退出房间，看来爷俩早就商量好了。看着邵荣德欲言又止的样子，安心问：“邵大哥，您有什么事不妨直说，是素素有什么问题吗?”

“不是不是。”邵荣德摆着粗壮有力的大手说，“咱们认识有些日子了，之前我和闺女的关系一塌糊涂，也许是素素妈在天之灵保佑，让我们遇见了你。说是巧合也好，缘分也罢，总之没有你，我不敢想象现在素素会是什么样子。素素虽然叫你阿姨，但她心里已经把你当成了妈妈。我是个粗人，不太会说话，这种事真不知道怎么开口。”邵荣德抹了一把额头的汗珠。

安心被他窘迫的样子逗笑了：“您就直说吧。”

“素素想……想认你做干妈。”

安心显然没有料到邵荣德提出这种请求，迟疑了片刻，没有马上表态。

邵荣德的脸已经红到了脖子根儿：“你千万别误会，我不是想和你怎么样，在我们老家确实有认干爹干妈这种风俗。素素没有了妈怪可怜的。”他的目光突然暗淡下来，“无论如何婉芬是回不来了，你心地好，和素素也投缘，我们爷俩从一开始就都很喜欢你，我下了好大决心才壮着胆子开口，希望你不要嫌弃。”

面对这个对亡妻一往情深、对女儿万般疼爱的父亲，安心不忍拒绝，有些犹豫地说：“邵大哥您言重了，我很喜欢素素，怎么会嫌弃？只是我真的觉得突然，也不知道要怎么做干妈。”

“你只管答应就好，什么都不用做的。”邵荣德目露恳求。

安心思来想去觉得这样也没有什么不好，何况她很敬重邵荣德的为人，更是觉得自己和素素有缘，于是含笑点了点头。

邵荣德如释重负，冲门外大喊：“闺女快来，干妈答应了。”

素素飞奔进来，一头扎进安心怀里，撒娇地叫着：“干妈干妈。”安心轻轻抚摸她的后背，心中的幸福感油然而生。

“按照老家的规矩，认干妈是要磕头的，素素还不赶紧给干妈磕头？”

安心一把拽住素素，连声说：“磕头就免了，只是干妈也没给你准备礼物，以后一定补上。”

素素赶紧冲邵荣德使了个眼色说：“干妈答应了就是最好的礼物，我和老爸还给干妈带了礼物呢。”

邵荣德连忙从怀中掏出一个精致的锦盒递到安心手中，盒子的外形别致，紫色缎面在灯光下泛起柔和的光晕。安心轻轻揭开盒盖，一颗硕大的蓝色宝石戒指映入眼帘。宝石蓝得纯粹通透、沁人心脾，像浩渺的天空，似幽深的大海，里面仿佛有月影和波光在流转，它四周镶嵌着一圈晶莹剔透的钻石，璀璨夺目。

“好漂亮!”安心忍不住赞道，“蓝宝石吗?”

“是坦桑石，坦桑尼亚独有的宝石，春节我带素素去旅游时一眼就相中了它。”邵荣德憨憨地笑着。

“干妈，《泰坦尼克号》里露丝戴的那颗海洋之心就是坦桑石。喜欢吗?”素素两眼放光骄傲地说，“是我帮您挑的。”

“阿姨……哦不，干妈当然喜欢，但是这么贵重的礼物我不能收。”

“干妈要收!”素素噘起了嘴。

邵荣德也连忙说：“收下吧，没几个钱的，再说咱们已经是一家人了。”

安心很为难，邵荣德口中的“没几个钱”显然不是真的。除了觉得礼物过于贵重外，她认为戒指的含义不同寻常，应该是恋人之间的信物。犹豫再三，她还是婉拒了这份好意。邵荣德和素素虽然倍感遗憾，但毕竟安心已经答应了他们的请求，父女俩也就没再勉强。在邵荣德心中，不慕荣华的安心让他更加钦佩。

告别时，邵荣德一脸关切地说：“安心，你脸色很不好，工作不要太累。我认识个有名的老中医，有时间让他给你调调吧。”

“最近确实有点儿累，邵大哥放心，我会注意的。”

望着安心远去的背影，素素拽了拽老爸的手神秘地说：“我有一个好办法能让干妈收下礼物。”

“快说说。”邵荣德俯身倾听。

素素趴在老爸耳边轻轻耳语，邵荣德听得连连点头。

贾一楠从法国回来后只和安心见了一面，她欲言又止的样子让安心很不是滋味。平安夜扎心的一幕和王安逸真挚的开导让她渐渐放弃了等贾一楠先开口的想法，她决定和贾一楠开诚布公地谈谈。恰好贾一楠提出一起过情人节，安心立刻答应下来，为此她不得不再次婉拒了王安逸的邀请。

北漂的贾一楠租住在朝阳，离她的公司不远。两人几乎每个情人节都一起度过，这次贾一楠邀请安心去她的住处。安心调侃道：“真是好久没去你那个温柔乡了。”

走进房间的一刹那，安心愣住了，贾一楠的住处完全换了风格。原本处处透着暧昧的粉红色墙壁和家居饰品都不见了，取而代之的是充满浪漫情调的巴黎风。烟草味道换成了淡雅的薰衣草香，乱糟糟的衣物也被摆放得井井有条。看到安心惊诧的表情，贾一楠略显尴尬地解释道：“原来的风格看腻了，换换口味。”安心看破却不说破，只是习惯性地皱皱鼻子，一语双关地说：“是该换换口味了。”

贾一楠的厨艺又有长进，在她面前安心连打下手的资格都没有，只能在一旁欣赏。安心基本不会做饭，她无法想象一顿法式大餐是如何料理的。看着贾一楠熟练的操作，她半开玩笑地说：“都说要想留住爱人的心，先要留住他的胃，谁娶了你算享福了。”

贾一楠的手顿了一下，继续上下翻飞。锅中放入一块黄油，待黄油融化后，再放入奶油和牛奶熬至浓稠，另起锅放入提前炸至金黄的大虾和炒好的洋葱末、蒜末，倒入已经熬好的浓汤，待汤汁快收尽后盛出，最后撒上欧芹末儿，一道混合着虾香、奶香、蒜香的奶油焗大虾宣告完成。牛排解冻后用厨房纸巾吸干血水，滴几滴葡萄酒，均匀地刷上色拉油，两面撒盐和黑胡椒，用锡纸包起来放入空气炸锅烤十分钟，取出来撒上些迷迭香，再烤十分钟左右，外焦里嫩、肉香四溢的法式煎牛排便出了锅。口蘑洗净切片，虾仁用刀背剁成泥状，再用黄油将虾肉泥、洋葱和蒜末炒香，稍后放入口蘑片煸炒，另起锅用黄油炒面粉，加入清水和浓汤宝，开锅后倒入炒好的口蘑片，小火煮三分钟，倒入奶油大火烧开，只需盐和黑胡椒调味，最后将全部汤汁倒入粉碎机，只需半分钟，浓香四溢的奶油蘑菇汤也完成了。最后上桌的是五颜六色的蔬菜沙拉。短短几十分钟，安心便品尝到了正宗的法式料理。

“家里条件有限，等以后换了大房子，我会给你做多尔多涅的鹅肝、布列塔尼的黑面炖肉和普罗旺斯鱼汤。”贾一楠如数家珍，捋了捋额头被汗水打湿的发帘，顺手将“大波浪”用发带扎起，眯着眼睛冲安心说，“赶紧倒酒吧，宝贝儿。”

葡萄酒在杯中荡漾，清脆的碰杯声撩拨着两个女人纷乱的心绪。她们互相向对方介绍着春节的旅行见闻，然而似乎总有些顾左右而言他。收拾完餐具，贾一楠端出了自制的蛋糕：“你最爱的榴莲芝士，要不要再来点儿香槟？”

安心点点头，下面的话题确实需要酒精的助力。浓浓的芝士伴着榴莲的异香让两人身心渐渐松弛下来。

“竺园真的还是老样子？”贾一楠迷离的目光中闪过一丝伤感。

“几乎一点儿也没变。”

“还记得那个晚上吗？”

“怎么会忘，对我太重要了。”安心的神色也有些恍惚。

贾一楠轻咳了两声，以便让自己的声音听上去正常：“从小到大我都不是一个有常性的人，心爱的玩具、痴迷的爱好都不曾让我留恋。也许和我不男不女的性格有关，除了家人我没有什么朋友。但自从遇见你，我真正懂得了什么才值得我去好好珍惜。”

“珍惜什么？”安心歪着脑袋问。

“咱俩都是学心理的，我不想绕弯子。”贾一楠坐直身子，轻抿了一口酒说，“你知道，我之所以对异性没有感觉，完全是小时候的经历和个人性格造成的。其实我尝试过正常的恋爱，但没有结果。我因此而苦恼，甚至准备不婚不嫁。大学第一堂课的破冰行动，你与众不同的自我介绍让我改变了想法。我不知道那是不是一种魔力，反正你的一颦一笑、一言一行都让我着迷。你温柔而不失棱角，委婉而不失锋芒，坚强得仿佛能驾驭一切，而骨子里又透出惹人怜爱的柔弱。总之，从那一刻起我就不可救药地喜欢上了你。看到汪浩然对你献殷勤，表面上是我替你出头，其实我是在吃他的醋。到头来还是要感谢汪浩然，否则我们永远也不可能那么快就亲密无间。一晃十多年，有你在身边陪伴，我真的好幸福。”贾一楠言语真切，眼眶都红了。

安心紧紧握住贾一楠的手，有些微微发抖：“楠楠，谢谢你告诉我这些。其实就算你不说，我心里也懂。我惧怕男人，由此躲避爱情，我又何尝不为此苦恼呢？幸运的是你来到了我身边，你总是宠着我、让着我。杭州的七年，你仿佛给了我一个家。你毫不犹豫地告别家人陪我回北京，帮我打下了一片小天地。更重要的是你让我感受到了爱，纯洁、无私、与众不同的爱对我来说曾经是一种奢望，如今却是一份实实在在的感受。有你在身边，我也很幸福。”两个人不约而同地潸然泪下。贾一楠轻轻替安心擦着泪。

“我对不起你。”贾一楠哽咽着说。

“为什么要说对不起，我已经很知足了。”

“我……”贾一楠仿佛用尽了全身的力气说，“我怀孕了。”

安心并没有多吃惊，或许她心中早有准备，只是不想让对方太尴尬，于是开玩笑地问：“我的？”

“你疯了吧！”贾一楠嗔怒地捶了安心一拳。

“那你就是雌雄同体喽？”安心假装得理不饶人。

“亲爱的，别闹了。”贾一楠带着哭腔哀求，“你早就发现了，对吗？”

安心不忍再让贾一楠为难，端起酒杯一饮而尽，说：“大概快有两年了吧。要知道我比你善于观察。你烟抽得少了，嗓门变小了，说话做事更像女人了，最最关键的是，你与我在一起时有些心猿意马了……”

“我就知道瞒不住你，那你为什么不早点儿说破呀？害得我像做贼一样成天提心吊胆。”贾一楠一头扎进安心怀里，哭得像个孩子。

安心轻抚贾一楠的秀发，像她曾经安慰伤心的自己一样：“我知道你一定为此煎熬、犹豫，我只是希望等你想明白了亲自告诉我嘛。”

“我是犹豫，非常犹豫！我们姐妹在一起这么长时间了，我不想因为我而越走越远。来到北京后，我渐渐对异性有了不同的感觉，直到那个男人的出现让我彻底破防了，所以我觉得特别对不起你。”

“你不必为此愧疚，每个人的经历不同，我不可能要求你像我一样，所以一开始就抱着顺其自然的心态。还好你走出了这一步，这下咱俩都解脱了。”安心换作调侃的语气，“说说吧，Peter人怎么样？”

“你怎么知道是他？”

安心伸手刮了一下贾一楠的鼻梁，笑着说：“都说一孕傻三年，看来此话不假。你当初执意要去Peter的公司，我见过他，风流倜傥、一表人才，女人不动心才怪。你们俩一起出差、一起去法国，孤男寡女的正常吗？更何况你身上点点滴滴的变化都是从认识Peter开始的，你以为我是瞎子呀。”

“你太坏了！”贾一楠破涕为笑。

“平安夜，我碰巧看到你俩携手而去，心里的一块石头总算落了地。”回想起那个心碎的夜晚，安心的眼泪再次夺眶而出。

贾一楠惊讶地张大了嘴巴，没有想到好姐妹早已知悉真相。“宝贝儿，对不起。我一直以为在这件事上只有我纠结痛苦，其实你……”她哽咽着无法继续，但即便想说，恐怕也说不出来了。

话已说开，安心索性转换了话题：“怀了多久了？”

“我也是刚刚知道，也许就是那个平安夜。”贾一楠羞涩地低下了头。一贯风风火火的她，不知不觉中已是女人味十足。

“你应该好好保护我的大外甥，烟绝对不能抽了，酒也就到此为止吧。”

安心的体贴让贾一楠倍感温暖。“烟我已经戒了，今天是破例陪你喝点儿，”她好像突然想到了什么，“哎，你怎么知道是男孩？”

安心眨眨眼睛说：“你就是个假小子，老天爷该开眼了，要不然再弄出个假小子，不知道又要祸害多少人。”

“死去吧你！”贾一楠双手伸到安心腋下抓痒，安心奋起反抗，两个人狂笑着搂在一起，笑着笑着就哭了。

稍稍冷静下来，安心推开贾一楠，捋了捋凌乱的短发问："准备什么时候结婚？将来怎么打算？"

"Peter早就催我领证了，我说必须要先过你这关。"

"他知道咱俩的关系？"

"知道，他也很喜欢你，他说上帝造就了两个完美的女人，如果让她们在一起，对男人来说实在是不公平。"

"他还挺会说话，难怪把你勾搭跑了。"

贾一楠露出了幸福的微笑："他确实浪漫得可爱。我们准备五月份结婚，时间虽然有点儿紧，但如果再往后拖肚子就太大啦。之后嘛……"她有些怅然，"也许我要和他回法国定居。"

"奉子成婚，恭喜恭喜，到时候我一定送个大礼。多高兴的事呀，干吗蔫头耷脑的？"

"我……我真舍不得你！"贾一楠放声大哭。

安心强忍泪水，抬头望向天花板，她又何尝舍得贾一楠啊。一对好姐妹，在彼此最需要的时候相识相知，吵过闹过、哭过笑过，但更多时候是相互依靠、相互慰藉，她们把最纯真的情感毫无保留地给了彼此，十余载的情分岂是"舍不得"三个字能一笔带过的？

两个人一个奔放不羁、一个温柔内敛，遇到波折时安心总能率先冷静下来。她安慰道："楠楠，咱们这又不是生离死别。你先找到归宿，没准儿我的爱情也会不期而至。我们将组成两个家庭，幸福就变成了双份。再说你可以回来看我，我也能免费游巴黎了呀。"

贾一楠破涕为笑，她的情绪总是来得快去得快："那咱们可一言为定。对了，说到你的爱情，能不能透露一下，那个姓王的'白马'是不是还在追你？"

安心如实相告："王安逸的确想和我交朋友，他也知道咱俩的关系。"

"嚯，都聊这么深了。现在他应该开心了，障碍扫除了。"贾一楠一脸坏笑。

“你不是真正的障碍。”安心说得很认真，“是我自己的问题，所以我现在也没想好要不要答应他。”

“你呀，就是太清高太神秘，能有什么大不了的事让你视男人如猛虎？”

安心的眼中闪过一丝犀利，贾一楠马上意识到了，连忙说：“好好好，我不问。我答应过你，如果你不肯说，我永远不会问其中的原因。”

安心像是在自言自语：“王安逸确实是个好男人，恐怕我配不上他。”

“嘁，他要是娶了你才是八辈子修来的福呢。”

“好了好了，不说他了。你要结婚的事叔叔阿姨知道吗？”

“我还没告诉他们，你是第一个，这一切得需要你先点头呀。”

“瞧你说的，好像我成了绊脚石。”

“胡说八道，我是觉得对不起你嘛。”

“都什么时候了，还说这种傻话。再说最后一遍，我替你高兴，真的！”

好姐妹真挚的祝福对贾一楠来说无疑是最大的慰藉，她动情地说：“也祝你早日找到幸福。”

高脚杯再次碰响，仿佛天上飘来祝福的钟声。

周末不加班，王安逸终于约到了心上人，他说有个地方喝茶不错，安心爽快地答应下来，并带上了汪浩然送的紫砂壶。

凤凰岭脚下的一处院落，清幽雅静。跨入深棕色的木门，安心不由暗自喝彩。虽是春寒料峭，满院翠竹依然挺拔繁茂。枝干在阳光下泛着金光，墨绿色的竹叶沙沙作响。假山前有一座小桥，池塘中漂浮着残冰，十几条硕大鲜艳的锦鲤慵懒地游动。缥缈的梵音在院中回荡，淡淡的檀香沁人心脾。穿过竹子打造的月亮门，进入敞亮的玻璃房，周身便被包裹在浓浓的暖阳中，而灵魂却是清凉自在。

“世外桃源呀！”

“闹中取静而已。”王安逸淡淡一笑，绅士地帮安心脱去大衣，扶椅请她落座，顺口夸赞道，“你今天的打扮很应景嘛。”

安心看看自己的斜襟青花中式布衣和飘逸的阔脚裤，不无得意地说：“既然是喝茶，总要有些仪式感嘛。”她从包中捧出紫砂壶，“对啦，我还带了茶具。”

王安逸好一阵端详，脱口赞道：“好壶！什么名字？”

“冰心。”

“壶如其名！”

“何以见得？”听过汪浩然的专业介绍，安心故意想考考王安逸。

“我父亲收藏紫砂壶，因此我略知一二。”王安逸的喜爱之情溢于言表，“这把冰心乍看上去非方非圆，细看之下却无处不方，无处不圆。方中有圆，藏锋不露；圆里带方，刚柔并济。一片冰心在玉壶，配得上这么雅致的名字！”

安心简直佩服得五体投地：“你总说喜欢中国文化，看来真不是附庸风雅，你可能是心理咨询师中最懂壶的。”她忍不住轻笑。

“中国的好东西实在太多，只是很多人不懂欣赏罢了。”王安逸意犹未尽，从安心手中接过冰心仔细把玩，“你看它的雕刻和贴花技术也非常棒，连竹叶和嫩枝都这么逼真。竹子的气质不同凡响，跟这把壶简直是绝配。制作它的工匠技艺了得，而且用心了。”

“这儿还有一首诗呢。”安心指着壶身背面说。

“绿竹半含箨，新梢才出墙。这是杜甫的《严郑公宅同咏竹》，我父亲的一把石瓢上也有这首诗。”

“安逸，你简直太神了。”

王安逸不好意思地笑笑：“和这把壶比，我还是太庸俗了。”

“我再考考你，”安心还是有点儿不甘心，“既然是紫砂壶，为什么它是灰绿色的？”

“这是段泥，矿料的颜色还要深一些，烧制后就变成了豆青色，用过一段时间颜色会更温润。”

“那还不赶快，我还没用过呢。”

“你可真是急性子。养壶就像养心，得慢慢来。”他仔细将壶清洗干净，转身去茶柜取茶，“天气冷，本来想请你喝红茶，但这把壶和绿茶更配。”

西湖龙井的叶芽在水中慢慢伸展、起起伏伏，颜色由暗绿变成翠绿，淡淡的茶香随蒸腾的热气弥漫开来。入盏的茶汤碧绿清莹，滋味甘鲜醇和。在茶香和暖阳的浸润下，安心慵懒地靠在摇椅上，不免有些醺醺然。

“你最近气色很差，工作别太玩命了。”

“唉……”安心轻叹一声，“没想到节后咨询的人这么多。我手头有几个拖了很久的案子，等忙过这阵再说吧。”

“知道我怎么看待工作吗？”

“说说看。”

“说得现实点儿，心理咨询只是一种谋生手段，就像老师、医生、工人一样。从个人角度来说，我喜欢琢磨人；说高尚点儿，我喜欢帮助人。在工作中，这两个喜好都得到了满足。摆渡人的名字起得好，我们或多或少地扮演了这个角色。但在整个过程中，咨询师的力量终究是有限的。没有人可以完全左右另一个人的思想，社会、家庭、工作乃至个人经历和性格都是其中的变量。当局面暂时无法得到掌控时，我们可能需要充当一下垃圾桶——无条件地接纳别人的苦恼、困惑和不如意，尽可能地让来访者轻松自在些。专业技巧和敬业精神只是我们工作的一部分，而绝非全部。为他人疗伤的过程其实也是自我修炼的过程，没有必要为此背负太多。如果过分纠结渡得过去还是渡不过去，反而事倍功半，甚至拖累了自己。”

这些原则和道理其实安心都知道，可置身事中却总是无法收放自如。她意识到自己确实有些执着于帮助他人脱离苦海，或者说是想从另一个角度为自己疗伤。然而随着时间的流逝，期待中的效果并未如期而至，她便有一种陷入漩涡、无法自拔的恐慌。

沉思良久，她悠悠开口："既然顺其自然这个词不行，那我能不能换个说法——尽力而为。"

王安逸竖起了大拇指。

安心突然想到了那个雪夜的话题，她好奇地问道："你怎么会去做安宁疗护？"

王安逸一边添茶一边说："安宁疗护其实是国外的叫法，咱们国家直到2017年才正式将临终关怀、舒缓医疗、姑息治疗统称为安宁疗护。我是因为看了《最好的告别》这本书才慢慢接触到它，然后就查了一些资料。去年中国有近三万人接受了临终关怀服务，可是那一年的死亡总人口超过八百万。这是什么概念？这说明一千个人里只有三个半人接受了临终关怀。人们惧怕死亡，无非是因为绝大多数死亡意味着痛苦、无助和绝望。我常常想，咱们活得好好的都那么怕死，一个真正面对死亡的人该是多么恐惧和不舍？他们一定需要帮助，好更坦然和舒服地度过最后的时光，我只是想为他们做点儿什么。"

这份悲悯之心令安心感动和钦佩："安逸，你真的很了不起，我也要像你一样。"

"好了好了，不聊这些了。"如此沉重的话题显然与此情此景格格不入，王安逸指指趴在脚边的波斯猫说，"看把娇娇都听困了。说说吧，情人节过得怎么样？"

安心望向窗外的翠竹，平静地说："结束了。"

"喜剧？"

"算是吧。"安心轻抿一口茶，苦涩中有回甘，"一楠有了归宿，我替她高兴。"

"也许都是一种解脱。"

安心点点头，泪水却不争气地滑落，她再次将头扭向窗外。

王安逸心里也很不是滋味，他非常理解心上人此时的心情，但又不知如何劝慰，只好探身握住安心的手。

安心转回头嫣然一笑，好似梨花带雨："都过去了。"

王安逸情难自制，一往情深地说："安心，我爱你。你和贾一楠的关系让我无法更进一步，但我对天发誓，这个结局不是我想要的。我唯一能做的就是让自己变得更好，至于最终能否如愿，我宁可把结果交给上天。说实话我现在一点儿也不开心，因为我知道你心里不好受。如果说真有什么能让我开心，那就是看到你开心。"他平复了一下心情，以便让自己可以从容地继续说下去，"我知道，你一定有自己的理由排斥男人。不管这个理由是什么，它都不应该是你不开心的理由，更不是让我放弃追求的理由。我真的希望你能给我一个疼你、爱你的机会，给你一生幸福的机会。"

安心闭上眼睛，只有这样泪水才不会夺眶而出。黑暗中，穆浩天、贾一楠和王安逸的影子飞速闪过，她拼命地想赶走前两个，却无论如何也无法办到。她索性睁开双眼，只让王安逸出现在自己的视线中。面前的男人英俊潇洒，温柔体贴，情真意切，自己真的要选择和他相伴一生吗？安心的心动摇了，她仿佛用尽全身的力气才说出一句话："让我试试吧。"

第十一章　红色的伤疤

京城三月，不时光顾的倒春寒挡不住春天的脚步。房后背阴处的残雪消融殆尽，蛰伏一冬的小草逐渐挺直了腰杆。河边垂柳争先恐后地冒出嫩芽，娇艳的迎春花已经盛开，性子急的桃花梨花也迫不及待地吐出了花苞。北归的燕子在空中翻飞，玩闹够了便一头扎进熟悉的房檐下。时不时飘来的西北风让天空分外通透，阳光也变得和煦起来。人们脱掉臃肿的冬装，步履轻快了，心情也不由自主地晴朗起来。

春天是一个招人喜欢的季节。安心时常想，如果忧愁烦躁、恐惧苦恼也能随冬日的阴郁寒冷一起散去那该多好。然而现实生活往往事与愿违，心理咨询所的来访者依然络绎不绝。送走最后一个咨询者，安心艰难起身捶打着酸疼的腰背，敲门声轻轻响起，邵荣德站在门口。

“安心，我想和你商量个事。”

“邵大哥快坐吧。什么事不能电话里说？还让您跑一趟。”

邵荣德习惯性地搓着手：“我觉得还是当面说好。”见安心递上矿泉水，他连忙双手接过，一脸关切地说，“你的脸色还不如上次，别忘了我跟你说过的老中医。”

“好的好的。”安心能感觉得出他是真的关心自己，笑着给邵荣德让座，问，“什么事？您说。”

“我想请你做我们公司的心理咨询顾问。”邵荣德显得很兴奋，咕咚咕咚喝掉大半瓶矿泉水。

“您说的是EPA?”

“那是什么?”邵荣德憨憨地笑了。

“EPA也叫员工帮助计划，是企业为员工提供的系统、长期的援助与福利项目，通过专业人员对企业以及员工进行诊断和建议，提供专业指导、培训和咨询，帮助他们解决心理和行为问题，提高绩效和改善组织气氛的一种服务。”安心耐心地解释。

“对对，我需要的就是这个。”

“据我所知，EPA在国外很流行，在中国也开始逐步进入外企和大型集团。”

邵荣德的脸色微微泛红：“怎么，你嫌我的公司不够格?”

安心笑着连连摆手：“我只是好奇您怎么会突然想到这个？是公司出现什么问题了吗?”

“那倒没有。”邵荣德喝光了剩下的半瓶水接着说，“我原来也不懂这个，总以为甭管是老板还是员工，想挣钱埋头干活儿就行了。通过素素这件事，我觉得一个人要是心里有了疙瘩，啥事干着都费劲，而且早晚得出问题。我是个大老粗，不会做什么思想工作，眼瞅着公司越做越大，人越来越难管，所以就想请你帮忙。”

邵荣德绞尽脑汁想出这个主意其实另有目的。随着交往的增多，安心独特的女人魅力和善良聪慧的品行着实打动了这个深陷丧偶之痛的中年男人。无论是为了心爱的女儿还是从个人感受，他都觉得越来越离不开安心，但淳朴耿直的他无论如何不敢再进一步。他想亲近和帮助她，但安心独立倔强的性格让他无法如愿。上次见面，安心憔悴疲惫的样子让他心疼不已，思来想去他觉得聘请对方做顾问可能可以达到自己的部分目的。安心倒是没有想那么多，虽然觉得事出突然，但眼前粗中有细的男人的确令人钦佩和敬重，一个私企老板能有这样的考虑实属不易。

安心说："我们的确有这样的服务，但具体细节还要慢慢商量。"

"其实也没有多么复杂。"邵荣德有些迫不及待，"我手底下有三百来号人，高管一二十个，你只要每个月过来一整天或两个半天，一来给高管讲讲心理方面的课程，二来接受有需要的员工的一些咨询就行。"

安心笑着说："起码我要对您的公司有个初步了解呀。"

"这个没问题！"邵荣德拍着胸脯说，"明天我就叫人把公司和员工资料拿过来，咱们尽快签合同，越早开始越好。"

邵荣德的直来直去让安心也不好再说什么，毕竟这是咨询所的生意，何况自己也了解邵荣德父女，她决定接下这个单子。

"您需要什么样的咨询师？男的还是女的，固定的还是轮流的？"

"就是你，我只信任你！"邵荣德说得斩钉截铁。

"好吧，您的预算是多少？"

"我找人咨询过市场价格，咱们一年一百万元吧。不算太高，希望能请得动你。"

岂止是不算太高，对于摆渡人和安心来说，这简直高得离谱儿。安心多少猜出了邵荣德的用意："邵大哥，我们不能收这么多。谢谢您的好意，但凡事总要有个标准。"

"标准还不都是人定的，反正我觉得值。"邵荣德急得抓耳挠腮，"要不这样吧，八十万元，不能再少了。"

安心从来没见过这么谈生意的，她无奈地笑笑说："五十万元，再多您就找别人吧。"

话已至此，邵荣德只好勉强答应："好吧，听你的。"

收益已经超出了安心的预期，她发自内心地感谢邵荣德："我会尽最大努力提供服务，再次感谢邵大哥的信任，希望我们合作愉快。"

"愉快愉快。"邵荣德握住安心伸出的手久久没有松开。

合同签署得非常顺利，安心经过一番认真准备开始了顾问工作。邵荣德手下的高管们显然对培训很感兴趣，面对激烈的市场竞争、繁重的工作压力、复杂的人际关系，乃至个人的家庭事务，大家觉得这样的培训和疏导很有必要，员工们也陆陆续续前来寻求帮助。自己的工作富有成效，而绝非凭借与老板的私人关系，这让安心也很踏实。让她奇怪的是，邵荣德每次都会全程参加培训，就连咨询时间也寸步不离地等候在门外。安心劝他："您工作忙，不必每次都陪着。"邵荣德只是憨憨地一笑说："有收获，有收获。"

待遇丰厚的顾问工作让安心身上的担子陡然减轻，她再次减少了日常的咨询量。最近时常腰酸背痛、疲惫乏力，还动不动就感冒发烧，她决定好好调理一番。周末不再加班，她也有时间和王安逸见面。她已慢慢接受了王安逸的追求，二人开始像情侣般相处。但个别棘手的咨询还是让安心寝食难安，虽然觉得王安逸关于工作的见解很有道理，但内心的执着还是告诉她不能只做个垃圾桶，要做咨询者心理的摆渡人。

按照约定，今天是与孟先生的第三次见面了。这个三十出头、白白净净、文质彬彬、戴着金丝边眼镜的南方小伙子令安心印象深刻。

恋物癖并非罕见。从业至今，安心已经接触过不少案例。从专业角度看，这是一种以某些非生命物体作为性唤起及性满足的刺激物，且以其作为屡试不爽的偏爱或唯一手段的心理疾病。单就男性来说，恋物对象多为女人的头发、衣物、鞋子，甚至内衣。究其原因，大致归结为条件反射学说，即对异性的性冲动在某种情况下曾经受到抑制，难以表达，或对正常性交的不合理恐惧。当一个偶然的机会使某些无关的物体与性兴奋联系到一起产生条件反射，再经反复巩固便形成了恋物情结，并通过购买、收藏、穿戴甚至偷窃行为来满足自己畸形的欲望。这当中个人的因素固然重要，但生活中的某些暗示和引导也起了推波助澜的作用。很多影视作品关于女性的衣着、鞋子、腿部和脚部的镜头层出不穷，且大多与剧情无关而仅仅是感官刺激而已。网络上流行的短视频更加无厘头，女人的腿和脚似乎成了获取流量的密码。安心曾经遇到的案例基本上都是以此为耻，前来寻求戒除的方法，而孟先生是困惑于自己对高跟鞋的迷恋源自何处。面对这样的咨询者，常规的认知疗法、厌恶疗法和社交疗法并不适用，这让安心大为伤神。前两次咨询进展不大，昨夜的灵光一闪让她有了一个大胆的想法，她决定冒险一试。

安心清晰地记得两人第一次见面。穿着举止都很得体的孟先生坐在对面，当安心问道“有什么可以帮您”时，他不紧不慢地打开随身携带的背包，从里面取出一双崭新、精致的高跟鞋，双手捧着轻轻放在桌面上，然后异常平静地说：“这就是我的问题。”

安心立刻明白了对方所为何来，但反常的举动还是让她吃惊不小。通常情况下，这样的咨询者往往会羞于启齿，即便开口也是闪烁其词，而面前的孟先生却是坦然大方。那双黑色绒面、浅口尖头细跟的鞋子看上去非常性感，白底黑字的Jimmy Choo标签十分醒目，鞋底鞋面没有一丝划痕和褶皱，应该是从未穿过。孟先生轻柔地凝视着它，仿佛在欣赏一件艺术品。

“您喜欢鞋子？”

“高跟鞋。”

“从何时开始的呢？”

“应该很早，但没有确切的时间。如果我记得，想必也就知道了原因，就不会来找你了。”

“那让我们倒推一下如何？”

孟先生没有片刻迟疑，开始了诉说：“我是扬州人，今年三十一岁，研究生毕业后在北京一家科技集团工作，负责程序开发。我应该是从中学开始关注女人的鞋子，但起因或许更早，但很遗憾我想不起来了。”看得出来他在尽力回忆，“记得初二那年过完中秋节，我独自乘长途车回镇里上学。车上的人不多，我坐在靠窗的位置，身边是位大叔。没多久一位阿姨上了车，她穿着很时髦的连衣裙，是紧紧包在身上的那种。我原本并未在意，但高跟鞋‘咔嗒咔嗒’

的声音让我忍不住低头看去。那是一双漂亮的黑色高跟鞋，漆皮鞋面在阳光下闪闪发光。在那之前我好像从来没有留意过女人的鞋子，但不知为何我突然心动了一下。”他稍作停顿，仿佛还在回味当时的感受，“那种心动的感觉我无法忘掉。我突然发现女人穿上高跟鞋，小腿的曲线和足弓的弧线好美。当时我一定脸红了，更不敢盯着人家看，但眼睛的余光却一刻也没离开过那双鞋。过了两站，身边的大叔下车了，女人顺势坐到我身边。她个子很高、腿很长，也许是嫌座椅间的空间狭窄，她很自然地跷起了腿。那双漂亮的高跟鞋毫无遮拦地展现在我眼前，甚至脚趾间的缝隙都清晰可见。我那时才十二三岁，老天做证，我绝没有丝毫龌龊的念头，可就是让自己看得喘不过气来。”孟先生长出一口气，如同刚从窒息中缓过劲儿来。

“这就是您能想到的第一次？”

“是的，但我绝不相信。我是学理工的，凡事都要有个逻辑和因果，这就是真正让我困惑的地方。”

“后来呢?”安心觉得这个故事与众不同，单手托腮静静等待下文。

“后来事情就变得不可控制了。”孟先生露出苦涩的笑，“我好像着了魔一样，上课时会注意女老师的鞋子，如果她穿了高跟鞋，我立刻精神百倍；走在大街上，我会低着头搜索，就像满地寻摸钱似的。说真的我并不在乎鞋子的主人是美是丑，我只在乎她们脚上那双让我着迷的高跟鞋。我是住校生，每当宿舍熄灯后，我都会在床上辗转反侧，回想着白天看到的那些高跟鞋。”

“这影响到您的学习和生活了吗？”

“基本没有，毕竟我没有什么非分的想法，只是有点儿睡眠不足而已。”孟先生尴尬地耸耸肩膀，“后来我考上了市里的重点高中，那里的人们更时尚，穿高跟鞋的女人也更多。我一如既往地继续着不可告人的搜索和欣赏，甚至幻想自己也能拥有一双漂亮的高跟鞋。因为整天低头追着看，不但辛苦，还要担心被发现、被当成小流氓。”

“您为此付诸行动了吗？”

“当然没有！”孟先生向上推了推眼镜，“一个高中生，没有钱，没有私密空间，我拿什么付诸行动？唯一能做的就是偷偷上网查一查资料。我知道了这叫恋物癖，但我和网上的那些描述真的不一样。他们把迷恋的东西当成发泄的对象，有的会去买女人穿过用过的东西，甚至去偷、去窥视。我完全不是。”他说得异常坚定，“我只是单纯地喜欢，甚至没有把高跟鞋和女人扯上关系。在我看来性就是性，鞋就是鞋。”他突然停下来，一脸迷惑地问，“这是不是更变态？”

“不，但这比较少见。”安心的回答很肯定。

“再后来我考进了北京的一所重点大学，读了研究生。北京对我来说如同天堂，除了可以接受更好的教育，有更好的前途，还满足了我对高跟鞋的迷恋。”孟先生的眼睛透过镜片闪烁着光芒。

“您一定有了更多的自由。”

“当然，我可以看到更多更漂亮的高跟鞋。周末我会去商场，那里遍布时尚性感的鞋子，当然它们的主人也很漂亮，但这并不是重点。我特别喜欢去三里屯，那里的女人更开放，鞋子的款式也更高档和新潮。当时已经有不少人在街拍，我发现无论是模特还是摄影者，乃至路人都对此见怪不怪。在霓虹的笼罩下，华美的衣装、摇曳的身姿、曲线完美的小腿伴着高跟鞋敲打地面的咔嗒声，一切都是那么美好。我没钱买高档的相机，但还是用手机记录了那些美好的瞬间。我加入了一个微信群，里面都是有共同爱好的人。但我渐渐发现，自己真的和他们不一样，我无法将鞋子、女人和性画上等号。他们的某些言论和做法实在让我厌烦，我很快便退群了。虽然有些遗憾，但我并不后悔。因为高跟鞋对我来说就像一件圣物，只能膜拜，容不得半点儿亵渎。当然，我的某些愿望终于得到了满足。”

“那是什么？”

“大二下学期，我用省下的生活费和奖学金购买了第一双高跟鞋，属于自己的高跟鞋。”孟先生显然有些激动，“我现在还收藏着它，那是一双百丽牌的鞋。虽然有更高档的外国品牌，但我的钱只能买得起它。记得当时我在鞋架前徘徊了很久，售货员都感到有些奇怪。我支支吾吾地对她说想买给自己的女朋友，其实我那时根本没有女朋友。”他自嘲地笑了，安心也报以理解的微笑。

“售货员问我的女朋友脚多大，我红着脸说40的，其实那是我的鞋码。售货员强忍着笑，我知道她在笑什么。然后她推荐了一双鞋——纯牛皮的黑色经典船鞋，鞋跟高度大概五厘米。我鼓起勇气问有没有再高点儿的，因为只有超高跟的高跟鞋才能打动我，就像我在长途车上见到的那双。售货员又拿了一双鞋跟八厘米的，我哆哆嗦嗦地付了款，捧着宝贝逃出了商场。我把它小心地藏进储物柜，每天上完晚自习睡觉前，我都会悄悄抚摸欣赏一番。”

“我这么问希望您不要介意，”安心停顿了一下接着说，“您按照自己的尺码买鞋，是为了穿吗？”

孟先生的脸红了一下，这是他唯一一次表现出羞涩：“请不要笑话我，我真的希望体会一下那种感觉。”

“当然不会，您的坦诚便于我们解决问题。感觉如何？”

孟先生恢复了从容，苦笑着摇摇头：“说实话不舒服。我终于明白了一句话——‘鞋子穿在脚上，舒服不舒服只有脚知道’。我甚至开始心疼那些鞋子的主人——为了美化自己，她们要付出多大的牺牲呀！后来我吸取了教训，只是纯粹地欣赏，再也没有按照自己的尺码买鞋了。”

“您收藏了很多鞋子？”

“谈不上多。工作以后收入还不错，所以陆续买了一些，都是经典品牌。莫罗·伯拉尼克、吉米·周、圣罗兰、克里斯提·鲁布托、普拉达、菲拉格慕……它们绝对称得上艺术品。我自己租房住，特意设置了一面隐藏的鞋柜收藏这些宝贝。结束了一天的工作，静静地端详它们，仿佛所有的疲惫都烟消云散了。我给它们拍了照片，有机会拿给您看看，真的很美。”

安心点点头说：“能够成为经典自有不同凡响之处。”

孟先生突然问："您平时穿高跟鞋吗？"

安心先是一愣，随即爽快地回答："穿，漂亮的鞋子对女人来说具有天然的诱惑力。不过如您所说，穿起来确实辛苦。"

孟先生好像找到了知音，一脸真诚地说："您穿高跟鞋的样子一定很美，因为您看上去漂亮而纯洁，配得上那些艺术品。"

"可惜工作时我只能穿平底鞋。"安心抬眼看看墙上的挂钟，"时间差不多了，感谢您对我的信任。至于困扰您的问题，恐怕目前我也没有头绪。您的问题确实不同于其他咨询者，我甚至无法将其定义为恋物癖。高跟鞋给您带来了慰藉，但我相信，它一定也同样制造了不少麻烦，我们不妨下次谈谈？"

"好的，虽然暂时还没有解决我的困扰，但能有个倾诉的地方，我感觉好多了，而且我相信，您一定可以帮我找到原因。下次见。"

安心把他送到门外，孟先生下意识地低头看了一眼她的鞋子，安心心领神会地笑了，调侃道："平底玛丽珍，让您失望了。"

"我说得没错，您穿上高跟鞋一定很美。"

第二次见面，孟先生果然带来了一本相册，里面都是他拍摄的高跟鞋图片，其中还有一些打印出来的手机照片。

安心像手捧艺术品一样专注地欣赏着，那些经典款式让她都有些动心。孟先生不时地向她介绍鞋子的特别之处或是街拍的故事，安心同样认真倾听。翻过最后一页，安心轻轻合上相册说："的确很美，如果只有美好就好了，可惜一定会带来很多麻烦。"

孟先生不再像上次那样从容，他坐得很靠后，上半身几乎陷进椅背，想以此获得更多的踏实感。

"麻烦总是层出不穷。在长途车上第一次稀里糊涂地落入陷阱，恐惧和不安就伴随着我。小小年纪的我无处倾诉，也不知道怎么探寻答案，就觉得自己很坏。我强迫自己不去看不去想，但无法办到。相反，当我试图将它赶走，反而更加欲罢不能。那种感觉您能想象吗?”他的样子有点儿可怜。

安心认真地点点头说:“完全能够理解，而且请您相信，我接触过的类似案例中，几乎每个咨询者都经历过这样自觉不堪的时刻。”

孟先生长出一口气，同病相怜的感觉让他感到不再那么孤独无助:“当我发现自己无论如何也无法拒绝高跟鞋的诱惑时，曾经释然了一段时间，心想那就随它去吧。但随着年龄的增长，我渐渐有了性的意识。虽然我并没有将二者混为一谈，但或多或少增加了我的羞耻感。一旦当我开始想象鞋子的主人时，这种耻辱感就会愈加强烈。”孟先生的声音突然变得很小，“第一次遗精便是在这样的梦中，醒来后的负罪感几乎让我无脸见人。”

孟先生陷入了短暂的沉默，然后继续说道:“当我拥有了属于自己的第一双高跟鞋时，短暂的喜悦很快便被不安所取代。我害怕被同学发现，尤其是第一次穿上它时。我趁夜深人静悄悄溜出寝室，怀里揣着那双高跟鞋来到操场。昏暗的灯光下，我如同灰姑娘第一次穿上水晶鞋那样兴奋，但显然没有她开心。我像个贼一样四处观望，小心翼翼地迈着步。谁知道偏偏怕什么来什么，两个晚归的同学恰巧路过，我蹒跚而行的样子惹得他们一阵狂笑。我当时吓得连魂儿都没了，脚也崴了，鞋也掉了，揣起高跟鞋光着脚就往没人的地方跑。”孟先生再次停下讲述，仿佛依然心有余悸。

“终于，我有了收入，有了自己的房子，我再也不用提心吊胆了，可谁知道新的烦恼接踵而至。我交了女朋友，已经开始谈婚论嫁，但我知道自己的这个癖好不能被她知道。不怕您笑话，谈恋爱时我特意询问过对方脚的尺码，就像白马王子想通过水晶鞋找到自己的心上人一样。我不想让那些美丽的高跟鞋永远束之高阁，我要为它们找到新主人。”

“也就是说您的女朋友目前还不知道这些。”

“不知道。很难想象哪个女人能接受男人的这种嗜好，我打算让这些成为自己永远的秘密和回忆。”孟先生紧锁眉头，“但我依然坚信凡事必有因果，我不能接受自己无缘无故地着了魔，又莫名其妙地走了出来。当然，最让我担心的是如果我无法知道原因，也许一辈子都会陷在里面。”

安心下意识地挠挠头，这种不是为了寻求结果而是要找到原因的咨询确实令人头疼。经过一周的冥思苦想，她也认为原因不是长途车上的偶遇，一定会更早。但无论是早到对方难以记起还是刻意忘掉，都将是解决问题的关键。她决定换个角度试试。

“您小时候家里有什么人经常穿高跟鞋吗？”

“我母亲，确切地说是亲生母亲。虽然印象不深了，但我确信她爱穿高跟鞋。我继母是个很朴素的人，我几乎没见过她穿过高跟鞋。周围的亲戚朋友大多不穿高跟鞋，起码在我小时候没有关注过。”

“您的亲生母亲爱穿高跟鞋，那是什么时候？”

“我六岁时吧，父母离婚很早，之后也不再联系，她的长相我几乎不记得了。但我可以肯定，她经常穿高跟鞋。”

由于欣赏照片花费了不少时间，第二次谈话也该结束了。安心有一丝预感——真相已经越来越近了，但究竟是什么还无法确定，她打算让自己和对方都再好好想想，于是说道：“您的困惑我非常能够理解，也许我们还需要一点儿时间。也请您仔细回忆一下，是否漏掉了什么细节。请相信，我一定竭尽全力帮您找到原因。”

送走孟先生，安心陷入沉思。

王安逸走进房间：“又遇到麻烦啦？”

“麻烦总是缠身，你不也是一样？”

“那不是我们的麻烦，如果我们也陷入麻烦，谁来解决求助者的麻烦？”

安心被逗笑了：“你这话可真够绕嘴的，有事吗？”

“我只是想问问老寿星，周日的安排没变化吧。”

“当然没变化，我有那么善变吗？”她假装生气地追问道，“再说我有那么老吗?”

周日是安心的三十四岁生日，她决定和王安逸一起度过。经过一番梳妆打扮，换上春节刚买的套装，为了喜庆还特意穿上了红色的高跟鞋，镜子里的安心容光焕发、美艳照人。

生日晚餐温馨浪漫，不胜酒力的安心已经有些醉醺醺了。王安逸搀扶她上楼，临走前送上了甜蜜的拥抱:“你今天好美。”

“我哪天不美?”安心扬起下巴问。

心爱之人蒙胧的眼神让王安逸有些心猿意马，他俯身轻吻了她的脸颊，安心没有躲闪。但当他想更进一步亲吻对方的双唇时，安心敏感地将他轻轻推开。虽然已经开始和王安逸交朋友，但内心深处她还是抵触更亲昵的行为。王安逸没有勉强，吹着口哨走进了电梯。

安心确实有些醉了，晃晃悠悠地扶着墙，弯腰脱下高跟鞋。脚有些酸疼，她不由得想到了孟先生。看着鞋柜中五颜六色的高跟鞋，她打了个激灵，索性坐在地板上，仔细端详着那些鞋子，红色的高跟鞋显得格外刺眼。

“为什么，为什么偏偏没有红色?”她自言自语。孟先生相册中的照片一一浮现在眼前，各种材质、各种款式、各种颜色的高跟鞋几乎应有尽有，但为什么唯独没有红色?是他讨厌红色吗?还是红色的高跟鞋代表着什么?安心百思不得其解。她有了一个大胆的想法，决定明天冒险一试。

“您又想到了什么?”第三次见面，安心的开场白很简单。

孟先生摇摇头说:“很遗憾，没有任何头绪。”

经过近半个小时的诱导启发，两人还是一无所获。孟先生失望地叹了口气:“也许是上天注定吧，看来只好糊里糊涂地走下去了。只是我不想因为这件事影响婚姻，我真的很爱她。”

安心从业已经八年，见过各式各样的案例，失败的经历也在所难免，她就是看不得咨询者失望无助的样子，她下定决心做最后的尝试。

“您一定渴了，不如我们去那边喝点儿茶吧。”安心指指对面的沙发。

虽然有些不明所以，但孟先生还是坐到了沙发上。安心深吸一口气，站起身朝对方走去。

“咔嗒咔嗒”，高跟鞋敲击地板的声音在安静的房间里显得异常清晰。安心穿着昨晚的那双红色高跟鞋，只是刚才隔桌而坐，孟先生并未发现。短短几米的距离，安心走得很慢，边走边观察他的反应。

孟先生原本低着的头突然抬起，目光随安心的脚步移动。安心将茶水放到对方面前，优雅地落座，顺势跷起了二郎腿。

孟先生的脸抽搐了一下：“您……”他欲言又止，只是死死盯着安心的鞋子。

“您不是说我穿高跟鞋一定很好看吗？”

“是，可是……”孟先生语无伦次。

“让您失望了？还是您不喜欢这颜色？”安心步步紧逼。

“红色，红色……”孟先生喃喃自语，痛苦地闭上了双眼。

安心注视着对方，静静等待。

孟先生猛地睁开眼，面露恐惧地说：“我见过这双鞋。”

“什么时候？”

“很小很小。”

“在哪？”

“家里。”

“谁穿着它？”

“我妈妈。”

“您亲生母亲？”

他点点头，难过地说：“我几乎记不得她长什么样了，但我记得这双鞋。”

“想起什么了吗？”

孟先生痛苦地埋下头，某些深藏的记忆被唤醒了。“是的，”他用半分钟整理了一下思路，抬起头继续说道，“父母在我六岁的时候离婚了，但我那时太小，根本不懂什么感情问题，只记得他们经常吵架。具体因为什么我不确定，好像是我爸怪我妈经常出去跳舞。他脾气不好，会骂很难听的话。有一天晚上，我妈又没回来做晚饭，我爸很烦躁，偏偏我又缠着他喊饿。我爸火气上来一把将我推翻，我的头磕在茶几上。我觉得很疼，哇哇大哭，伸手一抹满脸是血，觉得自己可能要死了。就在这时我妈回来了，她顾不上换鞋就朝我跑来，咔嗒咔嗒的声音由远而近。我趴在地上看不到她的脸，只看到一双红色的高跟鞋出现在我眼前，那颜色像地上的鲜血一样刺眼。我妈一把将我抱在怀里，捂着我头上的伤口哭着和我爸大吵大闹。不知为什么，我的头不那么疼了，在她怀里我感觉很安全，就希望她能一直这么抱着我。他们不久就离了婚，我能记得的就是这些。”孟先生茫然地抬起头问，“难道这就是……”

安心放下二郎腿坐正身子，反问道：“您说呢，毕竟学理工的人有很强的逻辑思维。”

孟先生竟然笑了，但疑惑仍未打消：“可我不是学心理的。”

“好吧，让我试着分析一下。”安心起身，边踱步边给出了自己的判断，“您确信起因绝不是在长途车上，通过沟通我也相信这一点。但原点究竟在哪儿，说实话我并没有头绪。第二次见面快结束时，您谈到了更早的事情以及您的母亲。我当时就有一种预感，也许我们离真相不远了。接下来，我偶然间发现了一个细节……”安心注意到孟先生一直在盯着自己的脸，而不是脚，她继续说，“对于一个高跟鞋爱好者来说，红色的鞋子非常普通，但您的收藏中唯独缺少了它，我突然意识到这可能不是巧合。虽然不敢肯定这当中一定隐藏着什么，但除了冒险一试，我几乎别无出路。”

孟先生双手抱肩，舒缓地靠在沙发上：“但我还是没有看出这当中有什么因果关系。”

“您对亲生母亲有着天然的依恋，虽然年纪很小，但这种感情是与生俱来的。父母关系不好让您陷入恐惧，于是很自然地躲避着那段回忆。那场家庭冲突一定深深印在脑海里，只是被您刻意屏蔽了，但某些看似不起眼的细节一直潜移默化地影响着您。受伤倒地的那一刻，您陷入疼痛、恐惧和无助，看到一双高跟鞋走到眼前，潜意识里您一定把它当成了救星。母亲的拥抱强化了这种感觉，并从此埋下了您对高跟鞋依恋的种子。长途车上，这个种子被意外唤醒并一发而不可收。但红色高跟鞋和红色鲜血交织的画面仍然让您避之不及，所以虽然对高跟鞋产生了情感，类似于母爱的感情，但您还是刻意回避了红色。”安心重新落座，直视孟先生的眼睛。

孟先生长出一口气说：“这就解释得通了。我小时候的确曾经做过类似的梦——红色的高跟鞋踩在鲜血上，从梦中惊醒后我害怕极了。也许就像您说的，我强迫自己忘掉那段记忆，看似好像真的忘掉了，其实并没有。”

“不但没有忘掉，反而在脑海深处会不断地强化。于是您对高跟鞋的依恋与日俱增，但始终不愿触及最初的种子，这也许就是您最大的困惑。”

孟先生如释重负：“看来我的所作所为不是病态。”

“就像您说的，凡事必有因果。您从小到大一直被其所困，那种感觉真的不好受。”安心发自肺腑地说。

孟先生掩面而泣，理智冷静的理工男再也无法克制自己的感情。

“您很正常，非常正常，而且理智、坦诚得让我钦佩。希望您忘掉过去，祝您和心上人婚姻幸福，我想她穿上那些漂亮的鞋子一定更漂亮。”

“谢谢，您也许是最懂我的人，也祝您一切顺利。”

送走孟先生，安心并没有换回舒适的平底鞋，此时脚上痛并快乐的感觉让她非常享受。

第十二章　生死两茫茫

安心越来越相信“日有所思，夜有所梦”这句老话了。最近和王安逸探讨了关于死亡和安宁疗护的话题，并查阅了不少相关资料，所以她一连几天都梦到了死亡——有母亲，也有其他认识的人，甚至还有素不相识的人。放在以前，年纪轻轻的安心很少考虑生死之事，尤其是死亡，她认为那离自己很遥远。即便偶尔触及，也会迅速转移思路。如今，她不得不重新审视和思考这个神秘而令人有些害怕的问题。

三月底在哈尔滨有一场心理咨询交流培训会，作为协会会员，王安逸加入了活动筹备组，并通过自己的关系邀请到了大学导师，以及在国外留学和工作时结交的专家学者。安心也希望拓宽眼界，通过这次活动提升自己的专业能力，于是二人来到了乍暖还寒的北国冰城。

会议安排在素有“哈尔滨后花园”之称的伏尔加庄园。庄园占地六十万平方米，复制还原了三十多座俄式经典建筑。寂静的林荫路、缓缓流淌的小河、精美绝伦的古典建筑令人情不自禁产生了身在异域的感觉，身心不由自主地放松下来。

会议持续了四天，心理学各流派观点的交织碰撞，新技术的推广互动，乃至对心理师的专业督导让安心收获颇丰。见到了久别的师友，王安逸的心情也格外舒爽。最后一天主办方安排大家自由活动，两人便漫无目的地在庄园中游走。

早春时节，哈尔滨白天的气温不过四五度，安心将自己包裹在厚厚的大衣里仍不免有些发抖，王安逸将她揽在臂弯里，安心乖巧地依偎在他的肩头，顿时感觉暖和多了。

缓缓流淌的阿什河贯穿整个庄园，像一条项链挂在美女颈间，星罗棋布的精美建筑如同项链上的颗颗宝石。两人首先来到伏尔加宾馆，宾馆的原型曾是全俄展览会农业区展厅——位于高尔基的故乡下诺夫哥罗德市。该建筑一经问世就成了建筑界的惊叹号，屡次获奖，出尽了风头，遗憾的是在1925年被毁。庄园中还有很多建筑的原型都因各种各样的原因损毁，徜徉其中宛如时光倒流。米尼阿久尔餐厅的原型是大名鼎鼎的太阳岛江上餐厅，它仿佛一座停靠江边的巨轮，是许多老哈尔滨人舌尖上的记忆，1997年的一场大火完全吞噬了这座记录着哈尔滨百年时尚的经典建筑。圣·尼古拉教堂是伏尔加庄园的灵魂，其原型曾是哈尔滨地标性建筑，1966年被红卫兵拆毁，如今的教堂是在俄罗斯专家指导下按一比一的比例复建而成的。金环西餐厅更加神奇，其外形大气磅礴，色彩缤纷艳丽，主圆顶和周边的塔楼将大气恢宏与精巧玲珑完美结合。它的原型是1913年哈巴罗夫斯克国际博览会的一个展馆，博览会结束后即被拆除。当听到身边带团的导游说眼前的建筑是中国建筑师根据当时留下的三张老照片复建的，安心忍不住赞叹：“中国工匠真是了不起！”王安逸也深有感触地说：“传奇也会灰飞烟灭，它们在这里获得重生，只能说明艺术是不朽的。”

红砖为主体，镶嵌着白色石头的察里津诺城堡与彼得洛夫宫、阿穆尔城堡组成了一片宫殿建筑群。太阳渐渐升到头顶，空气依旧清冽但已不再寒气逼人。

“我暖和多了。”安心朝王安逸露出甜美的微笑，王安逸善解人意地松开手臂，顺势牵起她的手，指着不远处宏伟的城堡说：“察里津诺是俄语‘女皇’的译音，这座建筑的原型是叶卡捷琳娜二世的行宫，曾因主人不满意被拆除重建，直到女沙皇去世也未完工。2008年俄罗斯政府终于将其建成，只比咱们的仿制品早了三四年。”

安心仰起头一脸崇拜地问：“你有什么不知道的事情吗？”

王安逸如实相告：“我喜欢旅行，每到一个地方总要提前做做功课。那种‘上车睡觉，下车拍照，一问去哪儿了不知道’的瞎游多没意思呀。”

安心甩开王安逸的手，绕到他身前叉腰而立，一脸不服气地问：“你是在说我吗？”

“不敢不敢。”王安逸赶忙鞠躬求饶。

安心开心地挽起他的胳膊，俏皮地皱皱鼻子说：“一个假洋鬼子站在中国的土地上对我们的大好河山指指点点，哼，竟然还敢挤对我。”

王安逸一脸冤枉地说：“拜托，我是地地道道的中国人好嘛。”

“反正不许你再瞧不起我。”

“对天发誓，我怎么敢瞧不起女神呢。”

“去你的！”安心捶了王安逸一拳，突然问道，“老实交代，在国外混得好好的，干吗非要跑回来？”

“不是说了嘛，我喜欢中国姑娘。”

“嘁！”安心撇撇嘴，“鬼才信。”

穿过宽大的拱门，一水之隔的彼得洛夫艺术宫近在眼前。红白相间的外墙、精致的窗格、高耸的塔楼呈现出典型的巴洛克建筑风格。醒目而跳跃的色彩、直线跟曲线的交织、平面和立体的呼应无不展现出设计者对美的不懈追求和完美演绎。它的建筑原型是莫斯科的一座新圣女修道院，也是克里姆林宫的外城，果戈理、契诃夫、奥斯特洛夫斯基、赫鲁晓夫等名人就长眠在那里。艺术宫前有一块巨石，上面雕刻着俄罗斯著名作家陀思妥耶夫斯基的名言——“美将拯救世界。”二人在巨石前伫立良久，朴实无华的六个字让他们陷入沉思。

“这个世界需要拯救吗?”安心像是在自言自语。

“难道不需要吗?”王安逸反问。他紧锁双眉感慨道:“每天走进咨询所的人难道不就是一个个需要拯救的灵魂吗?当这样的灵魂充斥在我们周围,这个世界就需要拯救了。我们不是救世主,但我们可以传递美,当善良勇敢和宽容友爱这些美好的事物充满心灵,世界将再次阳光普照。”

太阳仿佛听到了这番话,钻出云层洒下万丈光芒,将两人紧紧包裹,让世界充满温暖。

安心油然升起一丝感动,王安逸的话不经意间触动了她内心最脆弱最敏感的地方。“其实我们每个人都需要被拯救,也许在这个世界上,没有什么比美更能治愈心灵了。”她将头深深埋入王安逸怀中,让他无法看到自己悄然落下的泪水。然而王安逸却心有灵犀般地伸出温暖的手,轻轻为她擦去眼角的泪。

“我有点儿饿了。”安心决定换换心情。

“去尝尝伏特加如何?”王安逸的笑容如同阳光般温暖。

安心破涕为笑,撒娇地说:“你可不许把我灌醉。”

伏特加酒堡是参照俄罗斯列宁格勒毕普城堡修建的,原城堡曾经囚禁过俄国沙皇,还曾做过医院、警察局和学校。它是俄罗斯历史上著名的城堡要塞,但在“二战”期间被烧毁。

传统方法酿造的伏特加酒是以玉米、大麦为原料,经发酵后成为酒胶,然后蒸馏出高达96%的酒精液,去除头酒与尾酒部分,再使酒精液流经白桦木炭过滤槽,吸附酒液中的杂质,最后用蒸馏水稀释至40%~50%的酒精度。上好的伏特加纯净透明,口感清冽净爽。

安心津津有味地享用正宗的俄式菜肴,伏特加劲爆的威名令她心生忐忑。她小心翼翼地端起酒杯,杯中装着王安逸特意为她挑选的野牛草伏特加。之所以选择这款酒,是因为它带有淡淡的草香,不擅饮酒的人也更容易接受。安心鼓足勇气正要品尝,却被王安逸阻止了:“宝贝儿,应该先对着杯子深吸一口气,这才是正宗的喝法。”说完他煞有介事地做起了示范。没想到辛辣的味道直冲鼻腔，王安逸被呛得连声咳嗽。他狼狈的样子让安心笑得前仰后合：“算了吧你，别装模作样地冒充内行啦。”她没有重蹈覆辙，而是直接轻轻抿了一口。刹那间，安心有了冰火两重天的感觉。烈酒入口，舌头和喉咙立刻被冰封，一条火线顺着食道直抵胃部，胸腹之间仿佛有熊熊火焰在燃烧。

安心紧皱双眉，费了好大劲儿才艰难地吐出两个字：“刺激!”

王安逸心疼她，赶忙递上柠檬水：“烈酒如刀，尝尝就得了，你还是喝这个吧。”

午后的阳光更加温暖，二人携手来到河边。伏尔加码头像一位娇羞的少女，静静伫立在阿什河畔。碧绿的河水潺潺流动，水中倒影旖旎，蛰伏冰下整整一冬的鱼儿迫不及待地浮上水面，大口大口地品尝着春天的气息。

“想划船吗?”王安逸指着码头上的游船问。

“想。”

安心慵懒地坐在船尾，闭上眼睛享受日光浴。王安逸手执双桨，不紧不慢地推开水波，小船徐徐前行，留下一道若隐若现的涟漪。

“你刚才问我为什么要回国?”

安心将眼睛睁开一道缝儿：“你不是说因为姑娘吗?”

王安逸淡淡一笑：“你信吗?”

“当然不信!”

王安逸停下桨，让小船随波逐流：“想听听我的故事吗?”

安心点点头，依然闭目养神。

“我爸很早就出国做生意，是我妈一手把我带大的。她是一个善良坚强、激情四射的女人，从不逼着我学习，而是鼓励我与大自然亲密接触。她热爱运动，经常带着我一起爬山游泳、滑雪滑冰。我学习很好，这也许得益于我妈独到的教育方法。除此以外，她给了我健康的身体，更重要的是让我能够乐观勇敢地面对一切。”

安心不由自主地睁开了眼睛，她也想到了自己的妈妈。那时候她太小了，与妈妈共度的快乐时光已经有些模糊，唯有分别的伤痛刻骨铭心。

王安逸出神地眺望远方：“后来我爸的生意越做越大，在我考上大学后，我妈终于放心地过去帮他。研究生毕业后，我出国攻读博士，再次回到父母身边。我妈那时已经五十多岁，活力依旧不减当年。除了户外运动，她竟然学会了跳伞和开飞机，我就是在她的鼓励下拿到了飞行驾照。那几年我过得非常开心，心想也许我们一家三口会这样一直无忧无虑地生活下去，终老他乡。如果不是……”话语突然打住，安心的心随之收紧。

王安逸咽了一口唾沫，声音竟有些颤抖：“如果不是那场意外……”

安心下意识地用手捂住了嘴巴。

“我妈在滑雪时遇到雪崩，人就那么走了，没来得及和我见上一面，或者给我留下一句话。这场意外对我们父子来说简直是晴天霹雳，我爸的身体几乎垮掉，我也从此一蹶不振，失去了方向。我爸劝我回国，远离那片伤心之地。我知道他舍不得我，也需要我，可我真的一天也待不下去了……”

泪水在王安逸的眼中打转儿，安心却已经潸然泪下，她挪过身子，轻轻握住王安逸的手，冷若冰块。她解开大衣，将那双手轻轻纳入怀中。

“谢谢你告诉我这些。”安心将头靠在王安逸怀里，柔声问道，“叔叔现在怎么样？”

王安逸面露担忧地说：“不太好，毕竟六十多岁的人了。可他实在舍不得多年打拼下来的产业，唉……把他一个人留在美国，我是不是太自私了？”

安心不知如何宽慰，握紧了他的手，试图多传递一点温暖给他。

王安逸抽出双手，重新握起船桨：“我的故事讲完啦。”他朝船尾努努嘴，安心立刻乖巧地坐了回去。

“回来也有回来的好处，”王安逸恢复了常态，“不然哪儿有机会遇见你？”

“讨厌！”安心假装嫌弃地撇撇嘴，内心却无比甜蜜。

“能不能也给我讲讲你的故事？”

安心原本很少对外人袒露心迹，自己的身世就连贾一楠也知之甚少。如今面对自己已生爱意和渐渐依恋的男人，她毫不犹豫地卸下了身上层层包裹的铠甲。但遭受穆浩天强暴的事，她还是只字未提。在安心心中，那是永远不能触及的伤疤，更是她认为横亘在自己与王安逸之间的鸿沟。

王安逸静静听着，脸上的怜惜一览无余。但不知为何，他总觉得安心似乎故意隐瞒了什么。究竟会是什么呢？显然目前还无从知晓，他只有用更多的呵护和爱意慢慢驱散她心头的阴霾。

“生死无常啊！”王安逸感慨道，“也许就在一呼一吸间，在看似普普通通的日子里，我们便和最爱的人永远分开了。”

“有一个问题我总也想不明白，”安心若有所思地说，“爱情可以白头到老，但生死不渝又是怎么做到的呢？毕竟人死了就什么都没有了呀。”

这个问题同样难住了王安逸，他想了半天才开口：“也许这就是生与死的真谛吧。对于活着的人来说，它们是截然不同、无法转换的两种状态——生就是生，死就是死。我想对于死去的人来说应该也是这样吧。活着的人无法看到那个未知的世界，死去的人也无法死而复生，它们之间的鸿沟无法跨越。很遗憾，我只能从活人的角度看待这个问题——我认为生与死之间一定还存在一种状态，你可以称之为精神或者灵魂，其实怎么称呼并不重要，重要的是这种状态是否存在。如果存在，一切似乎就解释得通了，于是我们眼中的慷慨赴死和向死而生，包括你刚才说的生死不渝才有了意义。”

话题太过深奥，两个人一时无法厘清头绪。不知不觉中小船已经靠岸，安心看到远处山顶上的教堂，兴奋地大叫：“我要去那儿！”

“不累吗?”

“不累不累，那儿也许是和生与死都很近的地方。”

穿过粉红色的拱门，一条石阶笔直向上，红顶白墙的玛利亚婚礼教堂矗立在山丘之巅。踏上红毯进入教堂，两人立刻被笼罩在庄严圣洁的气氛中。洁白的长椅、粉红的墙壁，阳光透过高大的拱形玻璃窗直射进来，主礼台绚烂多姿的彩绘玻璃背板和富丽堂皇的金色吊灯交相辉映，就连屋顶精美的浮雕也仿佛呼之欲出。

他们携手缓缓而行，耳边隐约响起了神圣的《婚礼进行曲》。伫立在圣坛前，安心闭上眼睛想象自己披上了洁白的婚纱。执子之手，缘定今生，不离不弃，天荒地老。夕阳在她纯洁美丽的脸上，打上柔和的光晕。王安逸心神荡漾，情难自制地低头吻去，双唇乍一相触便立刻难解难分。一抹红霞浮上安心的面庞，她紧紧抱住王安逸，肆意享受着甜蜜的欢愉……

如果说人间还有世外桃源，伏尔加庄园无疑算作一个。当朝阳划破晨曦，圣·尼古拉教堂的钟声响起，惊飞了阿什河中游荡的野鸭。风儿掠过树梢，送来玛利亚教堂悠扬的管风琴曲。太阳升起，河上的雾气渐渐散去，西环餐厅列巴的麦香弥漫开来。正午时分，三只熊乐园的孩子们在绿地中追跑嬉闹，码头的游船已缓缓驶出。夕阳西下，光影嫣然，伏特加酒堡传来冰杯清脆的碰撞声，烈酒点燃了庄园的夜晚。彼得洛夫艺术宫奏响圆舞曲，凡塔吉娅俱乐部里舞姿翩翩，五彩烟火伴着《莫斯科郊外的晚上》的旋律绽放。相爱的人们吟诵起普希金的诗句：“记得那美妙的一瞬，在我的面前出现了你，有如昙花一现的幻影，有如纯洁之美的精灵。”

四月初，安心接到穆云的电话，得知父亲突发肾炎已返回北京治疗，她匆忙赶到医院。

“这是怎么了?”安心急得眼泪直打转。

“没事，就是着凉，不知怎么一下就爬不起来了。”病床上的蒋少雄面容憔悴。

“回来三天了才告诉我!”安心的不满写在脸上。

穆云赶紧接过话头:“你爸还不是怕你担心?要不是我跟他急眼，他还拦着不让我打电话呢。”

“医生怎么说?”

穆云耐心地解释:“检查做了一大堆，最终的结果还没出来。大夫说可能和遗传有关，你奶奶就是得肾病去世的。反正我也听不太懂，好在目前病情稳定了。”

“可是我爸身体一直很好呀。”

“谁说不是呢!”穆云搓着双手说，“心心你也别太着急，我们这岁数身体难免有这样那样的毛病。有我照顾他，你就放心吧。”

“就是就是，我没事。如果真是遗传，你可得多注意，抽空儿也去检查检查。”蒋少雄心里惦记着女儿。

安心的眼泪吧嗒吧嗒往下掉，曾经有些疏离的父女关系在对生死的探寻中变得亲密无间。她已经失去了母亲，绝不能再失去父亲。蒋少雄住院期间，安心一下班就往医院跑，她想多陪陪老爸，盼着他赶快好起来。经过进一步诊治，各种危险因素基本排除，看着老爸渐渐红润的脸色，安心一颗悬着的心终于落地。

出院回到家，穆云再次劝说安心考虑接手美邦公司:“心心，我知道你喜欢自己目前的工作，可是眼瞅着我和你爸岁数越来越大，你能不能再考虑考虑，毕竟自己家的产业还是交给自己人放心呀。”蒋少雄虽然没有表态，但安心知道父亲希望自己点头。

如今安心对家庭的看法已经悄然改变，她没有像之前那样干脆地拒绝:“爸、云姨，你们确实应该保重身体、安享晚年。不过现代企业不应该受制于家族继承，职业经理人的能力和品行同样值得信赖。”

“话是这么说，我和你爸也是怕你自己创业太辛苦，想给你一个相对稳定的平台。”

安心笑着说:“美邦那么大的平台，我要是接手恐怕更累。不瞒您说，我天生就不是做生意的材料。跟人聊聊天勉强还能应付，要是真当了老板，我估计该睡不着觉了。”

“我就不信有我闺女应付不了的事。”

“得了吧老爸，闺女啥样您最清楚。除了心理咨询，我真不知道自己还能干什么。不过话说回来，即便是干这行我也差得很远。您生病前我刚刚参加了一个培训，算是见识了什么才是优秀的咨询师。”

“好吧好吧，你开心就好，只是别给自己太大压力，瞧你这锈了吧唧的小脸。”蒋少雄心疼地摸了摸闺女的脸。

安心从包里取出一张银行卡递给穆云：“云姨，谢谢您对我创业的支持。这五年多咨询所发展得不错，我最近又接了一个大单子。这里面是一百万，密码是我爸的生日，剩下的一半我会尽快还上。”

蒋少雄想要说话，被穆云摆摆手阻止了，她拉起安心的手说：“心心，当初给你钱的时候就不是借。但我知道你绝对不会要我的钱，所以才让你爸骗你说是他的私房钱。你爸后来把你打的借条交给我，让我当场就给撕了。心心，我们穆家对不起你……”穆云哽咽着停下来，扭身擦了一把眼泪才继续说，“你能叫我一声云姨，我已经非常知足了。你是个好孩子，你受的苦云姨恐怕一辈子也补偿不了。除了能在事业上帮你一把，我真不知还能做什么。如今你非要还钱，这可让我还怎么有脸见你呀?”

看着真情流露的穆云，安心的心软了。

蒋少雄赶紧接过话茬：“心心，云姨和我早就商量好了，这家业将来都是你的，眼下这么借来还去的真是没有必要。闺女，算爸求你，别再拒绝云姨这份心意了。”

安心不忍让年迈的父亲和云姨伤心，冤有头债有主，两位老人毕竟是无辜的。眼见安心不再坚持，穆云立刻破涕为笑，她本就是个拿得起放得下的女人：“这就对啦，将来我和你爸还得指望你养老呢。”

蒋少雄立刻附和道：“可不是嘛，我们两个老家伙可跟定你了。”大病初愈的他显得很兴奋，“对了心心，你也三十好几了，是不是该考虑个人问题啦？”

穆云也来了兴致：“有没有相中的呀？我知道你眼光高，要是还没有，云姨赶明儿帮你张罗一个。”

安心不好意思地低下了头。

穆云立刻发现了玄机，拍着手对蒋少雄说：“看来咱家心心已经有了心上人啦。”

“还不一定呢。”安心已经很多年没在家人面前脸红了。

返回住处的路上，她突然想到了普希金的另一句名言：“假如生活欺骗了你，不要忧伤，不要心急，忧郁的日子总会过去，快乐的日子终将来临。”

经王安逸推荐，安心来到一家社区临终关怀机构。负责人钱主任一边陪她参观，一边介绍情况：“我们这里有四十多个床位，配备了主任医师和副主任医师各一名，执业医师五名、护士二十名，护理员中有很多是义工，与护士的人数比例是三比一，另外还有药剂师、营养师等专业人员。”

“想不到需要这么大的团队。”

“国家出台了硬指标，为的就是把这件大事办好。病人选择这里作为人生最后一站，我们得对得起这份责任和信任啊。”

“确实非常有意义，应该说是功德无量。”安心点头道。

“临终关怀在中国起步晚、普及率不高，社会上也有一些误解，说我们就是为了赚钱。越是这样，我们越要克服困难努力工作。”

“困难很多吗？”

“说实话不少，概括起来主要是‘三缺’——缺政策、缺资金、缺人才。就拿人才来说吧，眼下我们这里就特别缺心理方面的专业人员。都说治病还要治心，也许对于临终关怀来说，治心可能更加重要。还好有你们这样的热心志愿者，我代表病人和家属感谢你。”

“您太客气了，这是我的荣幸。”一种责任感油然而生，安心有些迫不及待，“咱们开始工作吧。”

“正好上个月住进来一位孤寡老人，胰腺癌晚期，医生说最多也就一两个月。”

安心不由眉头一皱：“老人现在情况怎么样？”

“不太好……”钱主任表情凝重地摇摇头，“其实就治疗本身来说意义已经不大了。我们现在的工作重心是缓解病人疼痛，尽量减少不适感，让老人走得更舒服些。可是他的精神状态很差，似乎有什么放不下的心结，却始终不肯向我们透露。这样下去，恐怕我们再怎么努力，效果也不会好。”

“一个亲人都没有吗？”

“我们联系了街道，了解到一些情况。老人姓关，七十八岁，是个著名的画家和诗人。据街道工作人员说关老是安徽人，很早就来到北京。爱人家是北京的，好像还是画院的领导。不知为什么，婚后没多久两口子开始闹别扭，听说是关老吵着要离婚，女方坚决不同意。就这么闹了五六年，俩人终于分开了，也没要孩子，关老自此便一个人生活。大概半年前查出癌症，已经全身转移了。住了两个月医院，老人死活不治了，非要回家。可是没人照顾不行，街道就给送这儿来了。自打住进来，关老情绪一直不稳定。癌症晚期非常疼痛，我们理解并采取了一切可能的手段帮他缓解痛苦。可老人总是心事重重，也不太配合。希望你能好好开导开导他，咱们一起努力让关老走得安心。”

第一次从事这样的工作，安心不免有些紧张，她不知道自己即将面对怎样的场面。进入病房前，安心短暂停留了几秒，让心情归于平静。

钱主任做完简单介绍就离开了，老人并未睁眼，只是微微点了下头。安心轻轻走到床前，轻柔地说：“关伯伯好，您今天感觉怎么样？”

“不好。”安心得到的回答异常简单。

床上的关老头发稀疏，面色灰白，颧骨高高凸起，一只正在输液的手臂露在外面，瘦骨嶙峋。也许是疼痛所致，老人眉头紧锁，两撇长眉无精打采地耷拉着。安心能感到生命正在从他身上一丝一缕地消逝，她有点儿手足无措。

看到关老额头渗出了细密的汗珠，她说："我帮您擦擦汗。"

柔软温热的毛巾拂过面庞，老人可能感觉舒服了一些，他缓缓睁开双眼："你叫安心？"

"嗯。"安心点点头，强忍压抑挤出一丝笑意。

"好名字。搞心理的？"

"嗯。"

"没给死人做过心理辅导吧？"

"瞧您说的，您这不是好好的吗？"

"哼！"老人冷笑一声，"心早死了，剩下这副皮囊也没几天了。"

安心有点儿慌了，她确实没有把控这种局面的经验。之前做过的准备似乎全都用不上，只好下意识地用常规的方式开导，结果语无伦次地说了半天，被关老不耐烦地打断了："姑娘，你没陪过要死的人吧？说了这么多，你以为我怕死吗？"老人突然瞪大眼睛，"告诉你，从知道自己得癌那天我就死了！你也用不着费这么大劲儿，该忙什么忙什么去吧。"

安心还想说点儿什么，老人无力地摆摆手，她只好灰头土脸地走出房间。

看到安心失魂落魄的样子，钱主任有些于心不忍："你千万别往心里去，之前的两个志愿者也被老爷子撵走了。"

安心觉得心里特别堵得慌，她只留下一句"我还会再来"，便匆匆逃离了这个让自己几乎窒息的场所。

回家路上，安心迫不及待地拨通了一个电话，对方是不久前刚刚在哈尔滨会议中结识的袁老师——一个从事临终关怀工作多年的生命关怀指导师，他热情地邀请安心来家里面谈。

“我的工作简直太失败了。”向袁老师倾诉完自己的遭遇后，安心颓废地说。

然而一切仿佛都在袁老师的意料之中：“小安，你碰到的这种局面简直太正常了。不瞒你说，直到现在我还会遇到类似的情况。知道为什么吗?”

安心迷茫地摇摇头，眼中却充满了期待。

“要知道，我们面对的是多么特殊的群体，他们自知时日无多，而且忍受着巨大的病痛和心痛。他们有的恐惧，有的绝望，有的不甘，有的难舍，甚至有的想早点儿解脱，你真不知道自己面对的究竟是哪一种情况。所以任何试图从常理出发、一厢情愿的劝慰都不会有好的结果。我们需要对症下药，但这个药是什么，在真正了解对方前谁也不知道，需要慢慢体会、慢慢寻找。但有一点可以确定，这些人都需要陪伴，需要理解。所以最初千万不能急于求成，我们要将心比心、设身处地地为对方着想。也只有这样，他们才有可能接纳我们，对我们敞开心扉。在这之前，陪伴和倾听往往是最好的选择。当然，时间也许不等人，但没有办法。”袁老师意味深长地说，“在这件事情上，我们只能尽人事，至于结果，还是听天命吧。”

一连数日，安心不管多忙多累，下班后都会赶去陪伴关老。她不再喋喋不休地劝说，而是静静坐在一旁，帮老人擦擦汗，替老人揉揉僵硬的身体。关老也不和她说话，时间在寂静中流逝。

终于有一天，关老先开口了：“姑娘，谢谢你每天来陪我。这样太累了，不值得。”

安心浅浅一笑，轻声说：“不累，我喜欢这样陪着您。”

老人脸上的肌肉抽动了一下，流下几滴浑浊的眼泪：“这里有本画册，是我画的，里面有诗，你帮我读读吧。”他费力地抬起手，指指床头柜。

安心取过画册，一边欣赏一边给老人读诗。这是她见过的最美的画，无论是山水、花鸟，还是人物；配诗也是文采斐然，真情饱满。老人静静地听着，时不时露出笑意。

一幅人物画让安心忍不住赞道："好漂亮！"画中人手持一把油纸伞，伫立在淅淅沥沥的小雨中出神地望向远方，似乎是在等人。女人身穿江南韵味的印花衣裤，身姿婀娜，容貌俏丽，神态温婉恬静。一双含情脉脉的大眼睛流露出痴情和期盼，甚至还带着几分委屈幽怨。画作旁边有一篇手写的诗词，应该是后补上去的，字体遒劲有力。安心轻声朗读：

念奴娇

斜风细雨，俏江南，梦里故乡依旧。白墙黑瓦，黄花瘦，红颜犹如往昔。一伞一扇，烹茶煮酒，相伴得清欢。天不作美，竟是一拍两散。

唯怨浮云遮眼，不见来时路，永失乐园。流连辗转，独彷徨，多少阴差阳错。风烛残年，生死两茫茫，空留哀叹。卿若不弃，来世再续前缘。

一旁的关老轻声啜泣起来，安心读完诗，心中有一种莫名的感动。"您夫人？"她小心翼翼地问。

关老摇摇头："我的红颜知己——阿玉，我负了她。"

原来这幅画倾注了关老毕生的心血，画中人是他青梅竹马的恋人。曾有收藏家出重金求购，但被老人拒绝了。关老年轻时就展现出超乎常人的绘画天赋，但在偏远的小镇却无法施展才华。一个偶然的机会，关老赴京参加笔会，遇到了后来成为他妻子的女子。因为女方狂热的追求和家庭显赫的业内背景，关老迷失了，决定留在北京成家立业。他万万没想到，日夜思念自己的阿玉已有孕在身。当关老返回故乡向恋人坦白一切时，阿玉没有闹，只是告诉他，自己怀孕了，而且决定把孩子生下来。那时的关老觉得阿玉只是一时赌气，反复劝说她将孩子打掉。哪知阿玉心意已决，关老只能带着愧疚返回北京。后来他从老乡那里得知，阿玉真的把孩子生了下来，而且忍受着旁人的非议艰难地独自抚养。关老追悔莫及，他一边时时回乡探望母女俩，一边和妻子闹着离婚。阿玉反而表现得很淡然，她既不逼着他离婚，也不拒绝他的探望，也许她只是想让关老自己做出抉择。没想到这种局面一拖就是三四年，阿玉觉得再等下去也是枉然，在家人的劝说下，她带着女儿嫁给了当地的一名普通工人。关老终于明白真爱无价，义无反顾地离了婚。当他满怀欣喜返回故乡准备迎娶阿玉时，却发现她已为人妻。千错万错，错在自己，关老不忍再打扰生活刚刚归于平静的母女俩，带着万分的愧疚悄然返回了北京。再后来，他潜心作画，终于成为一代名家，但心中的悔恨却与日俱增。生命即将走到尽头，他非常想再见一眼阿玉母女，可无论如何也没脸联系对方。

安心静静听他讲完，神情肃穆地说："如果您信得过我，我愿意替您去请她们母女。"

关老嘴角不停地抽动，颤颤巍巍地握住安心的手说："姑娘，拜托你了。"

按照老人给的地址，安心利用周末来到安徽黄山。阿玉母女早已搬家，她费尽周折找到了她们现在的住址，敲开了房门。开门的是阿玉的女儿——胡女士，快五十岁的她是一家报社的编辑。

安心在表明来意并转述关老的话后，胡女士惊诧不已，她没有想到自己的亲生父亲会托人寻上门来。安心也得到了一个令人唏嘘的消息——阿玉已经在两年前过世，关老诗中的"生死两茫茫"竟一语成谶。胡女士说母亲嫁人时她只有三四岁，对经常来看望自己的关叔叔有点儿模糊的印象。年纪稍微大些时，她曾询问为什么关叔叔不来了，自己的亲生父亲到底是谁，母亲含混地告诉她亲爸爸已经不在了，关叔叔只是她的一个好朋友。长大成人后，胡女士渐渐猜出了母亲和关叔叔的真实关系，但她知道母亲对此一定很伤心，便也绝口不提。直到母亲弥留之际，才将真实情况告诉了她。胡女士原本有过寻亲的念头，但母亲多年来受的苦和委屈让她放弃了这个想法。

经过和安心一番推心置腹的交谈，胡女士最终决定赴京看望亲生父亲。

安心再一次走进病房，身后跟着表情复杂的胡女士。

“关伯伯，娇娇来看您了。”

娇娇是胡女士的小名，关老当然知道。只这一句，老人立刻睁开双眼望向门口。他想坐起来，但孱弱的身体已不允许，只能拼命挥舞双手。安心快步走到床边，将床头摇起，关老冲她一个劲儿地点头，却一句话也说不出来。

看着头发已经有些花白的亲生女儿站在身前，老人哽咽了：“娇娇，我对不起……”话未说完便已老泪纵横。

“爸！”胡女士一声撕心裂肺的呼唤感天动地，“可惜妈妈没等到这一天。”她一头扑进关老怀中，两人抱头痛哭。

安心轻轻抹去眼角的泪水，悄然退出了房间。

第十三章　逝者如斯夫

蒋少雄身体基本康复，他和穆云准备返回海南。送二老上飞机前，穆云细心地提醒道："心心，虽然你爸这次肾病好得快，但是有几个指标不正常，暂时无法排除是不是和遗传有关，所以我们还是担心你。听话，工作别太累，抽时间去医院检查检查。"

最近这段时间，安心忙着照顾父亲，还抽空跑了趟安徽，身体确实比较疲劳。她不想因此影响工作，对穆云的好意只能敷衍："我们所每年都有体检，去年年底刚查过，都挺正常的。"她扭头嘱咐蒋少雄："您要听云姨的话，按时吃药，千万别再着凉了。"

"我听话，你也要听话。过俩月，等那边热了我们就回来。"蒋少雄有点恋恋不舍。

由于实在忙不过来，安心取消了一次对邵氏集团的服务，她很过意不去地表示今后一定补上，或者从服务费中扣除。邵荣德倒是满不在乎："补啥补哇，有时间多陪陪素素还不是一样。"安心坚持公私分开，邵荣德只好尊重她的意见。

除非特殊情况，已经开始的咨询不会中途更换咨询师。在征得安心同意后，王安逸接手了几个新的预约，他想尽量减轻心上人肩上的担子。但老案子安心还是必须亲自处理，何况在这些案例中，有一位咨询者始终让她揪着心。

冯女士前来寻求帮助已经有大半年了，通过观察和判断是典型的抑郁症。其间她的状态时好时坏，咨询也是时断时续。无论从专业还是直觉的角度，安心对最终的效果一直没有信心，她为此特意召集同事们帮忙出谋划策。

“第一次见面大概是去年九月底，当时来访者的状态非常差。”安心打开投影，详细地向同事们介绍案例，“冯女士今年四十二岁，五年前离异，独自抚养十三岁的女儿。”

“能形容一下她当时的状态吗？”老闵首先发问。

“非常糟糕。”安心努力地回忆着，“她进门后不肯坐下，两眼直勾勾地盯着我。我清晰地记得她的第一句话是——‘我不想活了！’”安心左右环顾了一下同事们，还好大家都比较镇定，因为对于咨询师来说，抑郁症患者有轻生倾向并不奇怪。

安心继续再现当时的情景：“我说，‘您能来这里，说明情况没有那么糟，无论什么问题，让我们试着解决它。’她终于坐下来，眼神空洞地说，‘太难了。父母身体不好，还总是吵架；孩子青春期，处处和我对着干；爱人跟别人跑了，没有人帮我；工作也是特别不顺……’”

“她是做什么工作的？”段姐打断了安心。

“医生，妇产科医生。”安心突然想起了什么，补充道，“按说医生是很在意卫生的，但她几乎是我见过的来访者中最邋遢的一个。杂乱油腻的头发显然已经很久没有打理了，毛衣起了很多毛球，裤子上也有明显的油渍，最夸张的是她的袜子竟然不是一双。她说自己正在休假，因为自己的状态实在不适合上班了。”

“她有没有具体说说自己遇到的糟心事？”嘉欣研究生毕业后就加入了摆渡人，去年刚刚成为最年轻的合伙人。

“每次都会说，我很惊讶怎么会有如此多的不顺心发生在一个人身上。”安心不免流露出一丝同情，“失败的婚姻显然对她打击最大。她爱人也是医生，两人工作都很忙，但并不在一个医院上班。冯女士二十九岁生下女儿，她说在养育孩子方面爱人几乎什么都没做。双方的老人也没能帮上忙，这些我后面会说到。由于本人是妇产科大夫，所以她认为自己得了产后抑郁症，还没完全调整过来，产假就结束了。由于没有人帮忙，她不得已找了个远房亲戚带孩子。谁知道找来的小丫头是个狐狸精，竟然勾搭上了她老公。有一次她丈夫倒休，恰巧她临时回家取东西，结果把俩人堵在了被窝里。一番寻死觅活的折腾，她赶走了小保姆，爱人也指天发誓绝不再犯。好在孩子已经两岁多了，她便早早把闺女送进了托儿所。”安心稍作停顿，喝了口水顺便看看大家的反应。

唐甜甜义愤填膺地说：“她老公可真不是东西，我看离婚离得对！”安心一直要求她加强学习，不能一辈子在前台接电话。小姑娘倒是很听话，早就开始自学心理学课程，所以安心也让她参加讨论。

“糖果，咱搞心理咨询的可不能感情用事。”客座咨询师姚广智清了清嗓子说，“安老师，您说他们夫妻五年前离的婚，后来一定又发生了什么吧?”姚广智曾经是回龙观医院的大夫，专科精神病医院的背景让大家都很尊重他的意见。

“姚老师，您别总是这么客气，叫我安心就好。”安心的话让在座的所有人会心一笑，因为除了对唐甜甜，这个中年男人几乎对谁都称呼老师。

姚广智有些不好意思地笑着说：“在医院里叫习惯了。”

“糖果，姚老师说得没错，搞心理咨询一定要秉持客观的态度，不能带有个人感情。”看到唐甜甜虚心地点头，安心转过头对大家说，“冯女士的爱人后来确实又出轨了，跟本院的一个护士。事情败露后，冯女士对婚姻已经心灰意冷，两人最终离了婚。”

“她自己带孩子肯定也不顺利。”客座咨询师孙文也是单身母亲，冯女士的遭遇让她多少有些唏嘘。

“这是第二件糟心的事。”安心接着介绍，“冯女士一直觉得对不起女儿，所以百般溺爱迁就，结果把孩子惯坏了。也许是很早就被送进托儿所而缺少父母的疼爱，她女儿的性格变得很怪异。小学就因为学习太差留了一级，到了中学就厌学了。十三四岁正值青春期，用冯女士的话说，‘孩子现在简直不可理喻’。正是因为这样，她觉得是自己害了孩子，并为此深深自责。”

“你刚才说双方老人也有状况？”老闵问。

安心苦笑着摇摇头：“这是第三个问题。公公婆婆倒还好，老两口儿女多，好像也不怎么喜欢这个儿子和儿媳，所以平常很少来往。冯女士也没指望他们能帮上忙，关键是自己的父母让她始终头疼。她是独生女，父母退休前都在机关上班。记忆中，父母一向对她要求很严，尤其是母亲格外苛刻。我们知道，幼年时缺少关爱和肯定是抑郁症的诱因之一。但显然在这个问题上，真正困扰冯女士的并不是这个。”

“那是什么？”老闵追问道。

“成年后，尤其是成家立业后，冯女士获得了充分的独立。但随着父母年纪的增大，作为家中唯一的孩子，她不得不陷入老一辈的纷争。”

“老人也不让她省心？”段姐皱着眉头问。

“她父亲是机关工会干部，上班时就是活跃分子，迎来送往、唱唱跳跳在所难免。老伴儿对此一直颇有微词，但毕竟都是工作，所以基本上也就是唠叨几句。两人退休后情况发生了变化，她父亲依旧耐不住寂寞，经常去公园和老头、老太太们聊天跳舞。这让她母亲难以容忍，老两口天天为此吵架，动不动就砸锅摔碗，弄得家里鸡飞狗跳。已经被婚姻、孩子和工作折腾得焦头烂额的冯女士不得不一次次赶回父母家处理他们的纷争。老两口现在是明面上过不到一块儿，却好像又谁也离不开谁，所以只要一吵架就把冯女士喊回来。说实话冯女士非常孝顺，但自己这里早已一团乱麻，对于老一辈的纷争她实在是无能为力，却又不能不管。”

“唉……”安心听到了不止一声的叹息。

“工作也不顺吗?”孙文的提问竟有些小心翼翼。

“的确。”安心的回答让在座的所有人目光暗淡下来,“冯女士工作上很要强,2003年‘非典’,妇产科虽然不是抗疫一线科室,但她还是毫不犹豫地冲到了一线。怀孕三个月,过度的劳累让她流产了。身体刚刚恢复,她又义无反顾地返回了工作岗位。也许是性格原因,冯女士自认为不太会处理和同事们的关系,加之后来家庭的种种变故让她变得越来越难以与人相处。虽然业务能力说得过去,但后来的评级评优却都与她擦肩而过。”

会议室一片沉寂,那种感觉让安心倍感压抑,她决定说说好的方面:“我和冯女士断断续续见过七八次面,原本想进行持续疏导,但她总以工作忙、家里事多为由无法坚持。即便如此,通过沟通和适当的引导,我还是发现了某些积极的转变。”接着,安心将她采取的专业方法做了简要说明。

姚广智又习惯性地清了清嗓子才开口:“从方法上看是适当的,但对方的情况确实比较严重,我想知道你发现了哪些积极变化。”

“首先,她愿意沟通了。前两次谈话,她不太愿意开口,甚至不知道为什么要来这里,只是反复念叨着自己还不想死。通过信任的逐步建立,她开始主动倾诉遇到的问题,并按照我的建议尝试着做出改变。另外,她的精神状态也有变化,这从着装上有明显反映,曾经不修边幅的她有两次甚至化了淡妆。再有,她的言谈举止不再像初次见面时那么冷漠木讷或慌乱烦躁,说话做事都表现出了条理和逻辑。这也是我始终没有放弃的原因。”

在座的人除了王安逸,都不由自主地点了点头。

“前面你所介绍的各种境遇后来有改观吗?”问话的人是年纪最大的客座咨询师苏老,他退休前曾是心理学教师。

安心无奈地摇摇头说:“很遗憾,几乎没有任何改变,家里外头依然是一团乱麻。只是我感觉,她好像多少能够正确对待了。”

“你感觉?”孙文的语气明显带有质疑。

“是的，感觉。”安心突然觉得自己的回答是那么信心不足。

段姐像是在打圆场：“有时我们的直觉也很重要。她有什么爱好吗？”

“据她自己说，年轻的时候喜欢读书，但结婚后，尤其是有了孩子以后就看得很少了。除此以外，她好像对什么都提不起兴致。”

“这是最麻烦的，”老闵皱着眉头问，“她睡眠怎么样？”

“不太好，经常半夜醒了就再也无法入睡。由于白天需要工作，这些年她一直在服用安眠药。”

“你们最后一次见面是什么时候？”嘉欣问。

“春节前。”

“她当时状态如何？”姚广智问。

“还好吧，她说想趁寒假带孩子出去散散心。”

“之后就再也没有联系？”孙文追问。

安心点点头说：“不过昨天她突然给我打电话，说后天想见我。我一直在担心她，所以临时调整了预约决定见她，这也是我今天请大家帮忙的原因。说实话，我突然对结果没有了信心，而且有一种不好的预感。”

大家面面相觑，没有人急着发表意见。苏老终于开口了，几乎每次都是由他来做总结。对于退休的前辈，安心和同事们都给予了足够的尊重。

“从各方面的信息来看，我认为冯女士的抑郁症比较严重，情况也很复杂。安心所采用的方法没有问题，而且她也认为是有一定效果的。虽然这仅仅是她的感觉，但毕竟只有她和对方在面对面接触，我们不能无视一个咨询师的判断。当然，最终的结果还很不好说。我个人认为安心有必要把视线放远些，从更早的时间去寻找一下产生抑郁的原因，这也许对后续的疏导有帮助，比如……”

“你的预感没错！”王安逸自始至终一言未发，此时他突然打断苏老，两眼直盯着安心，“如果明天见面时情况依然没有好转，赶紧终止咨询，她需要入院治疗，也许还能救她一命!”

其他人其实也有同感，但显然还是被王安逸过于直率的表达惊到了，会议室里一时间鸦雀无声。

以往每次讨论，王安逸说得都不多。即便是发言，也大多只从专业角度发表意见，遇到个别有趣的案例，他还会开几句玩笑，但今天的情形显然不同。

苏老也没料到自己会被突然打断，他有些尴尬地摘下眼镜说：“小王，你不要这样激动，咱们这不是在讨论案例嘛。”

王安逸并没有因此改变态度：“苏老，以往确实是在讨论案例，但今天咱们讨论的是一个人的生死!”他环顾一圈继续说道，“冯女士的情况其实已经很不乐观了。大家可以设身处地地想想，一个女人失去了爱情，事业一片黯淡，孩子和老人都不省心，她还能指望什么？单单从专业角度，她的抑郁症就非常明显且严重，如果再失去所有希望，她凭什么还要活下去？没错，她说自己还不想死，这也许是目前没有发生极端情况的唯一理由。我们作为专业人士，难道还要指望这点儿可怜的理由吗？难道我们还要从讨论案例的角度去探寻背后的原因吗？我们现在不需要什么原因，我们现在必须救人!”

一番慷慨激昂的陈述让所有人哑口无言。事关生死，无论赞成与否，没有人站出来反驳。

安心原本就信心不足，此时更是被王安逸的一番话深深触动：“那我该怎么办？”

“除非明天发生奇迹，否则我建议你立刻联系专业医院，并通知她的亲属。现在不用考虑隐私权和保密性问题，相关的规定你一定非常清楚。我们现在最该做的是救人，而且要尽可能做到万无一失。”

散会后，大家不像往常那样有说有笑地离开，王安逸的话仿佛给每个人心里都压上了一块石头，安心的感觉尤其强烈。从业五年，她见识过各式各样的咨询者，但没有一个像冯女士这样让自己揪心。

“晚上陪陪我，我有点儿害怕。”走出会议室时，她在王安逸耳边小声说。王安逸当然不会拒绝。

“没有什么可怕的。”吃晚饭时他一边给安心夹菜一边宽慰，“可能下午我的表达有些夸张了，其实你的做法没有什么问题。虽然你干这行时间更长，但国外的经历给了我更多的感悟。外国人往往表现得更直白，采取的做法也更极端，所以咱们还是谨慎些好。”

安心一点儿胃口也没有：“这根本不是谨慎不谨慎的问题，是人命关天！我险些酿成大错！”

“这样想就不对了。”王安逸继续给她夹菜，“还记得我说过吗？咨询师无法掌控一切，真正决定成败的其实是咨询者本人的意愿。如果只是一厢情愿，我看‘摆渡人’干脆改名得了。”

“改成什么？”

王安逸指指对方盘子里堆满的菜，笑着说：“押送者。”

“你讨厌，都什么时候了还拿我开玩笑。”嘴上虽然这么说，但安心已经开始动筷子了。

“多吃点儿，吃饱了才有劲儿干活。明天你限行，我早上接你。”

窗外一片漆黑，安心有些恍惚是不是自己起早了。看看闹钟，已经七点半了。她拉开窗帘，窗外一片阴郁，看来一场春雨在所难免。

上午十点，冯女士准时到来。快三个月没见，对方的样子让安心吃了一惊。一身整洁得体的黑色西服套装让她看上去精神了许多，甚至还在脖子上系了一条鲜艳的丝巾。虽然精心打理了妆容，但重重的黑眼圈和苍白的面色告诉安心，对方的状态并不好。

“好久不见，都好吗？”安心按捺住不安的心绪，用尽可能柔缓的语气问候。

“老样子。”冯女士的笑容有些苦涩。

“坐吧，”安心一边倒水一边问，“假期旅行怎么样？”

“不太好，第三天就和闺女吵架了，原本一周的计划也只好提前结束。”

“别着急，青春期的孩子不可捉摸，我就遇到了很多这样的案例。”

“也许吧，无所谓了。”冯女士轻轻端起茶杯抿了一口。

“无所谓”三个字让安心不由得一激灵，但她还是努力让自己不露声色。

“父母那边怎么样？老两口还闹别扭吗？”

“上个礼拜我刚刚赶过去救火，我妈举着安眠药的瓶子和我爸大闹，唉……”冯女士叹了口气说，“其实我知道她根本没有这个胆量，只是做给我看而已。算了，不说了。”

安心的心又往下沉了一截，但还是尽力安抚：“都说老小孩老小孩，你也别太往心里去。”

“不会了。”对方回避了安心关切的目光，两眼盯着自己的鞋子，然后抬起脚轻轻拂去鞋面上并不起眼的灰尘。

安心还在做着尝试：“最近睡得好吗？看你的眼圈儿黑黑的。”

“昨天几乎一夜没睡。”

“为什么？”

“学校来电话，孩子又闯祸了。班主任说照这样下去肯定出问题，让我考虑考虑退学的事，真要退了学，她这一辈子就算完了。”

安心绝望了，她几乎用尽全身的力气问：“那您今天来……”话只说了一半却又不知如何继续。

冯女士竟然笑了，安心从那笑中看到了十倍于自己的绝望。

“我只是想来谢谢你。”冯女士的眼圈儿红了，“这大半年如果没有你，我不知道怎么才能熬过来。没有人倾听，也没有人理解，更没有人帮忙，我……”两串泪水落下，“从小到大我几乎没有可以倾诉的对象，谢谢你一直在听，一直陪我、帮我。”

“冯姐！也谢谢您对我的信任，我想帮您，但请原谅这无法办到。无论您有多苦多累，我们今天必须到此为止。”安心的声调近乎嘶吼，但仍强迫自己冷静下来，“您需要更专业的帮助。”她起身疾步走到门口打开房门，吓了正在偷听的糖果一跳。很显然，糖果也很在意这次谈话。安心没有责怪一脸愧疚的糖果，用不容置疑的语气命令道：“甜甜，给洪大夫打电话，请他们派车来接。如果他们现在没车，告诉他我去送！”她转过身对冯女士说：“冯姐，真的抱歉，我必须对您的安全负责！请把您父母的联系方式告诉我，如果有其他您信得过的人也行！”

冯女士显然没有料到这种局面，但她很快镇定下来：“安心，你这是怎么了？我……”

“请相信我，这么做完全是为您好。”安心回头看了一眼前台，糖果正在低头拨打电话。后腰连带小腹的一阵胀痛让安心几乎站立不稳，她急需要去洗手间。这种情况近来时有发生，只是在如此紧张激动的情况下显得更加难以忍受。

顾不上什么洁癖，甚至没有使用冲洗功能，安心一边提裤子一边冲出了洗手间，但咨询室和等候区已经空无一人。

“人呢！”安心撕心裂肺地喊着。

正在埋头打电话的糖果一脸茫然：“刚刚还在……”

安心冲出大门四处张望，冯女士黑色的身影仿佛凭空消失了。

“洪大夫……”糖果指指话筒惶恐地问。

安心朝她无力地摆摆手：“先挂了，马上打冯女士的电话。”

糖果迅速拨打电话，然后哆哆嗦嗦地说：“关机了。”

“还有别的联系方式吗？有工作单位吗？”安心的嗓音变了调。

糖果摇摇头问：“要不要报警？”她站起身，小脸已经吓得煞白。

“报吧，把冯女士的电话以及登记表上的全部信息告诉警察，就说这个人有严重的自杀倾向。对了，你知道怎么说吗？”

“知道知道！”糖果忙不迭地点头，“前几天上课时刚好讲到，如果警察有什么具体问题，我再让他们联系您。”

安心没有说话，颓然地走回房间，一屁股坐到沙发上，任凭泪水肆意奔涌。

咨询所的房间隔音很好，除了糖果没有人知道发生了什么。稍稍平静下来，安心冲糖果喊："把我后面的预约取消吧，我想静静。如果实在取消不掉，看能不能转给其他老师。还有，中午吃饭不用叫我，帮我把门关上，谢谢。"

整个下午安心都把自己关在房间里。同事们听糖果说了个大概，纷纷想进去劝解，王安逸拦住大家，说："还是让她自己静静吧。"

天已经黑了。安心挣扎着从沙发上站起身，看看窗外，天色更加阴沉。就在此时，她的手机响了，来电显示了一个陌生的号码。

"喂，哪位？"

"你好，请问是安心吗？"

"是我，您是哪里？"

"我是海淀公安分局。"

安心的心里咯噔一下。

"请问您认识一个叫冯爱莲的女士吗？"

"她怎么了？"安心的语气已经开始颤抖。

"您认识她吗？"

"认识。"

"上午您是否打过报警电话？"

"打过，是我的同事打的。"

"您是否给冯爱莲做过心理方面的咨询？"

"是的。"

"请您来局里一趟，我们有些问题需要核实。"

"现在吗？"

"对，现在。地址您知道吗？海淀公安分局刑侦科，我是张警官。"

"我知道。请问冯女士怎么了？"

"还是过来说吧。"对方挂断了电话。

安心怔在原地足有五分钟，狠狠掐了几把自己的胳膊，钻心的疼痛让她知道这不是在做梦。她拖着如同灌了铅的双腿挪到大厅，看到王安逸正在等候区摆弄手机。

“几点了？”她问。

“快七点了。”

“你怎么还没走？”

“等你。”

“哦，你先走吧，我得去趟分局。”

“真的发生了？”王安逸放下手机站起身。

“不知道，可能吧。我应该拦住她的……”

“我送你！今天你限行，忘啦？”

“谢谢，我自己打车就好，也许要待很长时间。”安心的语气异常坚决。

“你……”

安心没再搭理王安逸，推开大门头也不回地冲进了潮湿阴冷的街道。

“您就是安心？”对面的警官很客气。

“冯女士怎么了？”

“请问您是安心吗？摆渡人心理咨询所的安心？”

安心点点头。

“冯爱莲找您咨询过心理问题？”

“是的。但我只知道她姓冯，她到底怎么了？”安心几乎要从椅子上跳起来。

“请您冷静。”警官依旧保持着温和的态度，他递上一张照片，“请您确认一下是这个人吗？”

这是一张随手拍摄的人物照，安心无力地点点头。

“冯女士因为什么找您咨询？”

安心大致已经知道发生了什么，开始冷静地回答警官的问题。

进行了必要的调查后，警官递给安心一封信：“这是冯爱莲写给您的。很遗憾，她今天中午自杀了。”

安心眼前一黑，哆哆嗦嗦地接过了信：“我现在可以看吗？”

“当然。”警官安静地坐下等候。

亲爱的安心妹妹：

请允许我这么称呼你，并请接受我由衷的感谢。

自从来到这个世界，我仿佛就被各种不如意包围。父母严苛的管教、爱人无耻的背叛……桀骜不驯的孩子让我看不到希望，年迈的父母也没有一刻让我省心，还有工作上的不如意……我不知道老天为什么会这样对我。但无所谓了，我没有资格埋怨。我的出现本身也许就是一个错误，现在我必须亲自解决这个错误。

但在与这个世界说再见之前，我有幸遇见了你。看年纪我应该比你要大十来岁，但比较起来我算是白活了。你是那么温柔、善良、聪明和善解人意，我毫无顾忌地对你抱怨、发泄，你却总是报以温暖的微笑和耐心的开导。我原以为自己会好起来，这也是我始终没有放弃去找你的原因，但事实就是如此残酷。我对你说过的每句话都是真的，事到如今我已经不奢望得到别人的同情，也许是我的承受力太差了，也许一切都是命运的安排，但我依然要感谢你的帮助。

春节假期和女儿的不欢而散让我备受打击，父母的吵闹更是让我不堪其扰，学校的电话也许是压倒我的最后一根稻草，我真的坚持不下去了。但我知道，你尽力了。

写这封信的时候我一夜未睡，也许我明天会去和你道别，希望到时候我能有这个勇气。但如果我们无法再见，这封信就算作我最后对你想要说的话吧。

来去一身轻，我没有什么想要抱怨的，这对我来说也许是最好的解脱。我只有几件事放心不下——首先，我不希望你为此内疚，路是我自己选择的，在见你第一面之前我的结局也许就注定了，因为你的努力让这个结局延后了一些。还有，无论如何我还是放心不下老小，玥玥（我女儿的小名）还小，如果她今后有什么心理方面的问题，我希望你能帮帮她（我给她也写了信，留下了你的联系方式）；我的父母应该会受到很大的打击，我同样留下了你的联系方式。如果需要，也请你像帮助我一样帮帮二老。

没有什么可说的了，再次对你表示感谢。

祝好人一生平安。

冯爱莲绝笔

2018年4月15日

安心轻轻把信叠好，颤抖着问："我可以把信带走吗？"

警官点点头，语气沉重地说："根据调查程序，原本需要调阅一下您对冯爱莲的心理咨询资料，但根据她留给您和家人的信，显然不必了。"

"她是怎么走的？"

"请原谅，这是死者和家属的隐私，我不能透露。"

安心点点头："好吧，无所谓了。"

警官似乎有些于心不忍，他说："家属刚刚从殡仪馆赶过来，您是否想见见？"

"如果他们愿意。"安心无力地站起身，感觉自己快要虚脱了。

警官离开了房间。工夫不大，两位老人和一个小姑娘出现在安心面前。

"你就是安心？"白发苍苍的老先生问。

安心点点头。

"你呀，你怎么不救救我闺女？"老妇人扑通一声跪坐在地，号啕大哭。

“老婆子，事到如今你还折腾什么？”老先生捶胸顿足地说，“闺女在信里写得明明白白，咱俩要是不瞎折腾，闺女能走到这一步吗？再说人家已经尽了全力，要怪也只能怪咱自己呀！”

小姑娘也哭着说：“姥姥，您就别闹了！要不是因为咱们，我妈也不会死呀！我怎么就那么混蛋呀！呜呜……”

安心不愿再目睹这心碎的一幕，踉跄着走出房间。

雨下得很大，安心没有带伞，但她丝毫没有避雨的意思，只是站在路边任凭冰冷的雨水打湿全身。雨水和泪水混在一起分不清谁是谁，安心也不在乎谁是谁，她的脑海中一片空白。

王安逸的车猛然停到她身旁，他飞奔下车，连抱带架地将安心塞进车里。直到此时，安心才发出撕心裂肺的哭声。一路上，她不停地念叨着一句话：“我应该拦下她的，我应该拦下她的……”

回到家，王安逸强迫安心换上干爽的衣服。暮春的雨水很凉，安心不停地打着喷嚏。王安逸翻箱倒柜地找出感冒药，盯着她趁热喝下，才一步三回头地离开。

第十四章　蓝宝石胸针

第二天早上，安心头痛欲裂、浑身酸软。咽一口唾沫，嗓子像刀割一样，一测体温40℃。她给糖果打电话，请假一天。从昨天中午到现在，她一口东西也没吃，甚至滴水未进。一阵恶心袭来，她趴在洗面池上狂呕，但胃里空空如也。眩晕让安心站立不稳，她瘫坐在马桶上，眼前金星乱舞。腰间和小腹的酸胀感再次袭来，下体火辣辣地疼，尿液非常浑浊，甚至有一些血丝。医学常识告诉她，可能肾脏真的出问题了。安心不敢再有拖延，挣扎着换好衣服准备去医院。

急促的敲门声响起，王安逸正一脸担忧地站在门外。

"你怎么来了?"

"你昨天那个样子我能放心?"看着神情憔悴、面无血色的安心，王安逸心疼地说，"我上午就一个咨询，听糖果说你发烧了，所以一完事就赶过来了。你这是要干吗去?"

"去医院，我尿血了。"自从接受了王安逸的吻，便意味着接受了对方的追求。安心不打算隐瞒自己的身体状况，况且她也不认为这是多大的问题。

王安逸二话不说，搀起她就下了楼。

经过一系列检查，确诊为急性肾炎，病情较重，必须住院治疗。跑前跑后地忙活完，王安逸又按照安心列出的单子回家取来了必要的生活用品。

“要不要找个护工?”

“不用，又不是动不了。”刚刚得知结果时，安心着实有点儿害怕。不过想到老爸那么大岁数得了肾炎都没什么，所以又像个没事人似的。

“要不要通知你家里人?”王安逸依旧不敢大意。

“不用，他们刚回海南，别来回折腾了。”

“总不能把你自己扔在这儿呀。”

“自己怎么了?”安心朝旁边的病友努努嘴说，“人家也是一个人嘛。”

“你爱人疼你呗。”病友开着玩笑。

“他才不是呢!”安心的脸红了，王安逸却开心地一脸坏笑。

“你别在这儿让人家笑话了，赶紧回所里。我估计一时半会儿出不了院，你可得帮我把家看好了呀。”

“放心放心。那你好好养着吧，听大夫的话配合治疗，我下了班就来看你。”王安逸像嘱咐小孩子，安心心中不由升起一丝甜蜜。

“要不你给一楠打个电话?”王安逸还是放心不下。

“好好，一会儿就打。”

“想吃什么了给我发信息。”王安逸已经走到病房门口，回着头说。

安心无可奈何地朝他连连摆手。

“你男朋友心可真够细的。”病友羡慕地说。

安心报以微笑，给贾一楠发了条信息，一阵倦意袭来便昏昏沉沉地睡着了。

没到下班时间，贾一楠就风风火火地冲进了病房，上来就在安心脑门儿上一阵乱摸：“怎么说发烧就发烧了呢?还肾炎了！叫你不听劝，憋憋憋，憋出毛病来了吧。”

安心一把扯下她的手：“凉了吧唧的，瞎摸什么?”

贾一楠马上意识到了不妥，连声说：“对不住，对不住。”

“刚几点啊你就跑出来了？”

“嗨，我的班上不上也没啥区别。”贾一楠往脑后撩了一把额前散乱的发丝说，“这不快结婚了嘛，Peter说不用我上班了，反正过些日子也要去法国，我现在一边交接工作一边混日子，不用坐班。” 说完就冲安心嬉皮笑脸。

“瞧给你美的，日子定下来了？”

“520。”贾一楠的幸福溢于言表。

“好日子呀。”安心翻看手机上的日历，“不对呀，怎么挑了个星期一？”

“Peter选的，我知道他是为了哄我开心，法国人知道什么520呀。反正我俩在北京都没什么亲戚朋友，也不准备大办，周几还不都一样。怎么，你不会借口上班不来吧？”贾一楠眨着眼睛坏笑。

“别人不来我也得来呀，”安心不甘示弱，“我还得亲眼见证Peter落入虎口呢。”

“讨厌，落入虎口的是我好吗？”贾一楠作势要打。

“拜托，我可是病人。”安心不再开玩笑，忧心忡忡地说，“也不知道什么时候能出院，我礼物还没准备呢。”

“那着什么急呀，你先好好养着。对啦，大夫怎么说？”

“就是肾炎呗。”安心还是一副无所谓的样子，“又是拍片又是抽血，不过最终结果还没出来呢。”

“你可别大意，年纪轻轻的把肾整坏了，赶明儿有你的罪受。”

“好好好，我听大夫的。”

贾一楠走后不久，王安逸拎着一大堆水果和保健品来了。

看着跑出一脑门儿汗的王安逸，安心心疼地说：“买这么多东西干吗？”

“给你增加营养啊。”

“大夫说了，现在不能急着补。”

“放心，我抽空查资料啦，没给你瞎买。”

安心涌起了一丝感动："快坐下吧，瞧你呼哧带喘的。所里的工作都安排开了吗？"

"安排好了，糖果把你手头的案子都分下去了。苏老知道你得歇一阵子，主动要求天天来上班。你能不能先别想工作，地球离开谁都转。"

同事们的做法让安心感觉踏实，她调皮地皱了一下鼻子说："听你的，不聊工作。"

"大家今天就都要来看你，我说你的病还在急性期，现在需要好好休息，糖果也一个劲儿拦着。这丫头鬼得很，咱俩的事估计早被她发现了。"

眼看安心打了个哈欠，王安逸起身告辞，临走前轻轻在她脸上吻了一下："好好养着，明天下班再来看你。"

安心得的的确是急性肾炎。由于多年憋尿的坏习惯和尚未排除的遗传因素，导致她的肾功能不太好。最近工作劳累，加之因冯女士的事情急火攻心，又淋雨着了凉，所以发病非常快，也比较严重。经过对症治疗，病情得到了控制，但还是需要两周左右来恢复。安心虽然身上难受，但总算得到了很好的休息，冯女士的意外所带来的心灵创伤也渐渐愈合。安心索性放下一切心事，踏踏实实养病。

五一将至，周末安心突然接到邵荣德的电话："安心，怎么生病了也不告诉我啊？"

"不是什么大病，都快好了。"

"肾炎还不是大病？"邵荣德很焦急。安心听到素素在一边催促："您倒是快问问在哪儿呀！"

"对对，你在哪家医院，我和素素这就去看你。"

"邵大哥，真的不用。"

素素一把抢过电话带着哭腔大喊："干妈，您快告诉我吧。您要是不说，我就让老爸带着我挨家医院去找。"

安心无奈地笑笑，告诉了他们地址。挂断电话前她问："您是怎么知道的？”

邵荣德还是憨憨地笑：“多亏素素这丫头。快过节了，她想约你吃饭，结果发信息你没回。等了两天她实在憋不住了，就给糖果打电话，然后我们就知道了。”

安心不由得被逗笑了：“小东西还有了内线。”

傍晚时分，邵荣德父女匆匆走进病房，身后还跟着一个四十多岁的女人。素素一下扑到安心身上，眼泪在眼眶里打着转：“干妈，您好点儿了吗？疼不疼呀？”

安心挪动身子想要坐直些，邵荣德伸出有力的大手帮了她一把，身后的女人放下手里的大包小包，麻利地将床头升起来。

“真是的，一点儿小毛病还让你们跑一趟。”安心冲素素眨眨眼睛说，“干妈好多了。”

“哎呀，怎么一家人还说这个。”身后的女人笑着说。

“这位是……”安心疑惑地看着邵荣德。

素素抢先说：“这就是我跟您说过的孙阿姨，我让我爸把她请回来啦。”

邵荣德连忙解释：“你一个人躺在医院里，我们爷俩实在不放心，所以我就让阿姨过来了。现在的护工一个人管好几个病人，根本指望不上。”

“对呀干妈，孙阿姨可能干了，我小时候生病都是她照顾好的。”素素也在一旁帮腔。

安心坚持不用陪护，一番推让后，邵荣德也没有勉强，他说：“有事你就说话，千万别客气。”

“素素，干妈保证出院后就陪你吃饭。”面对父女俩的好意，安心多少有些过意不去。

“一言为定！正好快期中考试了，我要好好复习，争取冲进年级前二十。”素素趴在安心耳边压低声音说，“我还给干妈准备了礼物，不过现在保密。”两个人不约而同地皱皱鼻子，一旁的邵荣德乐得合不拢嘴。

让安心没想到的是，接下来的一周邵荣德每天都来探望。

安心过意不去，说："您那么忙，真不用天天来，再有几天我就出院了。"

邵荣德还是老样子，不辩解、不反驳，反正总是笑呵呵地出现在病床前。他每次待的时间都不长，除了问问安心需要买什么东西，外面有什么事情需要帮忙处理之外，就是和安心聊素素。

"丫头不放心你，要求我每天都要来探视。其实……"他挠挠头，含混不清地嘀咕了一句，"其实就算她不说，我也想过来看看。"

闻听此言，安心报以尴尬的微笑，她不傻。一段时间来，邵荣德对自己的态度和言行隐约透露出爱慕之情。虽然他极力做了掩饰，但如何能逃得过敏感的安心。但这种事情在他没有充分表露前，她显然也无从表态。虽然年龄和经历上有着巨大的差异，但安心对邵荣德并不反感。相反，这个爱妻子、疼女儿、事业有成的憨厚中年人让她觉得很舒服。如果没有贾一楠和王安逸，没有让自己引以为耻的伤痛，安心真不知道自己会做出什么样的选择。她不是一个善于处理情感问题的人，每当想到这些，都感到异常烦乱甚至紧张，索性不再去想。

住院已经两周，安心各方面的指标都基本恢复，也没有出现其他并发症。又到了周末，王安逸一早就来探望。

"感觉怎么样?"

安心一骨碌爬起来，像模像样地走了两步，坏笑着问："你说呢?"

"看来不错。"

"天天躺在这儿，都快把我憋疯了。"安心抱怨着。

正好主任过来查房，他详细地向两人交代了病情。安心得知很快就能出院，开心得几乎蹦起来："太好了，今天能回家吗?"

"没有特殊情况的话，下周一就可以办出院手续了，正好能回家过五一。但你可不能马上劳动，先好好调理吧。"主任原本语气挺轻松，看到安心满不在乎的样子，转而严肃地说，“不过我要提醒你，从指标上看你的肾功能不太好，出院后一定要小心调养。要多喝水，千万不能再憋尿，也不要太疲劳，要预防各种感染。除了饮食方面要注意，更不能随便用药，很多药物对肾脏有伤害。你年纪还轻，不要拿自己的身体不当回事。肾病是可能反复的，一旦发展成肾衰竭甚至是尿毒症就很危险了。”

安心依然有些不以为意，但王安逸却将大夫的话牢记在心：“听话，别嬉皮笑脸的。我先回去帮你收拾收拾屋子，通通风。”

恰在此时，邵荣德带着素素走了进来。三人曾在咨询所见过面，素素礼貌地打招呼：“王叔叔好。”

“素素好。”由于知道素素认安心当了干妈，出于对女友的爱，王安逸对素素很友善，轻轻拍了拍女孩的头。

“王先生好！”邵荣德依旧满脸笑容地欠身与王安逸握手，但安心注意到，两个男人的表情都不似往常那般自然。

邵荣德嘘寒问暖的样子多少让王安逸感觉有点儿别扭，他索性起身告辞。

“听说下周一干妈就出院啦，正好我也放假了，我们来接您吧。”

“不用啦，王叔叔会来接我的。”安心一边说，一边偷瞄着邵荣德，他果然收起了笑容。

“不嘛，我爸说要在家里给您接风。”

安心只好搬出大夫提示要好好休息的忠告，说等过段时间身体调养好了，一定抽时间多陪陪她。

邵荣德也劝说道：“大人有大人的安排，咱以后再请干妈。”素素这才噘着嘴和他回家了。

出院当天，安心早早就开始收拾。入院时狼狈至极，当时穿的衣服已经浑身是褶儿。安心平常就很在意个人形象，何况这是出院回家。她准备给王安逸打电话，让他来时给自己带套漂亮衣服。

刚拿起电话，就看见病房门口伸进来半个脑袋，一双乌黑的大眼睛冲她张望。安心指着自己的鼻子问："找我？"小姑娘点点头，然后怯怯地走了进来。

安心觉得眼前的小姑娘有点儿面熟，但一时又想不起来。一位老先生跟在后面，安心突然认出来人是冯女士的父亲和女儿，看来那天自己真的是神情恍惚、乱了方寸。

"阿姨……"女孩用小到几乎听不见的声音叫了一声，便不再开口。

老人走上一步，将手里提的东西放到桌上，然后给安心鞠了一躬，安心赶忙鞠躬回礼。

"姑娘，抱歉我们没打招呼就直接来了。玥玥她妈走时留的信上说，如果孩子有想不通的地方可以来找你。我们昨天去了你单位，同事说你住院了，因为那天淋了雨。"老人突然声音有些哽咽，安心理解白发人送黑发人的悲伤。

她赶忙扶老人坐下，关心地问："冯女士也交代过我，孩子现在有什么问题吗？"

"也没有什么特别急迫的问题，你可能也知道，这孩子性格有点儿怪，她妈突然一走心里实在想不通。这件事对她触动挺大，看了她妈给她的信，她就想来找你。家里出了这么大的事，一时实在脱不开身，所以耽误了些日子。原本我们想等你上班再说，可老婆子提醒我，既然知道你病了，还是因为我们家的事，说什么也要让我带孩子先来看看。怎么，你这是要出院？"看到床上的大包小包，老人问。

安心点点头，拉起女孩的手说："玥玥，你以后随时可以找阿姨，如果见面不方便，咱们可以先在电话里聊聊。"

还未开口，大颗大颗的眼泪就从玥玥眼里涌出，她用袖子胡乱抹了一把，说："阿姨，我对不起妈妈，我就是个混蛋。"

安心抽出纸巾，一边给她擦眼泪一边安慰道："能来见我说明你想做出改变，你妈妈一定可以放心了。我也非常愿意帮助你，咱们慢慢来，好吗?”

玥玥点点头，话还是不多。安心知道，失去母亲对一个孩子来说意味着什么，自己当年不也是如此吗？何况面前的女孩还对母亲的离去怀有深深的自责。

“行，看到你病好了，我们也就放心了。那先不打扰了，赶明儿再麻烦你开导开导孩子。”老人拉起玥玥的手准备告辞。

安心指指桌上的东西说：“您不用这么客气。”

老人又鞠一躬：“一点儿心意，收下吧。”说完扭头便走。

安心没有再推辞，追出病房外，加了玥玥的微信，还特意嘱咐她可以随时联系自己。

望着一老一小离去的背影，安心百感交集。她暗下决心一定要尽其所能帮助玥玥，这是她对逝者信任的回报，也是对自己内心的交代。

返回病房继续收拾，听到有人进来，她以为是王安逸，所以头也没抬就说：“来得可够早的，我还说让你帮我回家取件衣服呢。”

“衣服这不是来啦。”

安心惊诧地回过头，看见了一脸开心的素素和身后拎着几件新衣服的邵荣德。

“不是说好了不用接吗，你俩怎么还是来了?”

邵荣德把衣服放到床上，搓着大手憨憨地说：“我寻思出院怎么也得精精神神的，所以就去买了几件衣服。其实我啥也不懂，不过你放心，尺寸样式啥的都是丫头帮着选的。”

素素早已拆开了衣服罩子，一套高档咖啡色衣裤和一件真丝素花衬衫整齐地码放在床上。安心一瞥就知道价格不菲，但不得不说，素素的眼光不错，衣服的尺寸和风格都很符合自己。

眼见衣服都送上门了，安心推让几句也只好作罢，但心里却由衷感谢邵荣德的细心和体贴。

“爸，咱俩先去外面，让干妈赶紧换衣服。”

“哎哎。”邵荣德开心地跟在女儿后面出了病房。

焕然一新的安心虽然面容还有些憔悴，但仍让父女二人赞不绝口。素素跳着脚骄傲地说：“我的眼光还不错吧，干妈穿上多漂亮！”

邵荣德眼睛笑成了一条缝：“瞎说，你干妈穿什么衣服都好看。”

素素好像突然想起了什么：“老爸，还不赶紧把礼物拿出来。”

邵荣德从怀里掏出一个精致的盒子，素素朝安心神秘地挤挤眼睛说：“快打开看看。”

安心笑着接过盒子轻轻打开，一枚似曾相识的蓝宝石胸针映入眼帘。蓝色依然是那么纯粹通透、沁人心脾，工匠充分利用宝石不太规则的椭圆外形，配以金丝银丝和珍珠玛瑙等宝石，塑造了一只栩栩如生的蓝孔雀。

“哇！”安心一声惊呼，“这是那枚戒指？”

“嗯。”邵荣德点点头。

素素抢着说：“是我给老爸出的主意。”

“对对，上次你不肯收，丫头说没准儿因为送的是戒指。我一琢磨也是，弄得跟求婚似的。”邵荣德搓着大手，不好意思地笑了。

古灵精怪的丫头，安心在心里嘀咕了一句。

“改成胸针费了老大劲儿呢，干妈快戴上，配这身衣服一定好看。”

邵荣德说：“也没费啥劲儿，就是做珠宝生意的朋友觉得挺可惜，好好的一个戒指。呵呵，不管他，你喜欢就行！”

安心真不知道说什么好了，素素在一旁摇晃着手腕美滋滋地说：“我也捡了个便宜，原来那一圈碎钻改了个手链。我期中考试年级第九，老爸奖励我的。”

“快戴上吧，让我们爷儿俩欣赏欣赏。”邵荣德催促道。

盛情难却，安心只好照办。别针挺复杂，安心半天也没戴上，邵荣德凑近身前，用那双粗大却灵巧的手帮忙。

三个人的注意力都集中在那枚蓝宝石胸针上，谁也没发现门口的王安逸。眼看屋子里的人亲密得像一家子，邵荣德和安心的头都快挨到一起了，王安逸先是愣了一下，随即感到无比懊恼和失落。自己的一往情深难道就换来了这个？此情此景，自尊和嫉妒让他无暇进行冷静的思考，甚至不愿多停留一秒，转身便朝电梯走去，顺手将一捧鲜花扔进了垃圾桶。

坐进车里，王安逸依然心绪难平，好像刚刚吞了只苍蝇。扪心自问，自己已经做得很好了，如果安心因为某种原因在和自己的交往中表现得过分拘谨，甚至刻意避免亲昵，他完全可以等，等到她心的坚冰彻底融化。可邵荣德凭什么？难道就凭他闺女认了安心当干妈？难道就凭他有钱？安心啊安心，你到底安的是什么心？他猛踩油门扬长而去。

王安逸的心情完全可以理解，换哪个男人也许都会这样想。但他忽略了一点——安心之所以对邵荣德没有过分防备，恰恰是因为她没有将与对方的关系定义为男女关系。总之，误会已经形成，当事人却蒙在鼓里。

看看时间不早了，安心纳闷怎么王安逸还没来接她。拨通他的手机，铃声响了半天最终被挂断。“搞什么鬼？”她嘟囔了一句。

“是不是等王先生呀？快过节了路上肯定堵车，别着急，我先帮你办手续。”

邵荣德忙前忙后地办完手续，王安逸依旧没有出现，手机也已关机。安心开始有些担心了，给他留言，问是不是出什么事了，但依旧没有得到回音。

邵荣德给家里打电话，小声嘱咐了孙阿姨几句，然后对安心说：“你看快中午了，咱总得吃饭呀，再说这病床也得给人家腾出来。要不这样，你家里清锅冷灶的，不如先去我那儿凑合吃一口，然后再送你回家。”最后，他还不忘补充一句，“如果你想去找王先生，我送你去他那儿。”

安心从单纯的担心变得有些懊恼，她赌气似的跟邵荣德父女回了家。孙阿姨的厨艺不同凡响，午饭丰盛可口，而且显然照顾到了安心大病初愈后的清淡口味。不过毕竟心里还是惦记王安逸，安心对美食提不起胃口，对邵家富丽堂皇的豪宅也没兴趣。

邵荣德很知趣，拦下纠缠不休的女儿，早早要送安心回去。

“去哪?”他试探着问。

“回自己家。”安心的回答很干脆。

走进家门，安心发现屋子被收拾得井井有条，茶几上的花瓶里还插着一束红玫瑰。原先的不悦马上又被担心取代，可她竟无计可施。做了三年同事，如今又成了情侣，自己竟然不知道王安逸住在哪里。有心问问糖果，帮忙查查员工登记表上是否有住址，可转念一想，两个人的私事还是不要弄得尽人皆知。

王安逸的手机一直关机，安心在焦躁不安中度过了整个下午，天色已经渐黑，突然响起了敲门声。她顾不上穿拖鞋，光着脚就去开门，果然是王安逸。他的眼睛里布满血丝，神情落寞，身上散发着浓重的酒气。

“你怎么了?”安心一把将王安逸拽进屋，揪着他的衣领大喊。

“喝酒了。”王安逸挣脱开，冲到厨房拿起一瓶矿泉水咕咚咕咚灌了个痛快。

“你不去接我，跑去喝酒了?”安心的火气腾地蹿了上来，“你知道我有多担心!”她带着哭腔质问。

“我去了。”王安逸一屁股坐到沙发上，看来醉得不轻。

这下把安心搞糊涂了：“你去了，去晚了?”

“没有没有，时间刚刚好。”王安逸摇动着食指，嘴角露出一丝轻蔑的笑。

“我怎么没看见你? 打电话也不接!”

“你当然看不到我，眼里全是那爷儿俩了。”

安心恍然大悟，原来王安逸是吃醋了。“你……”她觉得又好气又好笑，叉着腰瞪着王安逸竟不知说什么好。

“我怎么了？我去得不是时候？”

“王安逸！”安心指着他的鼻子嚷道，“长这么大，我原以为天底下只有你才懂我，可没想到你和别的男人根本没什么区别。”

“别的男人？”王安逸笑了。

安心也意识到了自己的口误，她急得哭了：“哪儿有什么别的男人？邵荣德的醋你也吃？他们父女俩觉得我帮了忙，想和我做朋友，我还认了素素当干女儿。再说，比起绝大多数男人，邵荣德有情有义有担当，我们难道不能做朋友吗？我俩年龄差了二十岁，我怎么会和他……”安心越说越激动，“我之所以接受了他们父女的友谊，完全是因为邵荣德已故的妻子和我妈长得几乎一模一样，我觉得这是一种缘分。没想到这种缘分在你眼里那么龌龊！”

安心一番声嘶力竭的宣泄让王安逸的酒醒了大半。他晃晃悠悠地站起身，轻轻挽起安心的手臂，自责道：“宝贝儿，我怎么会知道你们之间还有这么多故事。你病刚好，快别哭了，都怪我小心眼儿还不行吗？”他把安心扶到沙发上，取出纸巾帮她擦眼泪。

看着茶几上盛开的玫瑰花，安心的心也软了，她原本就不是胡搅蛮缠的女人。她将头依偎在王安逸肩头，抽泣着说：“这倒也不能全怪你，我早些告诉你就好了。再说，你会吃醋说明你在乎我啊。”

看到安心破涕为笑，王安逸心中的内疚稍稍减轻。他双手扳着她的肩膀，一往情深地说：“我当然在乎你了！暗恋了那么长时间，你总是拒人于千里之外，好不容易追到手，我真怕再失去你。”

“去你的！”安心娇恼地推开他，“谁说你已经追到手了？就冲你这小心眼儿，我还得再考虑考虑。”

“别别别……”王安逸双手合十，假装惶恐地说，“你可以考验我，但可千万别用‘考虑’这个词。”

安心用指头戳着他的脑门说：“这次先饶过你，以观后效吧。现在，你赶紧去卫生间把自己拾掇利索，然后请我去吃饭。还有，再不许不接我电话。还有……”安心不依不饶地补上一句，“哪天有时间你必须请我去你家，我可不想下次被放了鸽子，都没地方找你算账!”

刚过完五一，安心便接到胡女士的电话。

“我父亲昨晚去世了。”她的声音低沉。

安心对此有心理准备：“胡姐，请节哀，需要我做什么吗?”

“不不，你做得已经够多了，无论是对老人还是对我们全家。明天参加完追悼会我就要回去了，带着我爸一起回家。”

听到这儿，安心还是落泪了：“祝关伯伯一路走好。”

“现在有空儿吗？我想和你见一面。”

安心当然不会拒绝，她们约定在一家茶楼见面。

胡女士并非一个人赴约，她一一介绍着身旁的一位中年男子和两个年轻人：“这是我爱人老魏、儿子小宇和准儿媳娟子，他们前几天赶过来，见了老人最后一面。我爸别提多高兴了，一个劲儿地夸你好。这不，他们都要跟着我过来表示感谢。”三个人一起鞠躬，安心有些不好意思，冲大家点头致意：“这是我应该做的。”

“关伯伯走得还好吧?”众人落座后，安心问道。

“很安详，几乎一直都是清醒的。他说他不敢睡觉，怕一闭眼就再也见不到我们了。”胡女士的眼圈儿红了。

“人到这个时候总会有不舍的。”安心表示理解。

“多亏有您，姥爷没有留下遗憾。”小宇礼貌地给安心倒茶。

安心冲他微微一笑，说：“看到外孙长这么大，都快结婚了，老人一定很开心。”

“是呀，姥爷可喜欢他了。”娟子朝小宇努努嘴，然后不好意思地低下头说，“姥爷还送了我礼物。”

“安心同志，我们以茶代酒敬你一杯。”老魏率先举杯，众人纷纷响应。

放下茶杯，这个中年男人动情地说：“说实话，能有今天这样的结局，老爷子想不到，我们全家想不到，就连天堂里的老母亲也一定想不到。几十年的埋怨误解，两代人的爱恨交织，因为你的出现悄然弥合了。这种功德无量的善举真不是一句感谢能带过的。”

胡女士接过话茬：“我父亲生前唯一放不下的就是我们娘儿俩，好在最终释然了，他是笑着走的。”她擦了擦眼角，继续说，“老人临走前有三个愿望，一是希望落叶归根。他说不必和母亲合葬，在附近选块墓地就好。他说自己活着的时候走得太远，没有好好照顾她，死后能在边上陪着才觉得踏实。二是他将毕生的积蓄和作品一分为二，一份给我，算是补偿；一份捐给家乡，算是报答养育之恩。第三件事老人特意嘱咐，就是让我们当面向你道谢。原本我想请你来见他最后一面，但他说已经很麻烦你了，把他的心意带到就好。”说完，胡女士从包里取出一本画册递给安心，“父亲当时已经很虚弱了，但他还是坚持给你写了两句话。”

安心心有灵犀地翻到印着阿玉画像的那一页，果然新添了两行歪歪扭扭的字：“安心姑娘，抱歉开始时那么对你。现在我知道，没有谁比你更懂一个将死之人的心了。谢谢你，我终于安心了。”

第十五章　双兔傍地走

安心在家休养了整整一周，她原本打算过完节就上班，但被王安逸连恳求带吓唬地按在家里。她让王安逸把单位的电脑取回来，利用难得的空闲整理了一下以往的案例。她惊奇地发现，再度审视那些咨询者和自己的言行，竟然有了许多意想不到的收获和感悟。

王安逸对此深有同感，在国外工作时，他就强迫自己每年要有一个月的时间停下来，或者总结思考，或者去参加各种专业培训和督导。哪怕只是什么都不做，也要让自己的头脑和心灵放空，以便在接下来的工作中有更清晰的思路对症下药，有更宽广的胸怀去承接那些被强行灌输的负面情绪。安心不得不佩服他的见解，如果真要把咨询师比作巫师，那在王安逸面前自己无疑是小巫见大巫了。眼下咨询工作的节奏太快，所里的每个人都已经应接不暇，哪里有时间和精力去思考、充电和放空。安心打算今后要尽可能地去改变这种局面，但具体该怎么做、效果会怎样，她心里并没底，她不由得感叹自己确实不是当管理者的材料。

终于可以上班了，回到熟悉的环境，见到嘘寒问暖的同事，安心恢复了往日的活力，就连几个新接手的咨询都进行得异常顺利。她以为就是自己及时总结和满血复活的原因，她不知道的是王安逸为了让她逐步过渡到紧张的工作状态，特意嘱咐糖果在接受预约时对咨询事项进行初步分类，明显棘手的案子先不给安心安排。糖果已经学习了两年多的心理课程，这个工作她完成得得心应手。但遇到安心之前积压的咨询案子，糖果就无能为力了。

结束了一天相对轻松的工作，糖果发来第二天的预约单，安心又看到了董先生的名字——这是一个家庭咨询，已经持续了几个月，咨询事项是孩子的跨性别问题。

跨性别问题通常是指一个人在心理上无法认同自己与生俱来的生理性别，相信自己应该属于另一种性别。轻度跨性别者并不排斥自己的生理性别和生理特征，不想变性，但是喜欢在形象打扮上效仿异性。与异装癖的区别在于，他们在穿着异性服装时不会产生性兴奋和性满足感。中度跨性别者会排斥自己的生理性别或第二性征，部分人想通过手术、吃药来消除或减轻自己的生理特征。重度跨性别者则反感自己的生理性别和生理特征，强烈希望通过手术来完全改变自己的生理性别。跨性别问题的成因至今没有定论，除了胚胎期性染色体分化对脑部发育的影响和对性激素分泌水平的影响因素外，学术界普遍认为与后天的成长环境密不可分。从理论上讲，先天跨性别虽然无法扭转，但后天跨性别却是可以通过家庭和外界的影响予以避免，或者通过心理疏导得到改善。

董先生和爱人都是高级知识分子，十六岁的小董是两人唯一的儿子，正在读高一。最初的登记资料显示咨询事项是性别困惑。第一次见到这个家庭，安心立刻就看出小董的与众不同——身材瘦小，面孔白皙，长得眉清目秀，千篇一律的校服里面是藕荷色的高领羊毛衫。尽管还是男生发型，但明显比普通男孩子的头发要长。他不爱说话，甚至不愿和人对视，总是低着头看地面。偶尔开口，声音虽然是男声，但语调轻轻柔柔，隐约有少女的娇羞腼腆。

小董妈妈刚坐下就开始哭，小董面无表情地将头扭向窗外，董先生则是一个劲地唉声叹气。安心曾经接触过类似的案例，咨询者无论年龄、性别，都出现了对固有性别的认知障碍和焦虑，并严重影响到个人的学习和生活。通过研判，问题几乎都是后天形成的，既有父母养育方式不当的原因，也有本人被不良信息误导的因素。经过挖掘根源和对症疏导，求助者的情况都得到了改善。因此安心对面前的一家人抱有信心，但她首先要搞清楚孩子身上到底发生了什么。

初次咨询出于安全考虑，安心首先询问了一下小董的近况，包括有没有突然发生的反常举动和自杀自残倾向。因为相关资料显示，跨性别问题往往伴随着严重的心理障碍。此外她还询问了父母发现问题的时间和应对方式以及小董异于正常男孩的具体表现。一家人对于许多问题的陈述和认识有明显差异，甚至当场出现了争吵。为了咨询更加客观和深入，在征得三人同意的情况下，安心后续采取了与董先生夫妇和小董分别谈话的方式。

随着咨询的进行，事情的轮廓和问题的根源渐渐清晰。小董的性别认知问题始于幼年，他发现自己与女孩子的身体结构不同时，就一个劲儿地缠着爸爸妈妈询问原因。这种情况其实每个父母都曾经遇到过，面对尚未形成性别意识的孩子，大多数家长选择了一带而过的敷衍，随着年龄增长，原来的问题也就自然而然地消失了。但让小董父母困惑的是，他们的孩子始终对这个话题揪住不放。身为知识分子，他们意识到了问题的不同寻常。但由于没有相关知识，本身又觉得这个问题实在过于难堪，所以便采用了简单粗暴的方式加以制止。谁知适得其反，随着年龄的增长，小董的问题已经不仅仅局限于好奇，他开始厌恶自己的男性身体，甚至刻意模仿女孩的穿着和言行。父母觉得问题严重了，开始查阅资料，并对自己的养育方式进行反思，但毫无头绪。经过和家长的沟通，安心认为家庭因素并不是造成小董性别困惑的原因，但父母过于简单粗暴的做法造成了双方的激烈冲突和孩子的抵触。通过与小董的单独交流，安心意识到孩子的问题应该源自先天，这种情况她还从未遇到过。

与小董第一次单独见面的情景至今依然历历在目。安心以轻松的方式做了开场白："终于有机会可以单独聊聊了，怎么，你不高兴吗？"

"这有什么可高兴的？"

小董冰冷的态度让安心有些意外，她努力保持着微笑说："来到这里说明你想解决问题，而且我们有希望解决它，这难道不值得高兴吗？"

"第一，并不是我要来，是我爸妈逼着我来的；第二，如果是按照你们的方式解决，我认为没有希望。"小董简短的话语逻辑性十足，而且异常坚定。

"为什么只能是我们的方式？"

一句话让他低垂的头抬了起来："难道还有其他方法吗？"

"第一，我得知道你到底遇到了什么问题；第二，只有这样我们才能找到解决它的最佳方法。"安心故意模仿小董的口气说。

男孩无神的眼睛突然睁大，他听出了安心在模仿他，更听出了其中的弦外之音。

"您和我爸妈不一样。"说完这句，他脸上竟浮现出了一丝笑意，旋即又挂上冰霜，"如果非逼我按照他们的方式改变，我宁愿去死！"

"他们想让你怎样改变？"

"当然是希望我变回正常的男孩，上次您不是都听到了吗？"

"我当然听到了，但我需要知道你的想法。那么……"安心停顿了一下问，"你认为现在的自己正常吗？"

小董稍稍坐直了身子，很平静地看着安心回答道："这要看怎么定义'正常'了，如果按照你们的定义，我肯定不正常；如果按照我自己的定义，一切都太正常了。"

安心觉得面前的男孩非常成熟且理性十足，他无疑对自身的问题进行了大量的探寻和思考，她决定不再绕弯子，以便让沟通尽快深入："我想知道，你眼中的'正常'是什么？"

"我不应该是个男孩。"

“为什么会这样想?”

“从生理上讲是这样的，但身体不是我自己选择的，我有权拒绝。”

“你想成为一个女孩?”

“我本该就是一个女孩。”

“为什么如此肯定?”

“因为我讨厌男孩子的一切。”

“从什么时候开始的?”

“具体时间我不知道，但从记事起我就以为自己是女孩。”

“那时间可不短了，能说说你为什么讨厌男孩吗?”

“我能喝点儿水吗?”男孩舔舔嘴唇问。

“当然。和你聊天非常有意思，都让我忘记待客之道了，非常抱歉。想喝什么?”

“矿泉水就行。其实我也很喜欢和您聊天。”男孩又笑了，这次笑容没有很快消失。他接过水，很优雅地小口喝着。

“其实我并非真的讨厌男孩，我只是讨厌自己是个男孩。”

“为什么?”

“我自己也不知道为什么，我就知道自己应该是个女孩。”

“这一定给你带来了不少麻烦吧?”

“当然!”

“愿意告诉我吗?”

小董优雅地捋了一下额前的头发，说：“我天生不喜欢男孩子的游戏和运动，只喜欢一个人看书。当然，小时候我也很喜欢玩儿过家家，但我更愿意扮演女孩子。为此小伙伴们会嘲笑我，所以后来干脆连过家家也不玩儿了。我喜欢女孩子的打扮，那些漂亮的裙子、蝴蝶结简直太美了。有一年表姐来我家过暑假，我偷偷穿了她的连衣裙，结果被发现了。她指着我的鼻子说我是‘小流氓’，还告诉了我爸妈。结果我不但挨了一顿打，就连现在我姑姑姑父看我的眼神都怪怪的。初中时，我喜欢上了班长，当然他是男的。可他竟然当着全班同学的面读了我写给他的信，我能清楚地记得当时同学们嘲笑的表情和阵阵怪叫，和我被我爸一路拎回家的狼狈样儿。从此我再不敢把自己的想法流露出来，只能问爸妈这到底是为什么。开始他们还能心平气和地讲道理，可后来……”他将头扭向窗户，不愿再讲了。

“看来都是些不好的回忆。”

“当然。”小董懊恼地垂下头，但很快抬起头来，“其实也不全是，我现在有一个网上认识的好朋友，是个女孩子。不过她认为自己天生就是男孩，也有和我一样的经历。这件事我谁也没告诉，您能替我保密吗？”

“当然。”安心点点头。

“原本我准备暑假去南京找她，可她父母已经把她送到国外读书了，这辈子也许我们都不会见面了。”小董伤心地哭了起来。

安心递上纸巾，静静等他哭完。

小董抽抽鼻子，突然盯着安心绝望地说：“无论如何我不准备再等了，我受不了自己像行尸走肉一样地活着，活在‘别人’的身体里。”

“你打算怎样？”安心不由得轻轻皱眉。

“要么去做变性手术，要么……就去死！”

“据我所知，很多像你一样的人做过变性手术后都后悔了。”

“我知道，但也有人获得了新生。”

“你是怎么知道这些的？”

“我加入了一个群，大家都在讨论这些问题，而且互相帮助。”

“我能看看吗？”

小董犹豫了一下说：“可以。”他掏出手机让安心看，“我爸妈曾经强迫我退群，但我以死相逼，最终留了下来。其实他们有时也会偷偷去群里看看。”

安心迅速记下了交流群的名称，问：“可以随便加入吗？”

“可以，因为需要帮助的人很多。不过要是不怀好意或别有企图，会马上被管理员清理的。”

“你父母知道你要变性的想法吗？”

“知道，我初三时就和他们说了。但他们死活不同意，让我先参加中考。我知道这是他们的缓兵之计，但我绝不会再等了。”

“你具体准备怎么做？”安心一定要尽可能地发现危险隐患。

“我按照他们的希望考上了不错的高中，其实我学习还是不错的，现在该是他们考虑我的请求的时候了。”男孩顿了一下接着说，“我当然知道做手术需要很多钱，我答应爸妈一定好好学习，将来找个好工作，挣钱还给他们。”

“你觉得父母是在乎钱吗？”

“当然不是！他们爱我，希望我像个正常人一样生活。但他们眼中的正常并不是我希望的呀！如果他们再拒绝，我就……”男孩再次哭了起来。

“你是个爱思考也很有主见的孩子，所以应该知道死看似很容易，其实并没有解决问题，只是伤了亲人的心，何况你的人生还没有真正开始呢！”

“我知道。”小董含着泪点点头，“但是这样的人生并不是我想要的，那又有什么意义呢？”

“人生其实就是这样，并非处处如你所愿。在性别这个问题上，绝大多数人都能坦然接受上天的安排。当然，你之所以排斥自己的性别肯定是有原因的。我想知道，你是否受过一些什么影响？”

“我明白您的意思。”小董直视安心的眼睛说，“没有什么影响我，我非常讨厌不男不女、妖里妖气的怪胎。我想变成女孩，绝不是因为什么乱七八糟的原因。我的家庭也是个正常的家庭，爸妈从没有把我当女孩子养。”

安心相信他没有撒谎，她越来越觉得问题的根源来自先天。如果仅仅是后天形成的，通过心理疏导乃至更专业的精神疗法，性别认知问题能够得到缓解，但先天造成的往往就很难扭转了。但她还不想放弃，因为一旦变性，其结果是不可逆转的。面前的男孩除了不能接受自己的性别之外，完全是一个正常甚至优秀的孩子。为了他的将来，每个人都应该尽最大努力去帮他争取更好的结局。

安心后续又和小董及他的父母单独见了两三次面，很遗憾情况并未向好的方向转变。小董依然坚持变性，而且刻不容缓。面对抱定“不变性，毋宁死”的孩子，董先生和妻子濒临崩溃。他们不愿失去心爱的孩子，但要接受现实又是何等艰难。

加入“跨性别交流群”后，安心逐渐对这一群体有了更深刻的认识和理解。她查阅了大量资料并请教了自己的老师，得到的结论和建议也基本指向先天因素和接受变性。虽然她非常不愿意接受这个现实，但深感自己无能为力。尤其是冯女士的事情让她深深体会到心理咨询的局限性，她不想让自己的一厢情愿造成难以挽回的结局。明天见面时安心准备向董先生一家推荐更加专业的机构，与此同时，她依旧希望奇迹的出现。

安心请一家人落座，尽量让气氛保持轻松。

“好久不见了，又是过春节、又是外出学习，不久前我还住了一阵子医院。你们怎么样？”

小董妈妈已经和安心非常熟络，关切地问：“怎么还住院了呢？不严重吧？”

安心笑笑说：“小毛病。”

董先生苦着脸说：“我们还是老样子。”

“是我不想来，该说的都说完了。”小董依旧盯着地面。

“再不来就出大事了！”小董妈妈突然情绪失控，从包里掏出一个塑料袋，把里面的东西一股脑倒在茶几上。

打印的资料、各种药瓶，竟然还有手术刀和纱布。安心吃了一惊，扭头问小董：“怎么回事？”

“他们不同意我做变性手术！”小董气呼呼地将头扭向窗户。

“那你就打算自己动手？”董先生终于按捺不住吼了起来。

安心已经明白发生了什么，看着心情激动的一家人，赶忙说：“大家先冷静一下，听我说几句好吗？”眼见无人反对，她用尽可能平缓的语气说，“关于性别的问题咱们已经聊了很多次，相信你们一家人为此也进行了多年的讨论甚至争吵。今天也许是我们最后一次面谈，我希望这是一次现实而理智的谈话。”

“你打算终止咨询？”董先生夫妇几乎异口同声地问。

“您不打算管我了？”小董的声音有些颤抖。几次见面下来，他已经对安心产生了信任和依赖。

“我们先不讨论这个问题。”安心环顾三个人，目光停留在董先生身上，“您是否还在为孩子的事情而自责？”

“我……”董先生咽了口唾沫，“当然。最初发现他有这个苗头时，我采取的方法太简单粗暴了。”

“效果呢？”

“很糟。”刚才还暴怒的董先生低下了头。

“其实您不必太过自责。这种情况毕竟罕见，对于每个父母来说，既缺乏相关知识又羞于启齿，往往就会采取自认为最直接有效的办法。但很显然，这不是一个好办法。”

董先生点点头。

“您还坚持认为孩子是受到了外界的影响吗？”安心转而看向小董妈妈。

“我不太确定……”她的回答显得信心不足，“我们最初想到的是家庭影响，可我和他爸把自己的言行反思了无数遍，问题根本不可能出在我俩身上。而且我们把校里校外、亲戚朋友捋了一溜够，也没发现什么问题。可是他手机里、电脑里好多这方面的东西，你说我能不怀疑吗？”

“据我了解，网上确实有不少关于这方面的话题和社群，里面当然包括一些负面信息和误导，甚至整个社会风气都似乎有一种不良倾向，奶油小生越来越多，哦，应该叫‘伪娘’对吗？”安心笑着问小董。

“没错，恶心死了。”小董立刻回应，脸上的表情鲜活起来。

“对于这个问题我有自己的看法，当然这是在和孩子充分沟通后形成的。我相信小董之所以接触这方面的信息完全不是因为好奇，恰恰相反，他是因为对自己的性别产生了疑惑和苦恼，希望寻找能够帮助自己的知识和途径。设身处地想一想，他身边有谁能真正给予这种帮助？”

小董投来感激的目光，小董妈妈也不由得点头：“其实这方面我多多少少也想清楚了，我和他爸原先反对，后来也时不时到群里去看看。”

“有什么感受？”

小董妈妈苦笑着说：“原以为这种糟心事只有我们一家遇到了，谁知道还有那么多同病相怜的。”

安心顺势说道：“不瞒您说，我也加入了那个群，里面有四五百人呢。大家的讨论相对理智和客观，很多人的情况甚至比您家更糟。”

董先生插话：“是呀，我就知道有一个父亲得知自己的孩子是跨性别，他上网查询，越查越不敢往下看，一个人躲在没人的地方哭。其实他自己也是肝癌，但他不敢告诉孩子，也不敢花钱治病，说万一真到了那天，还是把钱省下来给孩子做手术吧。”说到这，这个从未落泪的父亲擦了擦眼角。

“爸……”小董失声痛哭。

“爸没事，爸没事。”董先生拍拍儿子的肩膀，转头对安心说，“你知道那种感觉吗？哪怕有再多的钱、再大的权你都无能为力，只剩下不知所措和对孩子的心疼。”

“要不怎么说可怜天下父母心呢。”安心的唏嘘发自肺腑。

“我们也不是不想成全他……”小董妈妈一边抹眼泪一边说，“可这对孩子来说可不是那么简简单单的一刀呀。手术到底有没有风险，药物对身体有没有伤害，以后怎么面对曾经的同学和亲戚朋友，考学找工作会不会受影响，会不会影响成家……我们不能管他一辈子，这些问题将来都需要他独自面对，我怕他后悔呀！”

“妈，我绝不后悔。比起您说的这些，强迫自己在不认同的身体里活着简直比死还难受。”

“飞飞，妈妈知道你苦。”母子俩抱头痛哭。

等他们冷静下来，安心指指茶几上的东西问小董：“能告诉我这是怎么回事吗？”

小董不好意思地低下了头：“春节时我和爸妈又谈了一次，确切地说是大吵了一场，他们还是不能接受我做变性手术。您说得对，死太简单了，也太伤他们了。所以……”他鼓足勇气继续说，“我之前早就知道有人通过吃药甚至自己动手术达到目的，所以就找了一些资料想自己解决。可是我下不了决心，结果还没开始就被我妈发现了。”

“你这么做太傻也太草率了，好在犹豫让你没有铸成大错。”安心稍稍加重了语气，“一旦付诸行动，你知道有多危险吗？我请教了一些专家，他们告诉我的情况简直触目惊心。有人在网上查到了‘自宫’的视频，包括怎么买麻药，购置哪些器械，怎么打麻醉，从哪个部位剪断，都有详细的说明。可是最终的结果是大出血、器官坏死和严重的感染。还有一个男孩按照视频中的方法成功切除了一个睾丸，想切第二个的时候已经痛得下不去手。他又买了一些能让组织坏死的药物注射到另一个睾丸上。被家长发现后送到医院，才算捡回了一条命。自行服药同样有很大风险，这些人一旦下定决心，药都是一抓一大把地吃，有人甚至直接吞下一整盒。实在找不到买药途径，就直接吃兽药，用药量全靠自己摸索。被送到医院时，他们的肝功能指标没有一项数值是正常的，就连心脏和肾脏都受到了巨大伤害。这哪里是在追求新生，这分明是在玩儿命啊。”

董先生紧锁双眉，小董妈妈攥着拳头发抖，小董的眼中也掠过了一丝恐惧。安心盯着他说：“如果最终不得不选择变性这条路，一定要走正规途径，记住了吗？”

小董点点头。

安心稍微舒缓了一下情绪，她觉得自己有些激动了，这是一个心理咨询师应该极力避免的。

“下面谈谈我的建议。”安心再次环顾左右，三个人都竖着耳朵仔细听，“性别认知障碍并非你们一家遇到的问题，所以希望大家能坦然面对，简单粗暴和草率鲁莽不是好办法。我知道这个问题探讨起来很艰难，但还有什么比一家人相互理解和关爱更重要呢？”

董妈妈握住了小董的手，董先生也将手臂轻轻搭在了儿子肩上，安心捕捉到了这个细节，她接着说：“多年来你们肯定一直没有放弃从各种渠道寻找答案，相信心中也对问题有了一定的判断。从我个人的分析来看，小董的问题源自先天，其基因在胚胎期就已经形成。当然，是否如此还需要更加专业的判定。我想说的是就目前情况来看，你们每个人都无须自责和自卑。现代医学对此有许多解决方案，也并非只是要么接受、要么改变两种选择。”

“难道还有第三种选择？”董妈妈眼中闪过一丝亮光。

“我不知道是不是可以把它定义为第三种选择，因为这显然超出了我的专业范围和能力。”安心顿了一下说，“这也是我开始说今天也许是咱们最后一次面谈的原因。我非常非常希望能提供帮助，但很遗憾，我辜负了你们的期望。”

“阿姨……”小董带着哭腔喊，“您最懂我，我希望您能继续帮帮我。”

董先生也忙不迭地说：“是呀，孩子非常信赖你，专业能力的问题我无从判断，但你的真诚我们一家是感受得到的。”

“如果没有你，也许等不到今天孩子就出事了。”董妈妈忍不住又落泪了。

安心很感动："感谢你们对我的信任，但为了孩子，大家都应该实事求是地面对。我现在有一个具体建议想给你们。"

"您说。"董先生很少表现出如此迫不及待。

"三月份我参加了一个心理咨询研讨会，非常巧，一位专家在会上分享了有关跨性别问题的最新研究成果，我深受启发，同时也觉得你们应该找他试一试。"

"哪位专家？"董妈妈问。

"2017年北医三院开设了国内第一家跨性别综合门诊，整合了心理咨询、内分泌、生殖医学、耳鼻喉、普通外科、整形外科等专业领域的医疗资源，为跨性别者提供医疗支持，研讨会上做报告的就是这支医疗团队的核心成员。"

"从科室组成上看，还是要做手术？"董先生扶了扶眼镜追问。

安心笑着摇摇头说："在医疗选项上并非只有激素或手术两种手段，如果孩子愿意先尝试通过非医疗手段，包括化妆、改变服饰、声音训练等逐渐接纳自己，就不必再往下走。如果通过尝试发现不行，再考虑青春阻断治疗。那是一管能停止或减缓孩子青春期的药物，每隔一至三个月注射到体内，给正在发育的身体按下'暂停键'。一旦停药身体还会继续正常发育，是一项温和可逆的治疗。这相当于设置了一个体验环节，让孩子探索、思考自己内心的真实需求，然后再做出最终选择。即便最终采取激素或手术治疗，他们的专业水准也是值得信赖的。当然，所有这一切全都建立在更加科学的判定上，包括是否真的是先天因素，我想到时候就会水落石出。"

"我可以接受这个方案。"小董扭头看看父母，最后将目光定格在安心脸上。

"我也接受。"董妈妈抚摸着孩子的头发说，"这对于我们来说总比直接咔嚓一刀强。"

"安咨询师，感谢你给我们提供的建议，更感谢你这段时间的付出。说实话，经过这么多年的煎熬，我和爱人已经渐渐接受了现实，但我们还是不死心。接受你的疏导后，我们一家人的思考和讨论都更加理智平和了。但就像你说的，先天因素很难扭转，我们还在为无法找到一个更加圆满的方案而苦恼。但无论如何，你的出现让我们一家人有了主心骨。何况现在还有这么好的建议，最终圆满解决还是很有希望的。我想说，无论结局如何，我们都可以坦然接受了。为此，我要感谢你！”董先生说完，一家三口不约而同地起身向安心鞠躬，安心赶紧请他们落座。那一刻，她感到无比释然。

“我还有几句话想说，”她将目光转向小董，“听妈妈刚才叫你小名，那我也叫一声飞飞好吗？飞飞，你是个好孩子，知道努力学习，也懂得体谅父母，对某些问题的认识甚至让我这个成年人都感到佩服。阿姨想告诉你，这一切都不是你的错。无论将来如何选择，阿姨都祝你一切顺利。”

“谢谢阿姨。”飞飞哭得很伤心。

“加油！”安心朝他握拳，虽然眼睛有点儿发酸，但她还是努力保持着微笑。

第十六章　复仇的火焰

眼看贾一楠的婚期就要到了，安心要给她送礼物，而且也答应了要送素素礼物，便决定去商场逛逛。不过说实话，选购礼物她很不擅长。安心的社交圈子很小，知己更是寥寥无几。曾经的伤痛让她有意无意地将自己封闭于自认为安全的空间，她尝试过改变，但收效甚微。好在随着贾一楠、邵荣德父女和王安逸的出现，安心渐渐敞开了心扉。这个周末，她理所当然地拉上了王安逸当购物参谋。

大半天逛下来，安心突然发现自己好像得了选择困难症。多亏王安逸最终拍板，否则她恐怕真的要空手而归了。王安逸调侃道："你这不是选择困难症，是太在乎这个人了。"

安心无以反驳，捧着选好的礼物，心满意足地问："准备带我去哪儿吃饭?"

王安逸笑而不答，直到车子驶入陌生的小区，他才公布了答案："今晚我给你做饭。"

"难道你总是喜欢出人意料吗?"

"这可冤枉我了。"王安逸坏笑着说，"不是你说的要来我家踩点儿嘛。"

"讨厌!"安心白了他一眼，心里却美滋滋的。

"打算给我做什么好吃的?"安心一进门就问，看来是真饿了。

"暂时保密。"王安逸故技重施，指指卧室说，"先把衣服换了，知道你有洁癖，衣柜里给你准备了在家穿的。”

安心仿佛有一种被人看透的感觉，但并未因此感到不快。她一边朝卧室走，一边环顾四周。房间很整洁，清一色的中式家具，客厅靠墙的大书柜里面装满了书，书码放得整齐有序。精致的书桌和茶台古香古色，墙上一幅泼墨鱼戏青莲图韵味十足。卧室布置得简洁而舒适，一缕淡淡的檀香伴着男性特有的味道让安心不由深吸了一口气。衣柜里果然挂着一身女式居家服，面料柔软、图案清雅，竟然还有沁人的花香。

好精致体贴的男人，安心忍不住有点儿陶醉。换好衣服，她来到厨房，王安逸已经开始忙活了。

“衣服挺合身。”安心靠在门框上说，“看来经验丰富呀。”

面对挑衅，王安逸没有回避：“我上大学时确实谈过恋爱，但给女人买衣服嘛，这还真是头一回。不像你，老有人主动给买衣服。”

安心的脸不由一红，知道王安逸心中的芥蒂还未完全消除。但此时她并不想重拾不快，就像没听见一样问道：“你一直住这儿?”

“原来的家在西城，住的是平房。那种感觉太让人怀念了——好大的一个院子，家家户户又热闹又亲近。我现在都记得张大妈家茉莉花的香气和刘爷爷家老猫睡觉的样子。一到过年，孩子们就在房前屋后放炮仗，各家都拿出好吃的和邻居分享。夏天晚上，院子里比屋里凉快，大人孩子都聚在葡萄架下谈天说地、听知了唱歌。后来父母做生意，又赶上拆迁，我们才搬到海淀。再后来他们去国外定居，我也出国留学，海淀的房子就卖了，当时我们一家以为再也不会回来生活了……”王安逸原本说得兴高采烈，此时突然显得有些落寞，安心知道他在想什么。

“这房子是你回国后买的?”她赶紧岔开话题。

“租的。”王安逸开始洗水果，“刚回来时也没想好将来怎么过，所以就先租了这套公寓。本来我想租几间平房，可现在的院子要么没有了以前的模样，要么就太贵。我爸身体不好，说不定什么时候我就要回美国照顾他。不过……” 他朝安心挤了挤眼说，“将来要是娶了你，我肯定会换套大点儿的。”

“美得你!”安心的语气透着甜蜜，“快说，给我做什么好吃的了?”

“你最爱吃的。”

“饺子?”安心高兴地蹦了起来。

王安逸揭开不锈钢盆上的屉布，说：“出门时就把面发上了。”

“我还以为你顶多会做个西餐呢。”安心从背后搂住王安逸，将脸颊贴在他宽大的后背上，一股男人的阳刚气息和麻酥酥的感觉传遍全身。

“我原来确实只会做西餐，回国后才发现自己太没有口福了。跟你说吧，我现在都忘不了邻居家做的炸带鱼和红烧肉的味道。”王安逸显然很享受安心的搂抱，咽了口唾沫摇头晃脑地说，“所以我四处拜师学做菜，不过包饺子却是刚刚学会。”他转过身，捧起安心的脸接着说：“你知道吗？为了让赵姐教我包饺子的绝活，我可是下了血本呀。”

“好哇，你不但贿赂我的前台，还拉拢腐蚀做饭的大姐。”安心叉腰而立，假装生气地说，“老实交代，你怎么知道我爱吃饺子?”

“只要赵姐中午包饺子，你那馋样儿简直让人不忍直视。”

“好吃不过饺子嘛。什么馅的?”安心已经垂涎欲滴了。她确实爱吃饺子，小时候妈妈包的饺子让她终生难忘。

“猪肉扁豆和猪肉茄子。”

安心忍不住亲了王安逸一口：“你简直是我肚子里的蛔虫。”

王安逸装作一脸嫌弃地说：“我可不想当那么恶心的东西。你每次吃饺子不光吃相难看，还挑三拣四。什么茴香味道不好，韭菜伤肠胃，芹菜爱塞牙，白菜馅太俗，总是求着赵姐给你包这两种馅儿。”

安心的确只爱吃这两种馅儿，但没人知道在她心里，那是妈妈的味道。此刻，她深深感受到了男友的细心和体贴。

热气腾腾的饺子端上桌，配上两个精致的凉菜和一盘水果，安心食欲大开。她迫不及待地夹起一个饺子，王安逸的“烫”字还没出口，饺子已被她囫囵吞进嘴里。结果她被烫得不敢闭嘴，大口大口地哈气，但还是没忘竖起大拇指："好吃好吃。"

眼前的安心完全没有了平日的矜持冷傲，开心滑稽得像个孩子。王安逸看在眼里，乐在心中。让心爱之人快乐就是自己最大的快乐，这是他第一眼见到安心时就许下的愿望。

饱餐一顿后，两人一直聊到很晚。除了胃被王安逸的厨艺征服，安心的心同样被他暖到了。王安逸也看到了心上人更加真实可爱的一面，想让安心留下来过夜，小心翼翼地问："这么晚了，还走吗?"

"当然。"安心嘴上虽然这么说，身子却仍然依偎在对方怀里。

王安逸将她半压在身下，送上热吻。安心没有拒绝，紧紧抱住他，麻酥酥的感觉由双唇传遍全身。她觉得喘不过气来，不知是因为极度兴奋还是被压在身下。扭了扭身子，呼吸稍稍顺畅了些，但一波波的热浪仍把她撩拨得四肢瘫软，此刻她明显感到自己的脸像着了火。至于快感，安心还从未真正感受过，她不知道此时的感觉是否就是前奏。总之，她的身体和内心都凌乱了。恰在此时，王安逸温暖的手滑进了她的衣服。由于兴奋变得更加圆润挺拔的双乳被触摸到的一瞬间，她整个人激灵了一下。

"不不，我要回家。"她一把推开王安逸，身子不由自主地颤抖。对天发誓，全情投入的安心并没有想到心痛的往事，但她就是那么毫无征兆地崩溃了。她自己也感到很困惑甚至难堪，赶紧挤出一丝笑脸说："现在不行，这也太不正式了。"

王安逸先是一怔，但很快便平静下来。之前的直觉和猜测在此时得到了验证，他几乎可以断定安心肯定在两性方面受过伤害。他并未因此产生遗憾和懊恼，相反，他更加怜爱眼前的女人。"对对，这算什么，怎么着我也得正式求个婚啊。"他用自嘲的口吻化解了场面的尴尬。

回到家中，想着王安逸恋恋不舍的模样，安心陷入深深的自责。她再次回味刚才的感觉——自己明明非常享受，期待着他更进一步，怎么就会……更让她困惑的是原以为脑海里会出现穆浩天的影子，她甚至早就为这种情形想好了应对办法。但刚才脑子里完全是一片空白，自己仿佛被无形的力量摄住了，无法再让快乐的感觉继续。

贾一楠和Peter的西式婚礼温馨而浪漫，地点在远离市中心的延庆古城永宁。安心对此心知肚明——三年前到郊区采摘，无意中发现了一座隐藏在古城中的天主教堂——耶稣圣心堂。圣洁典雅的环境、原汁原味的宗教建筑让两人印象深刻，贾一楠搂着安心说："宝贝儿，如果下辈子我真成了男人，一定会娶你，而且还要在这儿办婚礼。"安心当时只是一笑，没想到贾一楠竟真的付诸行动。只是来世变成了今生，而即将牵手踏上红毯的另一半不是自己。安心为知己的幸福而幸福。

贾一楠起初准备请安心做伴娘，但安心婉拒了，她说得很直接："我当伴娘不合适，还是在台下安安静静地见证你的幸福吧。"贾一楠没有勉强，她理解好姐妹此时的心情。安心早早来到了教堂，陪伴在她身边的是仪表堂堂、风度翩翩的王安逸。

贾一楠的父母已经从杭州赶来，安心先去和老人打了招呼。看到女儿曾经的闺蜜，贾妈妈有些不好意思，拉着安心的手说："你说楠楠这孩子……"

安心笑着抱抱她："阿姨，我替楠楠高兴，真的！"

贾爸爸在一旁连声说："高兴就好，高兴就好。"

安心对老两口说："楠楠以后去了法国，我就是您二老的闺女，以后会常去杭州看你们。"

"哎哎，好闺女。"贾妈妈的眼中噙满泪水。

贾爸爸用胳膊肘碰了碰老伴儿，朝王安逸努努嘴。

贾妈妈立刻会意地问道："这位是……"

安心甜蜜地挽起王安逸的手臂："这是我同事，也是我男朋友——王安逸。"

"叔叔阿姨好。"王安逸礼貌地打招呼。

老两口脸上笑开了花，异口同声地说："这多好，这多好。"

看见安心到来，正在梳妆打扮的贾一楠立刻冲过来一把紧紧搂住她大叫："亲爱的，你今天好漂亮。"

安心坏笑着说："我哪儿敢抢了新娘子的风头。"她抽出手捋了捋贾一楠额头散乱下来的发丝，"快别乱蹦跶了，头发还没梳好呢。"

贾一楠不管不顾地摇着头，刚刚绾起的"大波浪"如瀑布般披散开来。"管它呢，一会儿让他们重新梳。"她斜眼仔细打量王安逸，然后凑到安心耳边说，"是挺帅啊。"

王安逸很绅士地伸出手自我介绍："你好，我是王安逸。今天终于见到传说中的'巫婆'了，果然够辣。"

贾一楠大方地握住他的手说："好你个王安逸，刚见面就给我起外号。我可告诉你，今后要是敢欺负我家心心，本巫婆可饶不了你!"

"不敢不敢，她不欺负我，我就烧高香了。"

看到满面春风的新郎走过来，安心扬起下巴说："Peter，我家楠楠交给你了，要好好疼，好好爱，知道吗?"

"知道知道。"Peter连连点头，用蹩脚的中文说，"Nancy是我心中的活菩萨，我肯定好好爱她。"

"去你的，不懂就别瞎说，菩萨是你能碰的吗?"贾一楠娇媚地靠进Peter怀里，朝安心撇撇嘴说："喱，我刚嘱咐完你男友，你就开始教育我老公啦。"

四个人嘻嘻哈哈地聊了半天，眼看时间不早了，安心从包里掏出一个小紫檀盒交到贾一楠手中。

"新婚快乐!"

贾一楠迫不及待地打开盒子，一枚翡翠玉观音吊坠莹莹放光。

安心朝王安逸努努嘴，坏笑着说："他帮我给活菩萨选的。"

"千手观音，你的本命佛。"王安逸虔诚地双手合十。

"我太喜欢了，谢谢你们。"贾一楠将吊坠交给Peter，他心领神会地帮她戴上，嘴里一个劲儿地念叨："我说你是活菩萨吧。"

"以后再见面就难了，我会想你的。"贾一楠一边抚摸着胸前的吊坠，一边伤感地说。

“哎呀，不是说了嘛，我可以去找你，你也可以回来。挺爽快的人，别这么磨磨唧唧的，快去化妆吧。”安心伸出双臂与贾一楠深情拥抱，在她耳边轻声说，“到了那边好好照顾自己，别让我担心，祝你们幸福。”

贾一楠呜呜哭了起来，安心强忍泪水拉起王安逸的手说：“咱俩去逛逛教堂吧。”她知道再多停留一刻，自己也会泪流满面。

Peter看出了场面的尴尬，想缓和一下气氛，于是叫住王安逸说：“王先生，我们留个电话吧，万一以后她们姐妹串通起来，咱俩也好互相帮助呀。”

“不能让他们两个单线联系！我建个群，以后有事都在群里说，看谁敢嘀嘀咕咕偷着干坏事。”贾一楠的泼辣劲儿又上来了。四个人互相留下联系方式，在欢笑中散去。

永宁，燕山脚下的唐代古城，贞观年间由大将军尉迟敬德修建，历经一千三百多年的沧桑依然屹立不倒。圣心堂因形似北京西什库教堂，也被叫作“小北堂”。院内绿树茵茵，小草青青，遍地鲜花，洁白的耶稣牧羊和圣母玛利亚雕像烘托出宁静安详的气氛。哥特式尖顶和青灰色外墙褪去了繁复的艺术形式，简约空灵的风格仿佛更接近天堂。

安心和王安逸手牵手悠然漫步，不知不觉来到教堂门前，管风琴悠扬的乐曲飘飘荡荡。鲜艳的红毯直通圣坛，在洁白的大理石祭台后面，天使将圣体柜高举过头顶，再往上是彩色玻璃制成的耶稣圣像。弧形穹顶上的彩绘讲述着创世纪以来的圣经故事，其中一幅画引起了安心的注意，画中耶稣、天使、传教士与身着清代服饰的人物混杂在一起，让她有一种莫名的错乱之感。教堂两侧高大的拱形窗镶满彩色玻璃，勾勒出耶稣十二使徒的圣像。阳光穿过玻璃，色彩斑斓的光晕弥漫开来，梦幻如天堂，仿佛有圣灵在召唤。

仪式庄严浪漫，当台上的一对新人互换戒指，深情拥吻的一刻，教堂中响起了祝福的掌声。贾一楠特意朝安心挥手致意，安心以真挚的笑容回应。王安逸温柔地握住她的手，在她脸上轻轻一吻，安心的心瞬间融化了……

六月六日是王安逸的生日，安心早就琢磨着该怎么庆祝了，可王安逸却一直按兵不动。安心知道王安逸喜欢制造惊喜，所以也装作没事人似的等着看他葫芦里到底卖的什么药。果然，快下班时王安逸不紧不慢地走了进来。

“晚上一起吃个饭呗，我过生日。”

“还以为你把自己生日忘了呢。”安心假装心不在焉。

“不能不能，就是想给你个惊喜。”王安逸嬉皮笑脸地说。

“喊！”安心撇撇嘴，“就知道你会这样。”

“这算是接受邀请了？”

“我要先回家换衣服。”

王安逸做了个OK的手势。

一袭紫色晚礼裙衬托出安心曼妙的身姿，胸前华贵的珍珠项链熠熠闪光。微微泛黄的短发精致而性感，俏丽的容颜略施粉黛便已光彩照人。王安逸痴痴地凝望着心上人，不由心神荡漾。

“生日快乐。”安心举起酒杯，笑眼轻眯，妩媚丛生。

清脆的碰杯声响起，乐队仿佛收到了信号，悠扬的钢琴声响起，黑人歌者唱起了那首深情款款的*All Of Me*：

What would I do without your smart mouth
Drawing me in, and you kicking me out
Got my head spinning, no kidding, I can't pin you down
What's going on in that beautiful mind
I'm on your magical mystery ride
……

安心很喜欢这首歌，歌中蕴含的深意她了然于胸。烛光摇曳，两人四目相对，一切尽在不言中。

……

你是我人生之旅的终点，亦是起点
即使输了一切，有你在身边已是满足
因为我把我的全部都交给你
你也给我你的全部
我把我的全部都交给你，毫无保留
你让我得到整个世界

王安逸单膝下跪，从怀中取出一枚戒指，深情款款地说："亲爱的，嫁给我好吗？你的点头，将是我三十一年来收到的最好的生日礼物。"

安心猜想到他一定会准备惊喜，但当幸福不期而至，她还是猝不及防地为爱沦陷了。原本认定这一幕只会出现在幻想中，永远也不会属于自己，直到王安逸的出现，安心才开始对这一刻有了期待。现在，当心上人单膝跪在自己面前真正说出了那句话时，安心终于懂得了什么是爱，什么叫值得。她双手掩面，喜极而泣。在众人的欢呼和祝福声中，她缓缓伸出左手接受了这份沉甸甸的爱。

晚饭后，安心主动邀请王安逸回到自己家。她枕着心上人的胳膊，幽幽地说："我要告诉你一件事。"

王安逸轻轻抚摸着安心的发丝，仿佛早已知晓一切："其实你不必非要告诉我些什么。"

"不，我要告诉你。既然接受了你的爱，我就不会有什么瞒着你。何况如果我不说，它会一直压在我心上。"安心一头扎进他怀中，用颤抖的声音说，"我十三岁时被人强暴了，对不起。"娇美的身躯在瑟瑟发抖。

王安逸一把捧起安心的脸，美丽无瑕的脸上满是伤心的泪水。男儿有泪不轻弹，此时王安逸滚烫的泪水滴落在安心的脸上，与她冰凉的泪水融为一体。

“亲爱的，千万别再说这种傻话。没有什么对不起，我不在乎，我爱你！”

“真的？”

“真的！其实就算你不说，我也能猜到。”

“我对谁都没说过，你怎么会猜到？”

“别问我为什么知道，就像我绝不会问你为什么与众不同。”

“你可以嫌弃我，现在还来得及。”

“我说了，我不在乎，我爱你。如果你还不相信，我就再说一千遍、一万遍，我——爱——你！”王安逸将安心紧紧拥入怀中。

长久而热烈的亲吻，泪水沁进嘴里，两个人的舌尖是咸咸的，心里却是甜甜的。这一夜，安心畅快地享受着爱和被爱的滋味，一切是那么猛烈悠长，那么超乎想象……

自从拥有了真正爱情，安心的精神面貌焕然一新。机灵的糖果首先发现了端倪，总是冲着安心坏笑，还追着王安逸问什么时候有喜糖吃。二人决定不再躲躲闪闪，大方地和同事们分享了幸福。

月底，蒋少雄和穆云结束了南方假期返回北京，安心把好消息告诉了他们，老两口乐得合不拢嘴，催着安心带王安逸来家里做客。

“心心，你找到幸福我们打心底里高兴。”穆云拉着安心的手絮絮叨叨问个没完，好像亲妈一样打探着未来女婿的一切。

蒋少雄也是满心欢喜，但嘴上却埋怨老伴：“你也太操心啦，心心的眼光错不了。”

穆云好像突然想起了什么：“心心，闫晴给你打过电话吗？”

安心被问得一愣：“闫晴？没有呀。我和她就春节见过一面，她怎么会给我打电话？”

穆云沉吟了一下说："前些日子她找我要过你的电话，我问她找你啥事，她支支吾吾也没说清楚。其实……"穆云犹豫了一下接着说，"小晴人很好，她自从进了咱家门就老跟我打听你。知道你俩同岁，她觉得特有缘，总觉得你人特好，所以老想和你多亲近亲近。她在北京没有亲人，希望有个知心姐妹也能理解。唉，要不是……算了，电话没打就没打吧，也不见得有什么急事。"

安心想了想，前两天确实有个陌生号码打来几次电话，但对方一言未发，只能听到局促的呼吸声。安心以为是有人拨错了号码，也没往心里去。会不会……

几天之后，那个陌生号码再次来电。"喂……"安心小心翼翼地接起电话。电话那头依旧是局促的呼吸声，正当安心准备挂掉时，对方开口了："安心，我是闫晴。"

虽然已经有了心理准备，安心还是觉得很突然。闫晴和穆浩天结婚五六年了，她们两人从未有过交集，今年春节在三亚的误打误撞算是初次见面。安心从穆云那里了解到闫晴曾和穆浩天一起创业，现在是昊天公司的副总经理，其他情况一概不知。当然，安心也没有心思去打听。至于闫晴到底从穆云甚至穆浩天那里得知自己哪些情况，安心更是不得而知。她原本以为两个人永远也不会有什么瓜葛，只是不知何故，当听到闫晴自报家门后，安心对这个几乎连一句话都没说过，而且身份敏感特殊的女人并不反感，反而倒有些一见如故的感觉。

"哦，找我有事？"

"有点儿事。对了，我是找妈要的电话，给你打过两次，可不知道怎么开口。"闫晴很坦诚。

"这次想好了？"安心的态度不冷不热。

闫晴迟疑了一下说："是关于穆浩天。我知道你非常不愿意听到这个名字，但……对，就是他。"安心从闫晴的语气中隐约听出了一丝恨意。

"他怎么了？"安心虽然对闫晴并不反感，但本能地保持着警惕。

“我想和他离婚!”闫晴的语气很坚决。

“这恐怕我帮不了你。”安心并没问为什么，她天然排斥着那个男人的一切。

“离婚只是第一步，我想……”闫晴显然在下什么决心，“我想让他受到惩罚!”

安心的心不由一紧，不单单因为闫晴语出惊人，更重要的是闫晴的话里分明带着浓浓的杀气。“怎么了?”心理咨询师的职业敏感让她不得不询问原因了。

“我是他的妻子，而且曾经爱过他。但当我看清了他的真面目时，我感觉自己完全被骗了。不瞒你说，我现在就在崩溃的边缘，真怕自己会做傻事。妈说你是心理咨询师，我想听听你的意见。”闫晴说得很模糊。

“他对你做了什么？你可别做什么傻事。”安心当然不会轻易表态。

闫晴没有正面回答，只是说：“向你袒露更多之前，我想先知道一件事。”

“什么事?”

“你是不是也恨他?”

安心愣住了，迅速地转动大脑，决定先试探一下：“你知道我和他之间的事?”

“是的，你们的事我知道，是他亲口告诉我的。安心，我知道你受的伤害。你对我保持警惕我一点儿都不意外。”闫晴停顿了几秒钟，接着说，“但凡我还有别的办法，绝不会给你打这个电话。”

“过去很久了。”安心闭上眼睛，内心激烈地斗争着。

“这么说你已经不恨他了?”闫晴的语气中透着失望。

安心沉默了许久，面对并不熟悉的闫晴，即便还不知道她的真正意图，安心还是无法违背自己的良心。她咬了咬嘴唇，吐出了一个字：“恨!”

闫晴长出一口气："我也恨他，这个男人害了咱俩，肯定还害了更多人，也许我有机会报仇。"她的语气冰冷如刀，"但现在我心里太乱、太矛盾了。有些话我不能说给别人听，甚至不能告诉妈。如果连你也不肯拉我一把，别说报仇，恐怕先完蛋的人会是我。"

报仇，多么快意的字眼儿。安心在十三岁时就把穆浩天认作不共戴天的仇人，她曾无数次幻想报仇，但从未奢望真的会实现，她甚至早已将这个使命交给了上天。如今这两个字竟从折磨了自己二十年的仇人的妻子口中说出，显然让她猝不及防。

稍稍平复了心绪，安心说："闫晴，咱俩根本不熟悉，这么大的事情你来找我，说实话我很意外。既然你已经知道了我和他的事，我也就直话直说。由于我和这件事牵扯过多，从职业角度来说，如果你是想找我做心理咨询，很抱歉我无法帮你。但既然你如此信任我，我当然不能眼看着你做傻事，我们可以谈谈。"

"但我不想在电话里说，我们当面谈好吗？"

"好，见面谈。"安心这次没有犹豫，她露出一丝不易察觉的微笑——笑里面带着冷酷，甚至有些凶狠，意识到这些的时候，她被自己吓了一跳。

穆浩天当年的禽兽之举让她背负了太多的屈辱，多少个夜晚从梦中惊醒，仿佛仍有魔鬼压在身上，让她喘不过气来。花季、青春乃至正常的爱情和人生被扭曲，全拜那个恶魔所赐。多年积压在心中的怒火仿佛只是因为缺少氧气而蛰伏着，一旦再次燃起，便烈焰灼心。报仇是需要代价的，这一点安心心知肚明，所以她一直压抑着，隐忍着。如今机会出现在眼前，原始的冲动让她难以自持。挂上电话，她反复问自己："这真的是我想要的吗？我将要面对的会是什么？"

生而为人，谁都会有自己的愿望，有些愿望是阳光的，而有些则是阴暗的。当客观条件裹挟着世俗和本性扑面而来时，原本压抑的、隐晦的那些愿望便开始蠢蠢欲动。何去何从，也许只有到了注定的那一刻才会水落石出……

第十七章　谁言寸草心

安心有时会住在王安逸家，两人已经开始谈婚论嫁。终于像个普通女人一样被宠、被爱，她觉得好享受。

“我看上了一套五环边上的三居室，能看见西山，小区环境也不错，哪天带你去看看。”王安逸一边在厨房忙活一边说。

安心还是倚靠在门框上看他做饭，她喜欢这样。“你的眼光错不了，可是现在房子不便宜，干吗要买那么大的？”

“房价一时半会儿降不下来，我手头有点儿积蓄，回国时我爸又给了我一笔钱，全款应该还差点儿，但也差得不多，以后分期付没什么负担。”

“我也攒了些钱，这是咱俩的事，当然不能只靠你一个人。我是说干吗不买个小点儿的？”

王安逸扭头冲安心嘿嘿一笑：“我可不想今后老为房子折腾，为了孩子也得一步到位呀。”

“你想得可真远。”安心撇撇嘴。

“那必须的呀，我喜欢孩子，难道你不喜欢？瞧你和素素那亲热劲儿。”

安心很喜欢孩子，对母亲的依恋让她先天具有十足的母性，可是嘴上依然不肯服软：“我答应给你生孩子了吗？”

王安逸放下手里的锅铲，一把抱住她说：“不但要生，最起码得生俩。一个孩子多孤单，你就那么狠心？”

安心顺从地依偎在王安逸怀里撒娇：“我给你生十个，满意了吧。”

“一言为定！”王安逸捧起安心的脸就要亲。

安心一把推开他，假装恼怒地说：“去你的，还当真了，你以为我是猪啊。”

“首先请不要侮辱猪，再说哪儿有这么漂亮的猪。”王安逸飞快地蹿回灶台，避开了一记粉拳。

“其实买大房子还有个原因……”王安逸欲言又止。

“什么？”

“我原打算过几年回美国照顾老爸，但现在不一样了，我会劝他叶落归根，也许以后要和咱们一起生活，”他顿了一下补充道，“我是说也许，因为……”

安心打断了他：“我没意见。”

安心简短的回答表明态度，让王安逸很感动：“谢谢你，我原以为你不会同意的。”

安心反倒觉得没什么大不了的，在她心中只要两个人真心相爱，其他的都不是问题。

“谢什么谢，以后你也要当个好姑爷！”

王安逸双手高举：“我对灯发誓，一定做个好姑爷。”

“你这是在侮辱灯。”安心用手指指灶台，“快看看锅吧，都冒烟啦。”

王安逸赶忙将切好的菜倒入锅中，刺啦一声火苗腾起，仿佛未来红红火火的小日子。

“对了，你说冯爱莲的女儿找过你，如果忙不过来，我可以和她聊聊。”王安逸担心安心心里还有阴影，但没有直说。

“放心吧，我应该迈过那道坎儿了。其实我们俩已经视频聊过几次了，她正慢慢接受母亲去世的现实。这件事的确对孩子触动很大，我能感觉到她的转变。”

“那就好。”一个熟练的翻勺，清炒丝瓜出锅，安心能闻到丝瓜特有的清香。

“对了，我发现你气色还是不好，大夫说的话可别当耳旁风，药都按时吃了吗？”

“自从上次生病住院，我也觉得自己特虚，应该还在恢复期吧。至于药嘛，想起来就吃。”安心夸张地撇撇嘴，“不过想起来的时候少，哪儿有你做的菜好吃呀，吃了这顿想下顿。”

王安逸一边摆碗筷一边说：“三十好几的人了，能不能别像个孩子？记住，你现在的身体不光是你自己的，也是我的。”

“好好好。”安心不想破坏气氛，便换了话题，“下周是素素的生日，你能陪我一起去吗？”

不知为什么，王安逸眼前立刻浮现出邵荣德憨态可掬的样子，但他还是爽快地答应了。安心之所以邀请王安逸同去，也是想正式向邵荣德父女公开自己的恋情，她不想再出现什么误会。

素素在生日晚宴上得知二人的关系后难免有些失落，但她已经不是那个任性叛逆的女孩了，对她来说只要能经常见到干妈就好。倒是邵荣德显得有些郁郁寡欢，虽然他极力做着掩饰，但仍无法逃避安心敏锐的眼睛。

素素很喜欢安心送的礼物——一家知名培训机构的全科辅导VIP卡。选礼物曾让安心大伤脑筋，因为她觉得素素什么都不缺。王安逸推荐了这张既能上网学习，又能享受线上一对一辅导的学习卡，他说孩子马上要升初三了，送这个最实用。安心原本有些忐忑，此时不得不佩服王安逸周到的心思。

安心问素素将来有什么打算，素素毫不犹豫地说要考上本校的重点班，然后上重点大学，将来也做一名心理咨询师。王安逸笑着说：“心理咨询可不好干，你干妈就经常被那些案子弄得哭哭啼啼，唉声叹气。”安心给了他一拳，然后搂着素素说：“干妈支持你，敏锐细腻的情感是一个咨询师必备的素质。别跟他学，阴阳怪气的，像个巫师。”

临分别时，邵荣德对安心说："好日子定下来了一定告诉我，我得准备份厚礼。"

安心看了王安逸一眼回答道："没那么快，好多事情都要准备。"

邵荣德笑着说："是要好好准备，有什么需要帮忙的就说话。"

早晨接到糖果递上的预约单，安心就盼望见到下午的这位咨询者。吕阿姨一年前曾来咨询，虽然仅仅一次，但让安心记忆犹新，甚至时常惦念。趁着中午休息，安心找出记录翻看。

安心第一次见她时，吕阿姨的身体和精神状态都非常不好。不到六十岁的人，头发稀疏而且几乎全白了，病恹恹的脸上写满了说不出的愁苦。吕阿姨身材矮小，与委顿的神色形成鲜明对比的是挺得笔直的腰杆，仿佛有一种倔强的力量从内向外支撑着。

"有什么可以帮您吗？"安心递上茶水，轻声询问。

"我母亲身体不好，我在照顾她。"吕阿姨叹了口气，"唉，再这样下去，估计我得走她前头。因为……"她顿了一下接着说，"我也得了癌症，快扛不住了……"两行浑浊的泪水顺腮而下，安心的心不由得沉了一下。

"阿姨，您来找我是……"

吕阿姨抹把泪："姑娘，真的太难了。"

"您慢慢说，也许说出来就好些了。"安心稍稍提高音量，像是在给绝望的吕阿姨鼓劲儿，"而且我相信办法一定比困难多！"

"我母亲八十二岁了，我是她唯一的孩子，今年也快六十了。"

"老人家生病了？"对于年纪稍大尤其是状态低迷的咨询者，安心会在咨询中增加互动。因为老年人毕竟思维和逻辑都差些，这样做既可以把控谈话的方向和进度，也可以刺激他们打起精神。

"其实她身体一直很好，就是疑神疑鬼的心病。"

"会有这种事？"安心想引导吕阿姨说出更多细节。

"她是医生，可能是工作关系，从我记事起就知道她特别在意自己的身体、要是哪里感觉不对劲就特别紧张，非要找出原因。我从小就特别怕她生病，甚至超过了怕自己生病。因为一旦那样，家里就没了安宁。她晚上睡不着觉，也没心思做家务，脾气还特别大。直到把该做的、不该做的检查都做一遍，排除了各种不好的可能，我们家才能重回正轨。我觉得我爸和她离婚，就是因为她这疑神疑鬼的毛病。”

看到吕阿姨有些焦躁不安，安心笑着说：“其实知道关注自己的身体挺好，现在多少人只顾忙工作、忙家庭，忽略了健康，查出病来才后悔莫及。”

“姑娘，你话说得没错，可是凡事得有个度不是？”

“对对，太紧张焦虑就适得其反了。不但对自己的身体一点儿好处没有，还会影响别人。”

吕阿姨一拍大腿：“谁说不是呢！我算是被老太太折腾惨了！”安心听得出来，老人的话语里多了一丝活力。

“她只关心自己的身体吗？”

吕阿姨从激动的状态中缓和下来：“那倒不是，她对我也非常在意，从小到大我要是有个头疼脑热，她都会第一时间把我送到医院，不管自己工作多忙，都会挤出时间陪着我，直到我完全好了。说实话，到后来稍微有点儿不舒服，只要自己能扛，我都不敢告诉她了。”吕阿姨不好意思地笑了一下，接着说，“她总说自己在医院里见得太多了，生命太脆弱了。姑娘，你说这算不算职业病啊？”

“照您这么说恐怕是有点儿。”安心尽量让对话轻松起来，“不过您母亲是真疼您。”

“可不是嘛，成年以后，她还是经常嘱咐我工作别太累，有哪儿不舒服就赶紧去医院检查。我生孩子时难产，老太太比我爱人还着急。那时她刚退休，愣是几宿没合眼在医院照顾我，回家后也是她伺候我坐月子。”老人的脸上流露出被疼爱的满足，仿佛回到了过去的时光，“都说养儿防老，别人家孝顺不孝顺我不管，反正再难我也得为她养老送终，还要让她走得舒舒服服。”吕阿姨再次挺直了自己孱弱的身子，薄薄的嘴唇倔强地紧绷着，微微有些颤抖。

“老伴儿和孩子们不能帮帮您吗？”

“唉……”吕阿姨叹了口气，“爱人四年前去世了，我有一个儿子，今年三十三，刚当上爸爸。这岁数正是家里外头都要劲儿的时候，我没法帮忙带孩子，心里就够过意不去的了，哪儿还舍得连累他呀。只要还有口气，照顾老太太的事我就自己来！”

“没想过送养老院吗？”之所以这么问，是因为安心看出了吕阿姨不顾自己患病的事实也要为母亲尽孝，以及不忍心连累孩子的决心。与其这样，不妨换种思路。

“想过，可老太太死活不同意。无论怎么劝，她都认为一送养老院就是我打算不管她了。”

回答并不让安心意外，她无奈地摇摇头，心想只能从两个老人身上想办法了。“您母亲现在身体差到什么程度，完全离不开人了吗？”

“她年轻时身体其实很好，但毕竟年岁不饶人啊。自从退休以后，她的疑心病就越来越严重。起初怀疑自己有妇科病，几乎每个月都让我陪她去医院检查。我那时既要带孩子，又要上班，可老太太一个电话打来，我就得抽出时间陪她去看病。其实哪儿有什么病呀，就是女同志上了岁数常见的小问题。后来她又怀疑自己得了癌症，只要身体不舒服就往医院跑。她的手机几乎只有一个功能，就是打电话让我带她去看病。医院的大夫已经见怪不怪了，他们很多人还是老太太的学生，当着她的面也不好说什么，只能私下里劝我，还有人建议我带老太太去精神科看看吧。我当时真是一点儿办法也没有，说起看病她比我专业，我根本没法劝。只要一提去看精神科，她就跟真疯了一样，冲着我大喊大叫，说我把她当疯子了，嫌弃她了，不打算管她了。我……我……”吕阿姨不得不停下来，她的焦躁已经难以自控。

安心不再追问，起身将已经凉了的水倒掉，重新添满热水递给吕阿姨。吕阿姨感激地接过水，一边吹气一边小口喝着，显然刚才的倾诉让她倍感煎熬。终于调匀了气息，她接着说：“我背着老太太去找过精神科大夫，把大致情况说了，问能不能给对症开点儿药。但大夫说老人年纪大，又有基础病，必须要全面检查、评估后才能对症服用精神类药物。”

“老人没有什么爱好吗?”

吕阿姨摇摇头说：“没有，她年轻时几乎把所有精力都放在了工作和我身上，当然还有她自己的身体上。起初我也想过可能是因为退休后没事干，就开始胡思乱想了，便给她报了各种老年兴趣班，只要有时间还会陪她一起上课，可是没用，她的心思根本不在那上面。我劝她出去走走，见见老同事，和楼下的老头儿老太太聊聊天、跳跳舞，她都没兴趣。”

“您现在是和母亲一起生活吗?”

“原来没有住一起，我先生去世那年我刚好退休，一个人生活难免会想起好多往事，心里不舒服。老太太正好也需要人照顾，我就搬过去了。”

“家里没请个保姆吗？毕竟您和您母亲年纪都大了。”

“唉，提起保姆我就头疼。老太太自己过时家里请了保姆，可她脾气古怪，还有洁癖，对保姆这也看不上、那也看不上。那些年，我几乎过几个月就得为找保姆的事忙活，不是老太太把人家赶跑了，就是人家受不了自己走了。后来我过去陪她，她索性连保姆都不让找了。这其实也挺好，老太太还能自理，我当时身体也还行，起码不用三天两头为换保姆的事折腾了。五年前我得了乳腺癌，当时瞒着老太太偷偷做了手术，真不敢让她知道呀。今年我明显感觉体力和精力都跟不上，一检查发现癌细胞转移了。”

“为什么要瞒着老人?”

“刚才不是说了嘛，老太太不光在意自己的身体，对我也一样。她要是知道了，日子可就真没法过了。最近几年随着年龄越来越大，老太太对健康的焦虑就更离谱儿了。她有糖尿病，已经二三十年了，本来对老年人来说很常见的病在她眼里可不得了。她一定要把血糖控制在正常人的范围内，只要稍微高一点儿就开始节食。前年着凉闹肚子，本来吸收就不好，还非要严格控制血糖，降糖药一点儿也不减，结果低血糖昏迷了。多亏我跟她一起住，发现得还算及时，算是捡了条命。她在医院住了一个多月，出院后整个人的状态一落千丈，主要是脑子更糊涂了。大夫说是低血糖让大脑受了损伤。唉……”吕阿姨又叹了口气，目光黯淡下来，“其实真正让我崩溃的就是这两年，她开始怀疑身上每个地方都出了问题。糖尿病会伴随口腔炎症，但她认为是嘴里长了东西，要么就是有穿孔。我带她跑遍了专科医院，检查了一溜够也没发现什么问题。大夫劝她说，您要是真有什么病我们能不给治吗？可老太太就是不信。后来就更邪乎了，糖尿病人微循环不好，有时候会手脚发麻。可她不知怎么竟和口腔问题联系上了，非说上颚里面的孔洞会产生气体，气泡在身体里乱跑，才导致手脚发麻的，又让我带她去看病，说实话我都不知道该挂哪个科。真不知道这些话怎么能从一个当了一辈子医生的人嘴里说出来。她现在几乎每天都和我谈这些问题，晚上也不好好睡觉，我实在是快熬不住了。”

安心起初觉得有点儿滑稽，但看着面前被折腾得近乎崩溃的吕阿姨，她的心情突然沉重起来。来寻求心理帮助的老年人不多，他们大多隐忍而坚强，但凡还能扛得住是绝不会轻易袒露心声的。安心觉得很为难——吕阿姨母亲的焦虑和臆想症很明显，加之年纪大了愈加糊涂而且偏执，正常的开导和劝说肯定不起作用。吕阿姨年纪也大了，独自照料老人难免力不从心，何况她自己身体也不好，而且既要为母亲养老，还不想让母亲担心自己，更不愿连累孩子。怎么才能让老太太体谅一下女儿，或者用什么方法帮助吕阿姨呢？

“您得先照顾好自己的身体，不然谁来照顾妈妈？”安心只能先换个角度安慰。

“谁说不是呢。我要是先倒下了，我妈估计也熬不了多久。”吕阿姨满脸愁容，“所以我现在大把大把地吃药，还练练气功，能多熬一天算一天吧。”

安心试探着问："您来这里是想让我帮忙出出主意，让您母亲不再为不存在的病折磨自己，这样您照顾起来也轻松些，对吗？"

吕阿姨猛地抬起头，眼中闪过一丝希望又旋即熄灭："原本是这么想的，看来你也没什么好办法。"

安心故作神秘地说："办法倒是有一个，不知道您是否愿意试试？"

"姑娘，眼看着老太太身体一天不如一天，我真不想看着她折磨自己。只要趁着我身体还行，能把她安安稳稳地伺候走，什么办法我都愿意试。"

安心笑了："阿姨，您真的好孝顺。我的这个办法呀，是准备反其道而行。"

"姑娘，你就别卖关子啦，快说出来听听。"

安心稍加思索后说出了自己的招："您不是说老太太除了在意自己的身体，也一直非常关注您从小到大的健康吗？"

吕阿姨连连点头。

"目前来看，您母亲确实有些焦虑症和臆想症，随着年龄的增大，对死亡的恐惧强化了这个问题。现在她也许满脑子都是自己身体的毛病，越想就越偏执。既然老人疼您，这种天性哪怕再糊涂也不会改变。您得病的事一直瞒着她，无非是怕她担心。如果您能用适当的方式将自己患病的事实告诉她，也许母亲疼爱孩子的天性会让她分散注意力。"安心停顿了一下，接着说，"当然，我这也是没有办法的办法，人老了就像孩子，有时需要连哄带吓唬。但是效果如何，我真的没有把握。"

吕阿姨低头陷入沉思，时而皱眉时而轻笑，一会儿点头一会儿摇头。安心知道吕阿姨在进行情景假设和思想斗争，便静静地等待。过了三四分钟，吕阿姨终于抬起头来，目光中重新燃起希望。

"这也许是个办法，可我该怎么告诉她呢？"

"您平常当着老人的面吃药吗？"

"我哪儿敢呀，老太太对药特别敏感，她自己是宁可少吃一顿饭，也不能少吃一片药，如果看见我大把大把地吃药那还得了？”

“也许这就是机会。”安心歪头冲吕阿姨笑笑。

“哦，我明白了。”吕阿姨也笑了。

转眼一年过去了，吕阿姨和她母亲都好吗？安心怀着忐忑的心情等待着。

再次出现在安心面前的吕阿姨虽然身体还是很虚弱，人又消瘦了一圈儿，但精神状态明显好于上次。稀疏的银发经过仔细打理，让她看上去充满了精气神，唯一没变的依然是那挺得笔直的腰杆。

安心悬着的心稍稍放下。

“您气色不错。”

“是呀。”吕阿姨抬手捋了一把头发说，“就是头发全白了，也好，我也不染了，看上去更自然。”安心点头表示赞同。

“您的身体怎么样？老人情况如何？”后半句她问得很谨慎。

“老太太上个月走了。”吕阿姨的回答很平静。

“哦，对不起。”

“没关系，她走得很安详，几乎没受什么罪。姑娘，这得谢谢你。”吕阿姨吃力地站起身想要鞠躬，安心连忙起身将她一把搀住，扶到沙发上坐下，自己紧挨着坐在一旁。

“你的办法管用，老太太还是知道疼我……”吕阿姨的眼圈红了，安心赶紧递上纸巾。

“老太太自打知道了我的病，就跟换了个人似的。起初她也急得不行，非要陪我去医院，后来也慢慢接受了。关键是她不再跟自己的身体较劲儿了，即便心里还是疑神疑鬼，但明显跟我唠叨得少了。她就算想去医院，也会试探着先问我最近身体怎么样，要不要去医院看看。”说到这儿，吕阿姨开心地笑了，“我知道，那是她自己控制不住又想去医院了。就像你说的，老小孩老小孩，连哄带吓唬挺管用。我当然还是会带她去医院，不过次数少多了，而且她也听劝。你猜怎么着，她还主动让我请了保姆，说我一个人太累。渐渐地，她睡眠也好了，食欲也有了。这一年真是我们娘儿俩过得最舒心的一年，唉……可惜就是时间太短，毕竟年岁大了，之前把自己也折腾得够呛，一个感冒，人就走了。"

吕阿姨舒展了一下身体，拉起安心的手说："咱不聊这个了，哪怕是一年我也知足了，毕竟老太太没再遭罪。她走时拉着我的手说，'闺女，是妈拖累了你，妈这一走，你自己可怎么办呀？'" 两行泪水从老人脸上滑落，安心的鼻子也跟着一酸。

"您别太伤心了，老人走得安详就好。"

吕阿姨擦掉眼泪说："我今天来还有个事想请教你，你人好、脑子也灵，我想一定可以帮我。"

"您别客气，有什么事尽管说，我一定尽力。"

吕阿姨思索了片刻说："我的时间也不多了，大夫说已经转移到肺和肝了。"

安心的心咯噔一下："阿姨……"不知为什么，她竟然哽咽住了。

"没事，姑娘。"吕阿姨拍拍她的手，像一位慈祥的母亲，"我早想开了，这对我来说也是一种解脱。我只是……我只是怕孩子们接受不了。"

"您也一直瞒着他们？"安心瞪大了眼睛。

吕阿姨点点头说："我这人要强惯了，小两口儿不容易，我怎么忍心拖累他们。"

"那您是不打算告诉他们了？"

"我知道想瞒也瞒不住，真到动不了的那天他们也就知道了。"

"可是那就太晚了！"安心有点儿激动。

"太晚了？"

安心尽量压抑着感情，眼圈儿还是红了："阿姨，您一辈子孝顺老人，疼爱孩子，唯独委屈了自己。虽然职业要求我秉持客观理智，但我还是要说——这不公平。"

吕阿姨显然被感动了，她没料到安心会这样真情流露：“姑娘，你是好人，阿姨信你，能告诉我怎么就不公平了吗？”

安心突然想起了自己的母亲，眼泪再也抑制不住：“我很小的时候就没了妈妈，起初我接受不了，怪她为什么那么早就离开了我。现在我不再怪她，只是遗憾在她离开时我什么也没做。我不想您的孩子也有这样的遗憾，毕竟他们都是成年人了。如果到最后一刻才知道真相，他们肯定比我更遗憾，也更难过。”

吕阿姨帮安心抹去眼泪，动情地说：“你说的这些我不是没想过，可就是下不了决心。你和我儿子的岁数差不多，应该知道现在年轻人的压力有多大。我实在是不忍心……”

“压力再大您也是他的母亲呀。您想过吗，如果连最后尽孝的机会都没有，他也许会内疚一辈子！”

吕阿姨没再说话，痴痴地望着窗外，夕阳的余晖缓缓散尽，黑暗一寸一寸地吞噬着世界。

“那我该告诉他们？”当最后一抹阳光掠过窗户，吕阿姨颤抖着问。

安心用力点点头，补充道：“马上！”

“其实这就是我来找你的目的，谢谢你给了我信心。可一离开这儿，我怕自己又没勇气了。”吕阿姨不好意思地笑了，“我只有一个儿子，他和媳妇其实都是孝顺的孩子。也许是我平时太要强了，也许是儿子终归不如闺女贴心，所以才能一直瞒到现在。也不知怎的，自从见过你，我就好像把你当成了闺女，好些话宁愿说给你听。只可惜我没这个命啊……”沉吟片刻，吕阿姨问，“我能不能现在给儿子打个电话？有你在边儿上我心里踏实。”

“没问题，不过我最好还是回避一下，但我就在门外，您随时可以叫我。”

吕阿姨满意地点点头。

吕阿姨的电话打了好久，安心也一直在大厅守候。房门打开，吕阿姨朝她招招手说：“儿子知道了，他和媳妇马上过来接我。”

看着老人轻松的表情，安心的心也放了下来："我陪您一起等。"

两个人像母女般唠起了家常，吕阿姨突然想起了什么，她站起身说："对啦，我先去把咨询费交了。"

安心一把拉住老人："阿姨，您都把我当闺女了，那就让我尽尽孝心吧。说实话，从您身上学到的东西、得到的温暖，那是多少钱都换不来的。"

"那可不成，年轻人都不容易。"

"阿姨！"安心撒娇地拉着吕阿姨的手左右晃动。

"好好好，就依你。"吕阿姨欣慰地笑了。

就在这时，一对年轻夫妇步履踉跄地闯了进来，女人怀里还抱着个一岁多的孩子。

"妈……"年轻男子冲到吕阿姨身前扑通跪下，"您怎么不早说啊！"

"妈，都怨我们太粗心，没照顾好您。"年轻女子抹着眼泪说。

吕阿姨搀起儿子，慈爱地说："文轩、小静，快别这样，让人家安大夫笑话。"她转过头不好意思地冲安心说，"这是我儿子儿媳，还有大孙子。"

安心微笑着点头致意。

"我妈都跟我说了，谢谢您。"文轩愧疚地低下了头。

"吕阿姨人真好，我恨不得有这么个好妈妈呢。"安心轻声安慰道。

"妈，我和小静商量好了，今天就接您回我那儿，我们都好好陪着您。"

吕阿姨习惯性地转头向安心征询意见，看到安心拼命地点头，便笑着说："好好好，我也想多陪陪我大孙子呢。"说完她从儿媳妇怀里接过孩子，熟练地逗弄着，"走，咱回家。"

"哎，回家！"文轩和小静异口同声地答道，然后转过身冲安心深鞠一躬。

走出大门的那一刻，吕阿姨回头对安心说："闺女，谢谢你了。"

两行热泪夺眶而出，安心还是笑着说："吕妈妈，您多保重！"

第十八章　女人的约定

七月的京城暑气逼人，安心有一丝莫名的烦躁，她知道是因为闫晴的那个电话。奇怪的是一个月过去了，闫晴再无音讯。除此以外，她最近时常感觉乏力，腰腹部的酸痛再次出现。起初安心并没有在意，直到因为吹空调着凉导致发烧，尿液再次出现浑浊和血丝，她才有些害怕，决定瞒着王安逸抽时间去医院检查检查。

盛夏的天气变幻莫测，傍晚时分突然阴云密布，天空中传来隐隐雷声，闪电一时找不到宣泄的出口，只好在云层中翻滚着积蓄力量。安心匆忙关闭电脑，准备趁下雨前赶回家，耳边突然响起急促的脚步声和糖果的喊叫："女士，您预约了吗？我们下班了。"抬头看时，一袭黑衣的女人低头闯进了房间。来人猛地抬起头，恰巧一道闪电冲出云层，煞白的面孔把安心吓了一跳。闫晴来了。

"没事。"安心向追到房门口的糖果挥挥手，指指沙发冲闫晴说："坐吧。"然后自己坐到对面。

自从三亚的匆匆一见，两个女人第一次面对面。安心一向对容貌很自信，但她不得不承认眼前的女人比自己更漂亮。但这种美是一种冷艳、颓废的美，苍白的肤色和涂抹成鲜红的嘴唇形成了强烈反差，散乱的目光和冰冷的表情让人难以亲近，甚至有些不寒而栗。

"我不请自来了。"闫晴显然在努力稳定心神。

"算不上不请自来吧，我等你很久了。"安心浅笑即止。

“抱歉，因为我一直在下决心，也一直在找机会。”

“什么决心？”

“离婚！”

“这个上次我们谈过，我帮不了你。”

闫晴咬着呀吐出两个字：“报仇！”

“为什么？”安心的语调冷静，故意置身事外。

闫晴显然意识到了：“安心，我知道你的伤和痛，作为女人我感同身受，所以希望你不要把我当成穆浩天的妻子，就把我当成和你一样受伤的女人，放下你的戒备，听听我的故事好吗？”

安心点点头。

闫晴调整了坐姿，以便让自己放松一些，漆黑的高跟鞋面闪着寒光。

“咱俩同岁，本来应该成为好姐妹，起码我是这么希望的。”她摇摇头接着说，“可惜老天没有给我这个机会。我从妈那里得知你的一些情况，总想找机会和你好好聊聊，可……”

安心善意地点点头，示意闫晴继续说下去。

“我是山东人，大学毕业后留在了北京。无依无靠的外乡人在北京立足太难了，我好不容易凭借自己的能力挤进了一家外贸公司。因为工作关系认识了穆浩天，他那时刚刚组建了昊天公司。”闫晴突然问，“我可以吸烟吗？”安心点点头以示同意。闫晴递过来一支，安心摇摇头说：“我已经戒了。”她没有说谎，因为安心本来就很少吸烟，自从和贾一楠分手，更是一次也没再碰。

闫晴自己点燃了香烟，白色的烟雾从猩红的唇缝中喷出，伴随着轻蔑的话语：“要不是有妈支持，我看他哪来的本事成立公司。”

安心耸耸肩膀，不置可否。

“仗着海外关系，昊天公司成了一款电子元器件的中国总代理，和我原来的公司有业务往来。自从在一次洽谈中遇见穆浩天，他就对我展开了疯狂的追求。”闫晴自嘲地笑了笑，“一个涉世未深、刚刚走出校门的女孩，真的很难拒绝一个看上去仪表堂堂、家境优渥、事业有成的男人的追求，很快我就跳槽到了昊天公司。你不会笑我傻吧？”闫晴停下来等着安心的回答。

“当然不会，恐怕换作我，也可能这样选择。”

“安心，别安慰我。你我都知道，我看错人了！穆浩天当初表现得确实很优秀，无论是在爱情上还是事业上。我进入昊天公司，遇到白马王子，理所当然地陶醉其中。我拼尽全力帮他打理业务，甚至以身相许，因为在那时看来，这一切都非常值得。”

“你知道他进过监狱吗？”安心从茶几的暗斗里拿出烟灰缸放到闫晴面前。

闫晴优雅地弹掉烟灰：“知道，他第一时间就告诉了我。可笑的是，我竟把这当成了爱人的坦诚相见和珍贵的浪子回头。”

“他有没有说因为什么被判刑？”

“盗窃。”

“为什么盗窃？”安心追问。

“吸毒。但他说已经戒掉了。我当时傻得竟然相信了一个瘾君子的话，甚至天真地认为一个连毒瘾都能戒掉的男人一定是可以信赖的。”闫晴叹了口气接着说，“我知道你一定会笑我怎么如此天真愚蠢，如此不自重，可我那时真就像鬼迷心窍了一样。你的家就在北京，也许永远无法理解一个漂泊在外的女孩遇到了可以安身立命的机会，遇到了自以为能够托付终身的男人，是怎样地痴狂。”

闫晴坦诚的话语让安心渐渐放下戒心：“闫晴，谢谢你告诉我这些，我不会笑话你，甚至完全可以理解。但是我想知道，你是从什么时候发现自己看错人了呢？”

“其实我一直觉得哪里不对劲儿，可真正看清他的本来面目还是结婚后吧。我们认识六年后结了婚，那时昊天公司的业务已经做得很大了。我知道穆浩天有个妹妹……”闫晴马上意识到言辞有误，连忙纠正道，“对不起，我当时只是从只言片语中知道你的存在——

一直在杭州上学，后来在北京开了自己的心理诊所。”看到安心并没有什么表示，她继续说，“我还知道你是蒋叔叔的女儿，而且和我同岁，所以特别希望咱俩能成为好姐妹。我缠着穆浩天问你的情况，他总是支支吾吾不肯多说，我能感觉出来他在隐瞒什么。我想请你参加我们的婚礼，被穆浩天拒绝了，他说就算请，你也不会出席。后来我就去找妈，结果妈说你正在外地培训。我预感到这里面肯定有事，可当时满脑子都是结婚啊、幸福啊，唉……”她长叹一口气，将烟狠狠掐灭，“我真是太傻了。”

“喝点儿水吧。”安心起身沏了两杯茶，从原来对面的座位坐到闫晴身边。

“结婚第一年还好，一切从我怀孕开始改变。穆浩天精力旺盛，对夫妻生活有无穷无尽的欲望。我起初以为是五年的牢狱生活把他憋坏了，但慢慢发现自己太天真了，他骨子里就是个猎艳好色之徒，从未改变！”

“从未改变？”安心故意问得很夸张。

“对，穆浩天对待女人简直就是变态！”闫晴的表情痛苦而绝望。

安心轻轻拍拍闫晴的手背，说：“你不是非要告诉我这些。”

闫晴一把拉起安心的手，安心能感到指甲刺入手背的疼痛。

“我来找你是下了很大决心的，所以也没打算隐瞒什么。他当初看上我无非是垂涎于我的年轻和美貌，但让他没想到的是，我竟然成了他事业上的好帮手。当时昊天公司刚刚成立，这是我未来男人的公司，也是我的命运所系，所以我理所当然地拼尽全力帮他跑业务、拉客户、打理方方面面的关系。穆浩天一边享受着我的身体带给他的欢愉，一边优哉游哉地看着公司发展壮大。在所有人眼里，我们结婚是迟早的事，好像只有他不着急。要不是妈一个劲儿地催，天知道他哪一天才会娶我。嫁给他的那一刻，我觉得自己的心血和期盼终于没有落空。但我没想到，自己的噩梦才开始。”说到噩梦，闫晴竟然笑了，那笑容让安心不由打了个寒战。

安心很诧异闫晴讲述得如此平静，还有隐隐透出冷冷的绝望和浓浓的怨气。这个女人到底遇到了什么才会如此决绝？

“我高估了穆浩天的良心，我渐渐意识到，他其实并不想娶我，只是最初在事业上和身体上离不开我。但随着公司的业务步入正轨，我的作用变得可有可无，最关键的是他已经失去了对我身体的新鲜感和饥渴感。如果不是妈将一切看在眼里，恐怕我连做穆家儿媳妇的机会都没有了。”

“看来云姨很喜欢你。”

闫晴点点头，但眉头紧锁：“妈就是太疼这个儿子了，所以现在我都不知道她到底是装糊涂还是真的被蒙蔽了。”

安心的思绪仿佛被什么撞了一下，心头渐渐愈合的伤疤再次渗出血来，但她只是不动声色地笑笑。

“结婚不久我就怀孕了，穆浩天也终于露出了原形。由于无法和我过夫妻生活，他开始四处寻花问柳。”

“抱歉，我不相信这是噩梦的开始。”安心突然打断对方。

闫晴有些错愕，但很快回过神来：“你很敏锐，我不知道这是职业的原因，还是你太了解他了。你说得没错，其实我早就发现了他的自私、贪婪、好色和残忍。请原谅，我说过不隐瞒，但还是想保留一丝颜面。明明知道这些还嫁给他，我真是虚荣得让人恶心。我不愿意放弃眼前的机会，希望一切都能随着我的付出有所改变。即便不能，我也要拿到本该属于自己的东西。”

安心不以为然地说：“可惜改变没有发生。”

闫晴低下头，回避着安心射来的犀利目光。

“对，不但没有改变，反而变本加厉。结婚前他就拈花惹草，我也睁一只眼闭一只眼。我觉得只要他肯娶我，将来有了孩子，也许他的心就不野了。结婚前一天，他和男男女女一帮狐朋狗友鬼混，美其名曰告别单身，我忍了。结婚后他三天两头不回家，开始还会编点儿借口，后来索性连招呼都不打了，我也忍了。我在公司逐渐被边缘化，至今还没有一分钱股份，我还是决定忍了。”闫晴的语速越来越快，声音开始颤抖，“婚后第二年我怀孕了，前三个月妊娠反应特别大，可我还是为公司的业务四处奔走。而他却连最后一丝伪装都丢掉了，竟然把别的女人带回了家。那一刻，我终于决定不忍了！没想到我的反抗不但没有让他感到丝毫愧疚，反而激起了他的兽性，他大言不惭地说找别的女人是为了保护孩子，既然我那么不愿意，就让我来伺候他吧。然后……”闫晴第一次出现哽咽，“然后他不顾我的反抗，强行和我发生了关系。他的动作比之前还要粗暴，在我身上肆无忌惮地发泄。可怜我的孩子……孩子没了……”闫晴终于哭了出来，而且一发不可收。

安心递上纸巾，然后静静坐在一旁。穆浩天的嘴脸在她眼前清晰地浮现，和二十年前几乎没有分别，甚至更加丑恶。之所以暂时没有表现出痛恨和同情，是因为安心知道闫晴还没有说出事情的全部。

过了好久，闫晴停止了哭泣，又点燃了一支烟：“当时妈还不知道我怀孕了，我想告诉妈，可穆浩天威胁我，说要是妈知道了，他就和我离婚。我当时真的害怕了，竟然就又这么稀里糊涂地忍下了。”她狠狠喷出一大口烟雾，像是要吐出所有的屈辱和懊悔，“穆浩天前年在怀柔开了个度假村，平常大部分时间都待在那里，我完全掌握不了他的动向。我突然意识到，如果要是再无休止地忍下去，恐怕最后就什么都没有了。所以我开始想办法，可是越想越乱，越想越气，我害怕自己一冲动会干出傻事。可是看看身边的人，没有人能帮我。思来想去，我最后想到了你。”

“所以你给我打了电话？”

“对。”

“联系了以后怎么过了这么久才来找我？”安心一定要把所有事情都搞清楚。

“美邦是昊天公司的大股东，妈非常信任我，所以一些重要文件和资料一般都由我传递。今天中午我去度假村给他送资料，一进屋就看见他和一个女人在床上……”闫晴的面色突然狰狞起来，咬牙切齿地说，“那个叫韩思思的女人不但在公司把持了原本属于我的一切，如今在床上也取代了我的位置。更让我心寒的是，穆浩天竟没有丝毫的难堪和愧疚，他甚至连衣服都懒得穿，只是朝桌子撇撇嘴让我把资料放下赶紧走。那个荡妇揽着我男人的胳膊冲我轻蔑地一笑，仿佛感到羞耻的人应该是我。”她突然站起来，抓住安心的双肩，瞪着猩红的眼睛吼道，“我再也忍受不了这个畜生了！我要和他离婚！”

安心轻轻拿开闫晴的手，帮她把烟掐灭，淡淡地说：“你来这里不会仅仅是诉苦吧？而且我说过，离婚是你自己的决定，我虽然支持但帮不了你。”

“难道你还不相信我吗？”

安心摇摇头：“我为你的坦诚而感动，只是我觉得这绝不是你来找我的目的。”

闫晴的表情僵了一下，旋即回复如常：“知道为什么我拖了这么久才来找你吗？”

“你刚才说过，下决心和找机会。”安心回答得看似漫不经心。

闫晴略显尴尬：“你记性真好，不好意思，我现在脑子有点儿乱。”

“也许不是脑子乱，只是没想好要说到什么程度吧？”

闫晴的表情有如一潭死水：“你真的什么都能看穿吗？”

安心淡淡地说：“也许吧。”

“你说得没错，离婚算什么？离了婚他就更可以为所欲为了，那我这些年的损失和屈辱找谁去算？我发誓要让他受到应有的惩罚。”

“恐怕还是在找机会吧？”安心浅笑。

闫晴点点头说：“我需要真正抓住他的把柄，以及……”她轻轻皱了一下眉头，“怎么让后续的惩罚不会牵连到我。”

“机会找到了？”安心歪着头问。

闫晴叹了口气：“还没有，不过……”

安心接口道："今天中午的羞辱让你决定不等了，对吗？"

闫晴仔细打量着安心，像是在看一个怪物："你们搞心理的都会读心术？"

安心拍拍闫晴的手背，既像是安慰，又像是鼓励，更像是享受掌控局面的满足："那么，你打算告诉我更多吗？"

"我有别的选择吗？"闫晴终于放松下来，一旦角色和形势确立，就无须不必要的谨慎和掩饰了。在安心眼中，闫晴是一个有头脑、有手段，足够冷静隐忍，一旦下定决心便誓不罢休的女人。而在闫晴眼中，安心简直深不可测。实质性的对话就要开始，闫晴正襟危坐，神情肃穆；安心镇定自若，从容不迫。

"有两件事也许能让他受到惩罚。穆浩天刚出狱时就是个倒爷，直到昊天公司成立，他才渐渐走上正轨。在这当中，一是妈给了他足够多的支持，二是我全心全意为他付出。当然，他有些小聪明，而且干事情豁得出去，所以公司抓住了不少难得的机会，业务越做越大。最初穆浩天很信任我，让我负责公司的财务，可是他的一些做法……"闫晴思索了几秒钟，接着说，"他总是让我在账目上做手脚。"

"偷税漏税？"安心的身子稍稍往前探出。

闫晴点点头："最初我听从了他的要求，那时我还期待着嫁给他，天真地以为昊天公司早晚有我的一份，多挣点儿钱也不是坏事。可是他的胃口越来越大，我真的害怕了。穆浩天眼看驾驭不了我，便找了一个财务经理，让我去跑业务。在这方面我如鱼得水，毕竟我学的就是对外贸易。在我的努力下，昊天公司成为多款电子产品在中国的最大代理商。可是穆浩天又动起了歪脑筋，他觉得进口关税太高，所以想另辟蹊径。"闫晴喝了口水，努力让自己镇静下来，然后说道，"他想走私。"

安心虽然已经有所预判，但还是感到了事态的严重，毕竟偷税漏税和走私越货都涉及犯罪，作为一名公民，尤其是从事心理咨询这个特殊的职业，她必须谨慎对待。闫晴并没有注意到安心脸上一闪而过的警觉，继续说："直到这时我才意识到穆浩天的可怕，他太贪了——无论是对女人还是金钱。可是我已经和他绑在一条船上，我不想让自己多年的付出打水漂。"闫晴的脸上露出一丝羞愧和不甘，但她很快振作起来，"不过最终我还是坚持了自己的底线，苦口婆心地劝他回头。结果穆浩天又找了一个运营总监，就是今天中午躺在他怀里的女人。"

"那时我和穆浩天在一起已经五六年了，妈一直催着我俩结婚，他意识到无法摆脱我，索性就给我安排了个副总经理的头衔，还许诺将来把他手中一半的股份给我。可实际上从那时起，我就再也接触不到公司的核心业务，被彻彻底底架空了。不久后我嫁给了他，你也许会认为我自欺欺人，甚至是执迷不悟，但还是那句话——作为一个女人，我希望在北京立足并且过上好日子。既然对爱情已经不抱什么幻想，也只能寄希望于得到本应属于我的股份，也许这就是女人的虚荣和愚蠢吧。"闫晴自嘲地笑笑。

话都说到这份儿上了，安心也诚恳地表达了自己的意见："闫晴，感谢你对我的信任。说实话，我并不认可你当初的选择，但作为女人，我多少也能理解一些。至于你说的报仇……"她故意停了下来看着闫晴。

"我说的是真的！"闫晴的脸上笼罩了一层寒霜。

"你打算举报？但根据你刚才所说，我认为你并没有真正抓住他的把柄，这种事情仅仅靠猜测是很难报仇的。"

闫晴绝望地说："可我真的熬不下去了！"

安心显然比闫晴冷静："如果换成我，我会先找到充足的证据。你现在还是公司副总，也是他的妻子，机会总会有的。"

闫晴若有所思地点点头："就像你说的，如果冒冒失失地举报，很可能会打草惊蛇。我大学一毕业就留在北京，人生地不熟，混了这么多年也没交到什么知心的朋友。眼下的局面已经让我乱了方寸，还好能有你帮我出出主意。”

此时安心还不想与她走得太近，闻听此言只好做出模棱两可的表示：“我其实也没有什么主意，归根结底这是你和他的恩怨。说真的，我不知道自己能帮上什么忙。如果非要说帮忙，我只是劝你冷静，不要做傻事。”

“其实你能帮上忙的。”闫晴突然有些急不可耐。

安心面无表情地等她开口。

“昊天公司有两个股东，一个是美邦，一个是穆浩天，但他迟迟不肯兑现承诺。现在我只想得到自己应得的那份，但有一个顾虑——如果穆浩天真的完蛋了，也许我的愿望也就泡汤了。”

“确实有这种可能。”安心点点头。

“安心，我知道妈觉得亏欠你，格外疼你，如果真的到了那一步，你能不能在妈那里帮我说说话，起码不能让我这十几年的付出白费了啊。”

安心终于弄清了闫晴的真实目的——早就决心与穆浩天一刀两断，如果能让他身败名裂当然更好，如果不行，也希望在两人分道扬镳时不会竹篮打水—— 一场空。

面前的女人确实值得同情，安心也希望看到那个魔鬼受到应有的惩罚。这个忙到底要不要帮？怎么帮？虽然眼下和穆云相处得不错，但自己心里总还有疙瘩。为了不触及内心深处的伤疤，她刻意保持着与穆云的距离。为了闫晴，自己真能张开嘴吗？如果穆浩天真出了问题，甚至穆云知道了这一切全拜自己的儿媳妇所赐，还能听进自己的劝说吗？

一番激烈的思想斗争后，安心还是没有主意，决定先谈点儿别的：“你为什么不自己去找云姨，把穆浩天的真面目告诉她？”

“妈太疼这个儿子了，她觉得是自己当初失败的婚姻导致了穆浩天走上歪路，所以我去找她会适得其反。况且穆浩天真的隐藏得很好，在妈面前他就是一个迷途知返的孩子，我说了妈也未必会信。

万一再让穆浩天知道了，我的一切就全完了。”

安心对此深有同感，因为当初就是穆云的哀求，才让穆浩天犯下罪行而没有受到应有的惩罚。

“你这辈子完了！”可怕的咒语再次响起，安心一咬牙——就算是给自己报仇吧，她下定了决心。虽然主意已定，安心还是轻描淡写地说：“如果有合适的机会，我想先跟云姨聊聊，你不介意吧？”

闫晴忙不迭地点头说：“当然不介意，你说肯定比我说效果好。如果妈真听进去了，管管穆浩天，也许就不用走到那一步。”

“你想得太天真了，我无法保证云姨会相信我说的话。即便信了，她也未必真管。就算她管了，你能保证穆浩天会听？”

闫晴的目光又黯淡下来。

“靠谁都不如靠自己，你还是想办法找证据吧。”

“你以为我不想吗？”闫晴有些激动，“当穆浩天看出我不肯和他同流合污后，就开始处处提防。结婚后，我知道自己已经被架空，索性也不怎么过问公司的事了，但我可以肯定他有见不得人的勾当，他的电脑里一定有证据。穆浩天整天泡在度假村，偶尔回家也是两手空空。有一两次因为要处理紧急事务，他才带着电脑回家，但从不让电脑离开自己的视线。我想过去度假村碰碰运气，可是那里很多人都认识我，也是他的心腹，我根本就没有机会。”

“慢慢等吧，机会总会有的。”安心突然觉得有什么不对劲儿，随口问了一句，“你怎么如此确信会有这些证据？”

“其实这两三年来我一直在寻找机会，”闫晴的脸色凝重起来，“虽然被架空了，但我还是利用手中不多的权力把一个远房亲戚安排进了总裁办。小雅，论辈分应该管我叫表姑，但全公司没有人知道我俩的关系。穆浩天显然很喜欢小雅，他好色的本性难改，我现在都后悔把孩子送进了狼窝。但也正是这样，小雅才有机会接触到一些事情并告诉了我。原本我是想让她去找证据的，可是……”闫晴突然毫无征兆地哭了，做了几次深呼吸，努力让自己平静下来，“算了，不说这个了，反正这条路现在也走不通了，我还是自己想办法吧。”

闫晴反常的举动让安心莫名其妙，但她并没有继续追问，而是仔细思考着闫晴说过的每句话，希望从中理出头绪，辨清真伪。两个女人各自想着心事，房间里安静得有点儿让人窒息。

“给我支烟吧。”安心突然开口。

闫晴一怔，马上从包里取出香烟递给她：“你不是戒了吗？”

安心一边点烟，一边说：“没有什么是绝对的。”

闫晴绞尽脑汁琢磨着这句一语双关的话，她隐约觉得安心经过反复权衡后决定要帮自己，但又不敢确定，所以干脆也点上烟，静观其变。

一缕烟雾从安心鼻孔飘出：“穆浩天知道你来找我吗？”

“不知道。”

“他应该很快就会知道了。”说完，安心随手将只抽了一口的香烟掐灭。

闫晴很聪明，她马上意识到自己猜对了：“因为你要去找妈。”

安心点点头：“我只是有点儿担心会不会打草惊蛇。”

“可是还有什么更好的办法吗？早点儿让妈知道他的嘴脸也好。只是……”闫晴显得有些过意不去，“只是这样一来就真的把你牵扯进来了。”

“我是自愿的。”安心淡淡地说，甚至看都没有看闫晴。

闫晴有点儿感动，但更多的还是兴奋：“安心，我没有看错，你是一个可以信赖的人，而且会帮我。”

“你很相信自己的直觉啊。”安心想让紧绷的神经松弛下来，半开玩笑地说。

“没错，春节是咱俩第一次见面，本来想和你好好聊聊，结果……”闫晴无奈地笑笑，“当时你问了我一句话，就是这一句话让我觉得你对穆浩天的恨丝毫不在我之下。”

安心清楚地记得自己那天问了什么，可是没等闫晴回答，穆云就过来打圆场儿。此刻她索性再次问道："他念叨我什么了？"语气依旧冰冷如刀。

"其实他一直避免谈到你，但在从三亚回北京的路上，他竟然主动把自己的丑事告诉了我。你知道吗？他当时说得是那么大言不惭，甚至还有点儿沾沾自喜。"

安心将头扭向漆黑的窗外，当她转回头时，双眼射出的寒光让闫晴不由自主打了个哆嗦。

"时间不早了，希望你能够得偿所愿。"安心起身准备送客。

"安心，真的谢谢你，我不知道能不能叫你一声妹妹，因为……"

"叫什么无所谓。"安心打断了对方。她走到窗前，一把推开窗户，白天吸满了燥热的泥土被雨水浇过，蒸腾起一股浓浓的土腥味儿，既潮湿又黏腻，安心深吸一口，竟然十分享受。她转过身，对将要出门的闫晴说："如果你愿意，等事情办完了我们再姐妹相称吧。"

第十九章　晴空有霹雳

安心没有将闫晴到访的事告诉王安逸，她决定自己解决这段淤积已久的恩怨。周末，两人去看王安逸选中的房子，安心很满意。时间还早，他们决定在小河边散散步。

夕阳的余晖在河中流淌，水面波光粼粼，仿佛无数的碎金在跳跃，时而牵成一线，时而汇聚成镜。微风袭来，金线扭曲断开，金镜变形炸裂，最终又回到它们本来的样子。安心被光怪陆离的水面所吸引，索性趴在栏杆上对着涟漪发呆。

“你看到涟漪会想到什么？”她突然仰起头问。

“好吃的鱼。”王安逸坏笑着说。

“馋猫。”安心习惯性地耸耸鼻子说，“还有呢？”

“风。”王安逸拨弄着安心被风吹乱的发丝。

安心若有所思地点点头：“嗯，这个还靠点儿谱。”

“你想到了什么？”王安逸问。

“说不太好，我也不知道是不是……”安心轻轻皱起眉头，样子可爱极了，“它们像……思想。”

这次轮到王安逸发蒙了。

安心再次将目光投向水面，喃喃自语：“每个涟漪好像都是人的思想，它们一圈一圈地扩散，影响着周围，也被周围影响着。当然，它们总有碰撞的时候，你看——”安心指着水面上两个正在交汇的涟漪说，“但与思想最大的不同在于它们彼此掠过，甚至覆盖对方，但自身的形状并没有改变。人的思想总会互相影响，水为什么不会？是它们没有这个能力还是不愿意那样做呢？”

这个问题王安逸确实没有想过，仔细琢磨其中似乎蕴含着深意，他笑笑说：“作为一个文科生，我的物理很糟糕。但对于一个学心理的人来说，你的问题很有意思。人们总是习惯于坚持自己的思想，甚至去尝试改变别人的思想，单从这一点来说，我觉得人不如水。这也让我想到了咱们的工作，试图改变一个人的现状真的比让他们认清自己从而接纳自己更好吗？”

两个人不约而同地陷入沉默，直到一群孩子叽叽喳喳的嬉闹声将他们拉回现实。几个四五岁的小孩在追逐一个皮球，皮球滚到王安逸脚下，他将球捡起，高举过头与孩子们玩耍起来，过了好久才呼哧带喘地回到安心身边。

“你可真喜欢孩子。”安心轻靠在王安逸肩头。

王安逸望着孩子们远去的背影说：“对，跟他们在一起我会想到小时候妈妈陪我做游戏和锻炼的情景。无论母爱还是父爱都是人间最美好的情感，谁不希望拥有呢？”

安心被王安逸充满爱意的话语感动了，她想到了自己手上的一个案子：“可是为什么越来越多的人要选择做‘丁克’呢？”

“又想工作上的事啦？”王安逸笑着问。

安心点点头说：“小两口儿特别纠结，但他们的理由明显不一致，甚至矛盾。”他们一边散步，一边交流看法。

这是安心不久前接手的咨询，一对年轻夫妇就是否要小孩的问题非常焦虑。两人都年过三十，结婚五年多一直没要孩子，眼看年龄越来越大，双方尤其是男方父母开始不断催促。女方表现出对生育的强烈恐惧，经了解是由于她母亲分娩时难产给她造成了心理负担，对产后身材、事业的顾虑加重了这种负担。男方的态度比较令人费解，他对孩子并不排斥，在父母和妻子截然相反的态度之间犹豫不决。

“我觉得他不过是害怕罢了。”安心突然停住脚步。

“怕什么？”

“责任？”安心显得不是很确定，所以又补充道，“或许对自己能否当个好父亲没有信心？”

“压力太大了。”王安逸点点头，收回远眺的目光，“‘丁克’现象本来是西方社会的产物，源于他们注重自我、追求自由的思想，高福利的社会也提供了一定保障，免除了人们的后顾之忧。但咱们中国人历来看重家庭，传宗接代、养儿防老、多子多福的观念根深蒂固。如今突然冒出了这么多‘丁克’，其中的原因值得深思。当然，观念的转变是一个原因，但恐怕大多数人不是不想要孩子，是真的不敢要。”

“是呀，现在都是一个孩子，孩子少了自然就金贵了，你家孩子有的咱家也得有，不能让孩子输在起跑线上，一个小小的生命寄托着两家几代人的希望，唉……”安心叹了口气，“这样搞下去，孩子是不是真的幸福我不知道，但对父母来说肯定是备受煎熬。关键是家家都这样，你怎么敢置身事外呢？”

“你知道养一个孩子要多少钱吗？”王安逸倚靠着栏杆转向安心问。

“具体数字我不知道，但肯定不是小数。”

“我看过一篇报道，在中国把一个孩子从出生养到十七岁的平均费用接近五十万，北京和上海则是一百万左右。”

“这么夸张？”

“每个父母都想给孩子最好的，比来比去费用就上来了。再加上买房买车、赡养老人和自身工作压力，想想确实让人头大。”

“你难道就不怕？”安心的语气三分挑衅，七分戏谑。

“不怕，真正喜欢孩子的父母都不会怕。我相信自己能当一个好爸爸，告诉你……”王安逸捧起安心的脸说，“我都有点儿迫不及待了。”

安心脸上原本的笑容僵住了，好在兴致正佳的王安逸没有注意到她微微蹙起的眉头。

这个晚上安心失眠了，对幸福的憧憬和对健康的担忧让她倍感纠结。想到王安逸对孩子的喜爱，万一自己的身体……她突然感到一丝恐惧，不敢再往下想了。

有段时间没见父亲和云姨了，安心打算周末回家看看。穆云张罗了一大桌安心爱吃的饭菜，蒋少雄早早把冒着酷暑拎回来的西瓜放入冰箱，两位老人对她的疼爱是显而易见的，但这当中到底包含着多少愧疚呢？

时值盛夏，加之身体虚弱，安心原本没什么胃口，但她还是尽量多吃了一些，老人的心意不能辜负。看着女儿憔悴的面容，蒋少雄心疼不已，明知劝说没用，还是不停地唠叨叮嘱。穆云倒是干脆得多，她起身从抽屉里取出一张名片递给安心，说："这还是上次你爸得肾炎时，我通过朋友联系的一位专家，还没等去见人家，你爸的病就好了。"说完就开始给对方打电话。安心原本也打算好好检查一下，便和专家约好了就诊时间。

"心心，什么时候带小王来家里坐坐呀？"蒋少雄问。

"还没到您把关的时候呢。"安心挑了块籽少的西瓜递给蒋少雄，撒娇地将头靠在他肩头。

蒋少雄轻轻抚摸着女儿的头发说："你可不是黄毛丫头了，终身大事别耽误喽。"

"胡说，咱心心这么好的闺女怎么能随随便便嫁人，你舍得我还舍不得呢！"穆云刷完碗也坐过来，拉起安心的手说："不过我和你爸还真是想见见他呢。"

"云姨，真的还没到时候。"安心本就是个心重的女人，自从谈论过孩子的问题，她就对自己的健康愈加担忧。她不想让心上人的希望落空，更不想让未来的幸福面临风险，所以决定检查完身体再确定二人的婚事。

“我想和您说点儿事。”安心转换了话题，坐到穆云对面表情郑重地说。

“这么一本正经，到底什么事呀？”穆云眼中的安心一贯和自己保持着适度的礼貌和距离，这让她不由不认真对待。

“是关于穆浩天的。”安心的语气异常平静，但在两位老人耳边仿佛凭空响了一声炸雷。蒋少雄腾地坐直身子，穆云脸上的笑容也僵住了。

安心没有在意尴尬的气氛，继续说道：“闫晴找过我，她的精神状态很不好。”

“这丫头怎么啦？”穆云追问。

“哼，你还是问问那小子怎么了吧。”蒋少雄冷冷地说。

穆云的心立刻悬了起来：“小天又闯祸啦？”

安心将闫晴的遭遇如实相告，但对两个女人之间的约定只字未提。蒋少雄一言不发，穆云深锁眉头。

“少雄，能不能让我和心心单独聊会儿？”

蒋少雄愤懑地站起身留下一句：“早知如此，何必当初！”便离开了客厅。

穆云做了几次深呼吸努力平复自己的情绪：“心心，谢谢你告诉我这些。在谈他们两人的事之前，我再次向你道歉，小天这孩子被我惯坏了，他欺负了你，我们穆家对不起你。”

看到一向待自己很好的云姨再次愧疚落泪，安心的心软了，取出纸巾一边帮穆云擦眼泪，一边说：“云姨，那件事情咱们以后不提了，好吗？我只是希望悲剧不要重演，闫晴的情绪真的很不好，我怕她会做傻事，也怕您的儿子越陷越深。”

“我明白。”穆云点点头，问，“小晴为什么不亲自告诉我？”

“她怕您不相信，毕竟……”

穆云打断了她：“怪我，怪我，我对小天的迁就和纵容……云姨想问问你，小晴说的话你相信吗？”

安心点点头，反问道："您信吗？"

"无论多么不愿意承认，但我知道她说的应该就是事实。"穆云的语气充满了无奈，沉默了许久她才再次开口，"直觉告诉我，小天出狱后并没有痛改前非。但他毕竟是我的骨肉，如果不是我的婚姻失败和疏于管教，也许他会是个好孩子……"穆云摇头叹息，"唉，我总是觉得对不起他，一再迁就纵容，所以才导致如今不可收拾的局面。其实我一直对他不放心，甚至安排人替我看着他。可没想到，这步臭棋竟然害了人家孩子。"穆云突然双手掩面，语调充满了恐惧，"我真的好怕呀！"

"您怕什么？怕一切真相大白穆浩天万劫不复？"

穆云一把攥住安心的手说："都不是，我怕由于自己的过失毁了小晴，毁了那个被我派去的孩子，也许还会毁了更多人。我怕自己所有的补救都为时已晚。"穆云深吸一口气，似乎作出了重大决定，用平静而坚定的语气说，"心心，云姨想明白了，该来的总会来，不是不报，时候未到！我不能再这样由着他下去了。是你让我不再纠结，这也许能救他，云姨谢谢你。"

穆云的坦诚与信任让安心感动不已，她觉得有必要更加慎重，于是说："云姨，好多事情闫晴也只是猜测，咱们还是要拿到证据。"

"没错！"穆云点点头，"所以我想请你帮个忙。"

"您说。"

"还记得你和美邦签过一份咨询协议吗？"

"当然记得，不过我知道您是怕我不肯接受资助才和我签的，这么长时间了，您一次都没有要求我提供过服务。"

"我现在需要了。"穆云捋了一把染得黝黑的头发，恢复了干练的样子，"我派到昊天公司的是一个女孩子，今年二十七岁，本来计划年底结婚的。可前些日子她突然跑来找我，说什么也不回去上班了。她当时的样子把我吓坏了，我能猜出一定是小天又闯祸了，可怎么问那女孩就是不肯说，婚也不想结了，甚至说不想活了。没办法，我只好把她先安顿到美邦公司，专门安排人好好盯着，我真怕出什么事呀。”

“您想让我和她谈谈？”

“对，在我采取措施前，总有些事情是要确认一下的。经营上的问题我会想办法了解，这件事恐怕只有你能帮我。”

“明白，她叫什么？”

“赵梓萌。”

“您希望我在哪里见她？”

“来我公司吧，我可不敢让她到处乱跑。”

“没问题，我一定尽力而为。”

穆云再次拉起安心的手动情地说：“心心，委屈你了。你是个好孩子，云姨知道，一直都知道。正是因为不想再看到你们这样的好孩子被欺负，我才下定了决心。云姨只有一个愿望，别再记恨我了，好吗？”

“云姨，我从来也没有记恨您，以前没有，将来也不会。”安心抱住穆云，两个人哭作一团。

穆云率先冷静下来，一边替安心擦眼泪，一边说：“拜托你了，希望一切都还不晚。”

安心点点头说：“但愿。”

分别前，穆云不忘嘱咐安心别忘了去看医生，安心保证一定准时去。

在美邦公司的小会议室里，安心见到了赵梓萌。虽然已经有了心理准备，但赵梓萌的状态还是让她大吃一惊。眼前的女人面貌姣好、身材婀娜，但脸上的表情却毫无生气，一双眼睛目光散乱，警惕地四处张望。她双肩内收，双拳紧握，安心知道这是极度没有安全感的表现。

“梓萌，坐吧。”安心用温柔的语调打着招呼。赵梓萌木讷地点点头，脚下却没有移动。“坐吧。”安心再次轻声召唤，并走过来拉着赵梓萌的手并排坐到沙发上。

“董事长让您来的？”赵梓萌轻声发问，目光游离于地面和安心的腿之间，不敢抬头与安心对视。

“对，愿意跟我聊聊吗？”安心用了前所未有的温柔语气问道。可赵梓萌的话音依然惶恐：“我不要做心理咨询。”

“你知道我是做什么的？”

赵梓萌点点头，用余光瞟了一眼安心，说：“知道，董事长说你人很好。”

“我们今天不做咨询，至于我是否像董事长说的那么好，总要聊过才知道呀。”

赵梓萌缓缓抬起头，目光与安心交会的一刹那便立刻逃离。

“你一定是被吓到了，什么让你这么害怕？”

赵梓萌十分抵触地回答：“我不知道！”

安心将一只手轻轻搭在赵梓萌背上，试探着问：“我猜猜好吗？是穆浩天吗？”

赵梓萌突然打了一个激灵，身子猛地向后靠向沙发，两臂交叉死死护住前胸，原本苍白的面孔更无一丝血色。

“没人知道，我自己也不知道！”赵梓萌突然变得歇斯底里，抬头盯着安心的眼睛问，“你为什么这么问？我凭什么要告诉你？你都知道什么？”

赵梓萌突如其来的举动让安心吃了一惊，直觉告诉她，穆云的猜测没有错，自己的亲身经历更让她确信定是穆浩天又干了禽兽之事。由于与闫晴的约定和此行的特殊目的，安心打定主意让赵梓萌开口说出真相。她坚信要想帮助面前的女人，或者说达到自己的目的，必须另辟蹊径。

安心将身体靠赵梓萌近一点，说：“如果我告诉你，我十三岁的时候被穆浩天强暴过，你会不会感觉好些？”安心出牌了。一招奏效，赵梓萌果然瞬间破防，双手掩面，放声痛哭。安心静静等待，甚至没有递上纸巾。

赵梓萌天昏地暗地发泄了一通，自己擦干了眼泪，勇敢地抬起头与安心四目相对。她不可思议地打量着面前这个面如止水的女人，似乎在思考为什么安心会如此淡定和从容。

“现在我们可以聊聊了吗？”安心乘胜追击。

“我可能也被他强暴了。”

“可能？”赵梓萌的说法让安心有些摸不着头脑。

“我真的不知道。”赵梓萌整理了一下衣服，同时也整理了一下思绪，开始诉说自己的遭遇，“两年前董事长安排我进入昊天公司，那时穆浩天正在筹备度假村的项目，我成了他的助手。很快我就发现他人不老实，爱对女孩子动手动脚。我也听到了一些风言风语，便有意与他保持着距离。我原打算年底结婚的，所以不可能做对不起男友的事。可是，可是……”安心知道赵梓萌此时需要鼓励，她轻拍赵梓萌的肩膀，柔声道：“慢慢说，我在听……”

“两个月前在度假村有一个重要宴请，穆浩天特意安排我作陪。他在酒桌上对我百般呵护，饭后还递上饮料让我解酒。后来我好像失去了意识，唯一能记得的就是他把我送回客房休息。第二天醒来时，我发现房间里很乱，自己反穿着内裤，立刻就有了一种不祥的预感——穆浩天一定是在饮料中做了手脚并借机占有了我。”

安心眉头深锁，“畜生”二字险些脱口而出，她尽量用平和的语气问：“你没有报警吗？”

赵梓萌拼命地摇头：“我怕丢人，一旦别人知道了这些，我还怎么工作，怎么回家，怎么面对男朋友？”

安心很无奈，性侵案件中有多少受害者因为同样的理由失去了伸张正义的机会呀。“我猜你一定也没留下什么证据，比如内衣内裤？”虽然不抱什么希望，安心还是试探着问了一句。

赵梓萌点点头，绝望地说：“我知道没有证据意味着什么，可名声对我更重要。我已经好久没见未婚夫了，如果被他知道，我只好去死。”

闻听此言，安心的言辞更加谨慎：“梓萌，既然你我有相似的经历，愿意听听我的想法吗？”

赵梓萌抬起头，眼中流露出期盼，像是看到了希望。

“首先，你不能做傻事。错不在你，如果自暴自弃甚至轻生，坏人不会受到任何惩罚，反而会更加肆无忌惮。你对自己的伤害只能换来亲人和爱人的痛苦，明白吗？”

“我想过这些，正是因为怕他们伤心，我才没有……”赵梓萌突然露出凶狠的目光，“我现在只恨穆浩天，恨不得杀了他，可是我知道自己做不到，我好害怕。”

“能做到也不能做，犯罪的人是他而不应该是你。”安心不由得加重了语气，“轻举妄动也许会打草惊蛇，何况你一个弱女子，报仇不成反而会受到更大伤害。”

“我现在一闭眼脑子里就是穆浩天的恶魔嘴脸和男朋友转身离开的背影，我这辈子算完了……”赵梓萌又捂住脸痛哭起来。

“当然不会！”安心的语气很坚决，她用力握住赵梓萌的手说，“穆浩天不可能逍遥法外，依他的品性，这不是第一次，也绝不会是最后一次。暂时没有证据并不意味着永远没有证据，一旦他露出马脚，你的遭遇会让他罪加一等。”

“会有证据吗？”

“会有的，所以你应该好好活下去。”

“可到时候别人还是会知道……”

“这件事目前有谁知道？”

“只有你和我，董事长应该也能猜到。原本我对谁也不打算说，可你都把自己的事告诉我了，你那时才十三岁呀，我……”

安心打断了赵梓萌：“既然如此，你不必担心，我会把这个秘密带进坟墓。真到了那一天，你也应该相信警方的办案能力和保密原则。相信我，再没有其他人会知道，你需要做的就是迈过自己心里那道坎。”

赵梓萌的眼中充满感激：“这么说我不用告诉男朋友，我还能结婚？”

“如果你确信这件事会影响你们的感情，作为无辜的受害者，我建议你保守秘密。至于结婚嘛……”安心露出暖人的微笑，“为什么不行呢？”

赵梓萌好像突然想起了什么：“还有一件事，我不知道重要不重要。”

“你说。”

“我刚到昊天公司的时候，有一次陪韩总到天津出差……”

“是韩思思？”安心问。

“对，是她，穆浩天身边的红人，你怎么知道？”

“我听别人说起过她。”安心装作若无其事的样子，“没事，你接着说吧。”

“韩总带我参加了一个饭局，酒喝到一半时，穆浩天突然给她打电话，好像是让她把什么资料带回北京。当时韩总已经喝多了，酒桌上的朋友也不让她走，所以她就给了我一个地址，让我去取资料。我开韩总的车提前离开，按照地址找到一家公司，好像叫思域吧，我记不太清了。我取完资料就回饭店接韩总，然后一起返回北京。”

“什么资料？”安心打断了赵梓萌的话问。

“董事长让我留意穆浩天的动向，所以我也想看看是什么资料，可文件袋密封得好好的，我也没有办法。”赵梓萌有点儿懊恼。

“没关系，你已经做得很好了。后来呢？”

“我们回到度假村，韩总的酒还没醒，我一手拎着资料袋，一手搀着她进了穆浩天的办公室。当我把资料交到穆浩天手上时，他的脸色当场就变了，问东西怎么我拿着。我说韩总陪客人吃饭走不开，让我去取的。结果穆浩天立刻就把我轰出办公室，我刚关上门就听见他对韩总破口大骂，说她不动脑子，这么重要的东西让一个外人去取……后面的话我就听不清了。”

这个情况对安心来说算是意外收获，她一一记在心里：“这件事你跟董事长汇报过吗？”

赵梓萌摇摇头：“我当时没觉得这是件什么值得汇报的事，所以就没说。这些日子我总是胡思乱想，越想越觉得不对劲儿，所以才告诉了你。这很重要吗？”

“不一定，不过谢谢你告诉我。”安心假装一笔带过。

“怎么成了你谢我，应该是我谢你才对呀。安心姐，你真是个好人。噢对了，是董事长告诉我你的名字的，你是她女儿？”

安心没有直接更正自己和穆云的关系，她只是说：“云姨因为你的事特别内疚，但请放心，她是个明事理的人。”

“云姨？”赵梓萌若有所思地重复着，然后似懂非懂地点点头，“董事长也是个好人，可是她怎么能容忍穆浩天对你……”

安心再次打断对方：“这是我们之间的事。”

“明白明白，希望伤害我们的人最终能受到惩罚。”赵梓萌突然又落下泪来。

走出美邦公司大门的一刻，安心感到异常郁闷。伤天害理、禽兽不如的穆浩天再次闯入脑海，扑面而来的热浪让她感到一阵眩晕。深吸一口气，安心紧咬着下嘴唇隐入了行色匆匆的人流。

做完一系列检查，安心按照约定时间忐忑地走进了专家诊室。

“坐吧。”专家眉头紧锁，抬眼看了她一眼，便继续翻看报告。

安心有一种不祥的预感，等待的每分每秒如同煎熬。房间里虽然开着空调，她的额头已经渗出了汗珠。专家终于放下最后一张报告单，安心也随之长长出了口气，小心翼翼地问：“情况不好吗？”

“你之前得过肾炎？”

“嗯。”安心点点头补充道，“三四个月前吧。”

“有上次的病历吗？”

“我带过来了。”安心赶忙从包里取出病历，双手颤抖着递给专家。

又是诡异的安静和等待，时间似乎更加漫长，安心觉得自己快不能呼吸了。好在专家终于开口了：“家里有人得过肾病吗？”

“我父亲得过，听他说我奶奶也是因为肾病去世的。”

“你出院后按医嘱服药了吗？”

安心不好意思地回答：“开始两天还好，后来一忙就经常忘。”

“你们年轻人呀，太不爱惜自己的身体了。”看到安心满脸的惶恐，专家也不忍心过多责备，详细询问了安心目前的身体状况以及生活、饮食习惯，然后表情严肃地说，“从检查结果来看，你的肾脏存在炎症，也许是因为之前的急性肾炎恢复得不彻底。更严重的是，肾功能的几个关键指标都很不好，这说明急性肾炎变成了慢性。造成这种情况的原因是多方面的，需要进一步检查。但现在必须引起高度重视，进行规范治疗，否则会造成肾衰竭。”

每个字都像重锤敲打在安心心头，她颤抖着问：“怎么会这么快？”

“一般来说，急性肾炎转变成慢性肾炎的概率不大，只有百分之十左右，多数是因为治疗不及时或方法不当造成的。这个过程通常在半年至一年之间，极少数发展快的也可能三四个月。”

“能治好吗？”

专家惋惜地摇摇头说：“目前还无法治愈，只能通过治疗控制病情发展，比如……”

“最坏的情况是什么？”安心现在不想听什么“控制”。

“如果肾功能持续恶化，最后发展成肾衰竭就会危及生命。虽然后期可以通过透析或换肾进行挽救，但显然我们都不想出现那样的情况。”

“也就是说我要终生服药，即便如此最后也不能保证……”

这次轮到专家打断了安心的追问：“也不要过于悲观，毕竟你还年轻，发现得也算及时，如果治疗得当，加上你的配合，情况也不一定那么糟，毕竟它算不上绝症。”

专家显然看出了安心的恐惧，想帮助她树立信心。但他哪里知道，此刻安心害怕的并不是自己的病，而是对未来感到绝望——好不容易找到了爱情，仿佛刚刚爬出泥潭，眼前是爱自己、爱孩子的王安逸伸出的手，然而两人的指尖刚刚触碰，爱意还未传遍全身，一纸医院的判决书又将她无情地踹回了深不见底的泥潭。

“我能生育吗?”安心用微弱的连自己都听不清的声音发问，这个问题对她来说如同最后一根救命稻草。

“什么?”专家显然没有听清。

“我还能生孩子吗?”安心这次提高了音量。

专家没有料到她会有这样的问题，但还是耐心地解答道：“慢性肾炎患者如果正在接受激素和免疫抑制剂类药物的治疗，无论是男性还是女性，我们都是不建议生育的。因为激素和免疫抑制剂类药物可能导致胎儿生长发育异常，造成流产或胎儿畸形。对于经过治疗，肾脏疾病得到缓解，停用了相关药物的男女患者是可以正常生育的。但对于女性患者，由于妊娠导致体内激素水平的变化和心肾负担的加重，可能造成病情复发甚至加重，快速进入肾脏衰竭阶段，所以对于女性患者来说，妊娠需要格外谨慎考虑。”

最后一根稻草断掉了，安心的内心世界瞬间崩塌。专家遇到过很多病情更加严重的病人，但此时诊室中无处不在的绝望气息还是让人心中一凛，他只好好言劝慰：“现在情况没有那么糟，摆正心态，好好配合，我们会全力以赴。首先咱们要把炎症消除，希望这次你能按照医嘱服药。还有，工作不要太累，注意休息，注意血压，注意饮食，不要吸烟饮酒……”

安心眼神空洞，耳边嗡嗡作响，专家的话一句也没听进去。她面无表情地接过药方，茫然起身，鞠躬致谢。临出门前，她强忍泪水说了一句：“是穆云介绍我来找您的，如果她问起来，请您替我保密病情。”

专家无奈地点头答应。

室外艳阳高照，没有一丝风，知了拼命地聒噪。热浪袭来，安心却不由打了个寒战。欲哭无泪的她仰天发呆，丝毫不顾忌灼人的烈日和路人异样的目光……

夜幕降临，安心蜷缩在客厅的沙发上，茶几上是揉作一团的药方和两个空空的红酒瓶。穆云打电话询问她看病的结果，安心强颜欢笑，轻描淡写地一笔带过。电话再次响起——是王安逸。

“下午的培训顺利吗？”关切的话语让安心愈加心碎。她没有告诉王安逸自己去看病，只是说临时给邵氏集团增加了一次培训。

“顺利。”回答异常简短，她怕控制不住自己的情绪。

“别太累，你最近气色不好，我发现你的脸有点儿浮肿。找时间我陪你去检查检查，可别又是肾脏出了问题。”

安心用力咬着手背，以免自己哭出声来：“放心吧，我没事。”

“明天我去接你吧，晚上来我这儿吃饭。”

“不了，我手头有个案子得加会儿班。”安心调整了一下呼吸，怕他听出自己颤抖的声音，“以后你也不用接送我，都有车，没必要绕来绕去的。”

王安逸好像听出了什么，不放心地问：“你没事吧？”

“没事，就是感觉累，我想早点儿休息了。”安心觉得如果再多说一句，自己就要崩溃。

“那好吧，早点儿休息。”

挂断电话，安心抱起靠枕放声痛哭。这一哭，哭得天昏地暗，哭尽了对心上人的愧疚、对命运的控诉、对未来的绝望……

第二十章　云深不知处

“该来的总要来，别怕。”安心每晚睡觉前都会这样告诉自己。自从知道患上了慢性肾炎，她总是感到莫名的恐惧，尽管不断进行自我疏导，但精神状态还是越来越差，几乎每天晚上都会失眠。一觉醒来，看着梳妆镜中日渐浮肿的面庞和萎靡的状态，想起家人同事，尤其是王安逸不安的目光，安心决心尽力好好活着。与此同时，她作出了一个让自己痛心不已的决定——和王安逸分手。她不忍心拖累一个如此优秀、深爱着自己且对幸福寄予厚望的男人。

安心没有听从医生的忠告，她拼命工作以尽可能地逃避现实、忘记恐惧，借助对他人心灵的抚慰，默默舔舐着自己内心的伤口。她故意疏远王安逸，甚至不惜以加班来减少两人独处的时间。王安逸敏锐地察觉到了异样，但安心守口如瓶。王安逸知道她的脾气，只能默默观望和守候。两个人有一段时间没有共度周末了，安心还在苦苦寻找分手的借口，王安逸已经开始焦躁不安。

“我刚问了糖果，周末你终于不加班了，咱们出去走走？”周五下班前，王安逸堵在咨询室门口问。

“哦，真不巧，素素约我去她家，丫头想我了。”安心埋头收拾资料，故意连头都没抬。

王安逸感到一股邪火直冲脑门，叉着腰问：“你最近到底怎么了？”

“没怎么。”安心依旧没有正眼看他。

“我看不光是那丫头想你了吧。”王安逸的语气中充满了挑衅。

安心抬起头，突然有了一个主意：“对呀，邵大哥也说好久没见了，特意给我准备了惊喜。”虽然表面上轻描淡写，内心却忍不住在滴血。

再好的涵养也禁不住反复的刺激，王安逸果然被激怒了，冷冷地留下一句：“那祝你们玩儿得开心。”便摔门而去。

安心不由得打了个冷战，委屈的泪水在眼眶里打转。

素素对干妈的到来喜出望外，安心却显得魂不守舍。“婚事筹备得怎么样啦？要不要我帮忙？”眼见安心神情落寞，对一桌饭菜食不知味的样子，邵荣德想说些开心的事，没想到她毫无表情的脸上神情更加黯淡。

邵荣德尴尬地干笑了两声：“素素说你的车太旧了，还让我撞过，想给你换一辆，也不知道你喜欢什么车。”

“无所谓。”安心下意识地答道。

冷淡的回答却让邵荣德喜出望外，他原本以为安心会一口回绝。邵荣德哪里知道，安心此时真的是对什么都无所谓，何况她演给王安逸看的戏确实需要一些道具和情节的支撑。

“我看就宝马吧，奔驰车太大，不适合女同志。”邵荣德搓着胖手笑呵呵地说。此时，安心的目光早已移向窗外，一只叫不出名字的鸟仿佛受到了什么惊吓，扑棱棱地飞离枝头逃向天边，鸟屎甩到玻璃窗上，格外刺眼。

两天后，崭新的宝马跑车停在咨询所门前，邵荣德笑容可掬地递上车钥匙。在王安逸冒火的目光注视下，安心若无其事地开着“道具”回家了。

夜幕降临，安心正坐在沙发上喝酒发呆，耳边响起了急促的敲门声。安心调匀了呼吸才去开门，她知道谁来了。

“你想怎样？”双目通红的王安逸闯进门来。

“你又喝酒了？”安心问得不紧不慢。

“你不是也在喝吗？我问你到底想怎样？”王安逸紧盯着她的眼睛质问。

“什么我想怎样？”安心明知故问。

“我到底做错了什么？”

“没有呀，是我做错了什么吗？”安心反问。

“你和邵荣德到底什么关系，是不是你这个干妈准备转正啦？”王安逸知道安心在装傻，他单刀直入。

“又吃醋啦？”安心故意笑得满不在乎，“小心眼儿。”

王安逸一把抓住她的手腕，咬着牙问：“如果我不够优秀，你可以明说。如果不是，那为什么已经答应嫁给我了，还和别的男人勾勾搭搭？”

“勾勾搭搭？”安心的目光陡然犀利起来，但很快就归于平静，她知道自己在演戏，一出让自己都瞧不起自己的戏，“放手，你弄疼我了。”

王安逸稍稍恢复了理智，他舍不得弄疼心爱之人，立刻把手松开。

“是因为他有钱吗？还是因为你喜欢素素？”

安心从心底里感激王安逸，因为他提到了素素，这说明在他眼中，自己并非只是爱慕虚荣、贪图荣华的女人。她为此更加羞愧。

“安逸，你想多了。”看到王安逸痛苦绝望的表情，安心刚要心软，便马上意识到自己这出戏一定要演下去，于是便狠下心说道，“我们还没结婚，即便是结了婚，我就不能和别的男人交往了吗？”

王安逸明知安心是在避重就轻，偷换概念，但仍据理力争：“安心，你我都清楚，这不是交往的问题。很抱歉，我刚才反应过激了。对，我是喝酒了，所以今天不是谈论这个问题的好时机。你一定有什么事情瞒着我，我能看出来……”他停顿了几秒钟，接着说，“咱们都先冷静冷静，改日再谈。不过请答应我，如果你还爱我，就不要有什么瞒着我，好吗？”

安心没有说话，房门关上的那一刻，她捂住嘴，生怕尚未走远的王安逸听到自己的哭声。她恨自己为什么这么狠心，为什么把这出无情无义的戏演得这么投入、这么逼真。哭着喝完最后一杯酒，她勉强给出了一个理由——为爱放手，这是唯一能给心上人的交代。

安心把赵梓萌被穆浩天侮辱的事告诉了穆云，穆云面色凝重，一言不发。

“经营方面的情况您了解得怎么样？”

“有些眉目了，唉……”穆云叹了口气，“小天确实做了许多不该做的事，我真后悔生了这么个儿子。”

安心犹豫了一下，还是把赵梓萌透露的有关思域公司的事如实相告，穆云的脸色更难看了：“我了解到的情况好像总是缺了点儿什么，也许问题就出在思域公司身上，我好好查查。”

“一旦查清楚了，您打算怎么办？”

“我准备和他好好谈谈，希望他能悬崖勒马。”

“他如果执迷不悟呢？”

“这……”穆云眉头紧锁，“那就由他去吧。”

安心理解一位母亲此时的心情，她转移了话题：“闫晴怎么办？”

“他们两个人在一起也好，分开也罢，都是他们自己的事。不过……”穆云思索了片刻说，“小晴是个好孩子，如果真走到那一步，只要她没有被牵连，只要她还认我这个婆婆，我自然不会亏待她。”

眼前的穆云还是深明大义的，安心多少有些于心不忍，她拉住穆云的手劝慰道：“您也别想太多，也许不必走到那一步。”

“但愿吧……”穆云勉强挤出一丝笑容，望向安心的目光中充满慈爱，“要是我真有你这么个女儿该多好。”

回到家中，安心拨通了闫晴的手机：“说话方便吗？”

“方便，我自己在家。”闫晴的语气有些慌乱，“安心，他好像发现了什么，最近一直在度假村忙活，对我更是像防贼一样，他不会真的察觉了吧？”

“他迟早要知道的。”

“你找过妈了吗？”

“找过了。”

“妈怎么说？”闫晴迫不及待地问话，导致声音都变了调。

“闫晴，你的状态很让我担心。”

闫晴意识到自己的失态，连忙解释：“对不起，我简直快要被逼疯了。”

安心知道闫晴此时需要安抚：“再忍耐一下，也许离你的期望不远了。”

“真的？”闫晴立刻充满惊喜。

“云姨在对穆浩天的经营情况进行调查，根据目前掌握的情况，你的怀疑也许没错，但恐怕还需要一些时间。”安心觉得闫晴现在已经成了惊弓之鸟，既然穆云已经在查思域公司，她决定先不告诉闫晴，以免节外生枝。

“我就知道他手脚肯定不干净……”闫晴迫不及待地插话。

“听我说完好吗？”安心竭力控制着节奏。

“好，你说你说……”

“在男女问题上，云姨也有所察觉。她安排一个女孩在穆浩天身边工作，结果被他糟蹋了。”

“报警了吗？”

“女孩怕丢人，所以没报警，也没保留证据，唉……”安心叹了口气，“人家原本打算年底结婚的。”

“我就知道，我就知道，这个畜生……”闫晴失声痛哭。

安心静静等她哭完，不紧不慢地问：“你怎么会知道？”

闫晴一边抽泣，一边说：“记得上次跟你说过，我曾把一个远房亲戚安排进总裁办吗？”

“小雅？”

“你记性真好，我原本想让小雅帮我盯着穆浩天，结果这孩子突然自杀了，都是穆浩天这个畜生干的好事！”

人命关天，安心的心不由得收紧了，她赶忙追问：“你怎么知道是穆浩天干的？”

“小雅有一天突然跑来找我，进门就哭天抹泪地说不想活了。我问她怎么了，她死活不肯说。最后逼得我没办法，说要把她父母请过来，她才支支吾吾地告诉了我一些情况。她说头天在度假村值班，被穆浩天叫去办公室，结果喝了一杯咖啡就迷糊了。醒来时发现自己和那个畜生赤身裸体地睡在一张床上……”闫晴哽咽着无法继续，安心则厌恶地闭上了双眼。

稍稍镇定下来，闫晴接着说：“小雅怎么受得了这个委屈。她醒来就要和穆浩天玩命，结果穆浩天说饮料里下了药，刚才的过程也录了像。他恬不知耻地说视频里小雅表现得像个荡妇，没人会相信这是强奸。唉，可怜小雅这孩子，一下就被他吓住了。”

“真的有这个视频吗？”安心眉头紧锁地问道。

“我也不知道呀，反正小雅说宁可信其有，不可信其无。最后我好说歹说，她答应不寻死了，可谁知道没过几天她就……”闫晴再次痛哭失声。

“有遗书吗？”安心虽然早已悲愤交加，但还是努力寻找着证据。

“没有，这孩子太在意自己的名声了。唉，弄得我现在都没脸见她父母。”

“人命关天，警方应该介入了吧？”安心还不死心。

“警察来调查过，可是没发现什么疑点。正巧小雅在公司谈了个对象，俩人刚刚闹了点儿矛盾，大家都说是因为感情问题。结果把小伙子带走查了半天，也没发现什么线索，所以就按自杀结案了。穆浩天做贼心虚，假惺惺地赔了小雅家属不少钱。”

“你为什么没有站出来？”安心质问道。

“我……”闫晴羞愧地支吾着，“我当时也吓坏了，就算事实真的是这样，小雅一死，我也没有证据呀。再说，孩子是我安排进公司的，我一旦说出来，还怎么向亲戚们交代呀？”

“你现在能交代了吗？”安心真的很气愤。

闫晴沉默了半天，声嘶力竭地对着话筒大叫：“对，是我太自私、太混蛋了！不过当时我手上什么证据都没有，你让我怎么办？”

安心做了几次深呼吸，迫使自己冷静下来：“你真是太糊涂了！”这是她目前能找到的最不伤人的话了。

闫晴突然从狂躁中挣脱出来，咬牙切齿地说：“我知道现在后悔也没用，只要还有一丝希望能让穆浩天完蛋，我什么事情都愿意做！”

安心从话语中听出杀气，连忙劝慰道：“闫晴，你千万别做傻事。善恶有报，不是不报，时候未到，我相信穆浩天的报应快来了。云姨打算找他摊牌，以我的判断，他绝不会束手就擒，等他狗急跳墙的时候就会露出马脚。所以我劝你千万要冷静，何况……”安心犹豫了一下还是告诉了闫晴，“何况云姨说无论穆浩天最后是什么下场，只要你还认她这个婆婆，她就不会亏待你。”

“妈真的这么说了？”

“我有必要骗你吗？”

闫晴惨然地笑了一声，说：“你和妈都是好人，在你们面前，我无地自容。不过现在我算想明白了，善恶面前，我的那些小算盘小心思都太微不足道了。即便可以得到想要的，我想自己也无法承受为此付出的代价和内心的愧疚。安心，谢谢你能帮我，我不配和你姐妹相称，但我真的好喜欢你……”

闫晴态度的转变让安心很不安，因为她分明听出了鱼死网破的绝望，电话那端低声的啜泣更让安心难受，她只好加重语气再次嘱咐：“闫晴，答应我别做傻事。”

“好，我答应。你也多保重。”闫晴决然地挂断了电话。

周末，王安逸打电话说有重要的事情商量，但安心已经答应去素素家做客。这次王安逸没有发火，只语气沉重地说："好，我等你回来。"

安心出人意料地收下礼物让邵荣德欢喜不已。他从心底里爱慕这个长相与亡妻有几分相像且聪慧善良的女人。他知道这种一厢情愿绝不会有结果，但只要女儿开心，自己也能时时看到她、关爱她，就已经相当知足了。

安心强颜欢笑地陪父女二人共进晚餐，她的手机突然响了，是一个陌生号码。

"喂，请问您找哪位？"

"蒋安心，你没想到是我吧？"电话那头传来了穆浩天阴气森森的声音。

安心的脸立刻沉了下来："找我做什么？"

"你别揣着明白装糊涂，闫晴找过你，那疯娘们说的话你也信？还到妈那儿替她说话？我警告你，少管我们俩的事！"

安心腾地站起身走到窗边，言辞犀利地说道："你们俩的事？赵梓萌和小雅是你们俩的事？穆浩天，我也警告你，多行不义必自毙，你好自为之！"

穆浩天的语气突然软了："心心，你可能是误会了，闫晴总觉得我外边有人，整天疑神疑鬼的，你……"

"心心也是你叫的？"安心怒火中烧地打断了他，但很快发现邵荣德和素素诧异地望着自己，连忙压低声音，"要想人不知，除非己莫为。穆浩天，你的好日子快到头了！"

穆浩天恼羞成怒，歇斯底里地吼道："别以为妈能把我怎么样，哼，咱们走着瞧！我现在就告诉你，闫晴屁也得不到。至于你嘛，嘿嘿嘿……"电话里传来阴狠淫邪的笑声，"是不是还想再让我享受一次？"

"混蛋！"安心再也控制不住情绪，大喊一声就挂断了电话，怒气冲冲地坐回了饭桌。

一脸焦虑的邵荣德连忙询问："什么事呀，动这么大气？"

安心淡淡一笑："一个无赖，没事。"

邵荣德一改唯唯诺诺的样子，脸上的肌肉都绷紧了："哪个混蛋？告诉我，我替你出气。"

素素也在一旁插话："干妈，你快说呀！我爸手下有好几个退伍兵，什么混混都不怕。"

"大人说话小孩别插嘴！"邵荣德罕见地冲素素瞪起了眼睛，然后郑重地对安心说，"现在坏人多，我可不能让你受了欺负。不瞒你说，我也是为了安全，特意招了几个退伍军人。给我开车的小梁曾经是特种兵，五六个人都近不了身，从明天开始我让他接送你。"

安心竟然被逗笑了："邵大哥，真的没事，我自己能处理。"

邵荣德还是不放心地嘱咐道："有什么事千万要告诉我呀。"

"好好。"安心被邵荣德的细心感动。

为了缓和气氛，邵荣德换了话题："和王先生的婚事准备得差不多了吧？新房选好了吗？我当初特意在昆玉河边的那个楼盘留了几套房子，环境和户型都特别好，哪天我陪你去看看。如果相中了，算我和素素送给你们的新婚贺礼。"

"再说吧。"安心显然对此意兴阑珊。

邵荣德虽然朴实憨厚，但绝非愚钝，安心在婚事上已经不止一次地表现出消极回避，其中必定有问题。"不急不急，反正房子也没长腿。"他一笑带过。

回到家已经很晚了，安心老远就看到路灯下王安逸落寞的身影，她的心抽搐了一下。

"你不是有钥匙吗？干吗在这儿等？"安心责备的话语中透着心疼。

"我觉得还是在这儿比较好。"王安逸抬脚将一枚石子踢进草丛中。

"什么要紧事，明天说不行吗？"

王安逸红着眼圈说："事情很急。"

"上楼说吧。"安心心里更不是滋味了。

“我爸病得很重。”

安心用手捂住嘴，小心翼翼地从指缝间吐出三个字：“多严重?”

“不太好，脑出血，暂时抢救过来了。原本他就有高血压、心脏病，去年刚刚做了搭桥手术，看来效果不好。前天他晕倒在办公室时身边都没人，要不是秘书进来送传真，也许就……我应该陪他的……”王安逸一时哽咽。

安心情不自禁地拉起王安逸的手，眼泪险些夺眶而出：“不怪你的……”她实在不知道该怎么安慰。

“你能不能……”王安逸犹豫了一下，语气很不自信，“能不能陪我去看看他，也许这是最后的机会了。”

安心多么想答应下来，可是一旦点头就意味着前功尽弃，她不忍心拖累最爱的人。短暂的沉默后，安心艰难地说出了让自己都倍感心寒的话：“我最近有点儿事情需要处理，抱歉。”说完这些，她将头扭向星空，潸然泪下。

王安逸似乎有所预料，脸上的肌肉抽搐了一下，说：“好吧，我爸那边现在情况稳定，我会先把这里的事情处理完，然后……”他突然停了下来，将手从安心手里抽出。

安心心如乱麻，根本没听出他话语中隐含的意思，正要再开口安慰，王安逸留下一句“我等你改主意”后转身，头也没回地走了。

安心觉得再不找个人倾诉自己就要崩溃了。她飞奔上楼，颤抖着拨通了贾一楠的电话。

“楠楠，是我。”安心努力控制着自己的情绪。

“真的是你?”电话那头传来惊喜的声音，“心心，你都好久不理我了。”贾一楠故作娇嗔，“是不是也忙着结婚呢?对啦对啦，我还有三个月就生啦，你都猜不出我现在有多胖，医生说是双胞胎。”

贾一楠风采依旧，高兴起来就叽叽喳喳停不住。但毕竟也是学心理的，二人关系非比寻常，安心的沉默让她突然意识到了什么，于是小心翼翼地问：“心心，北京现在快十二点了吧，这么晚找我，有事吗？”

安心再也控制不住，对着话筒放声痛哭。贾一楠没有劝说，她了解安心，如果不是遇到天大的事情，绝不会如此崩溃，她只能静静等待，握着电话的手在微微发抖。

“我要和王安逸分手。”安心终于开口了。

“为什么？他欺负你了？”贾一楠瞪圆了眼睛。

“我病了。”安心的声音小得不能再小。

“什么病？”

“还是肾炎，转成慢性了，我……”

“嗨，什么大不了的呀，吓我一跳。慢性怎么了，现在医学这么发达，好好治呗，这也至于分手？”贾一楠说话像连珠炮。

“慢性肾病很难治的，发展到最后就是肾衰竭，我不想拖累他。”

贾一楠似乎意识到了问题的严重，但还是尽力安慰：“医学知识我多少也懂点儿，安心，你别自己吓唬自己，得慢性肾炎的人多了，谁也没要死要活的。好好治疗和保养，离那一步早着呢。再说就是肾衰又怎么了，不是还能透析吗？大不了咱换肾呗。”

“我不是担心自己。”有人倾诉，安心已经平静了许多，“这个病注定要跟我一辈子，发展到后期，唉……我想都不敢想。原以为终于找到了幸福，可连边儿还没碰到就……我不想让我们两个的未来蒙上阴影，这不是我想要的幸福，对王安逸来说也不公平，他应该有更好的生活。”

贾一楠太了解自己的红颜知己了。安心可是一个什么事都能憋在心里，什么事都愿一肩担下，什么苦都要自己尝的善良女人。她理解安心的心思，可还是心有不甘：“心心，王安逸是个好男人，也许他愿意和你同甘共苦呢？你难道不打算告诉他分手的原因吗？”

“我当然不会告诉他。”安心说得决绝，“我了解他，一旦他知道了原因，一定会对我不离不弃，甚至还会好上加好，但这样我心里会好受吗？再说他喜欢孩子……”

“这里边又有孩子什么事呀?”

“因为这个病，我很可能不能要孩子。安逸喜欢孩子，我能想象他知道这个消息会有多失望。如果能给他生一个健康的孩子，万一我真的不在了，还有人陪他，可是现在连这个希望都没有了……”安心伤心地哭了起来。

电话另一端，贾一楠感同身受地用手捂住嘴，不让安心听到自己的哭声。既然已经无法再劝，稍稍稳定了一下情绪，贾一楠又恢复了泼辣的风格：“心心，咱不哭。你想分手，我完全理解，你有多苦我都知道。奶奶的，我还就不信了，老天爷这么欺负人，咱还就非得给它活出个样来。不结婚怎么啦？不要孩子又怎么啦？咱照样能过得滋润幸福。答应我，保重身子，听大夫话，该吃药吃药，该看病看病，等我生完孩子就回去陪你!”

安心被深深感动了，她破涕为笑：“你陪我？那Peter怎么办？孩子怎么办？你呀，什么时候才能改改这不管不顾的性子。好啦好啦，我就是觉得太憋屈，也不知道能和谁说。还好有你懂我，我现在心情好多啦。楠楠……”安心再度哽咽，“谢谢你，真的。”

挂断电话，安心瘫软在沙发上，一颗滴血的心稍稍安稳下来。她不知不觉睡着了，还做了一个梦，梦中云雾弥漫，一片混沌。四面八方隐约传来熟悉的声音——有妈妈亲切的呼唤、王安逸轻柔的话语、贾一楠贴心的抚慰，也有闫晴的一声叹息、邵荣德的唯唯诺诺和咨询者的窃窃私语，当然还有她最不愿意听到的声音——穆浩天无处不在的阴冷笑声……安心在梦中跌跌撞撞地前行，怎么也找不到方向。

穆浩天正在度假村的办公室里喷云吐雾，身边倚靠着衣装不整、媚气十足的运营总监韩思思。门“咣当”一声被推开，满脸怒容的穆云气冲冲闯进来。

穆浩天一个激灵站起身，满脸堆笑地说：“妈，您怎么来啦？也不提前打声招呼。那什么……思思呀，赶紧让总裁办沏茶。”

韩思思狼狈地系上衬衣前胸的扣子，头也没敢抬就溜出了房间。

“我找你还要预约吗？还是说你知道我要来，好把该藏的都藏起来？”穆云气不打一处来。

“瞧您说的，平常想请您来视察工作还怕您没时间呢。再说了，我能有什么瞒着您呀。”穆浩天渐渐稳住了心神。

穆云冷哼一声，表情严肃地环顾四周。

“妈，您先坐下歇会儿，外边热吧？”穆浩天扶着穆云坐到沙发上，秘书端来茶水，穆浩天假惺惺地帮忙吹了吹，“顶级碧螺春，败火，您尝尝，小心烫。”

穆云没端杯，也没搭话，目送着秘书出了房间。

穆浩天的脑子飞快地运转，他已经察觉了穆云调查的风吹草动，回家质问闫晴也得到了验证。虽然母亲来者不善，但他自认所作所为并没有什么破绽，于是赔着笑脸问：“您大老远跑来，有事？”

“你让小晴做副总，却什么都不让她管，为什么？”穆云开门见山。

“瞧您说的，我还不是心疼她，怕她累着。这些年她忙里忙外，为公司立了大功，也该享享福了。再说您不是想早点儿抱大孙子吗？她身子弱，我也是让她好好在家调理。”穆浩天自以为回答得天衣无缝。

“以前小晴当财务经理，昊天公司的账目一清二楚，效益也很好。这两年怎么突然就不行了？去年竟然还亏了不少！”

“哎呀，生意不好做呀。”穆浩天摆出一副可怜相，“国外现在对咱们国家进口精密元器件，尤其是芯片这块儿卡得越来越严。蛋糕就这么大，分的人一多，到手的自然就少了。再说我弄这个度假村，当初投入大不说，运转起来也烧钱呀。”

“既然提到度假村，我倒要问问你，前期投入真的像账上反映的那么多吗？我虽然没搞过基建、没开过酒店，但总有明白人吧？”穆云冷冷地质问。

穆浩天一副受了大冤枉的表情："难道您怀疑我做假账？那可是犯法呀！再说了，这公司就是咱娘儿俩的，我做假账蒙谁呀？"

穆云不为所动，不容置疑地说："过两天我会派人过来看看账目，尤其是度假村前期的资金去向，你要好好配合。"

"一定一定！"穆浩天信誓旦旦地拍着胸脯保证。

"刚才那个女的是韩思思吧？你的运营总监？"

"是是，这不我俩刚才正谈工作呢嘛。"

"谈工作？现在都这么谈工作啦？男女问题咱们一会儿再说。"穆云露出鄙视的冷笑，"前不久我恰巧知道了天津一家叫思域的公司，做的业务和昊天公司如出一辙。你猜法人是谁？"穆云斜眼瞄向穆浩天。

穆浩天的心一沉，但仍不露声色地问："谁呀？"

"韩思思！"穆云一字一顿地说。

"这么巧？"穆浩天只能继续装傻充愣。

穆云终于拍了桌子："小天！"

穆浩天不由打了个激灵，下意识地答应："哎。"

"我太相信你，也太放纵你了！"穆云指着他怒吼道，"事到如今你还想骗我吗？你和韩思思背着我另起炉灶，说你吃里爬外没错吧？说你忘恩负义不冤吧？退一万步，就算你见钱眼开想甩了我，我都可以睁一只眼闭一只眼，谁让你是我儿子呢。可你要是想借此机会干些违法的事，我可绝不饶你！知道吗，你这是自己往绝路上走！"

眼见事情败露，穆浩天依然心存侥幸："妈，您先别发火，这里边一定有误会，等会儿我好好问问韩思思。"

"小天，别怪妈没提醒你，也别怪妈到时候翻脸不认人。你俩到底在搞什么勾当，你心里应该清楚。虽然我还没有确凿的证据，可国家的法律在那儿摆着，天网恢恢，疏而不漏，我劝你悬崖勒马！"

穆浩天眼珠一转，嘴上连连答应："明白明白，我知道该怎么做。"

穆云话锋一转："我问你，赵梓萌为什么突然离开昊天公司？你对人家做了什么？”

“妈，我是有老婆的人，我能把她怎么样？”穆浩天百般抵赖，“我不过就是平时嘻嘻哈哈惯了，和员工在一起比较随便。倒是那个赵梓萌，一天到晚假清高，还神经兮兮的。她受不了这里的工作氛围，难道这也能怪我？”

“哼哼——”穆云冷笑一声，“昊天公司那个小姑娘自杀的事和你到底有没有关系？”

“我不是都跟您说了吗，小雅是和对象闹矛盾才寻短见的，再说警察都来调查过了，这事真的和我没关系。”

穆云简直怒火中烧，说话的声音都发颤：“小天呀小天，你怎么能干出这么伤天害理的事？就冲当年你欺负了心心，就冲你被小晴捉奸在床，我就应该知道你狗改不了吃屎！现在你还敢说自己跟这两件事毫不相干？你……”

“妈，您听我说……”穆浩天还想辩解。

“你别叫我妈，我真恨不得没你这个儿子。早知如此，当初你欺负心心时我就应该大义灭亲！”

“妈……”

穆云一分钟也待不下去了，愤然起身，立刻感到一阵眩晕。穆浩天伸手想去搀扶，穆云用力甩开，踉跄着向房门走去。临出门前，她长叹一声，留下一句：“小天啊，人在做，天在看，你好自为之吧！”

第二十一章　更与何人说

望着穆云远去的背影，穆浩天脸上的肌肉抽搐了一下，他发了会儿呆，然后拿起电话："思思，我妈走了，你来一下。"

韩思思慌慌张张地跑进屋，惊魂未定地喊道："哎呀妈呀，老太太也不打招呼就跑过来，吓死我了。咱的事没露馅吧？"

"咋咋呼呼地喊什么？"穆浩天低声呵斥，朝房门努努嘴。

韩思思马上心领神会地转身关上房门，然后坐到沙发上小声问："没事吧？"

"老太太应该知道了不少。"穆浩天的表情阴郁。

"啊？那可怎么办？"韩思思腾的一下站起来，那架势似乎要夺门而逃。

"别一惊一乍的好不好？坐下！"穆浩天一脸鄙视，"我问你，度假村前期的合同和账目是不是都处理干净了？"

"早就处理好了，怎么了？"

"老太太过几天要派人来查账，她怀疑咱们在费用上做了手脚。"

"哦，原来就这点小事呀！"韩思思语气轻狂，"你放心，咱们挪用资金的事天衣无缝。不光账目上瞧不出破绽，连那几份假合同都做得比真的还真。"

"昊天这几年的收益都转走了，也难怪老太太起疑，不过只要明面上查不出来，她也拿咱没办法，大不了撤资呗。哼，我现在还真不稀罕她那俩破钱。不过……”穆浩天收起了狞笑，“老太太知道思域的事了，而且知道你是法人。”

“这有什么大不了的，难道她还想查我？”韩思思点着香烟，眯斜着眼从嘴角吐出一缕烟雾。

“她倒是没这个权力，可是思域这两年做的生意可摆不上台面，老太太万一真撕破脸把这事捅出去，自然会有人查咱们。”

韩思思原本要冲穆浩天吐个烟圈，闻听此言，刚刚出口的烟雾还没成形就被一阵咳嗽喷得七零八落。

“都是你干的好事，喝几杯猫尿就找不着北。我妈刚才问我赵梓萌的事了，估计那丫头就是老太太派过来监视我的。你倒好，不但让她去了思域，还把那么重要的文件让她拿着。”

“那咱就完啦？”

“没那么容易！”穆浩天目露凶光，“最近那批货什么时候到岸？”

“还要一个多月。”

“不行，太晚了！这是咱们最大的一单，绝对不能有什么纰漏。你催催那边，让他们优先给咱发货。货一到马上出手，不必计较价格，都办利索后赶紧把思域注销。”

“为什么呀？那可是咱俩的金饭碗。”

“你懂个屁！”穆浩天焦急地在房间里踱步，“真犯了事，钱再多有什么用？偷税漏税就够咱俩喝一壶了，真要是被逮到走私，你我全都吃不了兜着走！我可是蹲过大狱，再栽进去还不如让我去死！”

韩思思显然被吓坏了，慌忙把烟掐灭，走到穆浩天身边抱住他的胳膊使劲摇晃，“好好好，我听你的。”她的声音有些发颤，“咱们做过那么多次，这要是被逮住得判多少年啊？”

“瞧把你吓的！”穆浩天抬了抬嘴角，阴冷的脸上露出狡黠的笑容，他揽着韩思思的肩膀说，“别怕，咱们的手法很保险，否则也做不了这么长时间。”他咬着牙恶狠狠地嘟囔了一句，“要不是闫晴这个臭婆娘和安心瞎捣乱，咱还能踏踏实实挣几年。不过……”他用食指抬起韩思思的下巴，一脸淫笑地说，“现在挣的已经几辈子都花不完了，这人得知足不是？等这个单子做完了，咱俩先去国外避避风头，如果苗头不对就不回来了。”

“就咱们两个吗？”韩思思抛了个媚眼，顺势倒在穆浩天怀里。

“没错，只带着你这只小骚狐狸。”

韩思思送上烈焰红唇，穆浩天一把扯掉她的上衣，两个人浪笑着滚倒在沙发上。

一番颠鸾倒凤后，穆浩天喘着粗气翻身坐起，伸手拿起一支烟，韩思思赶紧帮忙点着。穆浩天闭着眼睛深吸几口，一脸陶醉地说：“加了料，抽着就是带劲儿。”他顺手把烟递给韩思思，两个人立刻笼罩在一片乌烟瘴气中。

穆浩天突然想到了什么：“对了，你从泰国弄来的那些药丸药水赶紧处理掉，这东西可不是闹着玩儿的。咱自己乐和就行了，你倒还做起生意来了，真是要钱不要命！”

“行，都听你的。”嘴上虽然这么说，韩思思脸上却露出了不屑的表情，“要不是有这些玩意儿帮忙，你能搞定那么多小姑娘？”

“废话！”穆浩天目露凶光，“谁让你往外卖了！再说，小雅的死没牵连上我那算侥幸，如果真惹上人命官司，咱俩都得完蛋！”

韩思思看穆浩天眉头紧皱的样子吓得瑟瑟发抖，她一边胡乱地穿衣服，一边问：“你老婆和安心不会真闹腾出什么来吧？”

“哼！”穆浩天狠狠将烟掐灭，“我早看出来了，闫晴这个臭婆娘就是为了钱。看着吧，我最后肯定让她一个子儿也捞不到。至于安心嘛……”他不由露出了一丝贪婪的表情，“当初办这丫头时，感觉真不错，要不是她跑得快，我真恨不得……”

“死样儿！”韩思思一拳捶在穆浩天背上，两个人同时爆发出一阵狂笑。

自从与贾一楠通过电话，安心的苦痛似乎有所缓解。为了疏远王安逸，她刻意将更多时间投入了工作。手头的一个案子非常奇特，她不得不全力以赴。

半个月前Gina第一次来咨询时，安心立刻就感受到了这个女人的与众不同。棕红色的披肩鬈发飘逸动人，她大眼睛、高鼻梁、深眼窝，白皙的肤色让脸上星星点点的雀斑格外明显，一双淡蓝色的眼眸仿佛会说话。要不是一口流利的北京话，安心简直要把她当成外国人。

“你好Gina，有什么可以帮你？”一如既往亲切的开场白。

“我很困惑，也很羞耻。” Gina忽闪着长长的睫毛，一脸委屈地说。

安心报以微笑：“困惑很正常，我们都会困惑。至于你说的羞耻嘛，暂时我不太认可这个词。每个人都有自己的秘密，却不见得要为此感到羞耻，对吗？”

Gina耸耸肩膀不置可否，好像在思考什么。趁此机会，安心仔细打量着她，一袭无袖波西米亚长裙，贴身收腰的黑色款式勾勒出丰满婀娜的曲线，飘逸的裙摆上绣着五颜六色的花朵，仿佛美人置身花海，红色丝绒面单鞋，平缓的小坡跟让身材更显高挑，这是一个充满异域风情的女人。

冷场的时间不宜太久，安心打破了沉默：“可以讲讲你的故事吗？”

“我不是很确定自己要不要结婚，或者……” Gina停顿了一下补充道，“配不配结婚。”

安心双手交叉抵住下巴，将头微微一歪表示愿意洗耳恭听。

“我今年二十九了，原本打算明年结婚，可是……”Gina突然停下来，将身子靠向椅背，跷起了二郎腿。安心知道这样刻意保持轻松的姿势恰恰说明Gina内心的躁动和斗争，果然几秒钟后Gina再次坐直身子，双手胡乱地撩拨了几下头发，用明显加快的语速开始了讲述：“我妈妈是中国人，职业是德语翻译。爸爸是个荷兰画家，他来中国采风时认识了妈妈，两个人很快就结婚了。我出生在荷兰，小时候一直在那里生活。”

安心笑而不语，她很满意自己最初的判断。

“我十二岁时父母离了婚，其实在那之前我过得还是蛮好的，除了爸妈之间永不停歇的争吵……” Gina自嘲地笑了一下，“也许是结婚太着急了，也许是文化差异太大，反正他们就是过不到一起。离婚后妈妈带我回国，很快便嫁给了一个有钱的老板，但我的继父是个混蛋！我十六岁时被他强暴了。”没有悲愤交加的声泪俱下，Gina只是端起水杯轻轻抿了一口，仿佛是在诉说别人的遭遇，这让安心感到诧异。

Gina似乎看出了安心的疑惑，她平静地解释道：“之所以说他是混蛋，是因为我认为能够拥有我的人绝不应该是他。”

安心虽然惊讶于Gina的坦率，甚至觉得因此而打开了新的思路，但她还是不动声色地轻轻点头，表示自己在认真听。

“妈妈知道后又迅速离了婚，但我并没有原谅她，或者说我根本也没恨过她。只是从那时开始，我得到了真正的自由。当然，表面上我还是和她生活在一起……”

Gina又跷起了二郎腿，但在安心看来，这次她是真的放松下来了。人们通常都是谈性变色，羞羞答答，遮遮掩掩，更何况这种在安心眼中简直是痛不欲生的遭遇，怎么Gina竟讲述得如此云淡风轻？

“如果没有发生那件事，我的人生也许会是另外一个样子。”Gina有些失神地望向天花板，似乎在想象那另一种人生。过了一会儿，她收回目光继续说道：“原本我的学习很好，尤其是文科。因为在国外长大，我的英语一直是年级第一，可惜没有德语课，不然我一定还是第一。”她俏皮地笑了一下，鼻尖上的雀斑显得更加灵动，“不过我更喜欢语文和历史，甚至为此着迷，原来世界上还有这么伟大的文化和不可思议的民族，而我身体里竟有一半这样的基因。然而一夜之间一切都不一样了，你能理解吗？绝不是那种潜移默化，而是让人猝不及防、无所适从的变化。”Gina突然盯住安心的眼睛，脸上写满焦急，期盼得到安心的响应。

安心第一时间点头回应："那种感觉太糟糕了。"

Gina如释重负地呼出一口气："我再也无法集中精力学习，脑子里总是那时的画面。最初我还会为此苦恼甚至羞愧，但很快便麻木了。再到后来，我竟然会去主动回忆和思考——为什么是那个人？为什么是那种感觉？性爱真的就应该是那样吗？"她深锁眉头，仿佛仍在寻找答案。

安心也不由得皱起眉头，轻声询问："你试图去寻找答案了吗？"

"我刚才说过，我自由了。"Gina似乎所答非所问。

"你是说……"安心欲言又止。

"对，就是你想的那样，我开始主动接触男性，试图用自己的方式找到答案。我发育得比较早，虽然还是高中生，但我已经注意到了周围异样的目光。我的遭遇不知怎么被传出去了，那些眼神变得更加热辣和猥琐。最初我有些厌恶和害怕，但我没有逃避。第一次是和一个社会青年，怎么说呢？没有什么特别感觉，于是我就想——是这样吗？真的是这样吗？于是很快便有了第二次、第三次……我不会在意对方的年龄和身份，只要有感觉就会去做，因为我只想找到自己的答案。渐渐地，事情变得一发不可收，我不知道是不是热衷于此，只是感觉控制不住自己的身体和欲望……"讲述戛然而止，安心看到了Gina眼中闪烁的泪光。

虽然于心不忍，安心还是试探着问："找到答案了吗？"

Gina没有正面回答，语调悲凉地说："离高考还有三个月时，我被学校开除了。在外人眼里我就是个……"她凄然一笑，每个字都沉甸甸地带着泪、浸着血，"算了，不说你也知道是什么。接下来整整一年，我把自己关在家里如同行尸走肉。"

安心的心仿佛被什么刺痛了，她不忍心追问，一阵短暂的沉默后，Gina再次开口："要不是他的出现，这个世界可能已经没有我了。"

"他？"

"我现在的男友。"Gina眼中燃起爱的火焰，她惊讶地发现对面的咨询师竟和自己有一样的情绪变化，感激地冲安心笑笑。

“阿康是我的同班同学，一直暗恋着我。被开除的那天我被妈妈领回家，临出校门时回头望了一眼教室，只有阿康一个人站在窗前目送我离开……”Gina第一次落泪，她优雅地抹去泪水，“一年后，已经上大学的阿康听说我的状况很不好，来到我面前。其实根本不用他劝说，就凭那束窗前送别的目光，我就一定会听他的。我进入民办高中复读，开始拼命地学习，拼命地忘掉过去。凭借从父亲那里遗传来的绘画基因，我考上了北京服装学院，现在是一名独立设计师。这些年，阿康一直对我不离不弃，他虽然了解我的过去，但还是义无反顾地选择了我。”故事虽然还未完结，但安心已经深受感动：“恭喜你们，而且……”她十指交叉放在胸前，诚恳地补充道，“你们的故事令我感动。”

“不是同情？”Gina眨眨眼睛盯着安心。

“不，是感动。”安心坦然与Gina对视。

“谢谢你！”Gina第二次落泪，“不过要说恭喜还是早了点儿。”她笑着接过安心递来的纸巾。

“对，你的困惑。”安心故意没有提“羞耻”二字。

“虽然我表面上焕然一新，但内心的欲望却从未减少。我对性的热衷丝毫没有减退，但理智和良心告诉我不可以。你知道吗？那真的是一种煎熬，我……”Gina不好意思地低下头，声音几不可闻，“这就是我感到羞耻的原因。”

安心终于确认了Gina的来意，轻声问道：“能具体谈谈那些欲望吗？”

“我原本以为那段浑浑噩噩的日子过去了也就过去了，可是我的身体，哦不，应该说我的脑子好像被刻下了深深的印记。我无法克制自己去想那些乱七八糟的东西，转移注意力、禁闭、自残，能用的办法我都试过了，可是不行。两年后，阿康率先毕业，我们开始同居。阿康是个正常男人，对二人世界充满激情，我也终于摆脱了如饥似渴的状态。可是渐渐地，我的欲望令他无法招架。两个人一起生活的这些年，他总是尽量满足我的需求，但在我看来远远不够。无论是在工作还是生活中，欲望总会莫名其妙地降临。阿康在身边还好，如果不在，我简直就要发疯。为了不迈出背叛他的第一步，我只好放弃来之不易的工作，把自己关在家中搞设计。但我知道这绝非长久之计，尤其现在到了谈婚论嫁的时候。”Gina终于抬起了头，她的眼神复杂——茫然、恐惧、期盼、内疚交织在一起。

“我想我可能是病了，而且我确信如果这个病治不好，我早晚会再次跌入深渊。我不能对不起阿康，更不能失去他，可是这究竟是一种什么病啊……”可怜的女人双手掩面，不再是梨花带雨，而是痛彻心扉。

安心一边静静等待，一边在脑海里拼命搜索着相关信息。虽然接触过类似的案例，但面对面咨询还是第一次。她目前还无法得出结论，更无法给出建议。好在时间快到了，等Gina平静下来，她转换了问题：“阿康知道你的困惑吗？”

Gina含着泪说：“知道，他很心疼我，但也无能为力，是他建议我接受心理咨询。”

“我想说的是，这绝不是你所说的什么病，但它确实是一种心理问题。造成这种情况的原因很复杂，解决的途径也多种多样，但这需要时间，需要进行更多的沟通，以便我们找到心结。”安心谨慎地说。

Gina点点头：“我理解，只要能彻底摆脱掉它，付出什么我都愿意。”

“那好吧，今天先到这里如何？”安心站起身，微笑着走到Gina身边，伸出手说，“这不是你的错，不必为此感到羞愧。”

Gina优雅起身，紧紧握住安心的手说：“谢谢你的倾听，我感觉你能懂我，而且我现在感觉好些了。”

第二次谈话进行得很顺利，在查阅了大量资料的基础上，安心有针对性地提出了一些问题。Gina都如实且大方地予以回答，包括早期家庭状况、被强暴后的反应、母女关系以及什么情况下会产生躁动的欲望和事前事后的心理变化，等等。她甚至将刚参加工作时险些重蹈覆辙，以及由此产生的负罪感和恐惧感都和盘托出。安心大致有了自己的判断，但为稳妥起见并没有当场给出具体意见。她决定在咨询所内召开一次内部研讨，以便听听大家的见解。

安心将本次讨论的案例预先告知，所以在她做过简要介绍后，咨询师们开始各抒己见。

首先发言的是段姐："我个人认为这是典型的'性成瘾'，就像有些人患上烟瘾、酒瘾一样，虽然比较麻烦，但通过规范治疗，其症状可以得到明显改善。"

"对啦对啦，知道老虎·伍兹吗？他就是性成瘾！"糖果忙不迭地插话。

嘉欣接过话："根据我掌握的资料，性成瘾又叫性高潮瘾，是指个体出现强烈的、被迫的连续或周期性的性冲动行为，如果这些性冲动得不到满足，就会产生焦虑不安的痛苦感觉。其症状包括反复出现性幻想、性冲动和性行为，时间长达六个月或更久，并且这些症状不是出于滥用药物或其他医疗行为。与普通性欲旺盛最显著的区别在于，当事人在性行为实施后会有强烈的沮丧和悔恨，并由此引发抑郁情绪。然后再通过不停的性行为去缓解焦虑和抑郁，最终陷入恶性循环。"她停顿了一下补充道，"这个案子的当事人显然不是单纯的性欲旺盛，首先，她的这种行为有明显的诱因；其次，她对自己的这种行为怀有强烈的负疚感。我同意段姐的判断。"

孙文向上推了推眼镜说："根据美国性健康促进协会给出的标准，如果有以下三种征兆之一，有可能就是性瘾症患者。一、是否觉得自己无法控制自身的某种性行为；二、某种失控的性行为是否已造成严重影响；三、是否会不由自主、不断地想到某种失控的性行为。很显然，本案的当事人基本具备了上述三个条件。我也同意段姐的判断。”

姚广智清了清嗓子说：“我在医院工作时遇到过几个类似病人，他们的症状与案例中的来访者很相似，甚至更加严重。虽然这个案子的当事人最初的行为几乎失控，但后来她对自己有了一定的控制力，虽然很痛苦，但毕竟没有对自己、他人、家庭乃至社会造成严重伤害。以我的经验判断，来访者从小面对父母的争吵，肯定缺少家庭关爱；原生家庭的解体以及继父的强暴让她更加缺少安全感。以此作为补偿或者报复，她很容易对正常的性爱产生认识上的偏差。经过一段疯狂的实践，这种偏差逐渐给她打上了思想烙印，以致陷入其中难以自拔。”

“还有一点，来访者在荷兰长大，那可是一个对性持有相当开放态度的国家，这也在一定程度上促成了她从一个性受害者向性成瘾者的转化。”糖果这番话引来了众人的点头赞许。

苏老也表达了自己的看法：“刚才大家说的都有道理，我只想补充一点——除了心理上的原因，我们也要考虑生理因素。根据相关研究，体内荷尔蒙的分泌紊乱导致激素水平异常也会引发性成瘾，当然这需要通过专业检查予以确认。我要强调的是，我们不能排除这种可能性。”

“苏老说得对，我们不能忽略任何一种可能性。”老闵的表情严肃，“通过这个案子，我有一个强烈的感受想和大家分享。性这个话题在中国尚属禁忌，无论你多么开明也难免羞羞答答。我们干心理咨询这行，遇见的情况算是比较多了，但实事求是地讲，性成瘾这种案例还是相当罕见。但事实真的如此吗？根据《中国性成瘾调查白皮书》披露的数据，调查随机选取国内三十四个省市以及部分海外人士约一万两千人作为样本，结果显示性成瘾者占百分之三。这意味着什么？放眼十四亿人口，这意味着我们身边可能有四千多万的性成瘾者。这个数字难道不令人震惊吗？很多心理问题我们不能再回避了，尤其是关于性，继续谈性色变将会造成多少人间悲剧啊！作为一名心理咨询师，我们理应承担起这份社会责任！”老闵越说越激动，脸色竟有些微微泛红了。

一席话让在场的人陷入沉思。孙文打破了僵局：“老闵说得太好了！白皮书我也看过，从专业角度补充一点——调查结果显示，焦虑型、依恋型的人更容易性成瘾，自控能力低、意志力弱、沟通表达能力和共情能力比较差的人也容易性成瘾。从安心的介绍来看，来访者似乎不太符合上述特征。特殊的成长环境和被强暴的遭遇是造成她后续反常举动的诱因，但她的自控能力和沟通共情能力并不差。所以即便是性成瘾，也应该是一种非典型性性成瘾，我不知道学术界有没有这种称呼，姑且先这么叫吧。总之，我建议除了常规手法外，应该以疏导为主，让她自己解开心结。当然，这只是我的建议，供安心参考。”

安心向孙文点头致谢，她从心底里感谢这帮志同道合的伙伴。接下来大家又对一些专业问题和咨询细节展开讨论，安心觉得心里有底了，但又似乎缺了什么。当她意识到这一点时，便将目光转向了坐在角落始终一言未发的王安逸身上。

“安逸，说说你的看法吧。”虽然内心充满期待，但她的目光还是不由自主地闪躲起来。

王安逸将指间不停转动的笔扔到桌面上，神情委顿地说：“大家说得都挺好，我没意见。说实话，来访者的情况真算不了什么，起码她能直面自己的问题，起码她对心上人毫无保留。”他用略带挑衅的目光瞥了安心一眼，瓮声瓮气地补充了一句，“就凭这两点，我挺佩服她，希望她能尽快迈过这道坎。”

大家被王安逸这番话搞得莫名其妙，只有安心明白他话中所指。无言以对的她只好尴尬地总结：“谢谢各位抽出时间参加讨论，非常感谢大家的建议，今天就到这里吧。”

再次见面时，Gina身穿中式长裙，香云纱的褐色面料上印着一幅工笔画，古藤盘绕，新枝漫卷，青芽娇嫩，两只鸟儿，一只雪白，一只斑斓，雀跃枝头，一眼望去她古风盎然，飘飘欲仙。

"好漂亮的裙子，你自己设计的？"

Gina得意地点点头，起身原地转了一圈儿："图案也是我画的。"

"厉害！"安心竖起大拇指，"看来你不仅遗传了绘画基因，还融入了中国元素。"

Gina重新落座，神采飞扬地说："我喜欢中国传统的东西。"

"你本来就是半个中国人嘛。"安心开着玩笑，话锋一转，"最近感觉怎么样？"

"好些了！以前闲下来的时候就会胡思乱想，现在哪怕偶尔冒出那种念头也不会抓狂了，这要谢谢你。"

"谢我？"

"见你之前我的苦恼无处倾诉，即便是对阿康，我也不可能说得那么酣畅淋漓。其实到目前为止你并没有给过我什么建议，但我知道你能懂我，你愿意帮我。虽然之前我们素不相识，虽然你没有经历过，但我觉得你特别能理解我，让我心安，让我信任。"

Gina哪里知道面前这个愿意帮她的女人同样有过被强暴的遭遇，更有许多说不出的苦。

安心的心中掀起了一丝波澜，但表面上轻松随意地说："也许是我的职业原因吧，或许……"她俏皮地耸耸鼻子，"咱俩算是心有灵犀。"

Gina用力点点头。

"那么现在愿意听听我的建议吗？"

"你说。"Gina向前探出身子，双臂叠放撑住桌面准备倾听。

"你的情况属于一种心理问题，专业上称之为'性成瘾'，也可以叫'性冲动控制障碍'或'性欲亢进'。从严格意义上讲，这算不上一种病，你也大可不必纠结于它的称谓。它实质上与烟瘾、酒瘾这些上瘾类似，受此困扰的人群虽然谈不上普遍，但也绝非罕见。”安心停顿了片刻，看到Gina平静而专注地在听，便继续说道，“造成这种问题的原因很复杂，大致分为生理和心理两种。稳妥起见，我建议你到专业医院做进一步检查，因为荷尔蒙分泌紊乱会导致激素水平异常从而影响行为。不过我认为你的情况属于后者。”

Gina眉头轻皱，微微点头。

“我之所以倾向于后者，是因为根据相关研究，缺少家庭关爱、没有安全感、遭受性侵害是性成瘾的导火索，当然也会有受到性方面的不良引导、沉迷于色情以及对性常识和两性关系缺乏正确认识等影响。从事情发展的时间上看，继父对你的伤害是直接的诱因。”

Gina双肩收拢，似乎心有余悸，她用微微颤抖的声音问道：“如果说那件事是诱因，我应该厌恶这种事情呀，怎么会……”

“这就是我要和你重点谈的问题，也许是众多偶然因素造成了你的反其道而行。”安心耐心做着解释，“你虽然出生在荷兰，并在那里生活了很久，表面上看思想相对开放，但你母亲毕竟是中国人，有着中国人传统的道德标准，你说过从小母亲也告诉过你女孩子应守的本分。回国后，你接触到了真正的中国文化并立刻对其着迷，说明你潜意识里更加认可它。这种矛盾心理让你在中西方对待性的态度上有些无所适从，遇到问题会比一般人更加纠结。另外，你内心渴望家庭的温暖，但父母无休止的争吵显然让你很受伤。在这种伤害潜移默化的影响下，你逐渐对家庭失去信任。这种渴望被关爱和亲情愈加疏离的矛盾让你迫切需要找寻替代者，它可能是一件事，也可能是一个人，总之在你找到它之前一切都有可能，而且你会不断地去尝试，甚至不考虑后果。还有，你母亲虽然与那个伤害你的人离了婚，但她为了颜面息事宁人的做法显然没有让坏人受到应有的惩罚。你说没有原谅母亲，但也不恨她，这看似矛盾的心理恰恰说明你既在意母女情，又怪她没有保护好你；你恨继父，但他却毫发无损。试想一个受到伤害的人无法找到宣泄的出口，既不能爱，也不能恨，她会做什么？很显然，她可能会反向继续伤害自己或者利用自己能把控的一切去回应。你能把控什么？你说过自己自由了，真的是这样吗？也许你只是向往自由。一个未成年的孩子究竟能把控什么？也许只有自己的身体了吧。所以你想通过这唯一的、所谓的自由去回应和宣泄。探寻两性秘密也许只是你给自己找的借口，你真正要做或能做的想必也只有放纵自己的欲望。”

不知不觉中，Gina已泪流满面，但安心并没有停下：“通过这样的放纵，你似乎终于找到了宣泄的出口并一发不可收。这种心理补偿机制逐渐在脑海中刻下印记，以致让你无法自拔。”

Gina再也无法控制情绪，当自己浑浑噩噩的心路历程被抽丝剥茧般一一呈现在眼前，就像一道道看似已经愈合的伤疤被再次掀开，那种疼痛简直撕心裂肺。

安心没有打扰Gina的情绪释放，她长出一口气，将身体深深陷入椅背。Gina埋头哭了十多分钟，竟破涕为笑，梨花带雨的她更加娇艳。

“还困惑吗？”

Gina摇摇头，目光中满是释然和感激。

“那羞愧就更无从谈起了。”安心欠起身，十分郑重地说，“Gina，你没有病。相信我，错不在你，没有必要为此羞愧。你比遇到同样问题的人更强大、更有自控力。命运没有辜负你，让你遇见了阿康，好好珍惜他吧。”

Gina站起来，周身仿佛脱胎换骨般散发着活力。她没有马上告辞，而是冲安心伸出手臂，说：“我可以抱抱你吗？”

安心同样伸出双臂走到她身边，她们紧紧拥抱在一起。安心拍了拍对方的后背，在她耳边轻声说：“祝你们幸福。”

目送Gina翩翩远去，安心紧绷的身心随之放松，她为了这个案子心力交瘁。一阵眩晕袭来，她踉跄着回到桌前，取出不久前购买的血压计。虽然对自己的健康和未来心灰意冷，但她还是听从了贾一楠的建议，开始关注身体状况。高压180、低压120，这种情况近来时有发生，安心知道高血压对慢性肾炎意味着什么。她向来很少按医嘱服药，之前是因为大大咧咧，现在则是觉得可有可无。潜意识中，没有了幸福和未来，一切也就都无所谓了。犹豫了一下，她还是从包里取出降压药服下，然后瘫坐在沙发上发呆。

为别人提供咨询，安心往往冷静而豁达，耐心且执着，但事到临头自己却无法泰然处之，她觉得这很荒唐，却无力扭转。她忍不住问自己：来访者可以肆意宣泄，而咨询师的苦更与何人说？想到这儿，安心苦笑了一下，泪水悄然而落……

第二十二章　爱已成往事

银杏树的叶子还是绿的，仿佛数不清的小扇子在舞动，洒下片片斑斓的光影。九月的北京是一年中最美的，安心以前一直这么认为。但这个凉风乍起的秋季，她感到异常苦闷焦躁。身体越来越差，血压忽高忽低，还时不时出现血尿和蛋白尿。没有人会漠视生命，安心自然也不例外。上次看病开的药被她丢进抽屉，眼下不得不翻出来按照医嘱服药了。

工作当然不能放下，这也许是安心目前唯一能排解痛苦的途径了。王安逸最近一直没有接手新案子，班也不是天天上，不知道在忙些什么，其他咨询师不得不面对更多的来访者。下班前，糖果又给安心递上了一份第二天临时增加的预约单。

“不能安排给王老师吗？”安心瞟了一眼桌上厚厚的预约资料，疲惫而无奈地问。

“王老师已经快一个月没接新的咨询了。”糖果探出身子小声问，“他说要回美国，也不知道要多长时间，不会不回来了吧？”

安心表面若无其事地“哦”了一声。

“你俩不会吹了吧？”糖果将头凑得更近，几乎是贴着安心的耳朵问。

安心瞪了她一眼，没好气地说：“别这么八卦好不好？”糖果吐了吐舌头悻悻而去。

安心怅然望向窗外，想象着银杏树叶慢慢变黄的样子。这一年时间过得好快，快得让人没有时间回望；这一年发生的事情好多，多得让人应接不暇。

这次的咨询者是一位姓顾的老先生，六十二岁，登记的职业是退休干部，咨询事项一栏空白。

正襟危坐在安心面前的老先生穿着得体，藏蓝色的翻领夹克衫里面是熨帖平整的白衬衣，裤缝笔直，黑皮鞋一尘不染，一眼就能看出是机关干部的打扮。两鬓斑白的头发梳理得一丝不苟，黑边眼镜后面目光炯炯，亲切和蔼的表情中自带威严。

“有什么可以帮您？”

“我不知道该怎么面对老伴儿。”老先生开门见山。

“发生了什么？”安心也单刀直入。

“这里的咨询完全保密吗？”

安心坦然迎接顾先生的审视，郑重答道：“保护来访者的隐私是我们的职业规范。”

老先生紧绷的身体稍稍松弛下来，他向上推了推镜架说：“我没有用真实姓名。”

安心微微一笑：“完全可以理解，那么我就称呼您顾老如何？”

顾老满意地点点头：“请原谅，因为我毕竟是个干部，虽然退休了，很多事情不得不有所顾忌。”

“请您放心，在没有得到当事人许可的情况下，我不会向任何人透露咱们之间的谈话。”

“好，我相信你。你问我发生了什么，唉，太多了，太多了……”顾老长出一口气，“原本以为一切都能平静地过去，我想老伴儿可能也是这么想的，直到我俩参加了那场追悼会。”

安心静静聆听。

“我和老伴儿都是从局级岗位退下来的，她比我还早几年。两个月前，我俩的高中同学去世了，姑且叫他老韩吧。在追悼会上，我们得知了一些老韩的事情，自那以后，我就再也无法平静了。我想老伴也一定有同感，因为我们俩恩恩爱爱生活了三十多年，突然之间仿佛都无法面对彼此了。”

“追悼会上发生了什么？”安心小心询问。

“老韩曾经也是个干部，但他一直在外地工作，退休后才回到北京。其实很多年来我们并没有什么接触，接到高中同学会的通知时，我和老伴儿都觉得很突然，毕竟才六十来岁的人……”老人语调悲戚地将往事娓娓道来，“我们三个在同一所学校读高中，我和老伴儿是同班同学，老韩比我们高一届。那个年代，学生没心思读书，都争着响应号召上山下乡、支援边疆。我当时是班长，自然要报名去最艰苦的地方。1972年，我和老伴儿被分配到了云南瑞丽，当然那时还不能叫老伴儿，老韩去了新疆。他比我们早出发一天，在火车站送行时，我老伴儿哭得很伤心，我知道他们那时在处对象，而我只是暗恋着老伴儿。”顾老悠然神往，眼睛放光，仿佛回到了那个如火如荼的年代，“不瞒你说，我当时在暗暗庆幸，终于有机会追求心上人了。”说完，他不好意思地笑了。

“插队的生活一定很苦吧？不过显然您的心愿达成了。”安心露出了善意的微笑。

顾老明白安心的话外音，但他没有丝毫庆幸的意思：“不是苦，是真苦哇！”老人的语气沉重起来，“我和老伴儿分在了一个连队，在楚雄下了火车就上了军用卡车。大家挤在车厢里，坐在背包上，心情都格外兴奋，高唱着‘下定决心，不怕牺牲，排除万难，去争取胜利’。一路上黄土飞扬，我们个个灰头土脸，但歌声嘹亮。谁知道颠簸了两天两夜，还是没有到达目的地。歌声渐渐变成了抱怨、叹息和哭声，那种感觉……唉，怎么说呢，忧愁、茫然、委屈、后悔……反正什么都有。老伴儿哭得挺伤心，我只好一个劲儿地安慰她，‘咱们这是去接受锻炼，何况还有我呢’。可是到最后，我自己也忍不住想哭。”

顾老停下来，稍稍缓和了一下情绪，继续说道：“可谁知道后面的日子才是真苦。我俩被分配到一个农场，那里的条件非常简陋，房子是竹竿搭建的，透过竹竿可以看见隔壁的一切。屋顶更是形同虚设，睡在床上都能看见星星。没有厕所，洗澡更是奢望。天上的马蜂、水里的蚂蟥简直就是小菜一碟，最可怕的是蛇，我们北方人根本就没见过那么多的蛇，而且好多是毒蛇。草丛里、树上、工具间甚至床上到处都是，我就被蛇咬过。”

安心听得处处惊心，不由皱起了眉头。老先生呵呵一笑，说：“你们这一代都是蜜罐儿里长大的，好多事情可能根本无法想象，更谈不上理解。”

“您说得没错，那段岁月对我来说确实太遥远了，也许无法想象当时的场景，但我多少能理解一些。”

“你能理解？”老先生有点儿意外。

“嗯，”安心真诚地点点头，“我看过一些小说和电视剧，说实话，真不知道您和您的同伴是怎么熬过来的。”

“你说对了，真的就是一个字——熬！”顾老抿了一口茶，意味深长地说，“如果说还有别的办法，那就是读书学习，当然对于我来说还有一个办法——谈恋爱。哦，说了半天，咱也得给我老伴儿个称呼了，就叫她老郑吧。”

“没问题。”安心心领神会，她知道这一定也不是真的。

顾老和蔼地笑了：“你是个聪明的倾听者，所以我相信你一定也是个出色的咨询师。”

“谢谢您夸奖，后来发生了什么？”

“我和老郑都带了好多书，有闲书，也有上学的课本。我俩懵懵懂懂地觉得，无论接受什么锻炼，知识还是不能丢下。”

“当时有这个想法的人应该不多。”安心插话道。

“嗯，确实很少，单从这个角度，我俩也算志同道合吧。开荒种橡胶树是农场最累的差事，整个山都是光秃秃的，每人每天要挖十来个大坑栽橡胶。云南的太阳那叫一个毒，一壶水很快就喝光了，每个人都大汗淋漓，就盼着下场雨能喝上口雨水。我们男的还好，女同志可就难熬了。我每次都拼命快点儿干，好帮老郑挖两个坑。”顾老不由自主地露出甜蜜和自豪的神情，“到了割胶的时候，每人每天要割二百来棵，早上六点上山割胶，下午四点还要上山收胶。收工后整个人简直都散了架，但那却是我俩最开心的时候，因为吃完晚饭就能在一起看书学习了。”

“真是一段既艰苦又甜蜜的日子。”安心有些悠然神往。

老先生点点头：“凭借那样的朝夕相处、互帮互助，我和老郑的关系越走越近。但我知道这也仅仅是同学同志般的友谊，离爱情还差得远，而且我知道她和老韩的关系一直没断，还时不时地有书信往来。一场意外改变了一切……”顾老突然沉默不语。

安心耐心等待。

“我到农场的第三年被蛇咬了，算我命大，场部正好有抗毒血清。养伤恢复的那段日子，我会帮农场写写文书。农场领导觉得我文笔不错，人也机灵能干，便把我留了下来，让我从此过上了所有知青都羡慕的日子。但我从来没有忘记老郑，总是利用各种机会下连队看她。场部的条件终归好些，我经常会给她送点儿吃的和学习用品。转眼到了1976年，也是我们下乡的第四个年头，‘四人帮’被粉碎了，知识青年开始陆续返回原籍。听老郑说，老韩已经返京，正想办法尽快让她也能回去。说实话，当时我的心里挺不是滋味。也就是在那时，我犯下了让自己懊悔一生的错误……”老先生痛苦地闭上了眼睛，胸脯剧烈地起伏。

足足过了两三分钟，顾老睁开眼睛缓缓说道：“眼看就要过年了，每年这个时候，场部和下面连队都非常热闹，知青们都憋足了劲儿要好好吃一顿，也盼着收到家人的来信。我在场部的工作之一就是为连队分发信件，一封信让我陷入了痛苦。我想你一定猜到了——没错，这封来自北京的信是寄给老郑的，我知道写信的人是谁。”顾老停顿了片刻，语调更加沉重，“我不知道自己为什么要那么做！不，其实我是知道的，明知不该但就是控制不住……”顾老有些语无伦次，但安心完全理解。

“拆开信的那一刻，我得知了自己最担心的事情——老韩已经通过父母找好关系，很快就能安排老郑返京。你知道这对我意味着什么吗？整整四年，我努力着、争取着，但一切都将回到原点，我……我不甘心呀……”老先生哽咽了。

安心的心随之一紧，但还是不动声色递上纸巾。顾老感激地接过纸巾，手微微有些颤抖：“于是我做了至今都无法原谅自己的错事！我没有把那封信交到老郑手中，相反，我分别模仿他们二人的笔迹写了两封信。哦，忘了告诉你，我一直爱好书法，字写得很漂亮，还擅长模仿别人的笔迹。”

“您在信中写了什么？”虽然已有所预判，但安心还是不得不问。

“在冒充老韩写的那封信中我编造了一个谎言，说他其实在新疆已经有了女朋友，以前之所以隐瞒，无非是感到前途未卜，而且怕老郑伤心。现在他和女友均已返京，双方情投意合，都有了满意的工作，准备过两年结婚。”

“郑老没有怀疑吗？”

“没有。”顾老失神地摇摇头，“你应该知道这封信对她来说意味着什么，崩溃中的人难免会忽略一些事情。现在想来，我真恨不得当初她能发现些什么！”

“另一封信呢？”

“还能写什么，都是谎言罢了。我用老郑的口吻告诉老韩，当初的好感不过是少不更事，四年的时间太久，何况天各一方。如今已有意中人，感谢老韩费心安排回京事宜，但自已决定和男友共进退。无非就是缘分已尽、各自珍重这些话。”

“老韩难道也没有怀疑吗？”

“他当然有所怀疑，后续也寄来几封信追问，但都被我扣下了。”顾老的脸上满是愧疚。

“后来呢?”

“后来我只有用对老郑更猛烈的追求和百般的好来弥补自己犯下的大错。谢天谢地，1977年恢复高考，我和老郑拼命学习，终于在一年后双双考入大学，返回北京。”

“真的很不容易。”安心由衷地感叹，“据我所知，向您和郑老这样没有放弃学习，率先走入大学的一批人后来几乎都成了各行各业的栋梁。”

顾老颔首表示同意，但目光中并没有喜悦与自豪：“其实老韩才是第一批走进大学的，只是因为某些原因没有留在北京发展。”

安心认定老韩在这个故事中具有举足轻重的地位，但她并不想主动挑明，而是旁敲侧击：“跨进大学校门的那一天，您和郑老应该开启了新的人生。”

“确实如此。”说起新生活，老先生的脸上露出了一丝欣慰，“来之不易的学习机会必须珍惜。四年之后，我俩以优异的成绩毕业，我进了一家大型国企，老郑进了机关。1984年，我们结婚了。”顾老下意识地舔舔嘴唇，咽了口唾沫，这个看似口渴的动作告诉安心，关键时刻即将到来。她不动声色地起身为老人添满茶水，然后返回座位静静等待。

“两年后孩子出生了，现在我俩都当爷爷奶奶喽。”顾老刻意保持着轻松，但他内心的慌乱逃不过安心的眼睛。

“一晃三十多年啦，我和老伴儿携手走过风风雨雨，始终支持和信任彼此，恩恩爱爱。”顾老迟疑了一下才说，“应该说是绝大部分时间吧。”

安心认为时机已到，她轻声询问：“意想不到的危机还是出现了，对吗?”

顾老眼中精光一闪而逝，仿佛洞察一切后的万念俱灰：“小安同志，谢谢你耐心听我唠叨了这么半天，也谢谢你终于问出了这句话。我知道你早就发现了什么，我也一直在等你问，因为我……我实在说不出口，”他闭上眼睛，缓缓说道，“孩子不是我的。”

房间里顿时陷入死一般的寂静，只有墙上的挂钟嘀嗒作响，见证着时间的流逝和内心的惊涛骇浪。

“您是什么时候知道的？”安心终于打破沉默。

顾老睁开眼睛，让安心颇感意外的是，他的眼神中只有释然。“快二十年了吧，确认的时候孩子都十四岁了。说实话，在那之前即便觉得孩子长得不怎么像我，但我从没怀疑过老伴儿。我隐隐约约觉得孩子长得像老韩，但始终不敢确认，直到在同学聚会上再次见到老韩……”看到安心有些迷惑，老先生立刻解释道，“2000年，我们高中校友有过一次聚会，老韩特意从外地赶回来参加。再次近距离相见，我突然发现儿子的眉眼竟像极了他，相信老郑一定也看出来了，但关于这件事我俩至今只字未提。”

“从没说起过吗，哪怕是一点点暗示？”

“没有。”顾老闷声应道，“但我又怎能对此无动于衷？犹豫再三，我还是拿着儿子的头发偷偷去做了亲子鉴定，结果不出所料。”

“您怀疑孩子是韩老的？”

“还有别的可能吗？”

“这么多年，您竟对此泰然处之？”安心真是被惊到了。

顾老没有回答，只是默默点了点头。

“也许这并非您的真实想法，但我能理解。”既然顾老不肯多说，安心只好引而不发。

“我想听听你的想法。”顾老丢掉了领导干部的从容含蓄，身子微微前倾。

“好，那我试试看，说得不对的地方请您谅解。首先，您深爱着老伴儿，从最初的暗恋到共赴磨难，再到后来几十年的相濡以沫，这一切让您无法割舍。另外，您和老伴儿那时候应该都已经走上了领导岗位，这种令人难堪的事情难免会影响蒸蒸日上的事业。当然，这个因素也许并不重要，但应该无法忽视。还有一点，也是我认为最重要的——如果孩子长得像另外一个人，可能您的做法会截然不同。毕竟，您做过对不起韩老的事情。”

顾老的嘴唇微微张开，不知是欲言又止还是被安心的推断折服。安心没有等待，而是继续出击：“当然，我也有无法理解的地方。既然您和老伴儿对此已经相安无事了这么多年，为何如今却又无法面对彼此了呢?”

顾老终于又将身子靠回椅背，他做了几次深呼吸，悠悠说道：“你的推测完全正确，作为一个旁观者，你敏锐的直觉和缜密的逻辑让我不得不佩服。在有限的沟通中能做到这样，印证了刚才我对你的评价——你是个聪明的倾听者，更是个出色的心理师。”难言之隐已经点破，老先生又恢复了往昔在领导岗位上的风采，“我还想说明一点，我和老伴儿的相安无事也仅仅是表面上的，也许一切从我拆开那封信开始就注定了结局，我们也只是无奈地接受罢了。也许明白了这些，你刚才的困惑就不存在了。那场追悼会不过是个导火索，引爆了我俩多年的心事。”顾老稍作停顿，安心看到了他眼中隐含的泪光，“人老了，对很多事情的看法就变了，尤其是面对生死时，过去的顾忌、纠结往往就不值一提了。追悼会上，我和老伴儿无意中得知了老韩的一些事情——按照当时的情形，如果老韩留在北京发展，他取得的成绩肯定更多。但他突然选择回到插队的地方，而且一干就是一辈子，这让人很难以理解。听知情人说，老韩是在情感方面不如意，所以才选择了远赴新疆，而且终生未娶。虽然他在事业上也算颇有建树，但熟悉他的人都说，每每谈及感情和家庭，他总是懊恼神伤，郁郁寡欢……”顾老掏出手帕擦擦眼角，长叹一声，“我有愧呀!”

“这下我理解了，是韩老的离去让您和老伴儿受到触动，对自己年轻时的过失感到懊悔。在生与死这个放大器面前，这种懊悔变得难以承受，以至于无法面对彼此，因为你们都放不下心中的爱与悔，却又无力向对方揭开真相。”安心稍稍整理了一下思绪，继续说道，“就您来说，您几乎可以断定孩子是韩老的，他们应该是在您和老伴儿婚后不久重逢了。也就是说，他们已经知道了您当初假造信件之事。也许是碍于各自身份，尤其是您和郑老已经组成家庭的事实，他们选择了接受。韩老用远赴他乡的方式逃避，而您爱人也不得不用沉默来掩饰对您的不满和对自己出轨的愧疚。您和老伴儿都做过对不起对方的事情，但又都无力或不愿改变现状，更不能为此发起报复。从某种意义上来说，你们二人陷入了情感囚徒的困境。”

似乎是被看穿了心事，又像是被揭开了伤疤，顾老委顿地缩在椅子中，没有了一贯的领导架势。

“想想已经离去的故人，想想未来的晚年生活，尤其是想要给自己和老伴儿一个交代，您终于想冲出牢笼了。”

“可是我不知道该怎么做，难道要我对老伴儿说出真相吗？”

“您来这里郑老知道吗？”安心反问。

顾老点点头说：“知道，其实是她想来。参加完追悼会，我俩都发现了对方的反常。说实话，她比我坚强，也比我更理智。我说还是我先来吧，她同意了。为什么要问这个？”

“因为我觉得郑老是另一个囚徒。”安心将身体微微后仰，意味深长地看着对方。

顾老若有所思，然后恍然大悟：“小安同志果然厉害，”老人露出释然的微笑，“你也想听听她的故事，对吗？”

安心身子探出，郑重问道：“我还想确认一下，您今天说的话，如果有必要，我能否向郑老透露其中某些内容？”

“当然可以，我原本也要告诉她的，只是不知道何时以及怎么开口。如果你认为有助于解放我们这两个老囚徒，全部告诉她也无妨。”

安心含笑点头：“我一定尽力而为！”

国庆假期第一天，安心在邵荣德家度过。她想先陪陪素素，然后利用假期好好和王安逸谈谈。回到家时已经很晚了，电梯门开启的一刹那，安心被吓了一跳——王安逸蹲坐在楼梯台阶上，身边散落着一地烟头。

“你怎么在这儿？”安心下意识地问。

“我不能来吗？”

“当然不是。我是说你怎么也不打个电话，我好早点儿回来。”

“事情有点儿急，再说……”王安逸将手中香烟狠狠掐灭，站起身说，“我也怕影响了你们三人的快乐时光。”

安心无奈地笑笑，打开房门说：“进来吧。”

“想好了？”王安逸瞪着猩红的眼睛问。

“什么？”安心显然不太喜欢对方的态度，但明知自己理亏，也不好发作。

“我爸快不行了，你能陪我去美国吗？”

安心缓缓坐下，脑海里迅速思考着怎样回答。

“无论如何我要去见他最后一面，”王安逸情绪异常激动，“你还在犹豫，是不是舍不得素素她爸？”

父亲病危，女友近来的表现也令人抓狂，王安逸的急躁可想而知，但一向敏感自尊的安心还是没能忍住，腾地站起身冷笑一声：“亏你还能说素素她爸，干脆说邵荣德好不好！”

“对，就是邵荣德！”王安逸针锋相对，“你出院时有他们父女陪伴多温馨啊？那身衣服真漂亮，怎么后来没见你穿过？还有那枚蓝宝石胸针，也没见你戴过，该不会是弄丢了吧？”

“你……”安心一时语塞。

“我怎么了？我只不过是一个对你心心念念、不离不弃的傻子。从见第一面我就喜欢上了你，你和贾一楠的事情我不在乎，你曾经的遭遇我只有心疼，我想让你开心，给你幸福。而你都做了什么，你对我总是不冷不热、遮遮掩掩，即便已经跟我在一起，也总是神经兮兮，朝三暮四……”

“王安逸！”安心歇斯底里地大叫，因为“朝三暮四”这个词彻底激怒了她，完全忘记了自己要演的戏，“我在你眼里难道就这么不堪吗？”

王安逸也被愤怒和屈辱湮没，忽略了安心之所以言行如此反常完全有可能是事出有因：“你自己心里清楚！我真的看错人了，没想到你竟是如此绝情和势利的女人！”

“啪！”一记响亮的耳光甩到王安逸脸上，两个人一下都愣住了。空气瞬间凝固，暴风雨仿佛一触即发，幸而最终什么都没有发生，王安逸头也没回地摔门而去，剩下大张着嘴、双眼失神，甚至手还悬在半空隐隐发麻的安心呆呆怔在原地。

安心愣了半晌，那只悬在半空的手狠狠扇向自己的脸……

一连几天，安心把自己关在房间里。稍稍冷静下来，她几次想给王安逸打电话，甚至有一次电话已经拨通。最终，不忍拖累他的初衷和脆弱的自尊心还是让她丧失了开口的勇气，她决心忍痛把戏演到底。

漫长的假期就要结束，安心实在找不出借口拒绝父亲和穆云的召唤，勉为其难地走进了家门。虽然精心打理了妆容，但仍难掩虚弱之色。

“心心，一个月没见脸色怎么这么差？”穆云心疼地嘘寒问暖。

“是呀，怎么连腰都直不起来啦，是不是工作太累、坐得太久了？”蒋少雄也是面露关切。

“没事没事，昨天睡晚了。”安心强颜欢笑。

蒋少雄在厨房张罗饭菜，穆云和安心聊天：“怎么过节也不带小王来家坐坐呀？”

“他和朋友出去旅游了。”

“那怎么不带上你呀？”

“那地方我去过了。”安心机械地撒着谎，她实在不想谈论这些，赶紧转移了话题，“昊天公司的事情怎么样了？”安心还是尽可能不提那个人的名字。

“哦，我去找过小天了，他对那些事矢口否认。唉……自作孽，不可活，我是救不了他了。”

“那您打算怎么办？”

还没等穆云开口，蒋少雄在餐厅喊道：“开饭喽，闺女，爸给你炖了只老母鸡。”

刚要动筷子，安心的手机响了——是糖果打来的。

“安心姐，王老师走了。”电话那头传来慌张的声音。

“走了？去哪儿了？”安心不由得跟着焦躁起来。

“回美国了。”

“哦，这我知道。”安心稍稍定下心来。

“我觉得他可能不回来了！”

“不回来了？”安心腾地站起身，蒋少雄和穆云放下碗筷面面相觑。安心自觉失态，竭力控制住情绪缓缓坐下，但声音依旧颤抖：“你慢慢说，怎么就不回来了？”

“明天要上班了，我到所里想提前把预约资料整理整理，结果碰见了王老师。他把办公室的私人物品都装了箱，其实也没什么东西，不过就是一些证书和照片。”

安心实在忍受不了糖果的啰嗦，不耐烦地催促道：“说重点！”

“哦哦。”糖果忙不迭地答道，“他看了看下周的预约，让我把两个案子转给段姐和嘉欣，他现在手上就这两个案子了。我问他这是要干吗，他说有急事要回美国。我问怎么还带走这些东西，他说短时间回不来，还说也许就不回来了。这下我也傻眼了，问他这边的事情怎么办。他说暂时顾不上，以后再说。对了对了，他还把自己公寓的租房合同给了我，说合同还有两个月，让我帮忙照看一下，到期了就帮他退租。我说我也不知道在哪儿呀，他说合同上有地址，还说房间都清空了，剩下的东西他不要了。我说安心姐知道你要走吗，他说知道。我说那不行，我得给安心姐打个电话，他说急着赶飞机，电话打不打没关系，因为你觉得他走不走无所谓。说完也不等我回话，扔下单位和公寓的钥匙就走了。”

安心终于耐着性子听糖果说完，迫不及待地问：“他走了多久？”

“刚出门。”

“知道哪个航班吗？”

“多亏我长了个心眼儿！”糖果忍不住沾沾自喜地说，“王老师在前台接了个电话，虽然他说的是英文，可我还是能听懂个七七八八，他在电话里和对方说了个航班号……”

安心打断她：“马上把航班号发过来，我先挂了。”说完站起身对一脸错愕的蒋少雄和穆云说，“爸、云姨，有件急事，我先走了，你们慢慢吃吧。”没等两人回应便夺门而出。

糖果把航班号发了过来，安心迅速查询到航站楼，然后驾车急驶而去。她知道王安逸要去美国，但没想到竟会如此突然，连声招呼都没打直接就走了。她突然想到，前几天王安逸可能是要打招呼，结果两人闹了个不欢而散。最让安心惊诧的是，他有可能一去不回。虽然早已下定决心分手，但绝非是以这样的方式。回想王安逸曾经的好，回想自己近来让人伤心的举动，尤其是那记响亮的耳光，安心泪如泉涌。她不知道自己追去机场要干什么，是解释、挽留还是道歉？反正她迫不及待地要见他一面，纵使爱已成往事，也要见最后一面。

偏偏前方发生车祸，被堵在路上的安心几乎抓狂。终于抵达机场，安心发疯般地冲向安检口。她一个队伍一个队伍地找，始终也没有见到那个熟悉的身影。她拨通王安逸的电话，语音提示对方已关机。

安心出人意料的举动让蒋少雄夫妇放心不下，他们胡乱吃了几口便开始收拾，急促的敲门声突然响起。蒋少雄以为是安心回来了，赶紧冲过去开门，眼前却站着眼角淤青的闫晴。

“怎么了这是？”穆云将闫晴领到客厅坐到沙发上，闫晴还未开口便已泣不成声。

“是不是小天他……”

“妈，我不想活了！”闫晴抱住穆云号啕大哭。

蒋少雄对闫晴没有成见，贴心地端来茶水，然后知趣地回到自己房间。

“妈，穆浩天过节没在家里待一天，我去度假村找他，想让他陪我一起过来看您，结果撞见他又和那个狐狸精鬼混。他埋怨我不请自来，影响他工作。我刚回了句嘴，他就劈头盖脸地打我。呜呜呜……这日子没法过了。”

“又是那个小妖精！”穆云拍案而起，“她和小天背着我成立了一家公司，估计没少干违法的事情。我劝过小天，看来这孩子是铁了心一条道走到黑了。”

闫晴突然止住了哭声：“妈，您说他们成立了一家公司，那家公司叫什么名字？”

“思域商贸有限公司，在天津注册的。”穆云随口答道，并没有注意到闫晴眼中闪过的一丝寒光……

第二十三章　入我相思门

王安逸离开后的第三天，安心终于拨通了他的电话：“怎么连声招呼都不打就走了？”她尽量让自己的语气轻松些。

“我没打招呼吗？”回答充满了火药味儿。

安心不想陷入争执，小心翼翼地问：“叔叔怎么样？”

“总算是见了最后一面，还好没有怎么受罪。”王安逸语调平静但难掩悲伤。

安心的眼圈儿红了：“安逸，对不起，我……”

“没有必要道歉，都过去了。该道歉的是我，请原谅我的不辞而别。”王安逸的语气略见缓和。

“安逸，别这么说……”安心已忍不住抽泣。

“有什么想告诉我吗？我知道你有事情瞒着我。”

“我……”安心险些从实招来，但她忍住了，“人死不能复生，你别太伤心。”

“哼哼……”王安逸冷笑一声，“看来你是不打算说了。”

“安逸，求你别逼我，我心里好乱。”

“难道我心里不乱吗？我刚刚失去父亲，你又如此遮遮掩掩，我……”王安逸也哽咽语塞。

安心不想再继续纠缠这个话题。“找机会我们当面谈吧，你……”她犹豫了一下问道，“你什么时候回来？”

王安逸的回答倒很干脆："说不好，有很多事情需要处理，也许我会待在这边。"大颗大颗的眼泪顺着王安逸的脸颊滑落。

"哦，那你多保重。"安心绝望地闭上了双眼。

送走上一个咨询者，安心精神萎靡地缩在座椅里。敲门声轻轻响起，她知道是谁，于是用力揉了一把脸，强打起精神说："请进。"

头发花白、仪态端庄的来访者颔首致意："小安同志好。"

安心起身应道："郑阿姨好。"

来访者愣了下神儿，立刻笑着说："老顾说得没错，你人很好，也很聪明。"

"顾老过奖了，希望我能帮到您二位。"

老人优雅落座，身姿挺拔，双手自然地搭在右腿上，两眼平视，目光从容而淡定："咱们从哪儿开始呢？"

"您为什么来这儿？"安心没有绕圈子。

"老顾没告诉你吗？我来这里和他是同样的原因。"郑阿姨没有正面回答，而是反将一军。

咨询者往往不愿意一见面就袒露心迹，安心早有心理准备，何况对面坐着的是一位曾经颇具身份地位，而且有难言之隐的老人。为了后续更好地沟通，安心决定先投石问路："顾老回去后没和您聊聊？"

"没有，不过他说你们聊得很好，还说你非常善解人意。他的情绪好多了，甚至感染了我，这也是我迫不及待地来见你的原因。"

安心觉得不能再打太极了，决定主动出击："既然这样，那我们就先聊聊韩老的追悼会吧。"

郑阿姨稍稍一怔："老韩是我俩的校友，也是我的初恋，后来由于种种原因，我们彼此错过了。"老人说得很坦然，安心也不以为奇，因为这段感情在顾老和郑阿姨那里都不是秘密。但对方显然想用这样一笔带过的方式回避关键问题，安心也只能步步紧跟："能说具体点儿吗？"

“老韩很重要吗？”郑阿姨脸上闪过一丝冷峻。

安心没有退让：“我认为重要。因为顾老之所以来找我，起因就是那场追悼会。如果我没记错的话，您刚刚说过来这里的原因和老伴儿一样。”

郑阿姨默默点了点头，目光重新变得柔和。

“1972年，老韩插队去了新疆，原本我的志愿也是那里，可最终我和老顾被分配到了云南，唉……也许这就是命吧。”她顿了一下接着说，“六年的插队生活，我和老顾朝夕相处，最终走到了一起。粉碎‘四人帮’后，老韩比我俩早一年回京，我们仨都考上了大学。毕业后，老韩在北京工作了五六年，赶上派遣干部援疆，他就回到了插队的地方，谁知道一干就干到退休。据我所知，他原本有机会回京，但他拒绝了。上个月收到他去世的消息，我和老顾去参加了追悼会。”老人的眼神游离了一下，发起了感慨，“人这一辈子，好多事身不由己、情非所愿，可是还不得一天天过？到了我们这岁数，为国家工作了一辈子，本该是轻轻松松享福的时候了，可是……唉，反正老韩这一辈子挺不容易的。”

讲述的声音戛然而止，安心知道那场追悼会给两位老人带来的绝不仅仅是对命运和生死的感慨，而是牵动了各自内心的伤疤。顾老因此陷入了情感上的囚徒困境，眼前的郑阿姨又何尝不是呢？两个人都做过对不起对方的事，并且最初都以为另一方毫不知情。虽然后来事情越来越难以掩饰，但二人始终保持心照不宣。老友的逝去让他们再次纠结，再也不能无视自己内心的真实感受。到底如何搬掉他们心头的巨石，让二老释然地共度余生呢？安心为此绞尽脑汁，甚至一度准备将顾老的话向郑阿姨和盘托出，但直觉告诉她这并非最佳选择。最终，她决定先听听郑阿姨的故事，但怎样才能让对方敞开心扉呢？

“您和顾老插队回京后见过韩老吗？”安心换了个角度提问。

“见过一次，在2000年的一次同学聚会上。”

安心发现郑阿姨说这话时没有与自己对视，自从进门这还是第一次。她知道为什么，但显然还未到点破的时候，于是故意轻描淡写地问："校友重逢一定有很多感慨吧？"

"是啊，已经都是四十多岁的人啦。"郑阿姨的目光悠远，似乎在回味那次重逢。

"那次见面后，顾老有什么变化吗？"

郑阿姨思索片刻，然后一脸疑惑地摇摇头。

"您不觉得奇怪吗？"

郑阿姨的脸色微微一变，马上警觉地反问："这有什么奇怪的？你到底知道些什么？"

气氛突然紧张起来，但安心还不想摊牌，她迅速调整了话题："顾老确实告诉了我一些事情，但我还是想先听听您的故事，说说插队吧。"

郑阿姨显然也意识到了自己的失态，她端起水杯抿了一口，神色缓和了许多。

"那段日子是真苦，尤其是对我们女孩子来说，真不知是怎么熬过来的。"两位老人的表述出奇地一致。

"还好，有顾老陪您。"安心见缝插针。果然，郑阿姨的脸色舒缓了很多。

"到了大山里，我们才知道理想与现实的差距有多大。不瞒你说，刚开始的几个月我老哭，多亏老顾陪在身边，苦活累活帮我干了不少，还鼓励我继续学习。后来他调到场部，也时常来看望，给我带点儿好吃的。有一次他不知道从哪儿搞到两个猪蹄子，连夜跑来让我炖着吃。我本来不太会做饭，又怕被别人发现，结果手忙脚乱地把洗衣粉当成了盐……"说到这儿，老人扑哧一声笑了，神态宛如少女般天真，"急得他也顾不上烫，捞出猪蹄子就跑到小溪边冲。哎呀，那顿带着洗衣粉味道的猪蹄子是我这辈子吃过的最好吃的东西。"安心看到老人眼中闪着盈盈泪光，发自内心地说："顾老对您真好。”

“是呀，为了保护我，他还被蛇咬了。”

“真的？”安心的诧异是因为顾老并没有透露自己被蛇咬的原因。

“云南到处是蛇。有一次上山割胶，我一不小心摔进草丛里，谁知道面前正好有一条大花蛇，老顾眼疾手快，冲过来一脚向蛇踢去。可是他再快也没蛇快呀，结果被一口咬到了小腿肚子。”郑阿姨讲到此处神色慌张，仿佛惊魂未定，“后来我才知道，那可是条金环蛇呀。多亏场部有抗毒血清，即便如此，还是把人送到县城住院治疗了一个星期。要不是老顾，就凭我这身子骨也许就交待了。所以说，我这条命算是老顾给的。”

“您和顾老的爱情也算是经历生死考验了，这真是天作之合。”安心有意顿了一下，“但我还是想问——韩老怎么办？”这个问题比较尖锐，但安心自有考虑。之所以将话题引向插队岁月，是因为她觉得有必要让郑阿姨说出老伴儿的好，在这种情绪的引导下，某些顾虑就会被淡化。和顾老的谈话给了她启示，顾老主动谈及那些往事，也许就是为了给自己增加勇气——说出真相的勇气。安心相信，郑阿姨应该有着同样的心思。

郑阿姨表情非常复杂，安心足足等了两三分钟，老人才终于开口，只有简简单单的四个字——缘分已尽。

安心无奈地笑笑，她知道，在身份、自尊、懊恼、愧疚的裹挟下，让一个人敞开心扉太难了。但她已没有退路，想要解开心结，有些话非问不可：“您觉得对不起老韩？”

郑阿姨苦涩地笑了：“要说对不起，恐怕绝非老韩一人。”

如此意味深长的话，安心却心知肚明：“每个人都做过错事，顾老其实也深陷其中。”之所以这么说，是因为她知道要让郑阿姨主动开口几乎不可能了，既然郑阿姨早已知道顾老伪造信件之事，那么就由此打开突破口吧。

果然，郑阿姨立刻挺直身子问道：“你为什么这么说？”

“顾老告诉了我一些事，经其同意，我现在准备告诉您。”

“是信吗？”郑阿姨小心翼翼的声音竟有些颤抖，似乎既想知道，又害怕知道。

安心调整了一下坐姿，用异常庄重的口气说：“顾老说他做过一件让他懊悔终生的事，韩老从新疆回京后给您写了一封信，出于对您的爱的自私，顾老篡改了它。”

闻听此言，郑阿姨闭上双眼长出一口气。

开弓没有回头箭，安心不等郑阿姨回应继续说道：“顾老不单伪造了韩老的信，还代替您回了信，我想这才是您和韩老缘分已尽的关键。”说完这些，她平静地望向沉默的郑阿姨。

一分钟，两分钟……也不知过了多久，郑阿姨幽幽说道：“没错，我收到了那封信。当初我没有丝毫怀疑，只是觉得有点儿难过。四年的时间，感情的天平已经渐渐偏移，但我没想到会这样收场。”她停顿了一下，继续说，“我没有回信，我希望老韩能给我一些更好的解释。”

“事实上，顾老不但替您回了信，他还截留了后续韩老寄给您的信，所以您没有等来想要的解释。”

郑阿姨点点头。

安心决定一鼓作气：“请原谅我的直率，给我的感觉，您对此似乎并不意外，莫非……”她故意停了下来。

“我知道这些。”安心终于等到了想要的话，她没有插话，因为她知道已无须多言。果然，郑阿姨主动开口了。

“我最初的纠结就在这里，既然老顾已经说了，我也就没有必要遮遮掩掩了。没错，这件事其实我早就知道了。和老顾结婚不久，我遇见了老韩。回京后我一直刻意避免与他相见，那次重逢纯属偶然。也许这就是命运的安排，我俩都知道了真相。可是又能如何呢？我和老顾已经结婚，况且老顾真的对我很好，我不可能离开他。可是……可是我还是怨恨他欺骗了我、欺骗了老韩。唉……就是在那种头脑发热当中，我和老韩跨越了界限。但激情终归是激情，冷静之后我俩都非常后悔。老韩也许就是因此才选择了远赴新疆，而我则一直纠结在爱恨悔痛之中。”说完这些，老人如释重负。

安心知道还差一步，于是问道：“顾老对此一无所知吗？”

“应该是吧。”郑阿姨显然不太确定，“其实自从和老韩发生了那件事，我一直怀有深深的负罪感。除了用老顾犯错在先安慰自己外，我几乎找不到任何原谅自己的理由，唯有一心一意地跟他过日子。至于老顾是否有所怀疑，我真的无法确定。”老人思索了片刻，好像突然想起了什么，瞪大眼睛说，“刚才说到那次同学聚会，你问我老顾有没有什么变化。抱歉我说了谎，真实情况是我多多少少注意到了他的反常，至于细节真不好说，反正就是觉得怪怪的。其实当我渐渐发现自己的孩子长得像老韩，心里又何尝不忐忑。既然我发现了，想必同样没有逃过老顾的眼睛。那次同学聚会，想必让他更加确认了某些事情。可是……可是他从来没有问过我呀。而且他对孩子的爱没有丝毫变化，难道……”郑阿姨张大了嘴巴，欲言又止。

“顾老知道。”安心只说了简简单单的四个字。

“他知道？”郑阿姨捂住嘴巴，完全没有了最初的从容。

“知道。”安心说得异常坚定，“因为在那场同学聚会后他去做了亲子鉴定。”

郑阿姨瘫软在椅子上，眼泪夺眶而出：“可是，可是他对孩子、对我还是一如既往地好。”她低头陷入沉思，想要弄清楚这错综复杂中的来龙去脉。又是一段难挨的沉默，她终于抬起头，眼含热泪地说：“这就是命啊。”

“谢谢您告诉我这些，”安心决定收兵，“其实真正困扰您和顾老的并不是韩老，更不是那场追悼会，而是你们心中对彼此的那份愧疚与埋怨。你们都做过自以为对方毫不知情的错事，由于显而易见的原因又无法相互说出真相，更无从去追究和报复，这种苦痛折磨二老太久了。也许没有韩老的离世，恐怕这种折磨还要持续下去……”

“参加完追悼会，我和老顾各自想着心事，一路上都没说话。也就是从那天起，我俩之间好像隔了一堵墙。其实这堵墙一直都在，只不过被我们无视了。老韩的离世，尤其是得知他为情所困、郁郁而终的遭遇，我们再也无法继续欺骗自己、欺骗对方了。但这绝非是一捅就破的窗户纸，拆掉这堵墙太难了。”老人再度潸然泪下。

两位老人的遭遇让安心唏嘘不已，她一边为郑阿姨递上纸巾，一边劝慰道：“顾老也陷入了和您同样的困境。他虽然做了错事，但那完全是出于对您的爱与不舍。顾老一直为此感到懊悔并竭力弥补，我想这一点您一定深有感触。发现孩子并非亲生，但愧疚之心让他选择了沉默和原谅，如此有爱、宽容的行为令我钦佩。换个角度看，您也为自己当初的不理智付出了代价。万幸的是您没有越陷越深，对顾老的行为同样选择了沉默和原谅。韩老的遭遇的确令人同情，但您和顾老为此煎熬了几十年，那种隐忍也是万分不易。斯人已逝，您和顾老应该拆掉心中那堵墙，彼此珍重，坦然共度余生，我想这才是对韩老最好的交代和纪念。”

郑阿姨失神地望向窗外。她转回头，泪光盈盈地说：“小安，难得你年纪轻轻却比我们看得通透。不瞒你说，很多次我几乎要告诉老顾真相，可话到嘴边还是咽了回去。我总是想着万一哪天他先开口该多好哇，可这一等就等了三十多年，每一天都是在煎熬中度过，他心里应该也是这种滋味，也许这就是老天对我们的惩罚吧。现在好了，我不纠结了，自己做过什么就要承担什么。”老人意味深长地望向安心，眼中满是慈爱和感激，“孩子，我这么称呼你不介意吧，因为你应该和我儿子差不多大。”

安心笑着摇摇头：“不介意。”

“活了一辈子，煎熬了大半辈子，老了老了，你给我上了一课。谢谢你，真的谢谢你。”老人起身鞠了一躬，安心连忙起身回礼，快步走到老人身边想搀扶对方坐下。

郑阿姨摆摆手说：“我该回去了。”

“顾老还会来吗？他原本约好了下周再来。”

“我想不必了，我回去就和他好好谈谈。”

“也许他会主动找您谈谈呢。”安心俏皮地眨眨眼睛。

“其实谁先说已经不重要了。”郑阿姨轻轻拍拍安心的胳膊，笑着说，“聪明的孩子。”

“祝您二老幸福地安度晚年。”安心送上了真挚的祝福。

“谢谢，谢谢。”老人一身轻松地向外走，临出门时回过头说，“哦对了，我姓乔，老头子姓陈。”

安心皱皱鼻子说：“其实这也不重要了，但还是谢谢您告诉我。乔阿姨再见，替我问陈叔叔好。”

穆云再次来到度假村，带来了美邦公司的总经理和法律顾问。

穆浩天对穆云要撤资的消息并不感到意外，他表示非常理解并愿意积极配合，最后还不忘感谢母亲和美邦公司多年来的关照。

送走穆云，他叫来韩思思：“那批货怎么样了？”

“下周到岸。”

“下家情况怎么样？”

“都联系过了，那么低的价格把他们乐坏了，保证三天全部出手。”

“好。”穆浩天点燃一支烟，在屋里来回踱着步。

“老太婆又干吗来了？”韩思思娇媚地倒在沙发上。

“撤资，嘁！”他露出不屑的表情，“撤就撤吧，反正我也不打算干了。”

“你真打算金盆洗手？”韩思思腾地坐直身子。

“我有个不好的预感，估计国内是待不下去了。你赶紧准备准备，等这笔买卖一完事，咱俩马上出国，注销公司的事你安排个可靠的人办。”

韩思思似乎也嗅到了危险的气息，忙不迭地连声答应。

“你那些破药处理完没有？”

“还没，最近查得挺严……”

“跟你说过不能卖不能卖，听不懂吗？”穆浩天凶相毕露地吼道，“要钱不要命的玩意儿！咱们现在最大的事就是这批货，千万不能节外生枝，明白吗？”

韩思思战战兢兢地问：“那怎么办？”

“扔了，都给我扔了，扔得远远的！”

“好好。”

“还有，跟以前一样，这次昊天公司和我都不会出面，一切手续走思域，款也都打到国外的账上。明天你就去天津给我盯着，直到事情办完了再回来。记住，要不错眼珠地盯着。咱俩的身家性命、全部家当可全押上了，你明白不明白？”

一股凉意袭来，原本还打算亲热一番的韩思思不由得紧了紧低得不能再低的领口，小心翼翼地说：“明白明白，那我先去准备准备。”

穆浩天朝她挥挥手，脸上泛起了一层寒霜。

几乎与此同时，闫晴将一封匿名举报信投进了信筒。自从在穆云口中得知思域公司的事，她凭直觉认定穆浩天的命门一定在那里。毕竟在这个圈子里混迹多年，她凭借以往的关系了解到了一些内幕，思域公司将有一大批货物抵达天津港，她将这个消息以及掌握的其他情况提供给了相关部门。此时的闫晴已经抱定鱼死网破的决心，希望以此给那个深深伤害了她的男人致命一击。

夜幕降临，安心辗转难眠，再次拨通了王安逸的电话。

“还没睡？已经半夜了吧。”电话那端传来王安逸的声音，安心觉得陌生又遥远。

“睡不着。”这是实话，她已经失眠好久了。

“有事？”

冰冷的语气让安心不由打了个寒战：“哦，也没什么事，你还好吗？”

“还行。”

安心真不知道该怎样将谈话继续下去，但还是勉强坚持着：“还回来吗？”

“不好说，回去能怎样？”王安逸意兴阑珊，“我把我爸的股份转让了，至于以后嘛……这边已经有咨询所邀请我加盟，但我还没想好，先散散心吧。”

“哦。”

“这次走得匆忙，摆渡人的事情没来得及处理。如果不回去了，我会发一份确认书。如果你同意，我准备把合伙人的股份转给你。”

王安逸的态度让安心心灰意冷，她强打起精神说：“我不是这个意思，我希望你能回来，摆渡人需要你。”安心怕自己哭出声来，赶紧用手紧紧捂住嘴，她多想说出那句“我需要你”，但终究还是没有说出口。

挂上电话，安心抓起床头的红酒瓶一饮而尽，任凭泪水在脸上肆意流淌。她近来习惯了用酒让自己入睡，而且喝得越来越多。她明知这样会让肾病雪上加霜，但还是毫不犹豫地饮下一杯杯苦酒。

又到了为邵氏集团提供咨询的日子，自从签约以来安心总是兢兢业业、周到服务。集团上下对她早已非常熟悉和信任，许多员工甚至将其视为知己。

再次走进邵荣德精心布置的咨询室，安心发现里边空无一人，只有保洁大姐在仔细擦拭着桌椅。

“刘姐，今天不是有个高管培训吗？怎么没人来？”

“哦，集团有个重要客户，邵总临时安排他们去接待了。”刘姐是集团的老员工，邵荣德特意安排她在这里服务，其实也是让她更好地照顾安心。刘姐心地善良、快人快语，她非常喜欢安心。“我说妹子，你最近是不是老熬夜呀，瞧这黑眼圈，咋整得跟熊猫似的。”她心疼地摸摸安心的脸颊，“这咋还胖了呢？”安心最近确实浮肿得厉害，但她能对关心自己的大姐说什么呢？“吃得饱，睡得香，还能不胖？”她嬉皮笑脸地应付着。

“瞎说，我看你这是累的！”刘姐显然不那么好糊弄，她沏好茶，然后绕到身后帮安心按摩脖颈，“你们这些年轻人，就是不知道爱惜自己的身子。现在年轻撑得住，等到了我这岁数就该遭罪喽。”

“瞧您说的，我看您一点儿也不老。”安心很享受这难得的放松，慵懒地靠着椅背，有一搭无一搭地和刘姐聊着。

“安心，姐想和你说个事儿。”

“您说。”

“我私底下问过邵总，他说你还没结婚。”

“嗯。”

“有对象了？”

“还没有。”

“哎呀，你说你这是咋想的。告诉姐，是不是挑花眼了？”

安心苦笑着摇摇头。

“妹子，姐有句话不知当说不当说。”

“您说。”

“我看你和邵总挺配。”刘姐停下了手上的动作，似乎在观察安心的反应。

安心猜到了，她想用玩笑打发过去：“您可别逗了……”

“姐真没逗你。”刘姐迫不及待地打断她，“要说邵总岁数是大了点儿，可你年纪也不小了。邵总人好，不像有些老板眼里只认钱，即便现在生意做得这么大，对我们员工还是一如既往地好。自打他创业我就跟着，亲眼看过他吃的苦。我爸去世的时候，正赶上他赔了一大单生意，可他二话没说，卖了自己的桑塔纳，硬塞给我五千块钱。”说到这儿，刘姐哭了，“他是个重情的人，他和素素妈是我见过最恩爱的一对儿。婉芬病重的时候，邵总把什么都放下了，寸步不离地在身前照顾，就差把命搭上了。最后是我帮着他给婉芬换的衣服，因为他那时候哭得已经直不起腰来了。”

安心情不自禁地落泪，假装捋捋头发，顺便擦干了眼角。

刘姐还在自顾自地絮叨：“邵总曾经亲口跟我说，这辈子他是不打算再娶了，因为怕素素受委屈。可是我知道，他是忘不了婉芬。这些年，劝他再婚的人不少，也有女人主动往跟前凑，可他一点儿心思也没动。直到……”她停顿了一下，接着说，“直到他遇见了你，我能看出来，邵总是真的喜欢你。你知道为啥吗？”

“我长得像素素妈。”安心直言相告。

“可不是咋的！”刘姐有些兴奋，“知道不，第一眼瞅见你，我差点儿叫出声来。后来接触多了，我才发现让邵总动心的不光是你的长相。安心，姐看人错不了，你人真的老好了。再说，现在你都是素素的干妈了，我看再往前走一步挺好。”

“刘姐，我有点儿困了。”安心不想让局面变得不可收拾，邵荣德的为人和对自己的态度她早已心中有数，但当下的情形，她真的不愿意多想。

“好好好，反正下午也没啥事，你去沙发上眯会儿，我帮你看着门。”

安心竟然真的睡着了，还做了一个梦：自己靠在王安逸怀里，诉说这段日子无尽的相思。他俯身吻过来，自己朱唇微启抬头相迎。唇齿相触之际，怀抱自己的人竟变成了邵荣德，安心猛然惊醒，面前果真是一脸关切的邵荣德。

邵荣德特来探望，看到安心沉沉睡着，不忍心打扰她，静静地坐在一旁。倾心之人近在眼前，邵荣德不由得心驰神往。

“邵大哥，您怎么在这儿？”安心连忙起身，慌乱地整理了一下头发，下意识地瞄向自己的衣衫。一切都整整齐齐，她不好意思地笑着说：“怎么还睡着了呢。”

邵荣德也很尴尬，摇晃着粗大的双手说：“我刚进来不大会儿，想睡就再睡会儿吧，我马上走，瞧把你累的。”

“刘姐呢？”安心终于稳住了心神。

“哦，我让她下班了，反正这里也没什么事。”

安心抬眼看看表，自己竟然睡了两个小时。“您要是不忙，能陪我出去走走吗？”话一出口，连她自己都觉得诧异。

“不忙不忙，天气不错，走走挺好。”邵荣德脸上笑开了花儿。

司机将车停在昆玉河畔，邵荣德和安心信步走到河边。秋日的夕阳将天边染成玫瑰色，河面上道道涟漪金光闪闪。二人来到石凳边，邵荣德翻了翻兜，没有找到纸巾，索性用大手把石凳抹得干干净净。

“谢谢。”安心缓缓坐下，心中暖暖的。遥望七彩晚霞，她幽幽叹了口气，说，“这里好美。”

“十多年前可不这样，当时的昆玉河没这么宽，水也不干净，而且只有河西一条小路。一刮风满天是土，一下雨满地是坑。奥运会那年才变成现在这样。”邵荣德好像意识到了什么，尴尬地挠挠头顶稀疏的头发说，“咳，你瞧我，一个外地人还跟你面前聊这个。”

安心被逗笑了：“我那时候在外地上学，知道的还真不一定有您多。”

邵荣德指指河对岸的一片楼盘说：“那是我开发的，当时盖楼是真挣钱呀。对了，你和王先生的婚事准备得怎么样了？改天我带你俩看看房，要是满意马上给你们钥匙，天冷了就不好装修了。”

安心捋了捋被风吹乱的发丝，用尽可能平静的语气说：“他回美国了。”

邵荣德顿了一下，小心翼翼地问：“吵架啦？”

安心猛地转过脸看向他，把邵荣德吓了一跳。此时的她无力隐瞒，也不想对面前的憨厚男人隐瞒什么：“我们分手了。”

“我知道。”

“您知道？”这次安心是真的诧异了。邵荣德点点头，将目光投向天边。

“按说都准备结婚了，应该忙得不行，可是最近你陪素素的时间明显多了。起初我并没多想，甚至还为此感到开心，可看到你越来越低落的情绪和反常的举动，我知道一定是出问题了。直到你答应换车，我算正式确认了。安心，你不是那种随随便便接受他人馈赠的女人，这一点我深信不疑。可你竟然接受了那辆车，还是在即将结婚的时候。这不是你本意，我猜你是想做给王先生看，可是让我想不通的是为什么。”

安心已经不是诧异了，她感到无地自容。自己处心积虑的小心思，在一个貌似憨厚朴实的男人眼里竟然是如此一览无余。

邵荣德没等她回答，双手使劲拍了拍大腿，仿佛在给自己增添勇气：“安心，我们都是成年人了，很多事情没有说、没有做，其实只是憋在心里。这样其实骗不了别人，更骗不了自己。不管你能不能接受，我还是想说，我必须要说——我喜欢你。当我的车撞上了你的车，我的心也被结结实实地撞到了。最初我不相信世界上会有这么相像的人，后来我不得不相信世界上还有这么好的人。我猜，这一定是素素妈为我们爷俩安排好的。”都说男儿有泪不轻弹，但这个饱经风霜、有情有义的中年男人已是泪流满面，他肆无忌惮地用粗大有力的手抹了一把眼泪，继续说道，“你和王先生很般配，我打心底里希望你们好。现在你们出了问题，我敢肯定不是因为我。但到底是为什么，我猜你一定没有告诉他，所以我也根本不指望你能告诉我。无论如何，我希望你们能重归于好，至于我嘛……”邵荣德双手抱头，语调中充满无奈和期盼，“我知道自己配不上你，但素素喜欢你，我只想让她再有个妈妈……”

“邵大哥，对不起。”眼泪一直在眼眶中打转，但安心强忍着没有让它落下来。因为她知道，泪水一旦落下便覆水难收！

第二十四章　渡人先渡己

上班、回家、失眠、喝酒、睡去、再上班……安心漫无目的、毫无知觉地熬过一天又一天。银杏树的叶子黄了好久了，日思夜想的人却没有回来。就这样吧，也挺好。她安慰自己，独自舔舐着苦痛与悲伤。

穆浩天在办公室里焦躁地来回踱步，几支没有完全掐灭的烟头在烟灰缸里忽明忽暗，整个房间烟雾缭绕。同样的勾当已经做过多次，但今天却让他格外不安。

手机突然响了，穆浩天打了一个激灵。电话另一端传来韩思思带着哭腔的声音："浩天，出大事了！"

"怎么回事？"

"货是昨天夜里到的，早晨我去港口办手续，发现几个货柜都被封了，缉私队还把咱们现场的几个人带走了，吓得我都没敢露面。"

穆浩天一屁股瘫坐在椅子上，嘴里不停地念叨："完了完了。"

"浩天，我该怎么办呀？"

"废物！让你好好盯着，到底还是出事了！"

韩思思感到很委屈，哭着说："我这次比哪次都上心，就差天天蹲在港口了。之前真是一点儿征兆都没有，也不知道是谁给咱捅出去了。"

穆浩天定了定心神说："先别琢磨这些了，保命要紧。"

“跑吗？”韩思思迫不及待地打断他。

“闭嘴，好好听我说！”穆浩天呵斥道，“之前给你的那部手机和卡带在身上吗？”

“带着带着。”

“赶紧把现在用的电话扔了，然后用新手机新卡联系我，知道打哪个号码吗？”

“知道知道，那个号码我存在新手机里了。”

“那还不赶紧！”

“哎哎。”韩思思扔掉旧手机，掏出新手机哆哆嗦嗦地拨通了电话，“好了好了，我现在该怎么办？”

“你不能回北京了，思域和住的酒店也别去，信用卡不要用了，身上有现金吗？”

“有有。”

“好，你自己开车去南京，路上哪儿也别停留。我会给你一个电话，到了南京联系这个朋友，他会安排你先去云南。到了云南，你用另一张身份证先住下来，我过些日子会去找你，然后咱们找机会出国。听明白了吗？”

“明白了。”韩思思绝望地说，“浩天，我害怕！”

“怕有屁用！按我说的做，天还没塌。咱们在外面存了不少钱，只要能溜出去，什么都好说。”

挂上电话，穆浩天长叹一声，没想到自己栽得这么突然、这么彻底。好在早就料到会有这么一天，他偷偷给自己准备了后路。既然违法勾当全部是经由思域公司和韩思思之手，他自认为可以金蝉脱壳。让韩思思出逃只是计划的一部分，眼下要做的是销毁一切可能牵连自己的证据，韩思思当然也会被消灭，只是暂时腾不出手来罢了。“绝不能束手就擒。”他一脸阴狠地自言自语，马上开始收拾残局。

忙活了两天，穆浩天终于回家了。为了安全起见，他决定先去外地避避风头。闫晴已经从熟识的业务伙伴那里知道思域公司出事了，但穆浩天深更半夜突然回家还是让她感到意外。

看到穆浩天慌慌张张地从保险柜中取出现金和电脑硬盘，她立刻警觉地问："你要干吗？"

"少管闲事！"穆浩天没拿正眼看她，继续埋头收拾衣物。

"怎么叫闲事，别忘了我们还是夫妻。"闫晴按住他的手。

穆浩天焦躁地甩脱她，没好气地回答："你还好意思提夫妻？要不是你瞎折腾，也不至于出这么大的事！"

果然不出所料。闫晴抑制不住狂喜，但还是明知故问："我折腾什么了？公司的业务你早就不让我管了，出事也和我没关系。该不会……"她故意停顿了一下，用挑衅的语气说，"该不会是韩思思那个小妖精给你捅娄子了吧？"

穆浩天突然抬起头，眯起眼睛阴险地看着她："你是不是知道什么了？还是说……"他眼睛滴溜一转，"这件事跟你有关？"

闫晴感到一丝恐惧，但还是尽量保持着镇定："我早就提醒过你，韩思思不是什么好东西。可是你听了吗？天天和她混在一起，出了事也是活该！"

穆浩天目露凶光："臭婆娘，我现在没工夫搭理你。等事情都办完了，要是让我知道这里边有你一份，我绝饶不了你！"

闫晴被彻底激怒，声嘶力竭地吼道："穆浩天，大难临头了你还这么狂！你做过那么多卑鄙下流、伤天害理的事情，遭到什么报应我都不奇怪！"

穆浩天反而镇定下来，停下手里的活儿，缓缓坐到沙发上，语调阴森地问："我倒想听听我能遭什么报应？"

闫晴已经失去理智，积压在心中的怒火喷涌而出："自从跟了你，我没有做一件对不起你、对不起穆家的事，可你回报了什么？你四处拈花惹草，不给我留一丝颜面；你为了干见不得人的事把我一脚踢开，就差扫地出门了；答应我的股份你一分钱也没兑现，我知道你根本就是在放屁……”

穆浩天用冷笑打断了闫晴：“归根到底还不是因为钱，我早就看出来你是个爱财的臭娘们儿。”

闫晴感到前所未有的屈辱，她声泪俱下地控诉：“对，我承认自己有过私心，但我从没因此干过龌龊肮脏的事。你呢？你偷税漏税、走私越货，你欺男霸女、侮辱良家妇女，你……你还逼死了小雅！”

穆浩天腾的一下站起来，冲到闫晴面前抓住她挥舞的双手问道：“你怎么知道的？”

闫晴倔强地仰起脸直视他：“要想人不知，除非己莫为。怎么，你害怕了？”

“少废话，我问你怎么知道小雅是我逼死的。”

“你对她做了什么难道自己心里没数吗？小雅死前都告诉我了，我真后悔没第一时间说出来。你这个狼心狗肺、卑鄙无耻的混蛋，她还是个孩子呀！”

穆浩天一把将她推开，闫晴打了个趔趄险些摔倒，瞪着猩红的眼睛怒吼：“你和韩思思狼狈为奸，思域的勾当瞒得了一时，瞒得了一世吗？”

“思域的事你也知道？”穆浩天露出了凶残之色。

“知道又怎样？法网恢恢，穆浩天，我要看着你完蛋！”

穆浩天一个巴掌甩来，闫晴仰面倒地。穆浩天像野兽一样扑到她身上，拳头雨点般劈头盖脸砸了下来。他一边打，一边恶狠狠地说：“原来思域的事是你捅出去的，好，你不让我好过，我就先让你死！”

满脸是血的闫晴毫无招架之力，她眼冒金星，渐渐失去了知觉。穆浩天不想真弄出人命，眼见她没了动静，仓皇起身继续收拾东西，准备逃命。电脑硬盘万万不能落到警方手中，因为那里面保存着他这些年所有的勾当。

闫晴渐渐苏醒，看到穆浩天要跑，挣扎着站起身，踉跄地扑了过去，两手死死拽住行李箱。穆浩天杀心顿起，扔下行李箱，用力掐住她的脖子。闫晴步步倒退，却死也不肯松手。她的后背靠到厨房的墙壁，终于无路可退。快要窒息的她放开双手胡乱抓扯，无意中抓起了餐台上的水果刀。闫晴像一头受伤的母狮，在行将毙命的一刹那奋起反击，挥刀刺向仇人的脖颈。尖刀直没至柄，穆浩天闷哼一声。闫晴拔刀，鲜血四溅，她没有停手，继续刺出了第二刀、第三刀。穆浩天松开双手捂住伤口，甚至没来得及发出一声喊叫便颓然倒地。闫晴像雕塑一般满身鲜血、手握尖刀、怒目而视……

眼看仇人毙命，闫晴张大嘴巴想要呼喊，可喉咙里却发不出一丝声音。她扔下刀，蹲坐在地一会儿狂笑、一会儿痛哭。是一雪前仇的快意，还是闯下大祸的绝望，闫晴不知道，肝肠寸断的她脑海中一片空白。终于，她起身拿起电话，用满是鲜血的手拨打了“110”。报完案，闫晴瘫坐在沙发上盯着血泊中的穆浩天发呆，蜷缩成一团的男人看上去是那么肮脏、猥琐。她突然想起了什么，颤抖着又按下了一串号码。

安心刚刚在酒精的作用下睡着，急促的电话铃声把她唤醒。她醉眼迷离地看了看号码，按下了接听键：“闫晴，这么晚了有事吗？”

“穆浩天死了。”

安心一激灵坐了起来，睡意全无。

“死了？怎么死的？”

“我杀了他。”电话那头的声音平静而冰冷。

安心下意识地张开嘴巴：“跟你说过不要做傻事，不要做傻事，到底发生了什么？”

“我举报他走私，他完蛋了想跑，我不能就这么放过他。”

虽然闫晴语无伦次，但安心还是大致听明白了，她焦急地问：“你现在在哪儿？”

“安心，听我说，”闫晴加快了语速，“我已经报警了，留给咱俩说话的时间不多。给你打电话，是因为你改变了我对人生和善恶的看法。我说过想和你做好姐妹，可是我真的不配。我现在只想对你说句谢谢——谢谢你没有让我浑浑噩噩地过完这一辈子。我也不知道今后会怎样，但我还是最信任你，所以想拜托你几件事。妈对我一直很好，她现在没了儿子，拜托你帮我好好照顾她。还有，我存了一些钱，如果还能取出来，请你代我转交给小雅的父母，不用说是我给的，随便编个什么理由就好，我这辈子没脸再见他们了。最后，如果，我是说如果你愿意，以后能来看看我……”痛彻心扉的哭声传来，还有越来越刺耳的警笛声。

安心哽咽着说：“闫晴，你好傻……”

闫晴打断了她：“路是我自己选的，我能面对，只是，只是我好想叫你一声妹妹……”听筒里传来急促的敲门声，闫晴平静地说了一句，“谢谢你，好妹妹，保重。”便挂断了电话。

穆浩天的死仿佛巨石投入深潭，多年淤积的沉渣浮出水面。价值上亿元的特大芯片走私案得以告破，警方还通过其电脑硬盘中的线索一举破获了多起迷奸、偷漏税、敲诈勒索案件，大量赃款被及时追回，受害者得以伸张正义。随着韩思思在云南被抓获和其他同伙的相继落网，一个初具规模的犯罪团伙被彻底打掉。昊天公司和思域公司被依法取缔，相关责任人受到查处。

穆云虽然深受打击，但她积极配合警方调查，重金为闫晴聘请律师。安心却陷入了深深的自责，她为闫晴惋惜，替穆云悲伤。至于穆浩天的死，反而让她感觉麻木。多年的积怨和困扰并没有消散，眼前的苦痛和纠结仍旧一团乱麻。她整天以泪洗面、借酒浇愁，甚至对最珍视的工作也有些心不在焉，并由此引出了一番风波。

摆渡人的案例分析会刚刚结束，咨询师们陆陆续续走出会议室，等候区的一位中年妇女迎上前问：“谁是安大夫？”

安心笑脸相迎：“阿姨您好，我是安心，但我不是医生。”

“呸！我管你是什么，安心，你到底安的什么心？”劈头盖脸的质问让所有人不明所以。

安心收起笑容迎前一步，态度不卑不亢："有什么问题吗？"

中年妇女叉着腰一脸蛮横地说："是不是你给田梦莹看的病？"

安心大致猜到了对方的来意，沉着应答："对不起，我不能透露咨询者的情况。另外再强调一次，我不是医生，也不负责给人看病。"

对方依旧不依不饶："别拿这些专业玩意儿吓唬人，你跟田梦莹到底说了什么？那些馊主意是不是你出的？"

老闵忍不住开口："这位大姐，您别激动，保护咨询者的隐私确实是我们的职业规定。请问您和田梦莹是什么关系？您怎么确定我们的咨询师和她讲了不该讲的话？"

中年妇女没好气地回答："我是她婆婆！"然后指着安心的鼻子说，"她挑拨我们婆媳关系。"

安心朝老闵点头致意，然后对大家说："这里我来处理，各位开始工作吧。"

看到大家各自返回房间，安心转过身直面闹事者："除非得到咨询者同意或咨询事项涉及人身伤害以及犯罪，否则我无权向第三方透露任何信息。如果咨询者认为我的言行不当，她可以当面向我提出或要求更换咨询师，也可以终止咨询，甚至向有关部门投诉。您既然不是我的服务对象，现在就请离开这里，我们还要工作。"

中年妇女显然没有料到这种局面，但还是不肯善罢甘休，她一边不情愿地往门外走，一边威胁道："我告诉你，田梦莹不会再来了。我们家要是出了什么乱子，我饶不了你！"

安心没再说话，而是目光冷峻地目送对方离开。

完成了当天最后一个咨询，安心疲惫地走出房间。她注意到会议室的门开着。糖果朝那边努努嘴说："都等你呢。"

安心猜到了原因，缓缓走进会议室，对表情严肃的同事们说："中午的事情影响大家工作了，抱歉。"

段姐一脸关切地说："安心，你不用为此道歉，这种情况谁没遇到过，是吧？”看到大家纷纷点头，她接着说，“咨询者的家属明显有点儿胡搅蛮缠，不用太往心里去的。其实……”她欲言又止。

“我们想和你谈的是另外一个问题。”老闵低着头嘟囔了一句，却也没有勇气继续。

“安心，你最近有点儿反常。”嘉欣一向快人快语，“我们不是质疑你的专业能力和职业操守，但咨询师一定要有良好的状态。”

“你想说什么？”安心缓缓坐下，直视嘉欣。

眼见气氛有点儿紧张，段姐赶紧说：“安心，你别多想，我们都是关心你，也都是为摆渡人着想。”

老闵终于抬起头说：“王安逸突然离开让大家很意外。”他迅速思索着措辞，“作为这里的负责人，你没有给出任何解释。我们无权打探更无权干涉你们的个人事务。但作为合伙人，我们必须考虑咨询所的未来。现在的业务越来越多，突然少了一个咨询师让每个人都感到了压力。长此以往，恐怕咨询效果难以保障，摆渡人的信誉也会受损。所以我冒昧地提醒一句，希望你的个人问题不要影响集体。”

糖果不知何时也走了进来，她小声插话：“安心姐，你和王老师肯定闹矛盾了。也许我不该多嘴，但你一直都对大家那么好，对我们像家人一样看待，所以我还是想说……”她犹豫了一下还是说了出来，“你最近确实变了，变得急躁和紧张，还容易走神儿，精神状态也特别不好。我还发现你总是大把大把地吃药，我真的好担心你。”说到最后，她险些哭出来。

安心丢掉了倔强和抵触，颓然地低下头：“谢谢大家为摆渡人着想和对我的关心，问题是出在我这里，我欠你们一个解释。王安逸是否离开目前还没有定论，稍后我会给大家一个说明。如果他真的不回来，我会尽快安排替代者，绝不会增加你们的负担，更不会影响摆渡人的声誉。至于我和他的个人问题，我自己能够处理好。目前我只能说这么多，再次向大家表示歉意。”

正如糖果所说，长久以来安心对工作的态度和对同事们的关爱大家有目共睹，此时她遇到困难，每个人都很关心和担忧。但有些话确实不得不说，可真的说出来了又有些于心不忍。

除了业务上的沟通，孙文向来很少发表其他意见，此时她也忧心忡忡地说：“安心，作为客座，我原本不该过多参与这些。说实话，在我工作过的咨询所中，摆渡人是最专业化和人性化的，这得益于你的人品和付出。也正是出于对你个人的钦佩，我建议你能休息一段时间，处理好个人问题，调整好精神状态。至于人手短缺的问题……”她看了一眼同样是客座咨询师的姚广智和苏老，接着说，“我们几个商量好了，可以多接一些案子。”

姚广智立刻接话：“对对，我可以调整一下安排，优先保证这边。”

苏老也说：“我有几个能力不错的学生，都可以过来帮忙。”

嘉欣拉起安心的手，轻柔地说：“好好休息休息吧，你手头能转的案子交给我和段姐好了。”

“还有我。”老闵也举起了手。

团队的关爱和支持让安心备受感动，她擦了擦眼角，站起来深鞠一躬，说：“谢谢大家，我会尽快调整好。”

安排好工作，安心给自己放了一个月的假。

冬季来临，安心不太喜欢这个季节。也许是她身体单薄怕冷，也许仅仅是不喜欢那种萧瑟的感觉。她回家住了几天，此时家的温暖对她格外重要。

穆云还没有完全从丧子之痛中走出来。尽管穆浩天作恶多端、罪有应得，但毕竟是她的骨肉，安心能理解白发人送黑发人的痛。尽管蒋少雄给了老伴很多慰藉，但安心的陪伴显然更能让穆云暂时忘却悲伤。安心又何尝不是在利用这种方式为自己疗伤，她最近经常思考一个问题——爱与恨究竟是什么？从自身角度来说，安心曾将其视作生命的全部，她认为人之所以为人，正是因为拥有这样两种伟大的情感，并在其驱使下不断抉择和前行。如果时间倒退一年，她几乎对此深信不疑。然而这一年发生了太多太多事情，她不得不重新审视这个问题——难道爱与恨真的就是生命的全部吗？自己曾经那么深深地恨过与爱过，但当爱情远走、恨意了无之后，内心竟如此疲惫麻木、没着没落儿。人活一世，难道除了那些非黑即白、非好即坏、非善即恶、非对即错之外什么都没有了吗？自己费尽心机选择的职业究竟是要渡人还是渡己？曾经某个时候，她一度认为自己想明白了，但好像又没有。究竟陷在哪里，她依然百思不得其解。

邵荣德的电话让安心暂时跳出了冥思苦想："安心，有件事我想请你帮忙。之前也没和你沟通，我怕有点儿唐突。"隔着电话，安心都能看到对方局促憨憨的样子。

"邵大哥见外了，您说。"

"素素妈走后，我设立了一个慈善基金，想通过做些善事让老天爷保佑婉芬。最近基金会准备举办一个活动，希望引起社会各界对自闭症儿童更多的关注。"

"这是好事呀！"安心忍不住夸赞，"我在工作中就接触过许多自闭症的孩子，他们确实需要更多关爱。"

"所以我就想到请你帮忙啦。"邵荣德有点儿兴奋。

"需要做什么您尽管说。"

"我希望你帮我做这次活动的策划，全权负责筹备工作，当然我会支付费用。"

对于这份信任，安心有点儿犹豫："邵大哥，非常荣幸您能想到我。费用的问题先不说，我真是没有这方面的经验，恐怕……"

"哎呀，这个不用担心，基金会有人专门负责具体事项，但我希望你能替我把关，我信得过你。"

盛情难却，何况正好赋闲在家，安心爽快地答应下来。接下来的半个多月，她全身心地投入到活动筹备当中。虽然缺乏经验、人手不足，但安心的倔强劲儿一上来，这些都不是问题。她亲力亲为，活动取得了圆满成功。

一番夜以继日的奋战让安心脆弱的身体再次受到打击，心力交瘁的她强打精神出席了活动闭幕式。看到台上孩子们开心的样子和台下父母欣慰的笑容，看到一件件充满灵性和激情的艺术作品，安心笑了。代表组委会颁发大奖后，突如其来的眩晕让她眼前一黑跌倒在地。邵荣德第一个冲到台上，一把抱起软绵绵的安心，大声喊道："安心你醒醒！快，快叫救护车！"

经过抢救，安心暂时脱离危险。然而诊断结果却让所有人大吃一惊——急性肾衰竭。邵荣德后悔地捶胸顿足："我知道她身体不好，不应该让她这么累的。"闻讯赶来的蒋少雄夫妇也追悔莫及，穆云哭着说："最近昏天黑地，没注意孩子的身体，怎么突然就这样了？"蒋少雄拍着老伴儿的背一个劲儿地说："怪我，怪我。"

大家请求医生尽全力医治，然而几天过去，坏消息接踵而至——由于患慢性肾炎后安心未按医嘱服药，还过量饮酒，脆弱的肾脏早就不堪重负，近期精神上的打击和过度操劳让病情彻底爆发。常规药物无法缓解肾脏损伤，肾功能的许多重要指标也无法恢复，伴随而来的电解质紊乱、高血压、心力衰竭、消化道出血等一系列并发症的风险与日俱增。在征得家属同意后，医院开始采用透析治疗。不幸的是安心的病情十分严重，急性肾衰竭、肾功能严重减退导致终末期肾病的趋势已经难以避免，透析只能作为一种权宜之计，要想挽救生命只有一条路——肾移植。

除了安心尚不知情，所有人都被这残酷的现实打入深渊。但他们不想放弃，纷纷不遗余力地投入到这场挽救生命的行动中。蒋少雄夫妇率先做了配型，很遗憾基因不匹配。邵荣德也偷偷做了配型，也是不匹配。此时此刻，除了等待匹配的肾源，他们只能祈祷。

入院已经三周，病情依然不容乐观。初冬的夕阳透过窗帘照到安心身上，让疲惫虚弱的她更显憔悴。她隐约意识到自己的病情危重，但并不害怕，甚至有些即将解脱的快感。在蒙蒙眬眬的释然中，她昏昏欲睡。

一个熟悉的身影闯入梦中，安心在惊诧中睁大双眼，立刻发现眼前的一幕不是梦——那个令她魂牵梦萦、爱恋难舍的男人站在床前——王安逸回来了！

“怎么是你？”安心有些将信将疑。

“你为什么不告诉我？为什么不早说！”王安逸抱着安心痛哭失声。

安心的泪水夺眶而出，脸上却带着笑，他的拥抱坚实又温暖，让安心感到踏实、幸福。

三天前，王安逸接到了贾一楠的电话，得知安心现在病重。这个消息如晴空霹雳。

“我刚刚生完小孩，准备给安心报喜，她的电话怎么也打不通。我给糖果发信息，才知道安心住院了，肾衰竭。原本我要赶回去的，可毕竟刚刚生完孩子。”贾一楠哽咽道，“安逸，她爱你，她只是不想连累你……”

王安逸目瞪口呆，几乎是在一瞬间明白了一切。他日夜兼程地赶回北京，一下飞机就奔向医院。得知安心的病情后，先去配型，然后来到病房见心上人。

也许是上天眷顾，王安逸的配型成功，他决定为安心捐肾。可当安心知道这个消息后，却坚定地拒绝了：“安逸，别做傻事，我不想拖累你。”

“都什么时候了，还说拖累！”救人心切的王安逸有些着急，但看到楚楚可怜却满眼爱意的心上人，他的心立刻软了，“宝贝儿，这不叫拖累。我的人和我的心早就是你的了，如果你离开了，我活着还有什么意义。如果当初不是因为父亲病危弄得我焦头烂额，如果我能静下心来多想想，如果我没有赌气地一走了之，你也许就不会这样。我已经犯过一次错了，求你别再让我犯第二次，再给我一个机会好吗？”王安逸拉起安心的手，言之切切。

眼泪顺着腮边滑落，安心觉得凉凉的，心里却是暖暖的。但她还是摇摇头说："爱一个人就要让他幸福，我恐怕给不了你。"

"能和你在一起就是我最大的幸福，难道你还不明白吗？"

"即便换了肾，我以后恐怕也要大把大把地吃药，三天两头地往医院跑，我也许不能陪你白头到老。难道这就是你想要的幸福？"

"你担心的就是这个？求求你相信科学好吗？"虽然很激动，但王安逸还是忍不住想笑，"再说了，就算你不相信科学，总得信命吧，你以为老天爷让我的配型合格是偶然的吗？"

"我恐怕不能给你生孩子。"

王安逸终于没忍住笑了出来："宝贝儿，就算有十个孩子围着我，也不如你一个人陪在我身边。"

"我……反正我就是害怕，怕自己没法好好陪你。"安心闭上了眼睛。

王安逸俯身亲吻她的面颊，柔声说："你一定会陪得好好的，我也要好好陪你，陪你开更大的飞机，去更深的海底，我们会幸福的。"

"让我好好想想。"

时间不等人，眼见安心犹豫不决，王安逸拨通了贾一楠的电话："一楠，有件事看来得你出马。"

"快说快说。"贾一楠一直惦记着安心的病情，她的急性子又发作了。

"安心还在犹豫换肾的事，她还是怕连累我。"

电话那头陷入沉默，贾一楠看来也很为难："她就是这么犟。从我俩认识到现在，她从来不愿意麻烦别人。"

"可我不是别人啊。"王安逸急火攻心。

"我知道我知道，你别急。"贾一楠在绞尽脑汁，"依她的脾气，恐怕我也劝不动，但有个人也许行。"

"谁？"

"我俩读研究生时的导师——谭老师。安心一直特别崇拜谭老，谭老也最喜欢她。”

“好，给我联系方式，我去找谭老。”

隔天温暖的午后，王安逸搀着一位老人走进了病房：“安心，看看谁来了？”

“谭老师！”安心惊讶地大叫，“您怎么来啦？”

“我来看你呀！”老人颤颤巍巍地坐到床边，望向安心的眼中满是慈爱和心疼，“以前你和一楠经常来看我，我还纳闷怎么这一年多俩丫头都没露面。前些日子一楠给我打电话报喜，说她生了俩大胖小子，我才知道她出国了。昨天这位王先生来找我，我才知道你生病了。”

安心不好意思地低下头，好像在严师面前犯了错的孩子：“这一年发生了好多事情，我一忙就没顾上去看您。”

谭老拍拍她的头说：“不碍事不碍事，你们都长大了，到了展翅高飞的时候了，不用总惦记我这个糟老头儿。”

“瞧您说的，飞到哪儿我们也忘不了您呀。”安心突然凝视着对方苍老憔悴的面容说，“您怎么这么瘦？”

王安逸俯身小声说：“谭老得了癌症，正巧在北京治疗，这是专门为了看你才从医院溜出来的。”

“老师……”安心鼻子一酸，泪水夺眶而出。

谭老师朝王安逸摆摆手，转过头对安心说：“傻孩子，哭什么？我这不是好好的吗？再说了，八十多的人啦，还不是早晚的事，我早就想开了。只是啊……”老人抬手擦了擦眼角，“听说了你的事，我实在是放心不下。”

安心挤出一丝笑容，说：“我也挺好的。”

谭老师噘嘴皱眉，摆出一副生气的样子：“哼，当着老师的面你还想说谎。我都知道了！”老人换成温柔的语调，话锋一转，“安心啊，还记得我给你们上的第一堂课吗？”

“记得。”安心点点头。

谭老悠悠望向窗外：“我问你们为什么要学心理学，你是怎么说的？”

“我说我想渡人。”安心老老实实回答。

“我说什么来着？”谭老微闭双目，轻轻晃着脑袋。

“您笑着问我，你信佛呀？我说我不信。您又问我，那渡哪门子人呀？我说其实是想帮助人。您当时笑着摇了摇头，什么也没说。”

“知道我为什么摇头吗？”

“不知道。”

“因为我不信你说的话。”

安心怔住了，因为那确实不是自己的心里话。

谭老师睁开眼睛，意味深长地说：“我教过的学生太多了，他们当中有不少人对我这么说，可是我都不信。从好的方面说，我们每个人可能都愿意帮助别人，但这得有个前提——那就是我们能帮。可是看看我们身边，需要帮助的人实在是太多，而我们能帮的人又实在太少太少了。真正百分之百确定能帮的人其实只有一个——我们自己。”

安心凝神聆听，谭老师拉起她的手，语重心长地说：“其实呀，我的很多学生之所以选择了这个职业，恰恰是因为他们自己遇到了问题。你是我最喜欢的学生，我确定你就是他们当中的一员。”

安心的泪水再次不知不觉地滑落，谭老师颤巍巍地伸手帮她轻轻擦去：“人这一辈子哪儿能事事都称心？遇到问题了怎么办？陷在里面吗？封闭自己吗？自暴自弃、怨天尤人？我们要学会和解，与他人和解，与自己和解，与不如意和解，归根结底一句话——与命运和解。只有做到这一点，我们才算真正渡了自己，也才真正有资格去帮助别人，你说是不？”

安心点点头说：“老师，我懂。其实我在工作中也是这么劝慰开导别人的，可是事情到了自己头上……”

谭老师打断她说：“所以说，渡人先渡己嘛。”

“嗯，我知道该怎么做了。”安心破涕为笑。

移植手术非常成功，经过在重症监护室的两天观察，安心和王安逸已各自返回普通病房休养。邵荣德父女刚刚离开，蒋少雄和穆云便携手而来。看着安心的状态越来越好，两位老人万分欣慰。

“老说让小王来家坐坐，你偏不肯。这下可好，让我和你云姨在医院和人家见了第一面。”

“亏了你还当爹，心心的小心思还不如我知道得多。”穆云明显消瘦了很多，但精神状态已经恢复得不错。

“爸，我想和您商量个事。”

“说吧，怎么还这么客气。”蒋少雄笑呵呵地走到床边。

“我想等出了院把名字改回来。”

“哎。”只这一声，蒋少雄便已哽咽。

穆云也背过身擦了擦眼角说：“你爸肯定乐坏了。”

“妈，您能陪我去吗？”

穆云一下子怔在当场，有些不相信自己的耳朵，愣愣地看着安心。安心知道她被自己突如其来的称呼惊到了，再次开口叫了一声：“妈——”

“哎！”穆云一下扑到床边，抱住安心放声痛哭，“我等这一声等了好久啊，心心……”

一家人聊了很久，分别时竟有些难分难舍。目送两位老人离去，安心感到一身轻松，无比释然的她面对天花板痴痴地笑了。

“傻笑什么呢？”王安逸坐着轮椅来到身边。

“想美事呢。”安心调皮地皱皱鼻子，“安逸，谢谢你。”

王安逸轻轻握住安心的手，掏出了那枚订婚戒指：“我住院前偷偷跑去你家拿的，这次可不许再摘了啊。”

安心笑了，那么美，那么甜。

王安逸一往情深地说：“嫁给我，好吗？”

安心点点头，任凭泪水肆意流淌。

两只手十指相交紧紧握在一起，晶莹的钻戒在冬日的暖阳里闪闪发光……